De baai

Van Allie Reynolds verscheen eveneens
bij Ambo|Anthos *uitgevers*

Huiver

Allie Reynolds

De baai

Vertaald door Iris Bol
en Marcel Rouwé

Ambo|Anthos
Amsterdam

ISBN 978 90 263 6247 7

Oorspronkelijke titel *The Bay*
Oorspronkelijke uitgever Headline
Omslagontwerp Studio Jan de Boer
Omslagillustratie © ai_yoshi / iStock / Getty Images (strand en zee); © Alexwise / iStock / Getty Images (zee en gras)
Foto auteur © Alison Loconte

Verspreiding voor België:
Veen Bosch & Keuning uitgevers nv, Antwerpen

Voor mijn jongens: Daniel en Lucas.
Ik hou ontzettend veel van jullie.

Proloog

Het wordt vloed. Elke golf lijkt net iets verder het strand op te komen dan de vorige, zodat de sporen van mijn daad beetje bij beetje worden uitgewist.

Het heeft iets rustgevends om de ene voet voor de andere te zetten en mijn tenen in het zand te drukken. De storm van vannacht heeft van alles aangespoeld dat nu op de vloedlijn ligt. Allerhande bladeren, zaaddozen, frangipani-bloemen. Een hele sinaasappel, die een zompig geluid maakt als ik erop ga staan en vol zeewater blijkt te zitten.

De anderen slapen nog – althans, dat hoop ik. Verderop langs het strand heb ik sleepsporen in het zand achtergelaten. Als een van hen nu komt, zou die het zien: sporen van iets wat het water in is gesleept. Misschien zou diegene zich afvragen wat ik zo vroeg zonder mijn surfboard op het strand doe.

Niet dat er vandaag te surfen valt. De oceaan is een hobbelige rommel en het water is troebel door het zand dat door de storm omhoog is gewoeld. De wind huilt nog steeds. De meeuwen staan met hun kop in de wind, met hun ogen tot spleetjes geknepen en hun veren opgestoken. Eentje trippelt voor me uit met een verwaaid achterlijf dat op een boa van veren lijkt.

Ik loop verder langs de kustlijn, kijk rond en wacht af.

De haaien hebben het lichaam nog niet gevonden. Maar dat zal niet lang meer duren.

I

Kenna

'Hé, jij!' Een blonde vrouw steekt me een flyer toe. 'Alsjeblieft!'

Een licht accent – Nederlands of Zweeds of zoiets.

Ik knipper met mijn ogen, verblind door de zon na het gedempte licht van het treinstation. Waarom is alles zo fel? Ik heb het gevoel dat het midden in de nacht is.

'Het lekkerste Thaise eten!' schreeuwt een jongeman.

'Op zoek naar een kamer?' roept een meisje met verscheidene gezichtspiercings.

De klantenlokkers blijven koppig staan – of proberen dat – in de mensenstroom die uit het station komt. Sydney mag dan aan de andere kant van de wereld liggen, tot nu toe verschilt de aankomst hier niet veel van die in Londen of Parijs.

Door mijn zware rugzak sta ik wankel op mijn benen. De kerel van het Thaise restaurant probeert me een flyer te geven, maar ik heb mijn reispas in mijn ene en mijn tweede – kleinere – rugzak in mijn andere hand, dus haal ik verontschuldigend mijn schouders op en stap om hem heen.

'Happy hour!' roept een andere stem. '*Schooners* voor zes dollar.'

Net als ik me afvraag wat een 'schooner' is, grijpt een hand mijn pols. Het is die Nederlandse vrouw. Ze is in de vijftig, met donkerblond haar en helderblauwe ogen. En ze is knap, of zou dat zijn als haar gezicht niet zo strak en ernstig stond. Ik wil mijn hand lostrekken, doorlopen en haar negeren, zoals alle anderen doen, maar de wanhoop in haar ogen houdt me tegen. Ik werp een korte blik op haar flyers.

VERMIST! ELKE HARTMANN, DUITS STAATSBURGER.

Op de foto staat een glimlachende blonde vrouw die een surfboard vasthoudt.

'Mijn dochter.' Haar stem klinkt schor.

Niet Nederlands dus. Ik ben hopeloos wat accenten aangaat. Vlak voor ons splitst de mensenstroom zich en komt dan achter ons weer samen terwijl ik de flyer vluchtig bekijk. Elke is negenentwintig – een jaar jonger dan ik – en ze wordt al zes maanden vermist. Ik werp de vrouw een geforceerd meelevend glimlachje toe. Hopelijk is het busstation niet ver meer, want mijn grote rugzak is loodzwaar.

Een aktetas knalt tegen mijn kuit. Ik zie de klok aan de muur. Halfzes 's avonds: spitsuur. Dat besef bezorgt me hoofdpijn. Slapen in een vliegtuig heb ik nooit gekund. Ik ben al twee dagen wakker.

'Heb jij ooit een dierbare verloren?' vraagt de vrouw.

Ik draai me weer naar haar toe. Want ja, ik bén iemand verloren.

'Ze was hier aan het backpacken.' De vrouw knikt naar mijn rugzakken. 'Net als jij.'

Ik wil haar zeggen dat ik geen backpacker ben, maar krijg de kans niet.

'Ze zijn in het buitenland, waar ze niemand kennen. Mochten ze verdwijnen, dan duurt het dagen voordat iemand het ontdekt. Ze zijn makkelijke doelwitten.' Bij dat laatste woord breekt haar stem. Ze buigt haar hoofd en haar schouders schokken.

Onbeholpen sla ik mijn armen om haar heen. Mijn handen zijn klam. Ik wil haar blouse niet vies maken. Ik moet verder, maar heb het hart niet om haar in deze toestand achter te laten. Moet ik ergens een kop thee voor haar kopen? Maar ik wil voor het donker bij Mikki zijn. Ik besluit haar een minuutje te geven in de hoop dat ze dan is uitgehuild.

Kantoorpersoneel stroomt langs ons heen. De vrouwen hier zijn beter verzorgd dan hun Engelse tegenhangers: allemaal hebben ze glanzend haar en gebruinde benen en dragen ze hoge hakken en korte rokjes. De mannen dragen hun overhemd met de bovenste twee knoopjes los en de mouwen opgerold. Hun colbert hebben ze over hun schouder geslagen. Nergens is een stropdas te bekennen.

Zweet verzamelt zich onder mijn oksels. Die typische plakkerige vochtigheid waar Mikki altijd over klaagde: *Bijna net zo erg als in Japan*. Het is maart, dus is het herfst in Australië, en ik had niet verwacht dat het zo heet zou zijn.

Ik kijk naar de klantenlokkers die flyers uitdelen. De man van het Thaise restaurant stopt iedereen die er een wil een flyer toe, maar de anderen lijken zich vooral op backpackers te richten. Met hun bovenmaatse rugzakken en melkwitte of juist door de zon verbrande ledematen vallen ze ontzettend op. *Makkelijke doelwitten*.

Elkes moeder snift. 'Neem me niet kwalijk.' Ze graait in haar handtas en haalt er papieren zakdoekjes uit.

'Geeft niks,' zeg ik. 'Gaat het weer een beetje?'

Met een schaapachtig gezicht dept ze haar ogen. 'Ik zal je niet langer ophouden. Maar wel voorzichtig zijn, hoor.'

'Doe ik. En maak je geen zorgen om mij. Ik ben geen backpacker. Ik ben hier om een vriendin te bezoeken. Ze gaat trouwen.'

'O, neem me niet kwalijk. Dan verwacht ze je vast.'

'Ja,' zeg ik.

Maar dat is niet zo.

2

Kenna

'Ik ga je vermoorden!' zegt Mikki.

Ik sta voor haar deur, ineengedoken onder het gewicht van mijn backpack. 'Ik wist dat je kwaad zou zijn.'

Mikki's gezicht en wangen zitten onder de sproeten. Haar lange haar, vroeger glanzend en zwart, is geklit en bruin gebleekt door de Australische zon. De bloeiende boom naast haar voordeur vult de avondlucht met een exotische geur die benadrukt dat ik me aan de andere kant van de wereld bevind.

Ze kijkt me aan alsof ze niet kan besluiten of ze blij is om me te zien of juist niet. 'Waarom heb je me niet verteld dat je zou komen?'

Omdat jij had gezegd dat ik dat niet moest doen. Maar dat onderwerp laat ik voorlopig nog even rusten. 'Ik heb geprobeerd je te bellen, maar je nam niet op.'

'Ik heb je toch verteld dat we geen bereik hebben op dat strand waar we naartoe gaan?'

Haar witte haltertopje van het merk Roxy benadrukt haar strakke bicepsen en gebronsde huid. Zo onopvallend mogelijk kijk ik of ze blauwe plekken heeft, maar ik zie er geen. Ik slaak een lichte zucht van verlichting. Hier is ze dan, kennelijk veilig en wel. Mijn beste vriendin.

Opeens glimlacht ze. 'O mijn god, Kenna! Je bent er echt!'

Ik glimlach ook. *O mijn god!* is haar vaste kreet, en de keren dat ik die gehoord heb – meestal als ik iets geks had gedaan – zijn niet te tellen.

Ze slaat haar armen om me heen en omhelst me.

Zie je nou wel? Alles is in orde. Beste vriendinnen doen dit soort dingen. Wanneer je goede bedoelingen hebt, is het niet erg dat je een grens overschrijdt.

Want vriendschap is toch niets anders dan de som van herinneringen aan de tijd die je met iemand hebt doorgebracht? En hoe beter die herinneringen, hoe beter de vriendschap. Herinneringen aan Mikki: de keer dat we 's nachts in een dronken bui naakt zijn gaan surfen; de keer dat ik haar hielp om haar oeroude Volkswagen Kever aan de praat te krijgen door hem aan te duwen op een omlaaglopend weggetje in Cornwall naast een afgrond; het kampeertochtje toen zij de tent was vergeten en we hebben geflirt met de kampeerders naast ons en hen uit een van hun tenten hebben getrapt zodat wij die konden gebruiken.

Alle hilarische fratsen die we hebben uitgehaald. Ook dit bezoekje zal een deel van onze gezamenlijke geschiedenis worden. Dit wordt 'de keer dat ik naar Australië ben gevlogen om haar een verrassingsbezoekje te brengen'. Dat maak ik mezelf tenminste wijs. Ze heeft vandaag vast gesurft, want haar haar is kleverig van het zout. Ik haal een haartje uit mijn mond en maak me los uit haar armen, zodat ik haar eens goed kan bekijken.

'Ik kan echt niet geloven dat je dat hele eind bent gekomen,' zegt ze. 'Stel je voor dat ik niet thuis was geweest.'

Die gedachte was ook bij mij opgekomen. 'Dan had ik een hotel genomen.'

We gedragen ons nogal stijfjes. Misschien omdat we elkaar ruim een jaar niet hebben gezien, maar ik heb het gevoel dat er meer aan de hand is.

'Kom binnen,' zegt ze.

Voordat ik naar binnen ga, doe ik mijn schoenen uit. Weliswaar heeft Mikki sinds haar zesde niet meer in Japan gewoond, maar toch heeft ze veel Japanse gewoonten van haar ouders overgenomen. Ik zet mijn rugzakken en tassen neer en kijk om me heen. Houten vloerplanken en meubels uit de kringloopwinkel. Zou haar verloofde thuis zijn? Ik hoop van niet.

'Heb je honger?' vraagt ze.

'Eh... Ik weet het niet.'

Ze lacht.

'Mijn biologische klok is helemaal van slag. Hoe laat is het eigenlijk?'

Ze kijkt op haar horloge. 'Bijna zeven uur.'

'Meen je dat nou?' Ik pijnig mijn hersens. 'In Engeland is het nu acht uur 's ochtends.'

'Ik ben *nikujaga* aan het maken. Een gigantische portie.'

Ik volg haar naar de keuken, waar een hartige vleesgeur hangt, en besef dan dat ik wel degelijk honger heb. Mijn huid is glibberig van het zweet. De ramen en de achterdeur staan open, maar de tocht die door de hordeur komt, is even warm als de lucht in de kamer en de plafondventilator laat de warme lucht alleen maar rondgaan.

Met haar hand wappert Mikki zich koelte toe terwijl ze in de pan op het fornuis roert. Nu ze van de schrik is bekomen, lijkt ze blij om me te zien, maar bij Mikki weet je dat nooit. Ze komt uit een cultuur waar beleefdheid het hoogste goed is. Daarentegen heb ik een gezicht dat al mijn emoties verraadt, dus kijk ik strak naar de rest van de keuken.

In de gootsteen staat een hoge stapel vaat. Mieren kruipen over het aanrecht. Vreemd. Mikki is ontzettend op orde en netheid gesteld – vroeger althans – en het huis dat zij en ik in Cornwall deelden was altijd brandschoon. Ze ziet me kijken en drukt de mieren dood met haar vinger.

Mijn hoofd bonkt door een combinatie van uitdroging, vermoeidheid en jetlag. 'Mag ik wat water?'

Ze houdt een glas onder de waterdispenser van de koelkast.

In mijn haast om het ijswater op te drinken, mors ik over mijn vingers en T-shirt, maar dat voelt zo fijn dat ik in de verleiding kom om het hele glas over mezelf leeg te gieten.

Mikki dept haar voorhoofd. Ze ziet er slanker en sterker uit dan ik haar ooit heb gezien, zelfs toen ze nog aan wedstrijdsurfen deed. Onder haar spijkerbroek met afgeknipte pijpen zie ik haar blote voeten met glanzend zwartgelakte teennagels.

'Je ziet er geweldig uit,' zeg ik.

'Bedankt. Jij ook.'

'Niet liegen. Vooral niet na die vlucht. Geen wonder dat je niet terug wilt naar het Verenigd Koninkrijk. Wie wil die vlucht nou nog een keer meemaken?' Ik doe mijn uiterste best om de spanning te verminderen, maar die blijft hangen.

'Je haar.' Ze raakt het even aan. 'Het is zo...'

'Saai?' Sinds we elkaar hebben leren kennen in de hoogste klas van de basisschool heeft mijn haar alle kleuren van de regenboog gehad, behalve de natuurlijke tint van muisvaal.

Ze begint te lachen. 'Ik wilde zeggen "zo normaal".'

Ik lach ook, al is 'normaal' in haar ogen waarschijnlijk geen compliment. In de mijne trouwens ook niet.

Mikki schept de stoofpot op borden en als ze die op de ontbijtbar zet, zie ik de tattoo aan de binnenkant van haar pols. 'Wat is dat?' vraag ik.

Ze kijkt ernaar alsof het niets voorstelt.

We hebben het over tattoos gehad voordat ik de mijne op mijn schouderblad liet zetten – een vliegende vogel die ze voor mij had ontworpen – en toen zei ik tegen haar dat zij er ook een moest nemen.

'Geen sprake van,' had ze gereageerd. 'Mijn ouders zouden me vermoorden. Veel Japanse mensen vinden tatoeages smerig. Met een tattoo mag je een sportschool of een openbaar zwembad niet in.'

'Nog steeds niet?'

'Nee. Als je naar binnen wilt, moet je ze bedekken. Veel bedrijven weigeren mensen met tattoos in dienst te nemen. Dat is slecht voor hun imago.'

Vandaar dat ik verbaasd ben om deze tattoo op haar pols te zien. 'Laat eens kijken,' zeg ik.

Mikki houdt haar arm schuin en laat me de tattoo zien. Het is een vlinder in tinten zwart en bruin met een gestreept, dik lijf en gehoornde voelsprieten. Ik moet iets zeggen. Haar vertellen dat ik het mooi vind. Maar dat vind ik niet. Dat ding is afschuwelijk.

We gaan allebei op een kruk zitten. Ik wil haar van alles vragen. Maar nu nog niet. Ik wil de stemming niet volkomen bederven.

Het is raar om nikujaga te eten in deze krappe, veel te hete keuken. We hebben het zo vaak gegeten in onze tochtige, koude keuken in Cornwall, al rillend na het surfen.

'Hoe gaat het in de grote stad?' vraagt ze.

Ik ben kortgeleden dertig geworden en mijn verjaardag is bijna onopgemerkt voorbijgegaan. Mijn nieuwe collega's wisten niet dat ik jarig was en ik heb het hun niet verteld. Mam heeft me een kaartje gestuurd en een handjevol vrienden heeft me een appje gestuurd of gebeld, maar dat was het dan wel. 'Ik vind het er geweldig. Ik heb al een stel leuke mensen leren kennen.'

'En hoe gaat het op je werk?'

'Goed, hoor. Druk. Mijn klanten blesseren zich regelmatig.'

Ze kijkt me ongelovig aan. 'In Londen?'

'Ja. Rugby, yogalessen, dat soort dingen.' Dat is in elk geval waar. Ik vertel haar over sommige blessures die ik de laatste tijd heb behandeld, maar ze lijkt slechts met een half oor te luisteren. 'En jij? Werk je nog in die nachtclub?'

'Nee, daar ben ik tijden geleden al weggegaan.'

Mikki moet een klein fortuin hebben geërfd toen haar opa overleed, want ze heeft een keer gezegd dat ze hier een huis wil kopen.

'Wat doe je dan voor de kost?' vraag ik.

'O, van alles en nog wat.' Ze grist een flyer van de tafel (MCMORRIS SURFBOARDS: HANDGEMAAKTE SURFBOARDS VOOR DE MENSEN DIE KWALITEIT HERKENNEN) en waaiert zichzelf er koelte mee toe. 'Verdomme, wat is het heet.'

'Wanneer heb jij leren vloeken?'

Ze glimlacht. 'Daar mag je de Australiërs de schuld van geven.'
Ik glimlach ook, maar klem mijn kaken zo hard op elkaar dat ze er pijn van doen. Alle dingen die ik wil zeggen wellen op in mijn keel en dreigen naar buiten te komen.

3

Kenna

Mishandelt hij je, Mikki? Doet hij je pijn?

Ik hoop dat ik het mis heb, maar er waren zoveel rode vlaggen tijdens onze telefoongesprekken. Hoe moet ik dit ter sprake brengen? Moet ik het er gewoon maar uit flappen? Maar misschien schiet ze dan wel in de verdediging en ontkent ze het, dus wacht ik op een geschikt moment terwijl we kletsen over wederzijdse vrienden en vriendinnen, over onze ouders en over Maya Gabeira, de Braziliaanse die surfte op de grootste golf die ooit door een vrouw is genomen.

Er rinkelen sleutels en er komt een man binnen. Hij is groot, blond en atletisch gebouwd.

Mikki lijkt een beetje zenuwachtig. 'Eh... dit is Jack. Jack, dit is Kenna.'

Ik ben meteen op mijn hoede. Dit is hem dus. Tijdens onze FaceTimegesprekken heb ik een paar glimpen van hem opgevangen en zijn stem op de achtergrond gehoord, maar ik heb zijn gezicht nooit goed gezien.

Met een zelfverzekerde glimlach pakt hij mijn hand. 'Ik heb al veel over je gehoord.'

Zijn intense blik laat me blozen. Ik bekijk zijn stevige postuur en sla hem onderzoekend gade. *Niemand bedreigt ongestraft mijn beste vriendin... Rustig aan, Kenna. Dat wéét je niet.*

Met een geamuseerde blik kijkt hij naar Mikki. 'Wist jij dat ze zou komen?'

Mikki's glimlach lijkt geforceerd. 'Nee.'

Hij richt zijn aandacht weer op mij. 'Is dit je eerste keer in Australië?'

'Ja.' Ik wil deze vent absoluut niet aantrekkelijk vinden, maar hij is belachelijk knap. Zijn gebruinde huid en zijn haar, dat op sommige plekken bijna wit gebleekt is, bewijzen dat hij veel tijd in de buitenlucht doorbrengt. Zijn gladgeschoren gezicht heeft een sterke kaaklijn, en met het kuiltje in zijn kin en zijn brede, in een T-shirt van Quiksilver gestoken schouders had hij zo van de set van de soap *Home and Away* kunnen komen.

'Ik ben nog nooit in Engeland geweest,' zegt hij. 'Te koud en zo. Een van mijn vrienden heeft er een jaar gewoond en is er bijna bevroren. Stel je voor: surfen met handschoenen aan en een bivakmuts op. En dan heb ik het over de zomers.'

'Hoe was het op je werk?' vraagt Mikki.

'O, ging wel.' Jack schept stoofpot op zijn bord.

Hij heeft haar niet gekust of zelfs maar omhelsd. Maar goed, wie ben ik om te bepalen hoe stellen die al een hele tijd bij elkaar zijn elkaar horen te begroeten?

'Je bent vroeg thuis.'

Mikki's stem heeft een beschuldigende klank en ik voeg dit voorval toe aan mijn verzameling negatieve punten.

'Yep.' Jack trekt zijn T-shirt uit, gooit het in een hoek en pakt dan een biertje uit de koelkast. 'Wil jij er ook een, Kenna?'

Ik doe mijn uiterste best om naar zijn gezicht te kijken en niet naar zijn borstkas. 'Beter van niet. Straks val ik nog in slaap.' Bovendien moet ik scherp blijven.

Jack gaat naast me zitten en neemt een grote slok. Ik sta in dubio. Heb ik nou de pest aan hem of vind ik hem juist leuk? Ik kan niet ontkennen dat ze er samen fantastisch uitzien. Hij: blond en atletisch. Zij: donker en een kop kleiner. En ze delen een belangrijke interesse: surfen. Maar tijdens onze gesprekken heeft Mikki het nauwelijks over hem gehad. Als ze echt gek op hem is, zou ze toch zeker aan één stuk door over hem praten?

Door de manier waarop ze bij hem in is getrokken vlak nadat ze hem heeft leren kennen, gevolgd door hun snelle verloving, zou je denken dat ze smoorverliefd op elkaar zijn, maar nu ik ze observeer, zie ik dat niet. Zij lijkt zich enigszins aan hem te ergeren en hij lijkt haar welwillend en tolerant te behandelen. Mikki is altijd terughoudend geweest met het tonen van emoties en bovendien zijn ze ondertussen bijna een jaar samen, dus misschien is het eerste felle vuur gedoofd tot een stabiele waakvlam. Maar het feit dat ze niet over hem wil praten doet vermoeden dat er iets niet helemaal in de haak is.

Het weinige dat ik over hem weet, heb ik echt uit haar moeten trekken. Hij werkt niet veel – hij heeft rugklachten – en daarom 'helpt ze hem' met de huur. Ook heeft ze haar plannen om een rondreis door Australië te maken eraan gegeven omdat Jack haar 'het mooiste strand ooit' heeft laten zien. Hij komt veel te heerszuchtig op me over.

Toen ze me tijdens ons gesprek van vorige week vertelde dat ze ging trouwen, leek het wel alsof ze zich dat had laten ontglippen. Dat was voor mij de druppel geweest die de emmer deed overlopen.

'Ik pak het vliegtuig en kom naar je toe,' zei ik onmiddellijk.

'Nee, nee. We willen geen drukte. Het stelt niks voor.' In haar stem klonk een vermoeide berusting door. Bijna iets treurigs.

'Ben je in verwachting?'

Ik hoorde haar sputteren. 'Nee!'

Waarom mocht ik dan niet komen? Dat vertelde ze me echter niet. Toch was ik zo bezorgd dat ik meteen na ons gesprek een vlucht heb geboekt. Dat betekende dat ik een maand vrij moest nemen – wat niet ideaal was –, maar omdat ik een kleine zelfstandige ben, kan ik op vakantie gaan wanneer ik wil. Bovendien heb ik de afgelopen achttien maanden alleen maar gewerkt. Ik ben een slechte vriendin geweest, eentje die zich te lang alleen om haar eigen problemen heeft bekommerd. Toen ik Mikki twee jaar geleden nodig had, stond ze voor me klaar, dus nu voel ik me verplicht haar te helpen.

Voor mijn vertrek heb ik haar ouders gebeld om te zeggen dat ik haar ging opzoeken en om hen discreet uit te horen. Ik heb haar aanstaande huwelijk niet ter sprake gebracht, en zij ook niet. Wat suggereert dat zij er niet van op de hoogte zijn – alweer zo'n rode vlag.

Ik ben bang dat Jack haar heeft gepusht om te gaan trouwen omdat hij op haar geld uit is. Het zou niet de eerste keer zijn dat iemand misbruik van haar maakt. Mikki laat zich inpakken door iedereen met een zielig verhaal. Je kent die types wel: lui die je op straat om geld vragen omdat ze zogenaamd hun portemonnee zijn verloren en tweeënhalve pond nodig hebben voor een buskaartje naar huis. Als je ze de dag erna opnieuw tegenkomt, hangen ze precies hetzelfde lulverhaal op. Maar Mikki gééft hun die tweeenhalve pond, elke keer weer. Ze is de vriendelijkste persoon die ik ken, maar ze lijkt nooit helemaal opgewassen te zijn tegen de boze buitenwereld.

Weet Jack eigenlijk dat haar familie een succesvolle keten surfwinkels bezit? Zelfs wanneer zij hem dat niet heeft verteld, had hij haar kunnen googelen.

Hij legt een grote hand op Mikki's onderarm. 'Is al het papierwerk geregeld?'

Ik verstijf ogenblikkelijk.

'Yep,' zegt Mikki.

Haar lichaamstaal verraadt geen enkele angst, maar dat wil niet zeggen dat die er niet is.

'Vandaag over twee weken, hè?' zegt Jack.

O, verdomme. Ze hebben het vast over hun bruiloft. Ik wist niet dat die al zo snel zou zijn. Dus ik heb veertien dagen om haar tot andere gedachten te brengen. Ik kijk naar haar vinger om te zien of ze een verlovingsring draagt, maar die is er niet. Logisch natuurlijk als Jack platzak is. Ik geloof niet dat Mikki zich stoort aan het gebrek aan een ring. Ze mag dan goed in de slappe was zitten, ze is de minst materieel ingestelde persoon die je je kunt voorstellen.

Ik sla Jack gade als hij eet. Haar verloofde. Het idee moet nog steeds bij me bezinken. Zolang ik Mikki ken heeft ze nooit een echt vriendje gehad. Op de middelbare school heeft ze kort verkering gehad met een jongen, en daarna met nog een paar, maar die relaties was nooit een lang leven beschoren. Een tijdje heb ik me afgevraagd of ze op vrouwen viel, maar dat leek ook niet zo te zijn. Misschien heeft ze genoeg aan surfen, haar enige grote passie.

Jack lijkt in niets op de mannen met wie ze vroeger iets heeft gehad. Dat waren voornamelijk creatieve types met een baard, lang haar en hippiekleding. Jack is... gezonder en atletischer. En sexyer... *Geen nuttige gedachte, Kenna.*

Zijn tattoos zijn het andere vreemde aan hem. Zijn hele lijf is ermee bedekt. Rijkelijk versierde zeewezens en mythische beesten, een slang die om zijn pols kronkelt. Heeft ze haar ouders daarom niets over het huwelijk verteld – omdat zij het niet zouden goedkeuren?

Jack staart me opnieuw aan en daar krijg ik de kriebels van. Ik moet Mikki alleen zien te krijgen en meer over hem aan de weet komen. Hij ruimt de lege borden af. In elk geval weet hij hoe het hoort. Terwijl hij afwast, maak ik mijn rugzak open en haal er cadeautjes uit: zakjes Engelse chocolade – Minstrels en Revels – omdat Mikki heeft gezegd dat ze die mist. Boeken en een paar schattige Havaianas-teenslippers met een Japans mangameisje erop.

Mikki trekt ze meteen aan. 'O, ik vind ze geweldig!'

'En...' Verlegen haal ik make-up tevoorschijn. Alle merken die ze graag gebruikte toen we huisgenoten waren. 'Ik wist niet of je die hier kunt krijgen. Of dat je ze nog steeds gebruikt.'

Ze haalt de dop van een lippenstift en loopt naar de spiegel in de woonkamer om wat op te doen. 'Ja, die hebben we hier ook, maar evengoed bedankt.'

Met glanzend roze lippen omhelst ze me nog een keer en gaat dan weer zitten. Er hangt nog steeds een vreemde spanning tussen ons, maar in elk geval lijkt ze weer wat meer zichzelf.

'Hoe gaat het met Tim?' vraagt ze.

Ik ben onder de indruk dat ze zijn naam nog weet. 'Ik ben maar een paar keer met hem uit geweest. Ik heb het tijden geleden al uitgemaakt. Had ik dat niet verteld?'

'Mooi zo. Hij klonk akelig saai.'

Ik schiet in de lach. Wat kent ze me toch goed. 'Waarom heb je dat niet eerder gezegd?'

Zij begint ook te lachen. 'Ik wilde niets liever.'

Heel even is het net als vroeger. Wij samen. Hartsvriendinnen voor altijd. Ik heb geen zus – alleen een oudere broer, met wie ik geen hechte band heb –, maar Mikki komt in de buurt.

'Was hij té aardig?' vraagt ze.

'Niet echt.' Waarom zou ze uitgerekend die vraag stellen? Zegt dat iets over haar en Jack? 'Alleen was… de jeu er voor mij een beetje af.'

'Dus momenteel heb je geen relatie?' vraagt Mikki.

Jack kijkt me even aan over zijn schouder, wat me een onbehaaglijk gevoel geeft. 'Nee.'

Hij droogt zijn handen af aan een theedoek en komt naar ons toe. 'Je boft dat je juist nu bent gekomen, Kenna. Morgen vertrekken we naar de kust.'

Ik kijk Mikki aan voor bevestiging. Haar schaapachtige uitdrukking kwetst me diep. Heb ik die hele reis gemaakt om haar maar een paar uurtjes te zien?

'Heb jij al plannen?' vraagt Jack.

'Eh…' Tijd doorbrengen met mijn beste vriendin. Meer te weten komen over de dubieuze Australiër met wie ze wil gaan trouwen. Haar overhalen om mee terug te gaan naar huis. 'Niet echt.'

'Ga dan met ons mee,' zegt Jack.

Mikki zet grote ogen op, maar dat ontgaat hem. Ze geeft allerlei vreemde signalen af. Tot ze ziet dat ik naar haar kijk; dan trekt ze haar gezicht snel in de plooi. 'Ja, ga mee.'

'Ik wil jullie niet voor de voeten lopen als jullie met z'n tweetjes willen zijn,' zeg ik.

'Nee, we zijn daar met z'n zessen,' zegt Jack.

Ik verstijf. Mikki heeft niet veel verteld over de groep waarmee ze surft, maar wát ik heb gehoord, bevalt me niets. Ik probeer tijd te rekken. 'Waar gaan jullie dan naartoe?'

'Gewoon, naar een strand.' Jack grijnst, maar als het een grap is, dan snap ik hem niet.

'Dat surfstrand waar je over hebt verteld? Waar bijna niemand komt?' vraag ik aan Mikki.

'Ja.' Even lijkt er iets tussen Mikki en Jack te spelen. Ze begint te blozen.

'Voor hoelang gaan jullie daarnaartoe?' vraag ik.

'Zo lang mogelijk,' zegt Jack. 'Ja toch, Mikki?'

Ik wacht tot ze hun bruiloft ter sprake brengt, maar dat gebeurt niet. 'En daar gaan jullie kamperen?'

'Yep,' zegt Jack. 'Jij surft toch ook?'

'Vroeger wel, maar tegenwoordig niet meer.'

'Waarom niet?'

Daar wil ik het niet over hebben. 'Ik was het zat.'

Jack fronst. 'Hoe kun je surfen nou zat zijn?'

Omdat ik het niet meer kon verdragen om de oceaan te zien. Niet na wat er was gebeurd. 'Ik ben verhuisd voor mijn werk, en daar is geen strand.'

'Maar je bent nu toch niet aan het werk?'

'Ik heb geen board.'

'Waar surfte je meestal op? Shortboard of longboard?'

Wat veel vragen. 'Eh... shortboard.'

'Wacht even.' Jack verlaat de kamer.

Ik kijk Mikki aan. 'Als je niet wilt dat ik meega, moet je het zeggen, hoor.'

'Natuurlijk wil ik dat wel,' zegt ze.

'Is alles goed met je?' vraag ik zachtjes. 'Hij doet je toch geen pijn,hè? Want dan kan ik je helpen.' Kijk eens aan: het hoge woord is eruit.

Mikki maakt een schrikbeweging. 'Wat? Nee.'

De snelheid van haar reactie komt verdacht over. 'Je lijkt gewoon niet zo blij.'

'Dat is het niet. Dat is het helemaal niet. Ik was gewoon verbaasd om je te zien.' Ze werpt een korte blik naar de deuropening. 'En er spelen wat rare dingen binnen de Stam.'

'De watte?'

'Zo noemen we onszelf. Maar je moet echt meegaan. Het wordt vast vet leuk.'

Nu overdrijft ze. Waar is ze in verzeild geraakt? Paniek bekruipt me. 'Tijdens onze gesprekken hing er een vreemde sfeer. Daarom ben ik hiernaartoe gevlogen. Ik wil je mee terugnemen naar Engeland.'

'Nee. Ik...'

Jack komt weer binnen en houdt een surfboard vast bij de rand. Verdomme. Hij zet het ding naast me neer. De bovenkant is gewaxt, maar te oordelen naar de puntgave toestand van het board is het nauwelijks gebruikt. Hij legt een hand op mijn schouder en ik schrik van het onverwachte contact. Ik merk dat ik kwaad word als hij me tegen het board duwt.

Hij kijkt van mijn kruin naar het uiteinde van het board. 'Wat vind je ervan? Het is één meter tachtig.'

Ik maak me van hem los en werp hem een boze blik toe.

Hij ziet het niet. Hij kijkt naar Mikki. 'Anders heeft Mikki wel een paar boards.'

Dankzij de surfwinkels van haar ouders had Mikki altijd alle boards die ze wilde. In de week voor mijn eenentwintigste verjaardag brak ik mijn enige board en ik kon me geen nieuw veroorloven. Toen heeft Mikki me er een voor mijn verjaardag gegeven, prachtig ingepakt. Ze moet er een hele rol pakpapier voor hebben gebruikt. Ze gaf mij altijd meer dan ik haar kon geven. Alweer een reden waarom ik er nu per se voor haar wil zijn.

Mikki knikt enthousiast. 'Er zijn genoeg boards om uit te kiezen.'

'Geloof me,' zegt Jack, 'zodra je de golven ziet op de plek waar we naartoe gaan, wil je meteen het water op. We hebben een reservetent. We hebben van alles een reserve-exemplaar. Nou, ga je met ons mee?' Hij is zo blij als een kind.

'Eh...' Ik werp Mikki opnieuw een korte blik toe. Het zal superongemakkelijk worden om mee te gaan terwijl zij dat duidelijk niet wil. Maar het is nu wel zonneklaar dat ze in de nesten zit. Ik moet alles in het werk stellen om haar veilig thuis te krijgen.

4

Kenna

Jacks auto is zo groot dat je hem bijna een kleine vrachtwagen kunt noemen. Het ding is zwart met chroom, heeft een gepersonaliseerd kenteken – JACKO – en staat hoog boven de grond op reusachtige wielen. Hoe kan een vent die blut is zich zo'n auto veroorloven? Of heeft Mikki die betaald?

De radio buldert: *Het wordt bloedheet! Als je vandaag naar het strand gaat: er staat een zwakke westenwind en er komen golven van een meter uit het zuiden.*

Om twee uur vannacht maakte de jetlag me wakker en kon ik niet meer in slaap komen, terwijl ik probeerde een manier te bedenken om Mikki meer informatie te ontfutselen. Maar tegen de tijd dat zij opstond, was Jack al bezig om de auto in te pakken en deed zich geen kans voor om haar onder vier ogen te spreken. Maar goed, vanochtend glimlacht ze voortdurend en lijkt ze oprecht blij dat ik met hen meega.

Jack rijdt een hoek om. 'Bondi Beach,' zegt hij, door het raampje wijzend.

Wanneer de gebouwen wijken, zie ik een glinsterend blauwe oceaan waarvan de golven tegen een hoefijzervormig strand klotsen. Hoewel het nog vroeg is, zijn er al groepjes mensen op het bijna witte zand. Eenzame joggers hollen op blote voeten. Strandwachten met rood-gele petjes op houden de boel in de gaten. Het zonlicht is verblindend en de kleuren zijn zo fel dat ik een hand boven mijn ogen moet houden. Zet een foto van dit strand naast een foto van een Engels strand en je zou denken dat er bij het Engelse strand geflitst had moeten worden.

In de oceaan dobberen een paar honderd surfers die elke golf die voorbijkomt proberen te pakken. Ik zie drie mensen op dezelfde golf surfen: een longboarder, een shortboarder en een half in de branding verborgen bodyboarder. De shortboarder komt naast de longboarder liggen en maakt boze gebaren. Achter hen stuift de bodyboarder op hen af alsof hij tussen hen door wil schieten. De golf stort in, waardoor ze alle drie in het water vallen in een kluwen van ledematen, boards en schuim. Ik hou mijn adem in tot de drie hoofden weer boven water komen.

'Waarom rijden we zo?' vraagt Mikki op de passagiersstoel.

'Het leek me leuk om Kenna een rondleiding te geven,' zegt Jack. 'Voor het geval ze hier niet meer terugkomt.'

'Hoe bedoel je?' vraag ik. 'Mijn vlucht vertrekt hiervandaan, dus ik kom beslist terug.'

Jack kijkt even achterom, zijn ogen onzichtbaar achter een spiegelende zonnebril. 'Wie weet, misschien bevalt de plek waar we naartoe gaan je wel zo goed dat je er nooit meer weg wilt.' Er speelt een heel vage glimlach om zijn lippen.

Ondanks de benauwde hitte in de auto krijg ik even de koude rillingen.

Jack stopt bij een supermarkt. 'Help me onthouden dat ik campinggas moet kopen.'

Mikki en hij gaan de winkel in en pakken allebei een winkelwagentje. Ik loop achter ze aan. Jack legt zakken pasta en rijst, blikken met groenten en vis en vier reusachtige watertanks in zijn wagentje. Mikki streept de items af op een lijst.

'Broccoli of sperziebonen?' vraagt Jack.

'Broccoli blijft langer goed,' zegt ze.

Hij tilt een grote gele vrucht op die ik niet ken.

'Getver, nee,' zegt ze, waarna hij hem teruglegt.

Ik sla de dynamiek tussen hen gade en zoek naar meer rode vlaggen. Tot nu toe lijkt hij in niets op de dominante figuur waar ik hem voor hield, maar misschien voert hij een toneelstukje voor me op. Voor hetzelfde geld is hij achter gesloten deuren heel anders.

Ik wijs op een felroze ding met stekels. 'Wat is dat?'

Mikki pakt er een. 'Een pitaja. Die vind je vast lekker.'

Bij een bezoek aan een nieuw land vind ik het altijd heel leuk om uit te zoeken wat voor chocola ze hebben, maar tot mijn teleurstelling duwen ze hun winkelwagentjes aan dat gangpad voorbij. Gelukkig ligt er nog een assortiment bij de kassa, waarvan ik sommige dingen ken en andere weer niet. Ik kies er een paar uit terwijl zij hun boodschappen op de lopende band leggen. Jack knipoogt naar me en ik voel me net een klein kind dat stiekem snoepgoed in het winkelwagentje van zijn ouders heeft gelegd.

Hij duwt het winkelwagentje naar buiten en laat Mikki betalen. Daar gaan ze onderling niet over in discussie, wat op een langdurige, vaste gewoonte duidt – alweer een aantekening in zijn nadeel.

'Hier, neem dit maar.' Ik haal tweehonderd dollar van de vijfhonderd die ik op de luchthaven heb gepind tevoorschijn.

Mikki wuift het weg. 'Geen sprake van. Misschien blijf je maar een dag of twee.'

Voordat ik kan aandringen, rijdt ze al met haar winkelwagentje naar buiten.

Jack heeft de achterbak van zijn pick-up geopend en ik zie een reusachtige koelbox, waar we de melk, kaas en het vlees in stoppen. Het restant van Mikki's stoofpot staat er al in.

Ik til een zak met ijs uit het winkelwagentje. Die is zwaarder dan ik had verwacht en ik wankel een paar passen opzij.

Jacks handen klemmen zich om de mijne. 'Ik heb hem.' Hij zet zijn blote knie onder de zak om het gewicht over te nemen.

Ik krijg vlinders in mijn buik door het lichaamscontact en als ik de zak loslaat, tilt hij die met gemak in de koelbox.

Hij kijkt Mikki aan. 'Hoe gaat het met je bloedsuiker? Wil je een banaan?'

'Nee, alles is oké,' zegt ze.

Heimelijk ben ik onder de indruk dat hij ernaar heeft gevraagd. Mikki heeft altijd problemen met haar bloedsuikergehalte gehad en als ze niet regelmatig eet, valt ze flauw.

Jack haalt een banaan uit de zak, pelt hem en neemt een hap. 'Wil jij er ook een, Kenna?'

'Nee, dank je. Nu even niet.'

In de auto is het om te stikken en ik slaak een gilletje wanneer ik me bij het instappen brand aan de loeihete leren bekleding.

'Sorry,' zegt Jack. 'De airconditioning is kapot.'

We rijden door de voorsteden, waar de geur van gemaaid gras zich vermengt met benzinedampen. We komen langs cricket- en rugbyvelden. Elke keer dat we voor een stoplicht tot stilstand komen, krijg ik inkijkjes in het Australische leven van alledag. Op een rivieroever staat een man met een strohoed op met een hengel in het water. Een gezin van vier sjouwt een enorme koelbox over de weg. Elke auto lijkt iets te vervoeren waarmee je het water op kunt: jetski's, surfboards, boten en kano's liggen op imperiaals, op aanhangers of in de auto zelf.

'Jullie kennen elkaar al sinds de basisschool, hè?' zegt Jack.

'Ja,' zeg ik. 'Toen mijn vader werkloos werd zijn we vanuit Schotland naar het zuiden verhuisd. De broer van mijn moeder had een boerderij in Cornwall en hij zat om hulp verlegen, dus toen ben ik halverwege het schooljaar op een nieuwe school begonnen. Ik was het nieuwe meisje met het rare Schotse accent. Toen de leraar me mee de klas in nam, zag ik een meisje dat dezelfde gympies droeg als ik.'

'Dezelfde watte?' vraagt Jack.

'Hardloopschoenen.' Mikki kijkt over haar schouder en grijnst naar me. 'Australiërs en Britten horen hetzelfde Engels te spreken, maar eigenlijk doen ze dat niet.'

Het waren Adidas-gympies geweest. Zwart met witte strepen.

'Gave naam,' had Mikki gezegd toen ik naast haar ging zitten.

'Het is een afkorting van McKenzie,' zei ik terug.

En dat was dat. Op die leeftijd was het leven heel simpel. Bleef dat maar altijd zo.

Ik kijk naar een vrouw in bikini die een longboard op haar auto bindt. Het roept herinneringen op aan de zomers in Cornwall van mijn late tienerjaren. De imperiaal van Mikki's Volkswagen Kever die inzakte onder het gewicht van onze surfboards.

Het verkeer staat bumper aan bumper als we het centrum van de stad naderen.

'Kom op! Doorrijden!' Onder het stuur gaan Jacks knieën op en neer. 'Ik popel om het water in te gaan.'

'Ik ook,' zegt Mikki.

We rijden langs hoge flatgebouwen die de weg in de schaduw zetten. Een vrouw in een boerka steekt een kruispunt over met een dienblad vol sushirollen. Een Japans meisje heeft een zak van McDonald's in haar hand. Dit zou een willekeurige grote Engelse stad kunnen zijn, tot je wat beter kijkt en je oude mannen ziet in korte broek en met een honkbalpetje van een surfmerk op, en oude vrouwen met blote benen die sandalen dragen in plaats van dikke bruine kousen en praktische veterschoenen.

Mijn oog valt op een poster in een bushokje: VERMIST: FRANS STAATSBURGER. Op de foto staat een glimlachend meisje met donker haar. Als de bus wegrijdt, wordt een groter deel van de muur zichtbaar en zie ik nog een VERMIST-poster. En nóg een.

'Wauw! Vermiste backpackers. Wat veel.' Ik denk aan Elkes moeder en de verdrietige blik in haar ogen.

Mikki wuift met haar vingers. 'Australië is een groot land. Elk jaar raken hier dertigduizend mensen vermist.'

Ik draai me half om en staar naar de posters terwijl Jack doorrijdt: drie jonge vrouwen.

'Kijk!' Jack wijst.

Tussen de wolkenkrabbers door vang ik een glimp op van de stralend witte 'zeilen' die het dak van het Sydney Opera House vormen, maar op dit moment heb ik meer belangstelling voor de vermiste backpackers. 'Maar waar gaan ze dan naartoe?'

Mikki draait zich half om en kijkt me aan. De schaduwen van de gekruiste steunbalken van de Harbour Bridge werpen ingewikkelde patronen op haar gezicht.

'Wie zal het zeggen? Of ze verdwalen, of ze willen zelf verdwijnen. De meesten duiken overigens uiteindelijk weer op.'

5

Kenna

Wanneer het verkeer afneemt, trapt Jack het gaspedaal in en stroomt er een welkom briesje door de open ramen naar binnen. Aan weerszijden van de auto verrijzen koperkleurige kliffen. Deze weg is uitgehakt in de rotsen. Ze noemen Australië 'het gelukkige land', maar ik betwijfel of de mensen die deze weg hebben aangelegd dat vonden.

'Dat strand.' Ik moet mijn stem verheffen om boven de wind uit te komen. 'Hoe ver is dat nog?'

'Vier of vijf uur rijden,' zegt Jack. 'Dat hangt van het verkeer af.'

'Wauw, dat is een flink eind.' Waarschijnlijk kan ik wel een bus of een trein terug nemen mocht het echt nodig zijn.

'Maak je geen zorgen. Het is het waard.'

Mikki knikt. 'Het is het echt helemaal waard.'

Hun enthousiasme werkt aanstekelijk. Een strand. Sinds ik achttien maanden geleden uit Cornwall ben vertrokken, ben ik niet meer op een strand geweest. 'Heeft het ook een naam?'

'Sorrow Bay,' zegt Jack. 'Maar wij noemen het gewoon "de Baai".'

De weg begint te stijgen. Hier en daar splitsen zich diepe dalen af tussen stukken bos.

'Aan de zuidkant steekt een rots uit in de oceaan,' zegt Jack. 'En aan de noordkant is een riviermonding. Aan de andere kant is een kleine gemeenschap, maar aan onze kant is er niets. Als we de snelweg verlaten, is het nog een uur rijden, en je hebt een auto met vierwielaandrijving nodig om er zelfs maar in de buurt te komen. Er loopt een onverharde weg, maar die zit vol kuilen. Je moet echt weten dat het er is, anders zou je de moeite er niet voor doen.'

Ik ga naar Google Earth op mijn telefoon. *Sorrow Bay.* Daar gaan we. Het kleine beige strand wordt aan de achterkant begrensd door het uitgestrekte groen van een nationaal park. En daar zie ik de rivier op de kaart staan. 'Shark Creek? Zijn die er ook – haaien?'

Jack kijkt Mikki even aan alsof hij niet weet of hij me dat wel moet vertellen. 'In de loop van de jaren zijn er een paar aanvallen geweest, maar dat is alleen maar gunstig voor ons. Het houdt de mensen weg.'

'En met "aanvallen" bedoel je...'

'Nou ja, voor het merendeel zijn het witte haaien. Een aanval van zo'n beest is meestal dodelijk. Maar daardoor komen er niet zoveel mensen. Vroeger was het een populair kampeerterrein. Tegenwoordig zijn wij de enigen die er surfen.'

Ik moet even slikken. 'Nou, gelukkig ben ik niet van plan om het water in te gaan.'

'Wacht maar tot je het ziet.'

Surfers doen doorgaans hun best om niet aan haaien te denken. In Cornwall hoefden we ons er geen zorgen om te maken, maar Mikki en ik hebben allebei op plekken gesurft waar vaak haaien worden gezien, iets wat je gewoon moet aanvaarden als risico van de sport, zoals skiërs en snowboarders lawines riskeren.

Op de passagiersstoel zit Mikki over haar telefoon gebogen. Dus tegenwoordig surft ze met haaien? Het zou me eigenlijk niet moeten verbazen. Al zolang ik haar ken, leeft ze voor surfen. Dat heb ik zelf ook jarenlang gedaan, maar Mikki was fanatieker dan ik en als surfinstructrice bracht ze dag in dag uit door op de oceaan.

Ik onderdruk een gaap. De jetlag slaat toe en ondanks het verblindende zonlicht heb ik opnieuw het gevoel dat het midden in de nacht is. Ik mail mijn ouders en rommel wat op social media. Dan kijk ik weer uit het raam en lijkt het net alsof we in Cornwall zijn. Ik zie zachtglooiende velden bespikkeld met paardenbloemen, waar grazende koeien naast sneeuwwitte ganzen staan. Alleen een sporadische palmboom verraadt dat dat niet zo is, net als de aanblik van de verdorde plantengroei, alsof iemand de oven op de hoogste stand heeft gezet en daarna is vergeten om hem weer uit te zetten.

Bordjes flitsen voorbij. SWANS CREEK, HERONS CREEK. In mijn beleving is een kreek een modderige sloot, maar de kreken waar wij langs rijden zijn dusdanig breed dat ik ze wel rivieren durf te noemen. MUDDY CREEK. EIGHT MILE CREEK.

Mikki is nog steeds op haar telefoon bezig.

Ik buig me naar voren en tik haar op haar schouder. 'Alles goed?'

'Ja, hoor. Hoezo?'

'Je bent zo stil.' Ze heeft nauwelijks iets gezegd sinds we Sydney hebben verlaten.

'Ze heeft nog geen koffie gehad.' Jack geeft haar een duwtje. 'Hé, Mikki. Voor onze afslag komt, stoppen we wel even bij een benzinestation.'

Opnieuw ben ik ervan onder de indruk hoe goed hij haar kent. Mikki kan af en toe een chagrijnig kreng zijn, vooral als ze koffie wil. Ik kijk weer uit het raam. GRASSY PLAINS. SHALLOW BAY. Ik hou van de ongekunstelde plaatsnamen hier. Die zeggen je precies waar het op staat. COW CREEK – heeft daar ooit een koe vastgezeten? MOSQUITO CREEK. Daar zou ik niet graag in vallen. RATTLE CREEK. Of in die.

Bij het benzinestation gaan Mikki en ik naar binnen om te plassen, terwijl Jack tankt. Op het moment dat ik weer buiten kom, zie ik dat Mikki iets op het prikbord bekijkt. Dat hangt vol met papiertjes, die wapperen door de airconditioning: weerberichten, aankondigingen voor boswandelingen, yogalessen en bijeenkomsten van Men's Group...

VERMIST: DUITS STAATSBURGER. VOOR HET LAATST GEZIEN OP BONDI BEACH OP 2 SEPTEMBER.

Op de poster kijkt een bekend paar ogen me aan: Elke. Er bekruipt me een vreemd gevoel. Het lijkt wel alsof ze me volgt.

Als Mikki me ziet, schrikt ze en ze trekt me mee naar de coffeecounter. 'Wat wil je hebben?'

'Cappuccino,' zeg ik. 'Maar ik betaal wel.'

'Dat hoeft niet.' Ze lijkt afwezig.

Jack komt naar het raam van het benzinestation.

Mikki gebaart dat hij terug naar de auto moet gaan. 'Ik betaal wel!' roept ze, waarna ze naar voren loopt om te bestellen. Terwijl we op onze koffie wachten gaat haar blik snel terug naar de poster.

Ik doe een poging om te betalen, maar ze houdt me opnieuw tegen. 'Dank je wel,' zeg ik, en ik neem een slok.

Buiten staat Jack te praten met twee vrouwen naast een felgele Jeep met surfboards op het dak. RENT-A-JEEP, staat er op de zijkant.

'In het noorden ligt Bumble Bay,' zegt Jack tegen hen. 'Dat is een goeie plek.'

'Wacht,' zegt een van de vrouwen terwijl ze door een surfgids op zakformaat bladert. 'Ja, gevonden.'

Ik ban de vermiste backpackers voorlopig uit mijn gedachten. 'Hoi. Zijn jullie Amerikaans?'

'Ik ben Canadees,' zegt de vriendin van de vrouw met het gidsje.

'Sorry,' zeg ik. 'Ik kan heel slecht accenten herkennen.'

Met zijn koffie stevig in zijn ene hand gaat Jack achter de langste van de twee vrouwen staan. 'Niet bewegen.'

Haar ogen worden groot. Het is een knappe vrouw met rood haar die een *playsuit* van spijkerstof draagt.

Jack drukt zijn andere handpalm op haar schouder. 'Mug. Ik heb hem!'

Ze begint te lachen. 'Bedankt! De muggen hier zijn ronduit boosaardig.'

'Wacht!' zegt Jack. 'Daar zit er nog eentje.'

Hij bepotelt haar. Ik betwijfel of er echt muggen op haar zitten. Volgens mij is dat gewoon een smoes om haar te kunnen aanraken. Met plaatsvervangende schaamte kijk ik naar Mikki, maar die reageert niet. Het is bijna alsof hij dit vaker doet.

'Mijn vrouw heeft lekker bloed,' zegt de donkerharige vrouw.

'Heb je ze nog over Sorrow Bay verteld?' vraag ik aan Jack.

'Hé, we moeten er weer vandoor,' zegt Jack.

De vrouw kijkt in haar surfgidsje. 'Sorrow Bay? Die zie ik nergens staan.'

Maar Jack loopt alweer verder. Het ene moment staat hij met haar te flirten en het volgende – zodra hij de woorden 'mijn vrouw' heeft gehoord – moet hij er ineens hoognodig vandoor. Alsof het niet al erg genoeg is dat hij in het bijzijn van zijn verloofde met een ander staat te flirten, blijkt hij ook nog eens homofoob te zijn.

'Het is waarschijnlijk te klein om vermeld te worden,' zeg ik.

'Kom mee, Kenna,' zegt Mikki.

Begint zij ook al? Ik wil die vrouwen laten merken dat ik niet zó ben. 'Er is daar een kampeerterrein. Daar gaan wij nu naartoe.'

'Kenna!' Mikki geeft een ruk aan mijn arm.

De vrouw pakt haar telefoon. 'Ik googel het wel even.'

Jack claxonneert.

Mikki rukt mijn arm bijna uit de kom. 'Jezus, Kenna. Schiet nou op!'

'Sorry,' zeg ik. 'Ik moet gaan. Nog een prettige reis.'

'Jij ook!' roept de vrouw.

Voor in de auto heerst stilte terwijl Jack de snelweg weer op rijdt.

'Moet je die bomen zien,' zegt Jack. 'Er staat een zuidenwind. Die rotzakken krijgen alle golven.'

De lul! *Laat het los*, zeg ik daarna tegen mezelf.

Jack geeft Mikki een duwtje. 'Wil je het weerbericht even controleren voordat we bij de afslag komen?

Mikki pakt haar telefoon. Ik denk aan de vermiste backpackers en pak de mijne. Er zijn verscheidene artikelen. Ik klik op het eerste. ACHT VERMISTE BACKPACKERS, MAAR BLIJFT HET DAARBIJ? Vluchtig bekijk ik de foto's. De meesten zijn vrouwen. De twee mannen lijken absoluut niet op elkaar: de een draagt een wetsuit en heeft blond haar dat tegen de zijkanten van zijn gezicht plakt. De ander draagt een pak en een stropdas en is zo gladgeschoren dat hij totaal niet op een backpacker lijkt. Het is een allegaartje van nationaliteiten: Amerikaans, Zweeds, Iers... Een paar van hen houden een surfboard vast. De koffie heeft totaal geen effect op me gehad. Ik dut langzaam in, al doe ik mijn uiterste best om wakker te blijven.

'De golven vandaag zijn ongeveer een meter twintig,' zegt Mikki. 'Morgen worden ze nog kleiner.'

'Kut,' zegt Jack.

Ik hou me aan mijn stoel vast als hij een bocht maakt.

Er flitst een bordje voorbij: WELKOM IN NATIONAAL PARK SORROW. We rijden nu op een smalle onverharde weg. Tussen de bomen door vang ik een glimp op van donker water. Shark Creek, denk ik, hoewel het meer op een complete rivier lijkt.

Nog een bordje: WEG KAN OVERSTROMEN.

'Wat doet de wind?' vraagt Jack.

Mikki tuurt op haar telefoon. ''s Ochtends zuidenwind, in de middag draaiend naar het noorden.'

Gapend klik ik op een ander artikel. Nog een vermiste backpacker die net als Elke voor het laatst op Bondi Beach is gezien. Maar goed, waarschijnlijk brengen de meeste backpackers een bezoek aan Bondi.

'Ik zou maar opschieten,' zegt Jack, die ziet wat ik doe. 'Zo meteen heb je geen bereik meer.'

'Meen je dat nou?' zeg ik.

'Er is hier niemand,' zegt Jack. 'Nou ja, alleen wij dan.'

Ik begin spijt te krijgen van dit hele idee. 'Dus er is geen internet en helemaal geen bereik? Shit!'

Het artikel wil niet laden. En inderdaad, het bereik is weg. Normaliter ben ik altijd online. Cliënten maken afspraken met me via mijn website. Ik heb een bericht gepost om ze te laten weten dat ik een maand weg ben, maar als mijn vaste cliënten een blessure oplopen, sturen ze me waarschijnlijk toch een berichtje. En stel dat ik weg wil? Zonder bereik om een taxi of Uber te bellen ben ik overgeleverd aan een man die ik nauwelijks ken.

Maar mijn oogleden zijn zo zwaar dat het pijn doet om ze open te houden. Ik kan me niet langer tegen de jetlag verzetten. Er ligt een zwarte hoody in de voetruimte. Ik raap hem op, druk hem als een kussen tegen het raam en doe mijn ogen dicht. Terwijl ik wegdoezel, hoor ik Mikki's stem.

'Ze slaapt,' zegt ze beschuldigend. 'Je hebt het toch niet gedaan, hè?'

'Nee!' zegt Jack. 'Natuurlijk niet. Ze is een vriendin van je.'

Wazig vraag ik me af waar ze het over hebben. Maar ik ben te moe om me er druk over te maken.

6

Kenna

Als de auto slippend tot stilstand komt, word ik naar voren geworpen en schieten mijn ogen open. Een dik bladerdak onttrekt de hemel aan het zicht en werpt schaduwen over de weg – voor zover je het een weg kunt noemen. Eigenlijk is het niet meer dan modder en steenslag.

Vlak voor ons wordt de weg geblokkeerd door een afzetting: GEVAAR! AARDVERSCHUIVINGEN. WEG AFGESLOTEN.

Mikki opent haar portier, springt uit de auto en sleept de afzetting opzij. Jack rijdt door, waarbij de steentjes onder de banden knerpen. Ik raak in paniek en ben op slag klaarwakker. Reikhalzend kijk ik waar Mikki is gebleven. Jack trapt opnieuw op de rem en Mikki stapt weer in. Achter haar staat de wegafzetting weer op haar plaats. Jack rijdt verder over de onverharde weg.

Ik kijk door de voorruit terwijl we op en neer hobbelen. 'Daar stond dat de weg was afgezet.'

'Maak je daar maar niet druk om.' Hotsend door de kuilen rijdt Jack minutenlang door.

Onder de auto klinkt een knarsend geluid wanneer we door een enorm diepe kuil rijden. Ik hou me vast aan mijn stoel, doodsbenauwd dat hij een band lek zal rijden. Wat moeten we dan? Ik kijk op mijn telefoon. Nog altijd geen bereik, dus een takelwagen bellen is onmogelijk.

De bomen lijken zich oneindig uit te strekken in alle richtingen, hun stammen kaal en met her en der zwarte plekken, al doet nieuw gebladerte moedig zijn best om uit te lopen. Na een bocht stroomt er water over de weg: een lage dam. Zonder vaart te minderen rijdt Jack eroverheen, waardoor het water langs de ramen omhoogspat. Ik raak een beetje in paniek. Ik wist niet dat die plek zo afgelegen zou zijn.

'Ik heb geen slaapzak,' zeg ik.

'We hebben een reserve,' zegt Mikki.

'Ik heb geen zonnebrand meegebracht.'

'Je mag de mijne wel lenen.' Over haar schouder werpt ze me een blik toe. 'Vroeger was je niet zo'n tobber. Ik was net zo, de eerste keer dat ik hiernaartoe ging. Deze plek zal je goeddoen.'

Jack trapt keihard op de rem.

'Wat is er?' vraagt Mikki.

Hij wijst naar een lang, donker ding dat dwars over de weg ligt. Een stok. Of nee: een slang.

Jack laat de motor even toeren maken, maar de slang verroert zich niet. 'Kut.'

'Rijd er gewoon overheen,' zegt Mikki.

'Ik wil hem niet verpletteren.' Jack haalt een paar keer langzaam adem. Zijn knokkels zijn wit om het stuur.

'Zal ik...' begint Mikki.

Jack opent het portier en stapt snel uit. 'Nee.'

'Wees voorzichtig!' roept Mikki.

Hij slaat het portier achter zich dicht.

Mikki en ik kijken door de voorruit. 'Is dat beest giftig?' vraag ik.

'Waarschijnlijk wel,' zegt Mikki. 'En hij is doodsbang voor slangen.'

Jack loopt langs de berm en pakt een dor blad, dat hij naar de slang gooit. Die beweegt zich niet.

Jack gooit nog een blad. Het stuitert van de rug van de slang en het dier glijdt weg. Met een bleek gezicht stapt Jack weer in.

Mikki geeft hem een paar schouderklopjes. 'Goed gedaan.'

Hij pakt het stuur beet, blijft even zitten en rijdt dan verder.

Voor ons zie ik geparkeerde auto's staan: een opvallende rode pick-up en een bemodderde auto met vierwielaandrijving. Jack brengt onze auto knerpend tot stilstand naast de andere auto's. Ik stap uit en merk dat de modder hard en droog aanvoelt onder mijn voeten. Ik ruik boomschors en mos, en de stille lucht gonst van de insecten.

Jack maakt de achterbak van zijn pick-up open. 'Neem mee wat je kunt dragen.'

Mikki loopt een smal pad op, beladen met tassen. Ik hang mijn grote rugzak om en pak het surfboard dat Jack me gisteren heeft laten zien. Daarna pak ik mijn kleine rugzak en loop achter Mikki aan. Het is vreemd om weer een board onder mijn arm te hebben. Ik ben niet van plan om daar een gewoonte van te maken. Mikki gaat een bocht om en verdwijnt uit het zicht. Het board slaat tegen mijn heup als ik mijn pas versnel. Het pad splitst zich en ineens is Mikki nergens meer te zien.

Een houten bordje: NAAR HET STRAND. In de verte hoor ik de branding ruisen. Insecten gonzen in mijn oren terwijl ik haastig verder loop. Het pad is overwoekerd en takken schrammen mijn gezicht. Een spinnenweb blokkeert het pad voor me. Ik heb het sowieso niet op spinnen, maar in Engeland zijn die tenminste niet giftig. Ik kijk achterom in de hoop Jack te zien, maar er is niemand. Ik hoor de branding ook niet meer, wat vreemd is. Met de voorkant van het surfboard haal ik het spinnenweb voorzichtig weg. Speurend naar spinnen duik ik eronderdoor. De bomen aan weerszijden van het pad sluiten me in en mijn haar blijft in de takken hangen als ik erlangs loop. Heb ik het verkeerde pad genomen?

Na de volgende bocht: een man.

Ik blijf stokstijf staan. 'Hoi.'

Het enige wat hij draagt is een boardshort. Hij heeft kortgeknipt haar en prachtige grijsgroene ogen. Hij staart me aan alsof hij een spook ziet.

'Ik ben Kenna.'

Hij schraapt zijn keel. 'Clemente.'

Hij heeft een gebruinde huid en een blote borstkas, en zijn armen en zijn benen zitten onder de tattoos. Ook heeft hij de smalle heupen en sterke romp van een surfer. Hij hoort vast bij de groep… bij de Stam.

'Ik zoek het strand,' zeg ik. 'En mijn vriendin Mikki.'

Clemente lijkt zich te herpakken. 'Niet deze kant op.'

Hij heeft een accent. Spaans, denk ik.

'O,' zeg ik. 'Maar op dat bordje stond…'

'Kom mee.' Voordat ik hem kan tegenhouden, heeft Clemente het board al van me overgenomen. Ik loop achter hem aan door het struikgewas tot we weer bij de splitsing zijn, waar we het andere pad nemen. We komen op een open plek waar vier tenten om een houten picknicktafel en een barbecue staan. Aan één kant staat een klein, uit beton opgetrokken gebouwtje. De toiletten?

Een jonge vrouw loopt op me af. 'Wie ben jij in godsnaam?'

Ik probeer om niet ineen te krimpen. Ze heeft een vet Australisch accent, lange blonde dreadlocks en een huid die te veel in de zon is geweest.

'Dit is Kenna,' zegt Jack. 'Mikki's vriendin uit Engeland. Kenna, dit is Sky.'

Met een ruk draait Sky zich naar Mikki.

'Híj heeft haar uitgenodigd. Ik niet,' zegt Mikki zachtjes.

Ik ben diep gekwetst.

Jack slaat een arm om mijn middel en leidt me naar de berg tassen en boards. 'Leg alles daar voorlopig maar neer.'

Voor deze ene keer ben ik blij dat hij zo verdomd aanrakerig is. Ik zet me schrap wanneer ik Sky voorbijloop en verwacht bijna dat ze naar me zal uithalen. Een zwarte man met heel kort geschoren haar, geprononceerde, trotse jukbeenderen en forse spieren komt bij haar en Clemente staan. De manier waarop ze me van top tot teen opnemen, geeft me het gevoel dat ik een aangeklaagde crimineel ben die voor de jury staat.

Sky kijkt Jack aan. 'Je kunt hier niet onaangekondigd mensen mee naartoe nemen.' Slank en gespierd, en gekleed in een geribbelde tanktop die haar sterke schouders mooi laat uitkomen, is ze een paar centimeter kleiner dan ik. Onder haar gescheurde cargoshort zijn haar voeten bloot en de nagels zeeblauw gelakt.

De zwarte man schudt zijn hoofd. 'Ja, daar moet je echt mee ophouden, maat.'

'Ze is helemaal uit Engeland komen vliegen,' zegt Jack. 'Het is toch zonde als ze na zo'n lange reis maar een paar uur met haar vriendin kan doorbrengen?'

Toen Mikki over de groep vertelde, kreeg ik visioenen van een stel hippies met bloemen in hun haar. Lui die cannabis rookten en blootsvoets rond een kampvuur dansten. Niet dit. Ze zijn dicht bijeen gaan staan terwijl ze overleggen wat ze met me aan moeten. Ze doen me denken aan een sportteam dat bespreekt hoe ze de tegenpartij in de pan gaan hakken.

7

Kenna

Met een hulpeloze blik in haar ogen kijkt Mikki me even aan. *Zeg iets, Mikki. Neem het voor me op.* Maar ze zegt niets. Ik voel dat ze zich geneert. Mijn komst heeft haar in de problemen gebracht.

Jack geeft Clemente een por. 'En, wat vind je ervan? Ze doet me denken aan...'

'Hou op!' Clementes blik vangt de mijne. Die ongelooflijke ogen... Ik kan mijn blik er niet van afwenden. Ik kan ook niet slikken. Zelfs ademhalen is moeilijk. Ik ben opgelucht wanneer hij zich met een ruk omdraait en het bos in loopt.

Sky zucht. 'En nu?'

'Kenna blijft een paar dagen bij ons en daarna reist ze verder,' zegt Mikki.

Eindelijk zegt ze iets, maar het is mosterd na de maaltijd.

'Ja,' zegt Jack. 'Bij de volgende keer boodschappen doen, neem ik haar mee en zet ik haar af bij een Greyhound-bushalte.'

In een poging mijn ongemak te verhullen, neem ik een slok water uit mijn fles en kijk om me heen. Tussen de bomen is een dekzeil opgehangen om de trainingsspullen te beschermen: dezelfde yogamatten, fitnessballen en schuimrollers die ik in mijn praktijk gebruik. Overal liggen surfboards, met de bovenkant omlaag om de gewaxte oppervlakken te beschermen tegen het zonlicht dat tussen de bladeren door schijnt.

'Maar ze ként deze plek nu,' zegt de zwarte man.

'Maar wie zou ze dat moeten vertellen, Victor?' vraagt Jack.

'Dat is nou precies het probleem!' zegt Victor met stemverheffing. 'Dat weten we dus niet.'

Een kraai schrikt, fladdert op en stoot een krassende alarmroep uit boven de boomtoppen.

'Sst.' Sky legt even een hand op zijn schouder en komt dan naar mij toe. 'Victor heeft gelijk. Je mag niemand over deze plek vertellen, Kenna.'

Victor loopt achter haar aan. 'Wat we hier hebben is kostbaar.' Hij slaat een arm om haar heen. Kennelijk zijn ze een stel.

'Wie zou ik het moeten vertellen?' vraag ik. 'Behalve Mikki en jullie ken ik niemand in Australië.'

Jack kijkt de anderen aan. 'Zie je wel?'

'Kom, we kunnen surfen!' roept een stem.

We draaien ons allemaal om en kijken. Op een sukkeldrafje komt Clemente over het pad naar ons toe.

'Er staat te veel wind,' zegt Sky.

'Die is gedraaid.' Clemente begint zijn board te waxen.

Plotseling pakken de anderen hun board en geven ze de wax aan elkaar door. Ik wacht af of ze ook aan mij denken, maar Clemente draaft alweer weg over het pad en de anderen volgen hem een voor een, tot alleen Mikki en ik er nog zijn.

Mikki lijkt zenuwachtig. 'Sorry. Ze doen behoorlijk beschermend over deze plek. Ze komen er wel overheen.'

Ik dwing mezelf te glimlachen. 'O, vast wel.' Vroeger was het altijd Mikki en ik tegen de rest van de wereld. Ik ben helemaal van mijn stuk nu ik merk dat haar loyaliteit tegenwoordig bij anderen ligt.

Ze grabbelt in haar rugzak en haalt er een bikinitopje uit, waarna ze haar T-shirt en beha uittrekt en zich in de bikini wringt. Ik knipper geschokt met mijn ogen. Vroeger was ze ontzettend preuts.

Ze heeft haar boardshort al aan. Ze pakt haar board en kijkt me verontschuldigend aan. 'Ga je mee?'

Heel even kom ik in de verleiding. Kon ik maar uitwissen wat er is gebeurd en teruggaan naar de tijd waarin de oceaan nog niet voor me verpest was. 'Nee. Maar veel plezier.'

'Bedankt.' Ze holt weg, waarna het stil wordt op de open plek, op de geluiden van de natuur na: het geritsel van de bladeren en het zachte ruisen van de branding.

Een donkere gestalte komt op me af. Verdomme nog aan toe...

Ik slaak een zucht. Het is maar een wetsuit op een knaapje dat heen en weer beweegt aan een tak. Ik blijf staan en probeer me te herpakken, maar schrik van elke nieuwe beweging van de bomen en het struikgewas.

Mijn portemonnee, paspoort en telefoon zitten in mijn kleine rugzak. Die gris ik snel mee en dan ren ik haastig over het pad achter de anderen aan. De ruimte tussen de bomen wordt groter. Het geruis van de branding wordt steeds luider. Ik proef de frisheid van zilte zeelucht. Als ik het struikgewas achter me laat, zie ik een verweerd houten bordje: GEVAAR! GEEN STRANDTOEZICHT. STERKE STROMING. Erachter ligt een zanderige baai met aan de zuidkant grillige, scherpe donkere rotsen. Transparante en volmaakte golven slaan ertegenaan. Het is een bitterzoete aanblik, alsof je een oude vlam tegenkomt voor wie je nog gevoelens koestert, ook al weet je dat hij niet goed voor je is. Ik ben naar Londen verhuisd om de oceaan niet meer te hoeven zien, en nu ligt hij toch weer voor me, zijn aantrekkingskracht groter dan ooit.

Mikki klautert over de rotsen. De anderen liggen al in het water en peddelen naar open zee. Ik schop mijn teenslippers uit. Het zand streelt mijn tenen als ik naar de rotspartij loop.

Het water heeft een ongelooflijk mooie tint turquoise. Vroeger dacht ik dat juist die kleur het surfen zo magisch maakte, maar daarna heb ik op het grijze water van de avondschemering gesurft, op zwart water bij maanlicht, op zilverkleurig water tijdens een regenbui en op alle denkbare tinten blauw en groen, die stuk voor stuk even magisch bleken te zijn.

Clemente pakt een golf en maakt reusachtige, krachtige bochten bijna tot aan het strand. Sky staat inmiddels ook op haar board en heeft de golf erna gepakt.

Het pijnlijke verlangen wordt groter. Ik kan terugrennen over het pad, Jacks reserveboard pakken en me bij hen voegen. Uit de luwte van de bomen is de wind sterker. Hij blaast me naar het water toe alsof hij mijn gedachten kan lezen. Ik leun achterover, verzet me ertegen en loop dan zijwaarts tussen de rotsblokken door op zoek naar een steen die plat genoeg is om op te gaan zitten. Daarzo.

Het water is zo helder dat ik schelpen en kiezelstenen op de zeebodem zie liggen. Ik tast omlaag en pak er een handjevol van. Het water is warmer dan ik had verwacht. Veel warmer dan de zee bij Cornwall zelfs midden in de zomer is. Ik laat het water tussen mijn vingers door sijpelen. Het is vreemd om te bedenken dat dezelfde watermoleculen misschien langs mijn plaatselijke strand zijn gestroomd, zijn stukgeslagen op stranden in Hawaï of ooit deel hebben uitgemaakt van reusachtige ijsbergen.

De scherpe schittering van het water maakt me duizelig. Ik had mijn zonnebril op moeten zetten. Ik ben totaal onvoorbereid op het felle licht hier. Er spat een grotere golf tegen de rotsen. Mijn korte broek wordt kletsnat, maar dat kan me niets schelen. Ik lik aan mijn lippen en proef het zout. God, wat heb ik dit gemist. Ik schuif naar voren tot mijn voeten in het water bungelen. Het voelt alsof mijn ziel wordt gewassen.

Jack pakt een golf en gaat ervandoor terwijl de witte schuimkap boven zijn hoofd omslaat, zodat hij in de tunnel verdwijnt en daar aan de andere kant weer uit komt. Opnieuw vraag ik me af of ik dat board moet gaan halen, maar ik weet precies hoe het dan gaat. Om te beginnen zou ik keihard onderuitgaan, want ik ben ontzettend uit vorm, maar wat nog veel erger is: ik zou worden teruggezogen in de sport die ik heb opgegeven en er helemaal opnieuw door geobsedeerd raken.

In de tijd dat ik nog surfte kon ik nooit plannen maken, omdat mijn hele leven in het teken van de golven stond. Een baan van negen tot vijf? Juist dan zijn de golven het minst druk. De bruiloft van een familielid? De golven waren die dag fantastisch. Een stedentripje met vriendinnen? Voor tweehonderd pond kon ik naar Biarritz vliegen! Ergens was het een opluchting toen ik ophield met surfen, omdat ik daarna gewoon mijn leven kon leiden en me weer op mijn carrière kon richten, al kan ik niet zeggen dat het me gelukkiger heeft gemaakt.

Er komt een golf op Mikki af. Ze peddelt zijwaarts. *Neem die golf niet, Mikki!* Hij slaat stuk op de rotsen en het water dat voor haar ligt wordt weggezogen. Als ze valt, zit ze in de problemen.

Al peddelend probeert ze de golf toch te halen. Achter haar komt de oceaan ineens omhoog en heel even lijkt het erop dat ze voorover in het water zal worden gegooid, maar ze drukt haar knieën samen voor een scherpe bocht onderaan de golf, waarna ze er op de een of andere manier in slaagt om overeind te blijven. Een golf die terugkaatst vanaf de kust zorgt voor een paar centimeter water op de rotsen terwijl zij er zigzaggend overheen gaat.

Ik word overspoeld door trots. Op haar dertigste is ze nog net zo'n topper als op haar twintigste. Maar wat een risico's neemt ze! Hoe sneller ik haar hiervandaan krijg, hoe beter het is. Ik tast in mijn rugzak naar mijn telefoon. Nog altijd geen bereik. Zonder eigen vervoer of zelfs maar de mogelijkheid om een Uber te bellen, ben ik aan de genade van de anderen overgeleverd. Achter me verrijzen de kliffen. Op hoger gelegen terrein heb ik misschien wat bereik, maar hoe kom ik daar?

Ik loop verder over het strand. De zon schijnt heet op mijn armen en mijn hoofd. Ik heb er niet aan gedacht om een petje op te zetten of me in te smeren met zonnebrand. Aan het uiteinde van de baai loopt een rotspartij het water in. Waarschijnlijk ligt de rivier er net achter. Ik zie niet alleen het rustige water naast de rotsen, maar ook dat de golven daar niet stukslaan. Ik herken het alleen omdat ik mijn tienerjaren heb doorgebracht met surfen aan de verraderlijke kust van Cornwall: een krachtige muistroom die je snel de zee op trekt.

Ik pak mijn slippers en loop het bos in. Het geritsel van de bladeren werkt kalmerend en de lucht hier is een paar graden koeler. Het pad maakt eerst een bocht naar links en gaat dan naar rechts, zonder enig teken dat de bebossing zal ophouden. Op sommige plekken is het struikgewas zo dicht dat het pad aan het zicht wordt onttrokken en ik op goed geluk moet doorlopen tot ik het weer zie. Wolken muggen stijgen op als ik me er een weg doorheen baan.

Het geluid van de krekels wordt oorverdovend. Ik heb het gevoel dat ik kilometers in elke willekeurige richting kan lopen zonder hier ooit weg te komen. Af en toe werp ik een blik achterom om er zeker van te zijn dat ik de richting waaruit ik ben gekomen nog kan zien.

Dan wordt mijn aandacht getrokken door iets wat beweegt. Op een blad zit een felblauwe vlinder die zijn vleugels opent en sluit. Gebiologeerd blijf ik ernaar kijken. Iets zoemt langs mijn oor en raakt mijn wang. Ik slaak een gilletje en sla het weg.

Wanneer ik opkijk, ben ik gedesoriënteerd. Langzaam draai ik een rondje. Overal om me heen is het groen. Zoveel groen dat het me duizelt. Aan weerszijden openingen in het struikgewas. Via welk pad ben ik hier gekomen? Ik kijk van links naar rechts, maar beide kanten zien er precies hetzelfde uit. Ik hoor de branding niet meer, dus ik heb geen idee of het strand nu voor of achter me ligt.

Ik kijk op mijn telefoon, maar ik heb nog steeds geen bereik. *Niet in paniek raken!* Ik heb ongeveer drie of vier minuten gelopen, dus ik zal een willekeurig pad nemen – dat aan mijn rechterkant – en dat vijf minuten volgen. Als het me niet terugbrengt naar de open plek, zal ik me omdraaien en teruglopen in de andere richting. Simpel.

Ik loop stevig door en al snel kleeft mijn T-shirt aan mijn rug. Ook heb ik vreselijke dorst. Ik heb er niet aan gedacht om mijn fles water mee te nemen. Ineens schiet me een krantenkop te binnen over een wandelaar die een paar dagen door de Australische Blue Mountains heeft gedwaald en heeft overleefd door water te drinken dat zich op bladeren had verzameld. Ik tuur naar het dichtstbijzijnde struikgewas, maar zie nergens water. Het is te heet.

Zijn er al vijf minuten voorbij? Mijn hoofd tolt. Ik leun tegen de dichtstbijzijnde boomstam en probeer na te denken. Moet ik hier blijven wachten tot het koeler wordt of moet ik doorlopen? Ik doe mijn ogen dicht.

Er zoemt iets in mijn oor en ik ga met een ruk rechtop staan. Kennelijk ben ik in slaap gevallen, want ik heb nu nog meer dorst. En ik heb hoofdpijn. Het bos voor me lijkt dichter, dus ik loop door, de schaduw in. Tussen het struikgewas door zie ik iets. Het duurt even voordat mijn hersens hebben verwerkt wat het is.

Op de grond, net zichtbaar tussen de gaten in het gebladerte, ligt een lichaam.

8

Kenna

Ik slaak een gil.

Het lichaam krabbelt overeind en er komt een man met verward blond haar en een slordige baard op me af. Intuïtief hef ik mijn handen op, maar hij maakt geen aanstalten om me aan te vallen.

'Hoi,' zeg ik met een schor piepje.

Zijn blik gaat snel van mijn gezicht naar de bomen om ons heen. CALIFORNIA DREAMING, vermeldt het logo op zijn groezelig witte T-shirt. Ik weet niet of hij een lid van de Stam is of gewoon een reiziger of een dakloze.

'Ik ben verdwaald,' zeg ik. 'Weet jij hoe ik terugkom bij het kampeerterrein?'

'Wie ben jij?' Er klinkt woede door in zijn stem.

'Kenna. De vriendin van Mikki?'

Daar moet hij even over nadenken. Hij loopt om me heen. 'Deze kant op.'

Waarom lag hij daar? Ik loop haastig achter hem aan en probeer me te herpakken. 'Hoe heet je?'

'Ryan.'

'Kom je uit Canada?'

Hij kijkt over zijn schouder. 'Ik ben Amerikaan.'

'O. Waar kom je vandaan?'

'Uit *Noo Yawk.*' Hij dikt het accent aan. 'Nee, hoor, ik kom uit Californië.'

Kennelijk is hij zo iemand die overal een grap van wil maken. Ik heb de pest aan zulke mensen, omdat je nooit weet of ze iets echt menen of niet. Meestal is het een verdedigingsmechanisme – als je alles geestig en luchtig houdt, kun je oppervlakkig blijven en hoef je nooit de diepte in te gaan of persoonlijke dingen te vertellen –, maar het is wel verdomd irritant.

Ineens blijft Ryan stokstijf staan en hij wijst naar een oranje ding in de boom voor ons. Groot en ovaal – een vrucht misschien? Hij klimt de boom in, waarbij hij zijn dijen om de stam klemt.

'Wat is dat?' vraag ik.

'Een papaja.' Hij draait de vrucht van de tak, bekijkt die en gooit hem vervolgens opzij alsof hij zijn vingers eraan heeft gebrand. Daarna laat hij zich uit de boom vallen. 'Daar hebben vleermuizen van gegeten. Die dragen ziekten bij zich.' Hij spuugt in het kommetje van zijn handen en veegt ze af aan de knoestige schors van de boomstam.

Plotseling klinkt er een luid getjirp uit een struik vlakbij. Ik doe een stap naar achteren. 'Wat is dat?'

'Gewoon krekels.'

We lopen door.

'Hoe weet jij welke paadjes je moet nemen?' vraag ik. 'Alles lijkt op elkaar.'

'Ik heb geleerd om hier de weg te vinden.' Ryan gebaart naar een grote geribbelde boomstam van een meter doorsnee. 'Je leert de oriëntatiepunten herkennen.'

'Het verbaast me dat hier niet meer bordjes zijn.'

'Vroeger waren die er wel.'

Rode en groene flitsen tussen de takken. Ik knijp mijn ogen tot spleetjes en tuur naar de vogels boven ons.

'Regenbooglori's.' Ryan strijkt een verwarde pluk blond haar achter zijn oor. Telkens wanneer onze blikken elkaar ontmoeten, kijkt hij snel weg.

Hij loopt door. Het struikgewas wordt dichter.

'Fluiten,' zegt hij.

'Wat?'

'Om de slangen te laten weten dat je eraan komt.'

Maakt hij een geintje?

'Met dit soort weer liggen ze graag te zonnebaden. Je wilt er niet op eentje trappen. Als ze je horen, hebben ze tijd om uit de weg te gaan.'

Ik weet nog steeds niet of hij me voor de gek houdt, maar ik fluit tussen mijn tanden en kijk naar de grond voor me terwijl hij me naar links en naar rechts leidt. Die verdomde jetlag. Ik heb helemaal geen energie meer.

Plotseling zijn we weer op de open plek. De anderen staan erbij in druipende zwemkleding. Ze vallen stil wanneer ze me zien. Ik kan wel raden over wie ze het hebben gehad. Mikki werpt me een schaapachtig glimlachje toe.

Ryan beent op hen af. 'Kan iemand me vertellen wat zij hier doet?'

'Het is in orde,' zegt Sky. 'Dat hebben we al afgehandeld. Ze blijft hier maar een paar dagen.'

'Nou, niemand heeft mij iets gevraagd,' zegt hij.

Ik dacht dat Sky en Victor wat met elkaar hadden, maar ze slaat op een intieme manier een arm om Ryans schouders en leidt hem daarna het bos in om met hem te praten. De anderen verspreiden zich. Mikki glimlacht nog een keer naar me en gaat dan naar een tent. Ik wil met haar praten, maar waarschijnlijk is ze zich aan het omkleden.

Dan speelt mijn jetlag weer op. Ik kijk naar de tenten en wil er dolgraag eentje in kruipen om te gaan slapen. Mijn fles water staat nog bij de stapel tassen waar ik hem heb achtergelaten. Ik neem grote, heerlijke slokken. Het water heeft de temperatuur van een heet bad en smaakt naar plastic, maar dat kan me niets schelen. Clemente en Jack staan bij de kraan en nemen een geïmproviseerde douche door flessen te vullen, die ze daarna over hun hoofd leeggieten.

Ineens voel ik een intense pijn in mijn grote teen. Ik kijk omlaag en zie een enorme mier, bruin en glanzend, op mijn voet. 'Verdomme!' Ik veeg hem eraf en dans rond, bang dat er nog meer zijn.

'Wat is er?' vraagt Jack.

'Ik ben gebeten door een mier.'

'Buldogmieren,' zegt Jack. 'Klotebeesten.'

'Jezus, wat brandt dat.' Mijn ogen tranen.

'Doe er wat ijs op.' De koelbox uit Jacks auto staat in de schaduw onder een boom. Hij loopt ernaartoe en haalt er een handje ijsblokjes uit. Voordat ik kan protesteren, dirigeert hij me naar een boomstronk, waar hij mijn voet op zijn schoot neemt en de ijsblokjes op mijn teen drukt. Alsof er een ongezien teken is gegeven stijgen de regenbooglori's op van hun tak en vliegen vervolgens luid krijsend een rondje boven de boomkruinen.

De haartjes op Jacks dij wrijven langs mijn enkel. Die kerel heeft geen enkel respect voor persoonlijke ruimte. Met een duistere uitdrukking slaat Clemente ons gade. Dan zie ik ook Sky en Ryan naar me kijken.

Ik pak het ijs van Jack af. 'Ik doe het zelf wel.'

De regenbooglori's keren terug naar hun tak, waar hun gekrijs wat zachter doorgaat, alsof ze het rondje dat ze net hebben gevlogen nabespreken. Ik druk het ijs op mijn teen.

'Ik zag je op het strand,' zegt Jack. 'Wat vind je ervan? Mooi, hè?'

'Ja, echt heel mooi.'

Jack straalt. 'Zei ik toch?'

Ik heb moeite om hem in te schatten. Hij is vriendelijk voor slangen, al heeft hij de pest aan ze, hij houdt rekening met Mikki's behoeften en tot nu toe is hij alleen maar aardig tegen me geweest. Waarom vertrouw ik hem dan niet? Omdat ik denk dat hij Mikki bedondert?

Mikki komt de tent uit met haar natte spullen en loopt naar een waslijn die tussen twee bomen is gespannen. Clemente staat bij de koelbox. Ik zie dat hij een sok met ijsblokjes vult en die om zijn vingers wikkelt: een zelfgemaakt ijskompres.

Met de druipende ijsklontjes in mijn hand strompel ik naar hem toe. 'Heb je je hand bezeerd?'

Zijn vochtige haar steekt omhoog in donkere piekjes. Hij klakt met zijn tong. 'Het is niets.'

'Zal ik er even naar kijken?'

'Nee,' zegt Clemente, waarna hij wegloopt.

Wat een hork. Ik ga naar Mikki toe.

Ze knikt in de richting van Clemente. 'Wat wilde hij?'

'Niets.'

Clemente vult een fles met water uit een van de watertanks die we in de supermarkt hebben gekocht. Ik blijf maar naar hem kijken en telkens kijkt hij terug. Waarschijnlijk omdat hij heeft gemerkt dat ik naar hem staar. *Stop daarmee, Kenna!*

Ik kijk Mikki aan. 'Wat ís dit voor plek? Wie zíjn deze mensen?'

Heel even verschijnt er een vreemde blik op haar gezicht.

'Wat nou?'

'Zij stonden voor me klaar toen ik niet op jou kon rekenen.'

'Ben je boos op me?'

Ze haalt beverig adem. 'Weet je nog hoe jij je voelde toen je Kasim was kwijtgeraakt? Nou, zo voelde ik me toen jij naar Londen verhuisde. Ik weet wel dat het niet hetzelfde is, maar zo voelde het wel. Je was ineens weg.'

Haar uitbarsting verbijstert me. Zulke dingen zegt ze anders nooit. 'Nee, het is inderdaad niet hetzelfde, want jij kon me bellen en facetimen...' Ik heb het nog niet gezegd of het schiet me te binnen dat ik me toen voor iedereen heb afgesloten en haar telefoontjes niet heb beantwoord. 'Het spijt me.'

In haar ogen glinsteren tranen. Aan haar schokkende schouders zie ik hoeveel emoties ze onderdrukt.

Ik sla mijn armen om haar heen. 'Het spijt me zo. Verdomme, nou maak je mij ook aan het huilen.'

Heel even slaat ze haar armen ook om mij heen, maar dan maakt ze zich van me los, terwijl ze nog steeds haar best doet om zichzelf weer in de hand te krijgen. 'Wat jij hebt meegemaakt was veel erger, dat snap ik heus wel. Maar toch deed het pijn. Ik hield mezelf steeds voor dat je op een dag terug zou komen, maar het leek alsof je voor altijd in Londen zou blijven.'

'Ik had toch gezegd dat je kon komen logeren? Je had zo lang mogen blijven als je wilde.'

'Ik ben surfinstructeur. Wat moet ik nou in Londen? Ik voel me dood vanbinnen wanneer ik niet bij de oceaan ben.'

Dood vanbinnen. Daar kan ik beslist in komen.

'Zonder jou was Cornwall niet meer hetzelfde. Ik voelde me heel alleen.' Een eenzame traan biggelt over Mikki's wang. Boos veegt ze hem weg. 'Daarom ben ik hiernaartoe gegaan, en nu ben ik echt weer gelukkig, nog gelukkiger dan in Cornwall, en blijf jij maar zaniken dat ik terug moet gaan naar huis. Nou, vergeet het maar.'

Ik probeer het over een andere boeg te gooien. 'Ik zag je daarstraks surfen… met niet meer dan een paar centimeter water onder je board.' Ik verwacht dat ze in elk geval een beetje schuldbewust zal kijken of tenminste het gevaar zal erkennen.

'Nou en?'

Ik voel me net een moeder die zich bemoeit met het leven van haar tienerdochter. 'Weet je wel hoe riskant dat was? We zitten hier midden in de rimboe. Stel dat er iets misgaat?'

'Jezus,' zegt Mikki. 'Dat uitgerekend jij dat tegen me zegt.'

9

Kenna
Twintig jaar geleden

Twee paar Adidas-gympen schommelden heen en weer in het bleke winterzonnetje. Mikki en ik zaten naast elkaar op het klimrek. Het was mijn eerste dag op mijn nieuwe school. De lucht rook naar koeienpoep, heel anders dan bij mijn oude school met zijn geur van dieseldampen van de drukke busbaan aan de andere kant van het schoolhek.

'De andere meisjes vinden me niet aardig,' fluisterde ik.

'Geeft niks,' zei Mikki. 'Ik word je vriendin wel.'

'Oké.' Bijna begon ik te huilen. Ik miste mijn oude school en mijn oude huis. Mijn oude leven.

Mikki sloeg haar arm om me heen. 'Laten we bij elkaar blijven.'

'Ik vind het hier niet leuk. Wat kun je hier eigenlijk doen?'

'Kun je surfen?'

'Ik heb het nog nooit geprobeerd.'

'Ik leer het je wel.'

'Gaaf.' Ik kon nauwelijks zwemmen, maar dat ging ik haar niet aan haar neus hangen. Met haar glanzende zwarte vlechten en ondeugende glimlach leek Mikki een meisje met wie je lol kon maken. 'Dan zal ik jou leren om over de spijlen van het klimrek te lopen. Wil je het eens proberen?'

Mikki slaakte een gilletje toen ik opstond.

'Het geheim is dat je niet recht omlaag moet kijken,' zei ik.

Met een angstige blik in haar grote donkere ogen ging ze langzaam staan.

'Kijk naar mij. Je ziet de spijlen, hè? Vergeet gewoon dat je kunt vallen en loop eroverheen.'

Voorzichtig deed Mikki een stap naar voren.

'Hé,' schreeuwde een stem. 'Hou daar ogenblikkelijk mee op!'

Mikki wankelde en viel bijna. Net op tijd wist ik haar hand te pakken. We gingen snel weer zitten en barstten in lachen uit.

'Kom eraf, meisjes!' Juf Rotterly stond beneden met haar armen te zwaaien.

De rest van de middag zat ik voor het kantoor van de hoofdmeester vanwege mijn 'gevaarlijke' gedrag. Ik was blij toen de bel ging. Buiten de school raakte mijn moeder aan de praat met de moeder van Mikki. Terwijl we op hen wachtten, klom ik in een boom.

'Hoe ben je helemaal daar gekomen?' riep Mikki.

'Het is heel makkelijk!' Ik gleed omlaag en liet Mikki zien waar ze haar voeten moest zetten.

Mikki was kleiner dan ik, dus moest ik haar een voetje geven. Daarna klom ik omhoog om me bij haar te voegen.

'Tijd om te gaan,' zei Mikki's moeder.

Maar Mikki durfde niet meer naar beneden. Ik was vergeten dat omhoogklimmen altijd makkelijker is dan omlaag. Uiteindelijk moest haar moeder de brandweer bellen. Juf Rotterly kwam naar buiten om te zien wat de reden van al het lawaai was. Toen ze erachter kwam dat het mijn schuld was, werd ze woedend.

'Wat bezielt jou toch?' tierde ze. 'Als je zo doorgaat, gebeuren er nog ongelukken.'

10

Kenna

Ik voel de mierenbeet kloppen en druk het ijskompres er weer op.

'Eigenlijk,' zegt Mikki, 'doe ik nu alles wat jij vroeger deed, maar nu geef jij me ervoor op mijn kop.'

'Maar hij is doodgegaan,' zeg ik. Weer word ik overspoeld door schuldgevoel.

'Dat was niet jouw schuld.'

Daar valt over te twisten, maar dat zeg ik niet hardop. Deze discussie hebben we al zo vaak gevoerd. Ik voel een steek in mijn schouder – een reusachtige mug. Ik sla hem dood, waardoor er een veeg bloed op mijn huid zit. 'God, de muggen hier zijn gruwelijk.'

'Je went er wel aan,' zegt Mikki.

'En dan die mieren. Vind jij die beesten niet vervelend?'

'Nee, valt mee. Ik heb alleen een hekel aan motten, maar zelfs daar ben ik niet meer zo bang voor.'

'Echt niet?' Vroeger was ze altijd doodsbang voor motten. Niet voor vlinders. Alleen voor motten. Ik vond het grappig en ergens ook schattig – die beesten bijten niet eens! –, totdat ik getuige was van een reusachtige paniekaanval. 'Herinner je je die keer dat er eentje in je haar bleef hangen?'

We reden over zo'n smal, slingerend weggetje dat typisch is voor Cornwall toen er een mot door het raampje aan de bestuurderskant binnenvloog en Mikki in haar gezicht raakte. Ze had gegild en was de controle over de auto kwijtgeraakt, die met een ruk vooruitschoot, waarna de motor – godzijdank – afsloeg en we aan de rand van de weg tot stilstand kwamen.

Terwijl ik mijn best deed om de mot de auto uit te krijgen, was Mikki met haar armen om zich heen blijven maaien en had de mot als een waanzinnige in een hoek van de voorruit gefladderd.

Mikki grijnst. 'Ja, laten we het daar maar niet meer over hebben.'

Nu lachen we erom, maar waarschijnlijk ben ik nooit dichter bij de dood geweest dan toen. Tot mijn opluchting lijkt Mikki weer wat meer zichzelf en ik pak mijn telefoon. Nog steeds geen bereik. 'Went het ooit om offline te zijn?'

'Ik vind het heerlijk.'

'Echt? Het vliegt me aan als ik bedenk hoeveel berichtjes ik heb gemist. Onder normale omstandigheden zou ik al minstens tien keer op mijn social media hebben gekeken. Ik probeer te minderen, maar het was niet mijn bedoeling om dat cold turkey te doen.'

Ik maak me ook zorgen om mijn cliënten. Dom Williams had last van een stijve schouder en ik wil dolgraag weten of hij die alweer kan bewegen. Jolanta Novak is deze week aan haar knie geopereerd.

Jij bent ook altijd met je werk bezig, hè? had Tim geklaagd tijdens onze tweede date.

Maar als iemand zich blesseert, heeft hij me misschien nodig. Vroeger vond ik het prettig als mensen me nodig hadden, maar in het afgelopen jaar is het wat te veel van het goede geworden.

'Blijf gewoon een paar dagen bij ons,' zegt Mikki. 'Daarna kun je weer terug naar al dat soort dingen.'

'Misschien heb je gelijk.' Hoe moet ik haar ertoe overhalen om mee terug te gaan naar huis? Ik ben even door mijn ideeën heen.

In elk geval lijkt ons gesprek de kou een beetje uit de lucht te hebben gehaald. Mikki pakt mijn hand en houdt die zo stevig vast dat het lijkt alsof ze hem nooit meer wil loslaten.

Bij de bomen klinkt gelach. Sky heeft een heel gemeen lachje. De anderen hebben dat ongetwijfeld al talloze keren gehoord, want ze reageren er niet op. Ze is bij Victor en plankt op een yogamat, gekleed in een stringbikini waarin haar strakke buikspieren goed uitkomen.

Mikki geeft me een zetje. 'Je zou zelfs een paar keer kunnen gaan surfen.'

'Ik heb toch al gezegd dat ik dat niet meer doe?'

'Wat doe je niet meer? Lol hebben?' Haar stem klinkt vriendelijk. 'Of je nou wel of niet surft, je krijgt hem er niet mee terug. Je kunt jezelf niet blijven straffen.'

'Maar het had jou of mij ook kunnen overkomen.' In mijn tienerjaren voelde ik me tijdens het surfen onoverwinnelijk. Pas toen mijn vriend doodging, drong tot me door hoe gevaarlijk het kan zijn.

'Uiteindelijk gaan we allemaal dood.' Mikki haalt een van mijn eigen motto's aan, en ik weet niet hoe ik met haar in discussie moet gaan. 'Maar ik kan je één ding vertellen, namelijk dat ik op dit moment, bij deze groep, terwijl we doen wat we doen, meer dan ooit het gevoel heb dat ik lééf. Maar goed, er zal heus niet nog een keer iets ergs gebeuren. Pak gewoon de kleine golven als je gaat surfen.'

'We weten allebei dat het zo niet werkt,' zeg ik.

In een sport als de onze wil je altijd meer. Groter, sneller, griezeliger. Je moet steeds meer risico nemen om dezelfde kick te krijgen. Of misschien geldt dat alleen voor mij.

Mikki's toon wordt milder. 'Mis je het dan niet?'

'Ja, ontzettend.' Een mug zoemt in mijn oor. Ik sla hem weg. 'Maar surfen is niet langer mijn leven. Ik ben veranderd.'

'Dat weet ik.'

Ik zie aan Mikki's gezicht wat ze daarvan denkt.

'Wanneer ben je voor het laatst echt gelukkig geweest?' vraagt ze.

Het antwoord is eenvoudig. Het jaar dat ik samen met Kasim en haar in Cornwall woonde. Weliswaar heb ik een nieuw leven opgebouwd in Londen, maar ik kan niet zeggen dat ik daar gelukkig ben. Mijn 'vrienden', als ik ze zo kan noemen, in het gebouw waar ik werk – de andere therapeuten, de receptionist en de beveiliger die bij de ingang staat – lijken me aardig te vinden, al heb ik geen flauw idee waarom. Waarschijnlijk zijn ze gewoon beleefd. Zij kennen mijn ware ik niet, degene die ik was voordat het noodlot toesloeg.

Op mijn vrije dagen blijf ik meestal in bed liggen met mijn herinneringen. *Dat is helemaal niet erg*, zo hield ik mezelf in eerste instantie voor. *Je hebt tijd nodig*. Maar dat is inmiddels twee jaar geleden. In het afgelopen jaar ben ik me er steeds meer bewust van geworden dat het wél erg is. Ik bijt op mijn lip en voel me veel minder zeker van mezelf.

'Misschien was je komst hier wel voorbestemd,' zegt Mikki. 'Stel je er gewoon voor open, dan zul je het hier vast net zo geweldig vinden als ik.'

Ik kijk even om me heen en zie de druipende surfkleding met slijtageplekken die aan de lijn hangt en de verzameling vaal geworden tenten. Het verwarde struikgewas dat vol bloesem zit. Witte bloemen die op toiletborstels lijken en roze bloemen met stekelige bloemblaadjes die bewegen in de bries als de tentakels van zeeanemonen. En dan de bomen: er staan er hier honderden – nee, duizenden.

Er moeten plekken zijn waar je naartoe kunt gaan om over je verlies te praten, zei pa een tijdje terug. Hij bedoelde waarschijnlijk de plaatselijke kerk of het buurthuis aan het einde van onze straat. Ik weet zeker dat hij geen plek als deze in gedachten had.

Clemente en Victor strompelen over het pad, beladen met spullen uit Jacks auto. Jack stopt alles uit de koelbox in een kleine koelkast.

'Waarom hebben jullie een koelkast?' vraag ik. 'Is hier elektriciteit?'

'Nee,' zegt Mikki. 'Dat ding loopt op campinggas. Net als de barbecue.'

En inderdaad zet Clemente een gasfles naast de koelkast en wisselt die met de oude fles.

Ryan staat bij de barbecue groenten te hakken met een gevaarlijk uitziend mes. Mikki's stoofpot staat in de buurt. Ik ruik hem in de wind en ineens merk ik dat ik verga van de honger. Ryan kijkt om de zoveel tijd op alsof hij wacht tot er iets gebeurt. Hij is een enorme zenuwpees. Elke keer dat ik naar hem kijk, wendt hij zijn blik af. Ik denk terug aan de eerste keer dat ik hem zag, liggend op de grond. Wat was hij toen verdomme aan het doen?

Victor en Clemente komen naar ons toe. Victor houdt een mok vast waar iets in zit en waar een metalen rietje uit steekt. Die lijkt vol te zitten met groene kruiden. Marihuana?

'Hé, Mikki!' Victor steekt zijn hand op om haar een high five te geven. 'Jij hebt vandaag een goede golf gepakt.'

Clemente geeft Mikki een por in haar ribben. 'Dat was mijn golf. Ze *snakete* me. Lelijke voordringster!'

Ik heb Clemente nog niet eerder in zo'n speelse bui gezien. Hij lijkt wel een ander mens.

Giechelend duwt Mikki hem weg. Onwillekeurig glimlach ik ook. Ik vind het geweldig om te zien hoe ontspannen Mikki omgaat met de twee mannen. *Ze heeft haar draai gevonden*, wordt dat genoemd, en in Mikki's geval klopt dat helemaal. Ze heeft ervoor naar de andere kant van de wereld moeten reizen, maar het is haar gelukt om een groep mensen te vinden met een even grote passie voor surfen als zij. Toch kan ik de risico's die ze neemt niet negeren.

'Wat mij dwarszit is dat jullie mijlenver bij het dichtstbijzijnde ziekenhuis vandaan zijn,' zeg ik. 'Raakt er nooit iemand gewond?'

De glimlachen verdwijnen. Er valt een ongemakkelijke stilte. Met een verwijtende blik in haar ogen kijkt Mikki me aan.

'Hoe gaat het met je hand?' vraag ik aan Clemente.

Hij maakt een geluid dat aangeeft dat ik daar niet over in hoef te zitten. 'Mijn vinger was uit de kom, maar dat is weer verholpen. Ik heb hem er weer in geklikt. Dat heb ik al zo vaak gedaan.'

'Ik heb ook eens een vinger uit de kom gehad,' zeg ik. 'Dat deed verdomd pijn.'

'Ik ga hem immobiliseren, maar eerst doe ik er ijs op.' Hij houdt het ijskompres nog steeds vast.

'Mag ik eens kijken?'

Clemente trekt zijn wenkbrauwen op.

'Je kunt hem hebben gebroken.'

Met een geërgerde zucht haalt hij het kompres weg en ik pak zijn hand. Uit de kom geschoten vingers komen vaak voor bij het plaatselijke rugbyteam, vandaar dat ik die spelers vaak in mijn praktijk zie. Maar iemand onderzoeken heeft nog nooit zo intiem aangevoeld. Mijn keel wordt dik wanneer ik de koelte van zijn handpalm en de druk van zijn vingertoppen tegen mijn pols voel. Te oordelen naar de manier waarop zijn lichaam verstijft, voelt hij het ook.

Voorzichtig onderzoek ik elke vinger. Boven het vogelgezang uit hoor ik hem even slikken. Zelfs in het wegstervende licht zie ik om welke vinger het gaat. Zijn ringvinger is paars en gezwollen. Ik ben extra voorzichtig wanneer ik hem beweeg en hij vertrekt geen spier.

'Het valt mee,' zeg ik. 'Ik zou er zo veel mogelijk ijs op doen en hem dan immobiliseren.'

'Precies wat ik zei,' bijt hij me toe.

'Heb je tape?'

'Yep.' Clemente rukt zijn hand los en beent weg.

Opnieuw een onbehaaglijke stilte.

Victor doorbreekt die. 'Surf jij, Kenna?'

'Vroeger wel.' Ik knik naar zijn thee. 'Wat is dat?'

'*Chimarrão*.'

'Wat?'

Lachend zegt Victor: 'Braziliaanse thee. Het zijn een bepaald soort kruiden. Proef maar.' Hij houdt me de mok voor.

'Nee, bedankt.'

'Is lekker. Probeer maar.'

Beleefd neem ik een slokje. 'Godallemachtig!' De hete, bittere vloeistof prikt in mijn keel. 'Sterk spul.'

'Lekker, hè? Neem nog wat.'

Aangezien ik geen keus lijk te hebben, neem ik nog een paar slokken. Misschien helpt het tegen mijn jetlag.

'Waar komt jouw accent vandaan?' vraagt Victor.

'Uit Schotland,' zeg ik. Ik vind het knap dat hij het kan horen. 'Maar ik ben op mijn tiende uit Schotland vertrokken en ik dacht eigenlijk dat het niet meer opviel. De kinderen in Cornwall plaagden me er zo erg mee dat ik echt mijn best heb gedaan om het kwijt te raken. 'Kom jij uit Brazilië?'

'Ja, uit Rio.'

'Je Engels is echt heel goed.'

Stralend roept Victor tegen Clementes rug: 'Hoor je dat? Ze vindt mijn Engels echt heel goed.'

Geen reactie van Clemente.

'En? Hoe vind je het hier?' Victor gebaart met zijn geschoren hoofd naar het strand.

Op zich lijkt hij me best aardig, maar hij is nogal luidruchtig. Eigenlijk wil ik een stap naar achteren doen, maar dat komt waarschijnlijk onbeleefd over. 'Nou, het is hier prachtig.'

Hij steekt zijn borst vooruit. 'De mooiste plek die er bestaat. En weet je wat het allerbeste is?' Hij strekt zijn armen uit en raakt daarbij mijn schouder aan. 'Het is hier helemaal van ons.' Hij lacht bulderend.

Ik dwing mezelf om te glimlachen, maar zijn woorden verontrusten me. Hoe graag hij het ook wil, dit is niet hún surfplek. Deze plek hoort bij een nationaal park, dus waarschijnlijk is hij van iedereen. En ja, het is hier mooi, dus waarom zijn er geen andere mensen? Uit de weinige informatie die ik Mikki heb weten te ontfutselen tijdens onze FaceTimegesprekken, weet ik dat zij hier al bijna een jaar surft en dat de anderen hier nog langer komen. Maar zo lang kan die wegafzetting er toch nog niet staan?

'Hoeveel surfers kunnen zeggen dat ze hun eigen surfplek hebben?' Victor glimlacht niet meer. 'Echt, Kenna. Ik zou een moord doen voor de golven hier.'

Aan de blik in zijn ogen te zien meent hij dat heel serieus.

11

Kenna

Het enige wat mijn telefoon nu nog doet is de tijd aangeven, maar binnenkort zal hij zelfs dat niet meer kunnen, tenzij ik een manier vind om hem op te laden. Ik stop hem terug in mijn tas. Het is vijf uur 's middags en de hitte van de dag trekt eindelijk weg. In de boomtoppen krijsen regenbooglori's alsof ze ruziemaken over wat ze vandaag hebben gedaan en in de schaduw dansen muggen.

Clemente trekt zich op aan een stang die tussen twee bomen is bevestigd. Je zou nooit zeggen dat zijn vinger zonet nog uit de kom is geweest.

Ik loop naar hem toe. 'Doe dat nou niet.'

Zijn blik ontmoet de mijne en hij trekt zich nog eens op. Met opeengeklemde kaken, zonder zijn ritme te verbreken vraagt hij: 'Waarom niet?'

Hoofdschuddend loop ik terug naar mijn rugzak. Ik wil mijn teenslippers verwisselen voor mijn sneakers, zodat de muggen en de mieren niet bij mijn tenen kunnen. Als ik mijn slippers heb uitgetrokken en op de grond ga staan, prikt er iets in mijn hiel. Ik til mijn voet op, maar zie niets.

Mikki komt poolshoogte nemen. 'Wat is er?'

'Er zit iets in mijn hiel.'

'Is het een *bindi*?'

'Een wat? Au. Het doet pijn.'

'Er liggen hier van die prikkende, afschuwelijke zaden in het gras. Wacht.' Mikki haalt een zaklamp uit haar tent. 'Dáár. Zie je hem? En daar zit er nog een.'

Met een vingernagel wijst ze een piepklein stekeltje aan, zo dun als een van de haartjes op mijn armen. Ongelooflijk dat zoiets kleins zo vreselijk kan irriteren.

'Ze liggen hier overal, dus pas op waar je je voeten neerzet.' zegt ze. 'De mijne zijn inmiddels gehard, dus ik voel ze niet meer.'

Ze bukt zich en plukt iets van een plant. 'Wil je er een?'

Het is een kerstomaatje. 'Bedankt!' Ik bijt erin en er ontstaat een explosie van zoetheid op mijn tong. 'Groeien die hier in het wild?'

'Nee. We kweken hier dingen.' Ze gebaart naar het struikgewas en ik zie verscheidene keurige rijen planten staan.

Mannengelach drijft naar ons toe. Clemente en Jack staan vlak bij elkaar, hun hoofden gebogen. Clemente zegt iets, waarna Jack opnieuw moet lachen, en hij geeft Clemente een klap tegen zijn rug.

'Eten!' roept Ryan.

In een verzameling kommen waaraan schilfertjes ontbreken ligt Mikki's stoofpot naast geroerbakte groenten.

Victor wrijft over zijn bovenarmen. 'Het is koud vanavond. Laten we het kampvuur aansteken.'

Brazilianen hebben duidelijk een ander idee van kou dan Britten.

Jack slaat een mug van zich af. 'Ja, dat houdt de muggen ook weg.'

Victor pakt een aansteker. Hij heeft een tattoo aan de binnenkant van zijn pols – op dezelfde plaats waar Mikki de hare heeft – van een monsterlijk grote golf in felle tinten blauw met een dikke witte schuimkop erop. Jack en hij buigen zich mompelend en vloekend over de vuurkuil.

Clemente duwt ze aan de kant. 'Laat mij maar.' De bewegingen van zijn arm laten de spieren in zijn rug rimpelen. Wie niet gelooft dat een rug sexy kan zijn, moet maar eens goed naar surfers kijken. Die hebben de mooiste ruggen.

Al snel brandt er een vuurtje. We zitten eromheen op een allegaartje van boomstronken en stenen. Sky zit naast Victor in een doorschijnende perzikkleurige blouse en een camouflageshort. Jack eet met zijn ene hand en wrijft met zijn vrije hand over de binnenkant van Mikki's dij. Ryan zit over zijn bord gebogen, een beetje afgezonderd van de rest van ons. Zijn blonde haar valt voor zijn gezicht.

Ik kijk Clemente aan. 'Waar kom jij vandaan?'

'Spanje,' zegt hij zonder mij aan te kijken. 'Barcelona.'

Espanje. Barthelona. Wat is zijn accent toch sexy. 'Kom je er nog vaak?'

'Ik ben er al zeven jaar niet meer geweest.'

'Mis je het?' vraag ik.

'Nee.'

Woorden uit Clemente trekken is als ijzer met handen breken, dus ik geef het op en sla hem gade terwijl hij eet. Tot ik merk dat de anderen mij intussen observeren.

Sky glimlacht. 'Waar zijn onze manieren? We moeten ons aan onze gast voorstellen. Goed, ik ben Sky, en op de middelbare school deed ik aan wedstrijdzwemmen, tot ik het surfen ontdekte.'

Vandaar die schouders. Goed kunnen zwemmen is handig voor een surfer. Ik wou dat ik goed kon zwemmen.

Victor kijkt haar vol aanbidding aan.

'Ik kom van de Gold Coast,' zegt Jack. 'Het strand begon aan het einde van onze straat. Ik spijbelde vaak om te kunnen surfen. De leraren dachten dat er niets van me terecht zou komen, maar voor mijn twaalfde had ik al sponsors.'

'Ik ben Victor,' zegt Victor. 'Ik hou van grote golven en ik kan niet liegen.'

Iedereen barst in lachen uit. Sky geeft Victor een klap tegen zijn achterhoofd. Ze heeft tattoos om haar biceps: een wilde warboel van wijnranken en bloemen die me doet denken aan het struikgewas hier.

Clemente zegt niets tot Sky zijn arm vastpakt.

'Ik ben vijf jaar geleden naar Sydney gekomen voor een vakantiebaan en daarna ben ik nooit meer teruggegaan,' zegt Clemente.

'Heb je een verblijfsvergunning?' vraag ik.

'Yep.'

Maar hij vertelt niet hoe hij daaraan is gekomen.

Sky's vingers blijven op zijn arm liggen en strelen zacht over zijn olijfbruine huid. Ze lijkt een bijzonder aanrakerig type. Victor ziet het en slaat bezitterig een arm om haar middel.

'Hoelang wil je in Australië blijven, Kenna?' vraagt Sky.

Ryan heeft zich nog niet voorgesteld, en ze zegt ook niet dat hij dat moet doen. Ik kijk steels naar Mikki. 'Ongeveer een maand.' *Of minder, als ik haar kan overhalen om hier te vertrekken.*

'Mikki heeft me verteld dat je vroeger hebt gesurft,' zegt ze. 'Waarom ben je ermee gestopt?'

'Mijn vriend is verdronken.'

Ineens vallen ze stil. Hun blikken getuigen van medeleven, maar ook van nieuwsgierigheid.

'En nu ben je bang voor water?' vraagt Sky.

Die Australiërs vallen meteen met de deur in huis. 'Nee. Ik had er gewoon geen zin meer in.'

Peinzend kijkt Sky me aan. 'Jammer, want de oceaan is een geweldige genezer. Daarom zijn wij allemaal hier. Op een bepaalde manier waren we geknakt of bevonden we ons op een punt in ons leven waarop we behoefte aan iets hadden, en dat iets hebben we hier gevonden: bij deze baai en bij elkaar. Onze problemen zijn er nog, maar we werken eraan.'

Ik sla die informatie op terwijl ik me afvraag waar die problemen uit bestaan. 'Wat doen jullie eigenlijk allemaal?'

'We surfen, we trainen...

'Ik bedoelde: wat voor werk doen jullie?'

Sky fronst. 'Hier in de Baai worden we niet gedefinieerd door ons werk, Kenna.'

Ik heb het gevoel dat ik net een standje heb gekregen van een docente, maar ik doe mijn best dat niet te laten merken. 'Hoelang komen jullie hier al?'

'Een paar jaar inmiddels.'

'En hoe vaak komen jullie hier?'

'Ik ben hier bijna het halve jaar. Wij allemaal, eigenlijk.'

De anderen knikken, zelfs Mikki, wat verklaart waarom ik haar nooit telefonisch kon bereiken. Ik vraag me af hoe ze zich dit kunnen veroorloven, maar het lijkt onbeleefd om ernaar te vragen.

'Wie wil er nou in Sydney surfen?' zegt Jack. 'Daar struikel je over de mensen.'

'Ja,' zegt Victor. 'Ik zou niet meer aan Bondi Beach kunnen surfen. Als ik toevallig een slechte dag heb, zou ik iemand kunnen vermoorden.'

Ongemakkelijk kijk ik hem aan. Dat is al de tweede keer dat hij iets zegt over iemand vermoorden. 'Wie van jullie was hier het eerst?'

Hun stilte zegt me dat ik een gevoelig onderwerp heb aangesneden.

Clemente schraapt zijn keel. 'Ik, Jack en Victor.'

'En Sky,' zegt Jack.

Clemente werpt hem een scherpe blik toe. Nog een veelbetekenende stilte.

'Ryan niet?' vraag ik.

'Nee,' zegt Jack. 'Ryan was er ineens... als iets smerigs onder je schoen.'

Iedereen lacht – iets te hard voor mijn gevoel.

'We waren een paar maanden in Sydney om te werken,' zegt Jack. 'Het was lente en dan verandert de wind de golven in moes. We hadden hier wat dingen achtergelaten, veilig uit het zicht opgeborgen. Etenswaren en wat fitnessspullen, maar toen we terugkwamen, had iemand die verplaatst en ontbraken er een paar dingen.'

Victor tikt een ritme op zijn dijen, nu eens met zijn ene en dan weer met zijn andere hand. Knokkel, palm, knokkel, palm. Ik wou dat hij ermee ophield. Het leidt me af van Jacks verhaal.

'We dachten dat er kampeerders waren geweest,' zegt Jack.

'Maar toen verdwenen er meer etenswaren. Toen Clemente een paar avonden later de bosjes in ging om te zeiken, hoorde hij iemand hard weglopen door het struikgewas. Hij zette de achtervolging in en kreeg hem te pakken. Ryan had deze plek gevonden tijdens onze afwezigheid. Na onze terugkomst hield hij zich verborgen in het struikgewas.'

'Waar sliep hij dan?' vraag ik.

'Hij had een slaapzak met een geïntegreerd matje. Hij hield ons in de gaten terwijl wij surften en als we weer waren vertrokken, ging hij zelf surfen.

Ik kijk over Jacks hoofd naar de bomen en besef dat Jan en alleman ons ongezien vanuit het struikgewas in de gaten kan houden. Zelfs overdag biedt het struikgewas hier talloze plekken om je te verbergen.

'Uiteindelijk heeft hij zich bij de groep gevoegd.' Jack slaat een arm om Ryans hals en woelt met een hand door zijn haar. 'En sindsdien ben je hier, wat zal het zijn... maar één keer weg geweest, hè?'

Met een stijf glimlachje maakt Ryan zich los. 'Yep.'

'We hebben hem tot Wachter benoemd,' zegt Jack.

'Wat?' zeg ik.

'We wilden niet dat zoiets nog eens zou gebeuren. Dat iemand onze spullen zou stelen en zo. Dus als wij allemaal teruggaan naar Sydney om te werken houdt hij hier een oogje in het zeil.'

Ik kijk Ryan aan. 'Maar stel dat er iemand komt terwijl ze weg zijn? Wat doe je dan? Je kunt ze niet even bellen.'

Ryan aarzelt. 'Uit het zicht blijven en hun spullen stelen. Hun tenten kapotmaken, wat dan ook. Gelukkig is dat nog nooit gebeurd.'

Hij staat op om de borden te verzamelen en ik spring op om hem te helpen.

'Nee, nee,' zegt hij. 'Het is mijn beurt.'

'Ik vind het geen probleem, hoor.'

Ryan en ik hurken bij de kraan en doen de afwas in een bak

met water. De anderen blijven bij het vuur zitten.

'Wiens idee was het eigenlijk om de Stam te vormen?' vraag ik.

Ryan buigt zijn hoofd boven de afwasbak, en het valt me weer op dat hij echt moeite heeft om me recht in de ogen te kijken. 'Clemente, denk ik. Of zijn vrouw.'

Ik lach beleefd. Alweer een van zijn niet-grappige grapjes.

Clemente draait zijn hoofd in mijn richting. Hij mag dan onvriendelijk overkomen, toch betrap ik hem er heel vaak op dat hij naar me kijkt.

'Of Victor,' zegt Ryan. 'Dat moet je hun vragen.'

Zodra ik merk dat hij het echt meent, hou ik op met lachen. 'Clementes vrouw?'

'Yep.'

'Waar is die nu dan?'

Ryan staart omlaag naar de borden. 'Ze is gestorven.'

'O, dat is... Wanneer is ze gestorven?'

'Vlak nadat ik lid van de Stam was geworden.' Ryan plukt aan zijn baard. 'Bijna twee jaar geleden.'

Niet zo lang geleden dus. 'Hoe heette ze?'

Maar Ryan klapt dicht. 'Dat moet je maar aan Clemente vragen.' Hij is vuurrood geworden, alsof hij iets heeft gezegd wat hij niet had mogen zeggen.

12

Kenna

Peinzend kijk ik naar Clemente. Misschien doet hij wel zo nors omdat hij zijn vrouw heeft verloren.

Jack zet een tent op naast die waarin Mikki eerder vandaag is verdwenen. Ik help hem met het vastzetten van het grondzeil en de geur van vochtig canvas brengt me terug naar de kampeertochtjes uit mijn kindertijd in Schotland. Verend groen gras, roodbruine varens en uitgestrekte zachtroze heide onder een eeuwig grijze hemel. Fleecejacks, bemodderde schoenen en rode wangen door de harde wind. Een verschil van dag en nacht met dit subtropische kampeerterrein.

'Ik ga wel in deze slapen,' zegt Jack. 'Neem jij die andere maar met Mikki.'

Ik kom in de verleiding – ik ben tot alles bereid om Mikki even onder vier ogen te kunnen spreken –, maar onze tent staat zo dicht bij de andere dat de rest van de groep waarschijnlijk alles kan horen wat we zeggen, en bovendien word ik vast weer supervroeg wakker door mijn jetlag. 'Nee, dat hoeft niet,' zeg ik. 'Ik slaap wel in deze.'

'Ook goed.' Jack slaat een mug van zijn scheenbeen.

Hij schuift de tentstokken snel in elkaar en zijn soepele manier van bewegen suggereert dat hij net zo bedreven met het lichaam van een ander kan omgaan. *Zet die gedachte uit je hoofd, Kenna.*

Hij heeft duidelijk een bepaalde macht over Mikki, en het laatste wat ik wil is dat hij die ook over mij krijgt.

Sky komt naar ons toe met een slaapzak. 'Wil je deze?'

'Bedankt,' zeg ik.

Opeens springt Jack op en er verschijnt een grijns op zijn gezicht. Sky staat vlak achter hem. Heeft ze in zijn kont geknepen? Hij ritst het muskietengaas open. Ik til mijn grote rugzak op en kruip de tent in om voordat het donker wordt alvast klaar te leggen wat ik nodig heb voor vannacht. Ik pak mijn toilettas en een schoon T-shirt om in te slapen.

Mikki tuurt de tent in. 'Hier, leg deze maar neer.' Ze geeft me een yogamat.

'Verzamelen!' roept Sky.

Ik kruip de tent uit om te kijken wat ze gaan doen.

Sky buigt zicht voorover en raapt iets op. 'Zien jullie dit grasprietje? Zoek er zelf ook een.'

De anderen kijken om zich heen, sommigen wat onwilliger dan anderen. Vanaf een afstandje sla ik hen gade. Ik denk dat ik weet wat ze gaan doen. Ik heb over deze techniek gelezen in de memoires van een voormalig rugbyspeler, een boek dat een van mijn cliënten me heeft aangeraden. Wanneer sporters een fout hebben begaan tijdens een wedstrijd moeten ze daarna hun hoofd leegmaken en om dat te bereiken, kijken ze naar een grasprietje en stellen zich voor dat het hun fout is, waarna ze het weggooien om de mislukking mentaal los te laten. Zo onopvallend mogelijk pluk ik een grasprietje onder een boom die naast me staat.

'Denk aan wat jullie eerder vandaag bij het surfen hebben verknald.' Sky houdt haar grasspriet omhoog. 'Richt je nu op je grasprietje en vul het met alles wat je verkeerd hebt gedaan.'

Er valt een lange stilte terwijl ze haar nadoen. Ik kijk omlaag naar mijn grasspriet. Ik heb vandaag heel veel dingen verkeerd gedaan. Ik heb totaal niet voorzien hoe het hier zou zijn – hoe afgelegen deze plek is, of het volledige gebrek aan telefonische communicatie. Of dat Mikki's vrienden zo bezitterig zouden zijn.

Ik moet ermee ophouden me zo door hen te laten intimideren.

'En nu eten jullie het op,' zegt Sky.

Met een ruk kijk ik op. Meent ze dat nou?

Ze stopt het grassprietje in haar mond en kauwt. Er wordt druk met ogen gerold terwijl de anderen hetzelfde doen. Ik heb nog nooit gras gegeten. Ik ben er tamelijk zeker van dat we het niet kunnen verteren. Is het eigenlijk wel schoon? Ik ruik er even aan en zie Sky en de anderen dan naar me kijken. Ik voel me volslagen belachelijk, vooral omdat ik niet was uitgenodigd om mee te doen, maar stop het toch in mijn mond. Het smaakt nergens naar. Ik dwing mezelf om het door te slikken.

Sky veegt haar handen af om te laten zien dat die leeg zijn. 'Zo gaan we hier met fouten om. Je eet ze op en maakt ze deel van jezelf. Je laat ze in je pruttelen en je versterken.'

Nou, dat is even anders dan anders.

'Nu allemaal je rug rechten,' zegt ze. 'We gaan vanavond naar de rotsen om een klimwedstrijd te houden.'

'Kom op, zeg,' zegt Clemente. 'Het is al bijna donker.'

Sky glimlacht. 'Precies.'

De anderen wisselen onderling blikken. Ik heb geen idee wat zo'n klimwedstrijd precies inhoudt, maar ik voorvoel gevaar. Ik zie Mikki's gezichtsuitdrukking voordat ze naar haar tent loopt. Ze kijkt bepaald niet blij.

Ik wacht buiten terwijl ze een andere korte broek aantrekt. 'Zeg gewoon nee als je er geen zin in hebt,' zeg ik zachtjes tegen haar.

Met een zucht pakt Mikki iets. Bergschoenen. Hulpeloos kijk ik toe terwijl ze die aantrekt. Klimmen was altijd mijn ding, niet dat van Mikki. Ik ben opgegroeid in een vochtige, grijze stad, ver bij de zee vandaan. Mijn moeder komt uit IJsland en was – is nog steeds – een heel goede bergbeklimmer, dus mijn broer en ik zijn van jongs af aan naar de plaatselijke klimmuur gegaan. Daar was het warm en droog, zodat klimmen een stuk beter was dan de andere sporten die je kon beoefenen. 's Zomers klommen we buiten op echte rotsen.

'Nemen we hoofdlampen mee?' roept Ryan.

'Shit, nee,' zegt Sky. 'Het is juist de bedoeling dat we de rotsen niet zien, we moeten ze vóélen.'

Dat klinkt me onzinnig in de oren. Ik wacht tot een van de anderen Sky daarop wijst, maar dat gebeurt niet. Vooral Clemente en Victor lijken vastberaden mannen die geen blad voor de mond nemen. Waar chanteert Sky hen mee? Ze mopperen wel, maar berustend, zoals je doet wanneer je moeder tegen je zegt dat je je kamer moet opruimen.

Inmiddels hebben ze allemaal hun klimschoenen aan. Verdomme – Clementes vinger. Hij immobiliseert hem.

Ik geef Mikki voorlopig even op en loop naar hem toe. 'Moet ik...'

'Nee,' zegt hij zonder me aan te kijken. 'Het is in orde.'

'Als je het erger maakt, kun je niet meer surfen.'

Clemente negeert me en scheurt met zijn tanden een stuk blauw tape af. ROCKTAPE, staat er op de rol. WATERDICHT.

Ik kijk toe terwijl hij het om zijn handen wikkelt en zijn wijsvinger, middelvinger en pink bijeenbindt. De bomen achter hem zijn veervormige zwarte silhouetten die deinen in de bries. 'Durf je soms geen nee te zeggen?' Misschien bereik ik meer door hem wat te stangen.

Hij kijkt op met een duistere uitdrukking op zijn gezicht. 'Ik voel niets, oké?'

Ik kan niet bepalen of dat betekent dat hij zijn vinger niet voelt of dat hij in het algemeen niets voelt. Ik kijk naar de anderen in een poging me te herpakken. Zwijgend en geconcentreerd vullen ze hun waterflessen en kleden zich om. Ryan haalt een haarelastiekje van zijn pols en doet zijn haar in een paardenstaart. Mijn adem stokt in mijn keel. Tot nu toe werd zijn gezicht telkens half bedekt door zijn haar. Met zijn diep gebruinde huid en de onderste helft van zijn gezicht verborgen door zijn snor en baard lijkt hij in niets op de gladgeschoren man die ik eerder online heb gezien.

Maar er is geen twijfel mogelijk: hij is een van de vermiste backpackers.

13

Kenna

Achter elkaar lopen ze het pad af naar het strand, zodat ik opnieuw alleen achterblijf op de open plek. Vanuit mijn ooghoek zie ik iets bewegen, maar het is gewoon die verdomde wetsuit. Dat ding bungelt heen en weer, als een gehangene.

Ik ben volkomen van slag door Ryan. Buitenlanders moeten een visum hebben om Australië te bezoeken. Waarschijnlijk is Ryan gekomen voor een vakantie en vond hij het hier zo leuk dat hij niet meer weg wilde, en is hij gebleven nadat zijn visum verlopen was. Dat is illegaal – als ze hem te pakken krijgen, zullen ze hem het land uit zetten en mag hij waarschijnlijk nooit meer terugkomen –, maar begrijpelijk en nauwelijks onheilspellend. Maar goed, afgaand op de poster die ik op mijn telefoon heb gezien, mist iemand hem thuis genoeg om aangifte te doen van zijn vermissing. Wie verdwijnt er nou zonder ook maar iets tegen zijn familie of vrienden te zeggen?

En hoe zit het met die andere backpackers? Ik sla mijn armen om mezelf heen en denk terug aan Mikki's reactie op de posters. Kwam dat door Ryan?

De open plek is griezelig met alleen de bomen om me gezelschap te houden, dus ik ren snel achter de anderen aan. In mijn ene hand hou ik mijn fles water geklemd en met de andere sla ik de muggen weg. Met elke stap die ik neem, lijkt het donkerder te worden. Als ik op het strand kom, heeft de oceaan een marineblauwe glans en is de rotswand donkerbruin met nauwelijks waarneembare contouren. Sky heeft het mis met haar opmerking dat je niet hoeft te kunnen zien. De helft van de vaardigheid bij rotsklimmen bestaat uit het signaleren van mogelijke plekken om je handen of voeten neer te zetten en het inschatten van die plekken voordat je verdergaat.

Ze kijken omhoog en naar links. De rotspartij moet zo'n veertig of vijftig meter hoog zijn. Halverwege de wand zijn twee markers: een rood, een blauw. Uit mijn tienertijd in Cornwall ken ik de gevaren van zeekliffen goed. Geteisterd door wind en golven kan de stevigheid van het gesteente verschillen, met losse stukjes die afbrokkelen wanneer je ze beetpakt. Sommige plekken zijn waarschijnlijk ook glibberig. Ik laat mijn blik over de groep gaan. Geen touw, geen magnesiumpoeder. Zijn die lui wel helemaal lekker? Vrij klimmen tegen die wand, in dit licht, grenst aan het suïcidale.

En ze gaan toch zeker niet allemaal tegelijk klimmen?

'Mikki,' zeg ik zacht. 'Dit is waanzin.'

Ze werpt me een gekwelde blik toe. 'Ik probeer me te concentreren.'

Ik pijnig mijn hersens op zoek naar iets – wat dan ook – wat ik kan zeggen om haar tegen te houden.

'De verliezers moeten een week lang 's avonds koken,' roept Sky.

Victor trekt een gezicht en legt een hand op Jacks schouder. 'Waag het niet te verliezen, maat.'

'Nee, hè,' zegt Ryan. 'Voor de zoveelste keer bolognesesaus met kangoeroegehakt.'

Jack grijnst. 'Dat is voedzame Australische kost, maat.'

'Ik ga de teams bekendmaken,' zegt Sky. 'Het rode team bestaat uit mezelf, Mikki en Jack. Het blauwe team bestaat uit Clemente, Victor en Ryan.'

'De jongens tegen de meisjes.' Victor geeft Jacks schouder een speelse por.

Opnieuw vraag ik me af wat Sky's positie binnen de Stam is.

Als ik ze vanaf een afstandje zou observeren, zou de feministe in mij haar aanmoedigen. *Goed gedaan, Sky! Al die grote kerels doen precies wat jij ze opdraagt.*

Maar op dit moment ben ik op mijn hoede voor haar, in verwarring gebracht door de macht die ze duidelijk uitoefent.

De teams overleggen wie moet beginnen, dus kennelijk is het een estafette waarbij telkens één teamlid klimt.

'Maar de laatste klimmer zal niets meer zien in dit licht,' zegt Jack.

'Prachtig,' zegt Sky. 'Jack heeft zich net vrijwillig aangeboden om als laatste te gaan.'

De harde blik in haar ogen daagt hem uit om te protesteren. Victor geeft hem nog een speelse por. Ik voel dat Sky iemand is die ik te vriend moet houden.

Ze stoot met een vuist in de lucht. 'Angst is brandstof!'

'Paniek is dodelijk!' schreeuwen de anderen terug.

Sky en Ryan nemen hun plek in aan de voet van het klif. Ik sla Ryan opnieuw gade terwijl hij over zijn schouder kijkt, wachtend op het teken van Victor. Weten de anderen ook dat hij wordt 'vermist'?

Ineens zie ik dat Clemente naar me staart. 'Wat is er?'

Hij schrikt. 'Sorry. Je doet me aan iemand denken.'

'Aan wie dan?'

Maar hij schudt zijn hoofd en wendt zijn blik af.

We worden onderbroken door de start van de race. 'Klaar, af!' roept Victor.

Ryan en Sky rennen op het klif af. Ik zie ogenblikkelijk dat het vaardige klimmers zijn, vooral Ryan. Er is geen spoor meer te bekennen van de nervositeit die ik eerder bij hem heb gezien. Hij klimt met een soepel, zelfverzekerd ritme en laat het er moeiteloos uitzien.

Victor maakt pompbewegingen met zijn arm. 'Kom op, kom op, kom op!'

Ik laat mijn blik langs de rotswand omhooggaan, speurend naar plekken waar ik mijn handen en voeten kan neerzetten, alsof ik zelf klim. Een deel van me, waarvan ik meende dat ik het voorgoed achter me had gelaten, komt weer tot leven.

Ryan en Sky zijn inmiddels hoog genoeg om zwaargewond te raken bij een val. Ryan duwt de zijkant van zijn voet hard tegen de wand en klimt naar rechts. Ik zie de spleet in de rotsen boven hem. Hij heeft zijn route goed gepland. Al snel is hij ter hoogte van zijn marker. *Wees voorzichtig*, zegt een stemmetje in mijn hoofd tegen hem. Een ander, zachter stemmetje zegt: *Dit wil ik óók doen.*

Clemente kijkt toe met over elkaar geslagen armen. Geen spoor nervositeit, maar toch moet hij zich zorgen maken. *Ik maak me zorgen.* Hoe moet hij klimmen met drie aan elkaar getapete vingers? Sky en Ryan hebben de ideale bouw voor een klimmer – slank, maar gespierd met sterke, pezige onderarmen – is Clemente forser en zwaarder.

Sky bereikt haar marker vlak na Ryan. Allebei klimmen ze met een scherpe bocht naar links, naar de plek waar de oceaan tegen de voet van het klif slaat. Sky kijkt tussen haar voeten door naar het water dat zich nu onder haar bevindt. In het donker is het onmogelijk om de diepte ervan te bepalen. Ze moet op ongeveer twintig meter hoogte zijn, dus ik verwacht dat ze eerst een stuk omlaag zal klimmen en zich dan zal laten vallen, maar ze zet zich af en maakt een sprong boven de oceaan. Midden in de lucht draait ze zich om, zodat ze met haar gezicht naar de open zee kijkt.

Plons!

Mikki begint aan haar klim. Victor danst van zijn ene voet op de andere, klaar om zich op het klif te storten zodra Ryan het water raakt. Het is alsof Victor energie voor drie heeft. Misschien komt het door die speciale thee. Die heeft mij in elk geval tegen de jetlag geholpen.

Meteen nadat Ryan met een plons in het water belandt, begint Victor aan zijn klim. Mikki is al een stuk omhooggeklommen. Ik voel alweer een scheut van trots. Ze heeft kennelijk geoefend, want ze is beter dan vroeger, maar ze hapt wel naar adem en kromt haar tenen om elk uitsteeksel heen. Ook Victor gaat er keihard tegenaan.

Mikki trekt haar voet op tot aan haar middel, waarbij ze het lager gelegen punt waar ze hem had kunnen neerzetten over het hoofd ziet, en heeft al haar kracht nodig om zich op te trekken. Tegen de tijd dat ze haar marker heeft bereikt, trillen haar armen zichtbaar. Sky slaakt een kleine juichkreet, maar Mikki heeft nog een heel eind te gaan voordat ze weer veilig naast me staat.

Ik kijk even naar de rotsen onder haar. *Wat voor geluid zou het maken als ze nu valt?*

Een mug prikt in mijn enkel. Ik sla hem weg zonder mijn blik van Mikki af te wenden. Ze klimt nu naar links. Ver onder haar slaan de golven tegen het klif, maar ze is nog niet ver genoeg opzijgeklommen. Het water daar is te ondiep. Ze gaat verder naar links. Victor zit vlak achter haar en ze blijft maar naar hem kijken. *Kijk waar je je voeten neerzet, Mikki!*

Ze tast zijwaarts, maar dan glijdt haar voet weg. Een griezelig moment hangt ze aan één hand en bungelt heen en weer, terwijl ze koortsachtig met haar tenen naar houvast zoekt zonder die te vinden. Ze verliest haar greep, stort omlaag en belandt met een harde klap op het water.

Het lijkt precies op een afschuwelijke gebeurtenis van meer dan tien jaar geleden.

14

Kenna
Dertien jaar geleden

Vijftien september, een dag die ik het liefst zou vergeten. Dat jaar hadden we een prachtige nazomer en de ongewone hitte zorgde ervoor dat we ons raar gingen gedragen. Het schooljaar was net weer begonnen en de lange winter in Cornwall stond bijna voor de deur. Een groepje van ons had een tussenuur en we besloten te genieten van het laatste beetje zonneschijn. De golven waren laag, dus gingen we eerst naar de buurtwinkel op de hoek, waar de jongeman achter de kassa nooit naar onze leeftijd vroeg, en daarna liepen we voorzien van cider en Pringles door de weilanden.

Elke keer dat ik eraan terugdenk zie ik het tafereel in technicolor: het goudgeel van de hooilanden, de bloedrode klaprozen in de heg. Wolken die in slow motion langs een stralend blauwe hemel drijven. De Hungerford-steengroeve, die tot kort daarvoor nog in bedrijf was geweest. Hij was helemaal afgezet, maar de werknemers en de machines waren verdwenen. We waren net een stel straatkatten dat een nieuw territorium verkende. We klommen over hekken, doken onder afzettingen door en gaven elkaar de cider aan.

We wisten niet of er water in de steengroeve stond en we begonnen te juichen toen we zagen dat dat het geval was.

GEVAAR! VERBODEN TE ZWEMMEN! stond er op een bord.

Spelbrekers, dachten we. Hoe gevaarlijk kon een kleine, volgelopen steengroeve nou zijn vergeleken met de zee bij Cornwall met al haar verraderlijke stromingen en getijden?

We hadden geen zwemkleding meegebracht.

'Laten we gaan naaktzwemmen,' riep Toby Wines, die meteen al zijn kleren uittrok.

De meeste jongens volgden zijn voorbeeld. Mikki en ik kenden Toby van de surfclub en ik was al jaren stiekem verliefd op hem. Hij was een stevig gebouwde, sportief aangelegde boerenzoon en hij had me in de gang op school een paar keer aangesproken. Kortgeleden was hij zelfs na de les een keer met me opgelopen naar mijn huis. Ik hoopte dat hij me binnenkort mee uit zou vragen.

Mikki en ik kleedden ons uit, maar hielden onze beha en ons slipje aan. Sommige meisjes gingen topless, maar dat deed ik niet, omdat ik wist dat Mikki dat niet zou willen. We holden omlaag over de harde schalie en sprongen meteen in het water. Dat had dezelfde kleur als het leisteen eromheen en had een vreemde ijzerachtige geur, maar de temperatuur was heerlijk: aan de bovenkant lauwwarm en beneden ijskoud.

'Het beneemt je de adem!' Ze hapte naar lucht terwijl ze naast me watertrapte.

We klommen eruit en hadden kippenvel. De cider was tegen die tijd allang op, dus aten we Pringles in de zonneschijn terwijl we weer opwarmden en ons best deden om niet al te opvallend naar de naakte jongens te kijken.

De terrassen langs de zijkanten van de steengroeve waren ideaal om vanaf te springen. Eerst deden we een paar lage sprongen, maar daarna klommen een paar van ons hoger. Met de brandende zon op mijn rug klom ik verder en veroorzaakte een kleine steenlawine. Ik klom door tot ik niet verder kon.

'O mijn god, Kenna!' gilde Mikki. 'Pas toch op!'

Toby keek met samengeknepen ogen naar me op, met zijn hand erboven tegen het zonlicht, terwijl ik op de hoogste richel stond met mijn tenen over de rand. Ik had geen hoogtevrees en wilde dat aan hem laten zien. Mikki klom langzaam omhoog, de hele tijd bezorgd tegen me roepend, maar als Toby tegen me zou zeggen dat ik voorzichtig moest zijn, betekende dat misschien dat hij me leuk vond.

Hij klom omhoog en kwam naast me staan. Mikki bevond zich net onder hem.

'Ga je springen?' vroeg hij.

'Weet ik nog niet.' Vanaf deze hoogte was het water een glanzend grijs vierkant. Door het slib was het al ondoorzichtig geweest en het was nog troebeler geworden doordat wij het hadden omgewoeld.

'Als jij springt, doe ik het ook,' zei hij.

Later, in het ziekenhuis, zou hij tegen me zeggen dat hij maar een grapje had gemaakt. *Ik had nooit gedacht dat je echt zou springen.*

'Oké,' zei ik. En sprong.

Tijdens mijn val werd ik doodsbang. Ik landde hard op het water en kwam proestend weer boven.

Toby keek omlaag naar me.

'Kom op dan, spring!' Mijn schreeuw galmde door de steengroeve.

Maar Toby bleef op de richel staan.

'Lafaard!' riep ik. Inmiddels was ik behoorlijk kwaad. Hij kon niet tegen mij zeggen dat ik moest springen en dan zelf terugkrabbelen. 'Doe het gewoon!' riep ik. 'Spring!'

Andere stemmen bemoeiden zich ermee. 'Spring! Spring!'

Terwijl ik watertrapte, raakte mijn teen plotseling iets scherps. 'Wacht!' riep ik. 'Er ligt hier iets...'

Te laat. Toby was al gesprongen. Tijdens de val maakten zijn benen fietsbewegingen in de lucht, alsof hij me had gehoord en zich op het laatste moment nog probeerde te bedenken. Hij belandde keurig in het water, met beide voeten naast elkaar, maar kwam met een verstikte schreeuw weer boven.

Zo snel mogelijk zwom ik naar hem toe en de anderen hielpen me om hem op de kant te krijgen. Zijn benen waren verminkt, anders kan ik het niet omschrijven. Iemand belde de hulpdiensten, waarna wij zijn geschreeuw moesten verdragen tot de ambulanceverpleegkundigen waren gearriveerd.

Wat we niet hadden gezien was dat er onder het wateroppervlak een verlaten kraan had gestaan, waar hij precies bovenop was gesprongen. Toby had allebei zijn benen en een aantal rugwervels verbrijzeld. Weken later verliet hij het ziekenhuis in een rolstoel. Nog voor zijn surfcarrière echt was begonnen, was die alweer voorbij.

15

Kenna

We haasten ons over de rotsen naar Mikki toe. Ik heb geen idee of het diep genoeg is en de anderen weten dat duidelijk ook niet. Ik hyperventileer.

Na Kasims dood viel mijn oude leven aan scherven. Pas maanden later vond ik de kracht om die op handen en knieën te gaan zoeken en de boel weer aan elkaar te lijmen. Mikki was een van die scherven, de grootste die nog over was. Ik heb haar nog maar net terug in mijn leven. Ik mag haar niet verliezen. Dat kan ik niet aan.

Mikki's hoofd komt boven water.

'Gaat het wel?' vraag ik, happend naar adem.

'Jee, dat was leuk!' Mikki's stem klinkt heel beverig, maar dat is logisch wanneer je ternauwernood aan een verbrijzelde schedel bent ontsnapt. 'Zet 'm op, Jack!'

Ik ben te opgelucht om kwaad te zijn. Victor belandt met een plons naast haar in het water, waarna Clemente en Jack tegen het klif op klimmen. Mijn hart bonst nog steeds als een bezetene. Pas wanneer Mikki het water uit klautert en bij me komt staan – ongedeerd en blozend van opwinding – wordt mijn ademhaling weer normaal.

De hemel is inmiddels koningsblauw en de oceaan is zwart en glinsterend in het licht van de halvemaan. Ik kan de muggen niet meer zien, maar ik voel ze nog wel. Met regelmatige tussenpozen maai ik met mijn armen om me heen.

Ryan staat naast me en wringt zijn T-shirt uit. Mijn gedachten gaan terug naar de vermiste backpackers.

'Ik heb een foto van jou op internet gezien,' zeg ik zacht. 'Daar stond bij dat je wordt vermist.'

Met een ruk draait Ryan zijn hoofd om. 'O ja?'

Ik wil hem vragen wie er naar hem op zoek zijn en of hij hun heeft laten weten dat het goed met hem gaat, maar iets in zijn toon weerhoudt me daarvan. In plaats daarvan vraag ik: 'Hoelang ben jij nu in Australië?'

Even denk ik dat hij geen antwoord zal geven. 'Twee jaar.'

Dan is zijn visum ongetwijfeld verlopen, precies zoals ik dacht. Ik wil meer vragen stellen, maar ik kan mijn ogen niet van de rotswand afhouden. Clemente en Jack zijn goede, degelijke klimmers, maar het ontbreekt hun aan de sierlijkheid van Ryan en Sky.

Het gebeurt wanneer Jack een paar meter omhoog is geklommen. Terwijl hij boven zich naar houvast tast, breekt er een stuk rots af in zijn andere hand, dat hij doelloos blijft vasthouden terwijl hij achterovervalt. Mijn mond valt open van schrik. De klap waarmee hij op zijn rug belandt lijkt door me heen te vibreren.

We rennen naar hem toe.

Jack heft een hand op. 'Niks aan de hand.'

Clemente klimt weer naar beneden. Jack krimpt ineen als hij gaat staan. Te oordelen naar zijn stijve bewegingen heeft hij nu pijn. Clemente praat zachtjes tegen hem. Jack wrijft over zijn rug en knikt.

'En nu?' vraagt Victor.

'Nu moet hij het opnieuw proberen,' zegt Sky.

Clemente draait zich om en kijkt haar aan. 'Slecht idee. Nog zo'n val en...'

Ik zie dat hij tussen Jack en Sky in is gaan staan.

'Wij geven niet op,' bijt Sky hem toe.

'Maar we zijn ook niet gek,' zegt Clemente.

Hij heeft gelijk. Zo te zien heeft Jack zijn rug op z'n minst ernstig gekneusd en wellicht zelfs een paar ribben gebroken. Als hij nog een keer valt, kan het een stuk slechter voor hem aflopen. Ik wacht af en probeer de anderen met de kracht van mijn gedachten te dwingen om te zeggen dat ze het er niet mee eens zijn. Clemente kijkt van Ryan naar Victor, maar die weigeren hem recht in de ogen te kijken.

Hun gedrag doet me denken aan dat van een roedel wolven. Sky is het alfavrouwtje, maar de bètamannetjes slaan klaar om aan te vallen zodra ze ook maar enige zwakte toont. Maar in tegenstelling tot wolven draait het in deze groep niet om brute kracht, want dan zou Victor of Clemente de leiding hebben. Waar draait het dan om? Weet Sky haar leidersrol te handhaven dankzij haar geestelijk overwicht? Of komt het ergens anders door?

Jacks knappe gezicht is vertrokken van pijn. Er komt een doldriest idee in me op, ware het niet dat ik dit soort dingen niet meer doe. Maar misschien kan ik, voor deze ene keer, een uitzondering maken.

'Ik klim wel in zijn plaats,' zeg ik.

In de daaropvolgende stilte kijkt Mikki me onderzoekend aan. Kennelijk tevreden met wat ze ziet, wendt ze zich tot Sky.

'Startplaatsen innemen.' Sky's stem klinkt verveeld, maar ik voel dat ze niet zal vergeten dat ik haar heb getart.

Victor slaakt een jubelkreet. 'We hebben een uitdager.'

Clemente fronst, maar zegt niets.

Ik kijk langs de rotswand omhoog en ben blij dat ik vanwege het comfort tijdens de autorit voor een korte, elastische sportbroek heb gekozen en niet voor mijn spijkerbroek met afgeknipte pijpen. Mijn handpalmen zijn klam. Ik veeg ze af aan mijn T-shirt. Tot nu toe voel ik slechts een mengeling van bruisende opwinding en schuldgevoel. Ik kan mezelf wel wijsmaken dat ik dit voor Jack doe, maar eigenlijk had ik gewoon een excuus nodig om weer mee te kunnen doen aan de actie.

Jij kent geen angst, zei mijn moeder tegen me toen ze me voor de eerste keer meenam naar een klimmuur.

Ik moet een jaar of zeven zijn geweest, en ik begreep niet wat ze daarmee bedoelde. Ik had een touw en een harnas om. Bij elke val zou het touw me opvangen. Al zolang ik me kon herinneren klom ik in dingen: bomen, het klimrek in onze tuin, de boekenkast thuis om een speeltje te pakken dat mijn broer erop had gegooid. Pas jaren later ontdekte ik dat er zoiets als hoogtevrees bestaat.

Af en toe gingen we met het hele gezin boulderen – het beklimmen van grote rotsblokken zonder touw, met bij de moeilijkere beklimmingen onderaan een veiligheidsmat –, maar dat stelde niet veel voor. Wegglijden was eerder gênant en irritant dan eng. Ik kwam altijd meteen overeind om het opnieuw te proberen, vastbesloten om dezelfde fout niet nog eens te maken.

Klimmen zit in haar bloed, zei mama vaak tegen haar vriendinnen. Ze was zwaar teleurgesteld toen ik klimmen verruilde voor surfen.

Ik buig en strek mijn vingers. Die zijn sterk door mijn dagelijkse trainingsoefeningen en omdat ik ze vaak urenlang voor mijn werk gebruik, maar ik heb al in geen jaren echt geklommen en mijn andere spiergroepen zijn vast vreselijk uit vorm.

'Klaar, af!' roept Victor.

Ik tast omhoog naar de eerste plekken om mijn handen te plaatsen. In het schemerduister kan ik net voldoende zien. Mijn sneakers buigen niet soepel genoeg en geven ook minder grip dan mijn klimschoenen, dus ik moet mijn tenen hard in de rotswand drukken, maar al snel bewegen mijn ledematen zich automatisch. Spiergeheugen is iets moois. Het is voorgekomen dat cliënten die zich onlangs hadden bezeerd me in tranen opbelden. Niet van pijn, maar door de terugval die ze ervoeren. *Al die trainingstijd, helemaal voor niets.* Nee, niet voor niets, zeg ik dan tegen hen. *Je lichaam weet het nog.*

Ik kijk niet omlaag en sta er ook niet bij stil hoe hoog ik nu zit; ik concentreer me alleen op waar ik naartoe wil. Gewoon een paar meter hoger en dan opzij naar de marker.

Clemente klimt naast me. Zijn marker zit lager, maar bevindt zich verder naar rechts dan de mijne. Ik krimp ineen wanneer hij een richel vastgrijpt en zich er snel aan optrekt. Dat moet pijn doen. Zijn bicepsen spannen zich, maar zijn gezicht verraadt niets. Hij negeert de pijn.

En ik moet hém negeren. Ik strek me uit, tast omhoog en raak de marker aan. Mikki en Sky slaken een gedempte juichkreet. Mijn lichaam beweegt zich op de automatische piloot terwijl ik opzijklim. Winnen hoort me niets te doen. Ik vind het niet erg om te koken; de anderen hoeven het me maar te vragen en ik zal het doen. Maar ik ben me scherp bewust van hun blikken. En hoewel ik mezelf erom verafschuw, voel ik ineens de behoefte hen te imponeren.

De anderen zijn vanaf deze hoogte gesprongen, maar ik heb geen idee hoe diep het water onder me is, dus klim ik heel snel omlaag. Victor juicht: Clemente moet zijn marker hebben bereikt. Niet slecht nu hij een aantal vingers niet kan gebruiken. Hij kan elk moment de afsprong wagen, dus ik draai me om en spring, me schrap zettend voor de klap. Het water vouwt zich als een koude deken om me heen. Als ik aan de oppervlakte kom, staan Mikki en Jack te juichen. Sky knikt terwijl ik terugklauter over de rotsen en ik voel dat ze me ineens met andere ogen bekijkt.

Ze slentert naar me toe. 'En? Wat vind je van onze trainingssessie?'

'Het was verrekte gevaarlijk,' zeg ik.

Ze glimlacht. 'Volgens mij vond je het wel leuk. Hoelang wilde je ook alweer in Australië blijven?'

Ik aarzel. 'Ik ben eigen baas, dus eigenlijk ben ik niet aan tijd gebonden.'

Glanzend zwart water spoelt over onze tenen.

'Misschien moet je overwegen om wat langer te blijven,' zegt Sky.

'Waarom?'

'Er zijn twee soorten mensen op deze wereld, Kenna. Zet ze boven op een rots met een gapende diepte onder zich en je zult het verschil zien. De meeste mensen zullen bij de rand vandaan stappen. Slechts een paar doen een stap naar voren.'

'Laat me raden,' zeg ik. 'Jij zult een stap naar voren doen.'

Sky gebaart naar de anderen, die aan de voet van het klif staan en de klim bespreken. 'Ieder van ons zal een stap naar voren doen. Ik beweer niet dat het goed is om zo te zijn of dat we moedig zijn. Je zou zelfs kunnen zeggen dat we dom zijn. Wij raken veel vaker gewond dan andere mensen en we leven minder lang. Onze manier van leven is fel en snel. Als we vallen en doodgaan, is dat jammer, het zij zo. We hebben er niet voor gekozen zo te zijn, evenmin als de mensen van het andere type ervoor hebben gekozen om voorzichtig te zijn. Wij zijn zo geboren.'

'Waarom vertel je me dit?'

'Omdat ik denk dat jij een van ons bent, Kenna.'

16

Jack

Kut, het voelt alsof iemand een breinaald in mijn ruggengraat heeft gestoken. Ik probeer uit te rekenen hoeveel codeïne ik nog heb. Die trut van een huisarts wil volgende maand pas een nieuw recept voor me uitschrijven, omdat ik de vorige pillen te snel heb opgemaakt.

Je loopt het risico om er verslaafd aan te raken.

Te laat, meid.

Ik vind het vreselijk dat de anderen me zo zien. Als ze wisten hoe ik eraan toe was, zouden ze me hier niet willen hebben. Aantekening voor mezelf: *Niet meer van kliffen vallen*. Maar ik móét hun tempo bijhouden.

In elk geval kan ik surfend nog goed meekomen. Voorlopig, althans. Surfen is het enige waar ik ooit goed in ben geweest. Iedereen zit altijd op me te vitten vanwege mijn gedrag in het water, maar zoals mijn rug nu voelt, kan elke golf mijn laatste zijn.

Ik heb het surfen leren kennen via mijn vader, maar niet zoals je zou denken. Hij was niet zo'n vader die zijn kleine kinderen op grote surfboards de golven op duwt en ze een high five geeft wanneer het ze is gelukt om op hun board te gaan staan. Of misschien was hij dat wel, maar ik was niet een van die kinderen die hij de golven op heeft geduwd.

Ik heb mijn vader namelijk nooit ontmoet. Toen ik klein was, wist ik zelfs niet wie hij was, want mijn moeder wilde het niet zeggen. Op een dag liet mijn tante Karen zich ontvallen dat hij een surfer was. Daarna ging ik na schooltijd elke dag naar het strand en bracht hele middagen door met kijken naar de mannen op de golven. Ik zou hem toch zeker herkennen? Een bepaalde gelijkenis zien? Mijn vriendjes hadden allemaal wel wat weg van hun vader: hetzelfde haar, dezelfde ogen of dezelfde neus. Op die leeftijd had ik witblond haar en mijn moeder was een brunette, dus ging ik ervan uit dat mijn vader blond was. Maar de helft van de mannen daar was blond, dus dat beperkte de mogelijkheden niet erg.

Ik keek hoe ze de golven bereden: soepel draaiend, grillig en snel. Krachtig en toch sierlijk. Omdat ik die mannen van dichtbij wilde zien, vroeg ik mijn moeder om een surfboard, maar ze zei: *Vergeet het maar.* Begrijpelijk, want de helft van de tijd hadden we niet eens geld voor de lunch.

Op een dag kwam er een cycloon langs en werd een van de meest waarschijnlijke kandidaat-vaders – hij had lichtblond haar en was een kei in surfen – opgeslokt door een reusachtige blauwe tunnel. Toen hij weer bovenkwam, peddelde hij naar het strand en smeet zijn board boos op het zand. Daarna maakte hij de *surf leash* los en liep de duinen in zonder zijn board. Ik dacht dat hij het daar even wilde laten liggen terwijl hij een reserveonderdeel ging kopen, zoals mijn grote broer vaak moest doen voor zijn auto.

'Ik pas wel even op uw board,' riep ik hem na.

'Je mag het hebben,' zei de man. 'Ik heb er een deuk in gesurft.'

Van dichtbij zag ik dat zijn haarwortels donker waren, en ik besefte dat zijn haarkleur uit een flesje kwam en ik hem waarschijnlijk kon afstrepen als mijn vader. Het surfboard was lang en smal, met aan één kant een dunne lijn – een deuk – maar leek nog bruikbaar. Het duurde dagen voordat ik erop kon staan. *Je pa kan het ook*, hield ik mezelf steeds voor wanneer ik weer van mijn board viel.

Toen ik eindelijk op een golf overeind wist te blijven staan, lag ik tussen mijn potentiële vaders en luisterde naar hun plagerijen over en weer. Na verloop van tijd keek ik niet meer naar hen, maar naar de golven. Nog een poosje later begonnen die mannen naar mij te kijken. Een van hen was een talentenjager voor Billabong.

'Sukkel,' zei mijn moeder toen ik haar vertelde waarom ik was gaan surfen. 'Je pa was een Engelse backpacker. Hij kon helemaal niet goed surfen. Hij was allang verder getrokken toen ik erachter kwam dat ik in verwachting was. Ik kende zijn achternaam niet eens.'

Maar dat deed er niet toe, want tegen die tijd had hij me onbewust al het grootste geschenk op aarde gegeven.

Terwijl ik over de hele wereld achter de golven aan zat, vochten sponsoren om me. De meiden verdrongen zich om me heen en ik had elke week een ander. Ik huurde een penthouse aan het strand, kocht een spiksplinternieuwe auto enzovoort. Jack Wilson leidde een leven om van te dromen.

Als de golf die mijn rug knakte nou een *10 point ride* was geweest, had ik daar nog een beetje troost uit kunnen putten. Dan was het tenminste een spectaculair einde geweest. Maar de tunnel van water om me heen stortte in, vouwde me op als een klapstoel en vermorzelde me tegen het koraal. Toen ik weer bovenkwam, kon ik nog wel mijn armen, maar niet mijn benen bewegen. Vanaf mijn middel had ik geen gevoel meer. Het engste van alles was dat ik mijn pik niet meer voelde. Ik dacht dat mijn leven voorbij was. Drie lange operaties later heb ik mijn gevoel terug, maar soms zou ik willen dat dat niet zo was.

Ik weet niet of mijn pijndrempel hoog of laag is. Ik weet alleen dat ik pijn heb.

Pijn is moeilijk te meten. Iedereen heeft een andere pijngrens. Sporters leren zichzelf om die te negeren. Je kunt aan een wedstrijd meedoen – en die zelfs winnen – met een botbreuk. Zelf heb ik ooit een heat gewonnen ondanks een gebroken teen. Stelde niets voor. Ik concentreerde me gewoon op de andere kant van mijn lichaam en sneed mijn teen in gedachten af. Adrenaline helpt. Toen ik het water uit kwam, liet ik mijn teen intapen en ging opnieuw het water in om ook mijn volgende heat te winnen.

Maar bij rugpijn is het anders. Je rug is het middelpunt van je lichaam en die pijn is veel moeilijker te negeren. En daar komt ook nog eens de angst bij. Als je wéét dat de pijn die je voelt niet erger zal worden, kun je die misschien de baas. Het is de onzekerheid die je nekt. Hoeveel erger gaat het nog worden?

Na mijn ongeluk werd ik door mijn sponsors aan de kant gezet, dus moest ik mijn huis opgeven en bij vrienden op de bank gaan slapen. Niet lang daarna gingen ze me om huur vragen. Wanneer Clemente en zijn vrouw me niet in huis hadden genomen, zou ik dakloos zijn geworden. En ik zou mijn auto zijn kwijtgeraakt als Mikki de maandelijkse aflossingen niet voor haar rekening had genomen.

Mikki lijkt in niets op de sexy feestbeesten met wie ik vroeger naar bed ging. De eerste keer dat ik seks met haar had, was het alsof ik opnieuw mijn maagdelijkheid verloor. Ik heb toen gehuild, vooral omdat alles het nog dééd. Mikki heeft zo haar eigen problemen, maar ze is best relaxed, en bovendien... wie zou me anders willen? Meiden versieren ging me altijd heel gemakkelijk af, en ze kijken nog steeds naar me, maar na mijn ongeluk blijven ze op afstand. Alsof ze kunnen ruiken dat er iets mis met me is.

Tegenwoordig ben ik een ander mens. Mijn wereld is veel kleiner geworden. Ik doe mijn best om sterk en dapper te zijn, maar de pijn vreet aan me. Zelfs met codeïne is die nooit helemaal weg. Het enige wat ik wil is er een dag – of een uur of desnoods een minuut – van verlost zijn.

Ik heb een pesthekel aan de zwakkeling die ik ben geworden, maar pijn haalt je oerinstinct naar boven. Geloof mij maar. Wanneer je dit soort pijn ervaart, ben je in principe tot alles bereid om die te vermijden. Echt, daar heb je alles voor over.

17

Kenna

Jacks huid voelt soepel en warm aan onder mijn handen. Zijn brede rugspieren zijn zo sterk dat ik moeilijk kan vaststellen wat er precies is beschadigd. Het was niet makkelijk om hem zover te krijgen dat ik er even naar mocht kijken. Ik tast met mijn vingers.

Hij krimpt ineen. 'Godsamme. Wat zijn jouw handen allejezus sterk.'

'Sorry.' Ik verminder de druk. Nu snap ik hoe Mikki heeft leren vloeken. Maar goed, het is niet de eerste keer dat iemand dat tegen me heeft gezegd.

Mijn broer plaagde me elke keer dat we gingen klimmen. *Het lukt je nooit om naar boven te klimmen met die kleine vingertjes van je!*

Mama heeft me laten zien hoe ik ze sterker kon maken. Ik hield me strak aan de oefeningen – alles om mijn broer te bewijzen dat hij het mis had – en soms doe ik die oefeningen onbewust nog steeds wanneer ik televisiekijk of op een cliënt wacht. De kracht in mijn handen bleek heel nuttig te zijn toen ik overschakelde op surfen – er is een behoorlijk sterke golf voor nodig om mij de grip op mijn board te laten verliezen – en bleek opnieuw van pas te komen toen ik een massagecursus volgde.

Jij hebt ijzeren vingers, zei de cursusleider. Al snel bouwde ik een klantenkring op – surfers, boeren, het plaatselijke rugbyteam – en binnen de kortste keren had ik een wachtlijst. Dat hield in dat ik mijn werktijden om de golven heen kon plannen. Omdat ik het werk en de vrijheid die het me bood prettig vond, bekwaamde ik me verder in het vak.

Plotseling slaakt Jack een kreet. 'Niet daar. Op die plek is het aan elkaar gezet. Ik heb mijn rug gebroken in Pipeline.'

Met een ruk haal ik mijn handen van hem af. Die surfplek in Hawaï is de gevaarlijkste ter wereld.

'Ik heb maar één bewegende rugwervel waar anderen er drie hebben.'

'Het spijt me vreselijk. Ik had het je moeten vragen.'

'Maak je niet druk.'

De frisse, scherpe geur van een struik vlakbij – een theeboom of een eucalyptus? – vult mijn neus terwijl ik zijn ruggengraat langzaam naar beneden volg. Ik ben doodsbang dat ik hem opnieuw pijn zal doen.

Ik schrik als Sky's stem ineens achter me klinkt. 'Heb je daar een opleiding voor gehad?' Ze klinkt vinnig.

Ik kijk achterom en vind haar beschermingsinstinct vermakelijk. Of is het bezitterigheid? 'Ik ben sporttherapeut, dat klopt.'

Ze knijpt haar ogen tot spleetjes en loopt dan weg.

'Weet je dat je je gewicht voornamelijk op je linkerbeen zet?' roep ik haar na.

Sky draait zich met een ruk naar me om. Eerst denk ik dat ze het zal ontkennen. Maar daarna geeft ze het toe. 'Vorig jaar heb ik mijn meniscus gescheurd. Ik dacht dat ik het had verholpen.'

'Ik kan je wel wat oefeningen geven.'

Ze knikt behoedzaam.

Ik wijd me weer aan Jack. 'Volgens mij heb je niets gebroken, alleen gekneusd.'

Voorzichtig beweegt Jack zijn rug. 'Bedankt.'

'Doe er wat ijs op en geef het een poosje rust.'

Hij grijnst. 'Rusten doe ik wel als ik dood ben.'

Er fladdert iets groots en zwarts over mijn hoofd. Ik duik omlaag.

'Het is maar een vleermuis,' zegt Jack.

Het toiletgebouwtje is pikdonker. Ik moet plassen, maar ik ben absoluut niet van plan om er op de tast naar binnen te gaan. Tijdens een eerder bezoekje zag ik er twee hokjes die eigenlijk niet meer zijn dan gaten in de grond met een deksel erover. Aan de buitenkant van het gebouw zit één kraan. Ik draai hem open en gebruik het zwakke waterstroompje om mijn tanden te poetsen. Ik zal zo mijn telefoon pakken om me op de terugweg bij te lichten, of misschien heeft Mikki een reservezaklamp.

Voetstappen achter me. 'Dat water kun je niet drinken.' De stem van Clemente.

'Kut.' Ik spuug zo veel mogelijk op de grond.

Clemente wijst naar het dak. 'Het komt uit de tank met regenwater.' Na die mededeling loopt hij weg.

Ik ben niet iemand die vaak de confrontatie opzoekt, maar de adrenaline van de klim pompt nog door me heen. Ik hol achter hem aan. 'Hé!'

Met een norse uitdrukking draait Clemente zich om, grijpt mijn arm beet en trekt me opzij. 'Pas op!'

Nog net te zien in het halfdonker: een gigantisch mierennest op de plek waar ik mijn voet wilde neerzetten. Mijn pols doet pijn waar hij me heeft beetgepakt. Maar lang niet zo erg als de mierenbeten zouden hebben gedaan.

'Wat heb jij eigenlijk tegen me?

'Ik heb je hier niet uitgenodigd.' Zijn stem klinkt kil.

Ik heb het helemaal met die vent gehad. Ik weiger om me door hem te laten intimideren. 'Je doet wel heel stoer, maar je bent het niet echt. Het is een toneelstukje.'

Ik kan het niet geloven, maar hij glimlacht. Hij probeert het te onderdrukken, maar slaagt daar niet in. 'Hoe doe ik dat dan?'

Ik imiteer zijn houding, sla mijn armen over elkaar en zet mijn benen wat verder uit elkaar.

Langzaam en achteloos laat Clemente zijn armen langs zijn lichaam zakken en kijkt me vervolgens bedaard aan.

Er gaan alarmbellen af, maar die negeer ik. Dit zanderige plekje aarde onder mijn voeten is mijn plekje. Ik doe geen stap naar achteren. 'Volgens mij ben je bang voor vrouwen.'

Clemente schuifelt naar me toe, tot hij zo dicht bij me staat dat hij me net niet raakt. 'Zie ik er soms uit alsof ik bang voor je ben?' fluistert hij.

'Nee,' fluister ik terug. 'Maar dat ben je wel.'

Hij onderdrukt nog een glimlach, maar ik voel dat er ook pijn onder schuilt. Ik heb geen idee wat zijn verhaal is, maar zijn stoere houding is een afweermechanisme, en ik heb niet het recht om nieuwsgierige vragen te stellen.

Zijn glimlach verdwijnt. 'Ik wil je hier niet. Dus blijf uit mijn buurt.'

18

Kenna

Ik word gewekt door de geur van gebakken spek. Mijn ledematen voelen zwaar aan en mijn oogleden willen niet open, maar ik hoor dat de anderen zitten te ontbijten, dus kruip ik met tegenzin mijn tent uit. Soms heb ik dit soort dagen waarop ik nauwelijks de motivatie kan opbrengen om mezelf in beweging te zetten en eigenlijk alleen wil wegzinken in het niets en er gewoon niet wil zijn.

De anderen zitten rond de vuurkuil, waar nu geen vuurtje in brandt. Ik steek mijn voeten in mijn teenslippers en iets zachts en zwarts wikkelt zich om mijn gezicht als de vleugels van een reusachtige vleermuis. Het is die verdomde wetsuit.

Ik duw hem weg. 'Van wie is dat ding?'

'Van Clemente,' zegt Jack.

Ik haal het pak van de waslijn. 'Ik ga het verplaatsen. Telkens wanneer ik het zie, denk ik dat er iemand hangt.' Ik hang het aan een tak bij Clementes tent.

Tussen de anderen valt een merkwaardige stilte.

'Wat nou?' vraag ik.

Clemente loopt met het restant van zijn ontbijt naar de vuilnisbak, gooit het erin en verdwijnt in het toiletgebouwtje.

Iedereen kijkt naar me terwijl ik ga zitten.

'Je kon het niet weten,' zegt Jack rustig, 'maar zijn vrouw heeft zich verhangen. Aan díé boom.'

Ontzet laat ik dat bezinken. In mijn hoofd verandert de wetsuit in een heen en weer bungelende vrouw.

Nu begrijp ik de duisternis in Clementes ogen en de reden dat hij me niet in zijn buurt laat komen, en ik voel me vreselijk omdat ik hem op zijn gedrag heb aangesproken. Over zoiets kom je toch zeker nooit heen? Hoe lukt het hem om hier te blijven? Ik heb nooit meer gesurft aan het strand waar Kasim is gestorven. Dat kon ik gewoon niet. Ik heb nooit meer ergens gesurft.

'In de pan liggen gebakken eieren met spek,' zegt Mikki. 'Neem er gerust van.'

Ik sta op, blij om te kunnen ontsnappen.

'We gaan surfen,' roept Mikki. 'Zin om mee te gaan?'

'Nee, bedankt,' zeg ik. Al heb ik dat eigenlijk wel.

De anderen vertrekken, zodat ik alleen ben, op Jack na, die op een boomstronk zit en een deuk in zijn surfboard repareert.

'Hoe gaat het met je rug?' vraag ik.

Hij glimlacht naar me. 'Prima.'

'Echt?' Er zijn hier genoeg andere boards. Zonder rugklachten zou hij er vermoedelijk eentje hebben gepakt en zich bij de anderen hebben gevoegd.

'Ik heb een pijnstiller genomen,' bekent hij. 'Ik wacht tot die gaat werken.'

De etenswaren zitten in afgesloten zakken en dozen, zodat de wilde dieren er niet bij kunnen. Ik schud muesli in een kom en sluit de zak weer zorgvuldig af. Het voelt onprettig om er ongevraagd van te pakken. Ik moet ze wat geld geven om mijn steentje bij te dragen in de kosten. Als Mikki het niet wil aannemen, dan Sky misschien. De melk staat in de koelbox – die ze hier de *esky* schijnen te noemen – en dobbert in een zee van gesmolten ijsblokjes. Ik snijd een banaan in plakjes over de muesli en kijk naar Jack terwijl ik eet.

Hij zit met zijn board op schoot en knijpt hars uit een tubetje, die hij vervolgens met een spatel over het glasfiber verspreidt. Zoals gewoonlijk draagt hij alleen zijn boardshort. Zijn bicepsen bewegen terwijl hij de hars aanbrengt. Hij test zijn reparatie met zijn vingertoppen, pakt dan schuurpapier en schuurt de gerepareerde plek nauwgezet. Wanneer hij daarmee klaar is, maakt hij een nieuw doosje wax open.

Geamuseerd sla ik hem gade wanneer hij het naar zijn neus brengt en even diep inademt.

Als hij ziet dat ik naar hem kijk, begint hij te grijnzen. 'De lekkerste geur ter wereld.'

'Wat doe jij eigenlijk voor de kost?' Ik heb het gevoel dat ik te nieuwsgierig ben, maar ik moet Mikki's belangen in het oog houden.

'Een maat van me heeft een bedrijf dat zonnepanelen installeert. Clemente en ik bellen hem wanneer we werk nodig hebben.'

'Ik hoop dat je dan geen zware spullen hoeft te tillen.' Mikki heeft me verteld dat er periodes waren dat hij niet kon werken, en bovendien zou elke vorm van zware lichamelijke arbeid lastig zijn door zijn blessures.

'Dat probeer ik te vermijden.'

Wanneer hij naar je glimlacht en zijn verblindend witte, rechte tanden laat zien, staat die glimlach nooit echt in zijn ogen te lezen, wat mij het gevoel geeft dat er meer is beschadigd dan alleen zijn rug. Ooit was hij beroepssurfer, maar wat is hij nu? Dat probeert hij nog steeds te bepalen. De afgelopen jaren kunnen niet makkelijk voor hem zijn geweest. Ik voel de treurigheid in hem en wil hem dolgraag helpen.

Hij gaat rechtop zitten en wrijft over zijn rug. Eigenlijk ziet hij er een beetje versuft uit. Ik vraag me af wat voor pijnstillers hij gebruikt. Sterke, dat is wel duidelijk. 'Moet ik nog een keer naar je rug kijken?'

'Ja, graag.'

Zijn ogen zien er vanochtend opmerkelijk blauw uit. Ik laat hem op een mat liggen. Het zonlicht valt door de bladeren, die schaduwen op zijn rug werpen. In het daglicht zie ik een diep verticaal litteken op zijn onderrug, naast blauwe plekken en een kleine schaafwond. Zijn rug is stijver dan gisteren.

'Heb je ook massageolie?' vraag ik.

Hij aarzelt. 'Er ligt wat Deep Heat in mijn tent.'

'Mag ik het pakken?'

Alweer een korte aarzeling, alsof er iets in zijn tent ligt wat ik niet mag zien. 'Ga je gang. In de zijzak aan de linkerkant.'

De tent ruikt naar deodorant voor mannen. Ik kijk snel om me heen en vind de Deep Heat. Mikki's kleren liggen op keurige stapeltjes, die van Jack liggen overal verspreid.

Papegaaien fladderen en krijsen in de boomtakken boven me terwijl ik beide kanten van Jacks ruggengraat insmeer met Deep Heat. 'Mikki vertelde dat jij hebt meegedaan aan de WQS. Hoe oud was je toen je dat ongeluk kreeg?'

'Zesentwintig.'

'Haal adem op de plek waar ik druk. Hoe oud ben je nu?'

'Negenentwintig.'

Gemiddeld pieken surfers wanneer ze eind twintig zijn. Surfen is *zwaar* en het lijkt echt lang te duren voordat je succes hebt. Jacks ongeluk heeft hem genekt voordat hij zijn piek kon bereiken.

Bij een sport als surfen weet je nooit wie zal doorbreken. Naast aangeboren talent, de juiste kansen en de vereiste mentale instelling speelt geluk een rol. Dat geldt waarschijnlijk voor elke sport, maar in de surfsport zijn er buitengewoon veel dingen waar je geen controle over hebt. Elke surfplek is anders. Elke golf is anders. We peddelen het onbekende tegemoet, een rijk waar de natuur de baas is.

Mikki had de pech dat ze nooit de benodigde scores heeft kunnen behalen – wellicht omdat ze de druk van het wedstrijdsurfen niet aankon – en Jack heeft weer een ander soort pech gehad. Nog iets wat ze gemeen hebben.

Ik sta op en klop het zand van mijn knieën. 'Alsjeblieft. Meer kan ik niet doen.'

'Bedankt.' Jack duwt zich voorzichtig overeind.

Wanneer je bijna je hele werkdag tussen halfnaakte lichamen

doorbrengt zie je alle mogelijke littekens, kwabbige flappen en andere delen die normaliter aan het oog worden onttrokken door kleding. Jacks lichaam? Een meter tachtig aan slanke, gespierde perfectie. Wanneer ik mijn blik van zijn borstkas naar zijn gezicht weet te dwingen, besef ik dat hij me met onverholen pret aankijkt.

Ik wend mijn blik af. 'Sorry.'

'Kijken staat vrij hoor, hoor.'

Mijn ogen vliegen terug naar zijn gezicht. Als hij me onderzoekend opneemt, haal ik snel en oppervlakkig adem. *Waar ben je mee bezig, Kenna?* Een stel regenbooglori's vliegt over onze hoofden, naast elkaar, in bommenwerperformatie, terwijl ik langzaam achteruitloop, weg van hem.

Jack pakt zijn board. 'Ga je niet mee?'

'Nee.'

'Tot straks dan.' Op een sukkeldrafje loopt hij het pad af.

Ik zie hem uit het zicht verdwijnen. Achter me kraakt een takje. Met een ruk draai ik me om en zie Ryan staan. Is hij zonet getuige geweest van mijn intieme momentje met Jack? Zijn gezicht verraadt niets. 'Ik dacht dat jij aan het surfen zou zijn,' zeg ik.

'Ik ben daarstraks al geweest,' zegt Ryan.

Hij zegt niet waar hij vandaan komt, maar in elk geval niet van het strand. Daarvoor komt hij nu uit de verkeerde richting. Hij kamt met zijn vingers door zijn zandkleurige haar. Er blijft iets in hangen: een dood blaadje.

'Ik wil naar de top van de kliffen,' zeg ik. 'Gaat daar ook een pad naartoe?'

'Ja,' zegt Ryan. 'Ik laat het je wel zien.'

'O. Oké.' Dat had ik niet verwacht, maar ik kan geen goede reden bedenken om te weigeren, dus stop ik mijn telefoon en mijn waterfles in mijn tas en pak mijn pet en zonnebril.

Ryan gaat me voor op een pad dat ik nog niet eerder heb genomen. Een stukje voor ons scharrelen roze en grijze papegaaien op grappige korte pootjes rond. We zijn sneller dan zij en ze fladderen krijsend op zodra we te dichtbij komen.

Ik popel om meer over Ryans situatie aan de weet te komen. 'Weet je familie dat je hier bent?'

Met een ruk kijkt hij me aan. 'Nee.'

Zijn ouders moeten doodongerust zijn. Ik kan me niet voorstellen waarom hij hun dat aan zou doen, maar het is zonneklaar dat hij er niet over wil praten. We lopen tegen een heuvel op en ik begin te hijgen.

Een eindje voor me blijft Ryan staan om iets uit een boom te plukken – een stuk of wat roze dingen, klein en ovaal –, die hij in zijn zakken stopt. 'Passievruchten,' zegt hij als hij me ziet kijken.

Voor ons wordt het bos dunner en onder ons spreidt de oceaan zich uit als een lap blauwe corduroystof. De anderen zitten op hun boards vlak bij de opkomende golven.

'Wauw!' zeg ik ademloos.

Een zeldzame glimlach van Ryan. 'Ja, hè?'

De rand van het klif wordt gemarkeerd door een gammel houten hek. GEVAAR! EROSIE! KLIM NIET OVER DE RELING. $ 1000 BOETE. Het scheef hangende bordje ziet eruit alsof het elk moment zelf over de rand kan vallen. Ik adem even diep in wanneer Ryan op het hek gaat zitten en zijn benen boven de afgrond laat bungelen. Zijn blote voeten zijn heel bruin en zijn teennagels zijn te lang. De bries beroert mijn haar en blaast het naar voren. Mijn T-shirt wappert. Voorzichtig tuur ik over het hek. We bevinden ons ongeveer boven het pad dat we naar boven hebben genomen.

Surfers zien de oceaan totaal anders dan de meeste mensen. Voordat ik ging surfen besteedde ik niet veel aandacht aan golven. De weinige keren dat ik naar ze keek, leken ze altijd op een willekeurige manier omhoog te komen. Patronen heb ik er toentertijd beslist nooit in ontdekt.

Ik weet nog dat ik na een van mijn eerste, vernederende pogingen om te surfen op het strand in Cornwall zat te wachten tot Mikki en haar moeder het strand op zouden komen, terwijl er water uit mijn neus stroomde. Vlak bij me stond een oude man met grijs haar en een verweerd gezicht.

'Hoe doen ze dat toch?' vroeg ik, terwijl de ene na de andere surfer soepele achtjes draaide. 'Ik kon niet eens op dat board blijven staan.'

De oude man glimlachte. 'Je moet de golf leren lezen.'

'Wat bedoelt u?'

Hij wees op de dikke marineblauwe strepen van de grotere golven die naar de kust gingen en legde me uit dat die aankomen in series van drie tot tien. En dat er tussen de series vijf of vijfentwintig minuten konden zitten. Dat de golven trager breken bij vloed, waardoor de take-off makkelijker was voor een beginner als ik, terwijl eb snellere en hollere golven geeft.

Het was een compleet nieuwe taal, en ik zwoer dat ik die zou leren. 'Hoe weet u dat allemaal?' vroeg ik.

'Ik surf hier al sinds 1962.'

'Surft u nog steeds?'

'Als ik het nog kon, zou ik het zeker doen.' Hij wees naar zijn stok, die me tot dan toe was ontgaan. 'Kom op. Ga het water weer in.'

Daarna heb ik hem nooit weer gezien. Zijn gezicht trouwens wel, want dat keek me maanden later glimlachend aan vanaf de achterpagina van mijn vaders krant. MICHAEL COOPER, SURFKAMPIOEN VAN 1965, OVERLEDEN OP 72-JARIGE LEEFTIJD NA STRIJD TEGEN PARKINSON. Om niet te hoeven uitleggen waarom ik moest huilen om een man die ik nauwelijks had gekend, heb ik toen gedaan alsof ik in de kast iets zocht wat ik niet kon vinden.

Ik koesterde zijn woorden als een nalatenschap. *Je moet de lijnen leren lezen...*

Ryan wijst. 'Kijk, daar komt de volgende serie.'

Beneden rollen grotere golven naar de kust. Het doet pijn om ze te zien breken. Ik hunker ernaar om weer het water in te gaan. Mikki peddelt naar een golf, maar Jack snaket langs haar heen en pakt de golf zelf. Wat een rotzak! Ik kan niet geloven dat hij zoiets flikt.

Mikki pakt de volgende golf. Shit, wat een joekel. Aan haar manier van surfen te zien pakt ze dit soort golven al maanden, maar ik heb het gevoel dat ze van haar board zal worden gesmeten zodra ik mijn blik ook maar even afwend. Pas wanneer ze de golf keurig verlaat, slaak ik een zucht van opluchting.

Ineens schiet me te binnen waarom ik hiernaartoe ben gegaan. Ik haal mijn telefoon uit mijn tas en hou hem omhoog. Verdomme. Geen bereik. Ryan ziet het, maar zegt niets. Ik doe mijn telefoon weer in mijn tas.

Het rijtje bomen op de top van het klif heeft verdraaide takken die in vreemde richtingen groeien, alsof ze eeuwig op zoek zijn naar een schuilplaats tegen de wind.

'Wat werd er over me gezegd?' vraagt Ryan plotseling.

'Hè?' vraag ik verschrikt.

'Op dat ding waarop stond dat ik word vermist.' Ineens lijkt hij weer stijf te staan van spanning.

'O.' Ik probeer het me voor de geest te halen. 'Ik heb het maar een paar tellen gezien. Het enige wat ik me kan herinneren is je foto.'

'Oké.'

Ik heb geen idee of hij opgelucht of teleurgesteld is. 'Hoelang denk je nog in Australië te blijven?'

Ryans blik gaat snel over mijn gezicht. Zijn wenkbrauwen zijn her en der wit gebleekt en zijn gezicht zit onder de zonnevlekken. De Australische zon is niet vriendelijk voor hem geweest, maar misschien was de Californische zon dat ook niet. 'Wie zegt dat ik terug wil?'

Zijn schouders staan strak en hij heeft zijn handen tot vuisten gebald. Eigenlijk zou ik geen verdere vragen moeten stellen, maar ik kan het niet laten. 'Dat ben je dus niet van plan?'

'Dat gaat niet.' Zijn stem klinkt triest, maar vastberaden.

Ik vraag me af wat iemand kan hebben bewogen om naar de andere kant van de wereld te vluchten en er komen allerlei duistere mogelijkheden bij me op.

19

Kenna

Die hele ochtend zwerf ik over het op een doolhof lijkend netwerk van paadjes, zoekend naar bereik op mijn telefoon. Omdat ik doodsbang ben om nog een keer te verdwalen, durf ik niet al te ver weg te gaan, maar het is tijdverspilling. Ik vind nergens bereik, en nu heeft de accu van mijn telefoon nog maar zeven procent. Ik weet niet waarom dat me zo dwarszit, want ik kan hem toch niet gebruiken. Maar ik heb het gevoel dat het toestel mijn laatste verbinding met de bewoonde wereld is.

Terug op de open plek blijkt er iets te zijn gebeurd. Mikki zit geknield op de grond over een boomstronk gebogen en drukt met een handpalm tegen haar voorhoofd. Haar lippen bewegen terwijl ze iets prevelt. Schuldgevoel flitst door me heen. Heeft Jack haar verteld wat er eerder is gebeurd? Ryan staat met zijn rug naar ons toe tussen de struiken en verzorgt de plantjes. Heeft hij het haar soms verteld?

Ik ren naar haar toe. 'Mikki?'

Ze lijkt me niet te horen, dus ik leg een hand op haar schouder.

Haar hoofd schiet omhoog. 'Jezus, ik schrik me dood.'

'Wat is er?'

'Niets. Ik doe gewoon mijn blootstellingsoefening.'

'Je watte?'

Mikki kijkt me schaapachtig aan. 'We moeten onze angsten

overwinnen, dat is een van de voorwaarden voor onze toetreding tot de Stam. Dan kijk ik naar mijn tatoeage van een mot en stel me voor dat het een echte mot is.'

'O. Ik dacht dat het een vlinder was.'

Ze draait haar pols naar me toe. En nu zie ik het: de vaalbruine vleugels en het dikke, rupsvormige lijfje.

'En? Helpt het?' vraag ik.

'Ja.'

Ik staar naar het lelijke schepsel dat nu permanent haar pols bevolkt en haar prachtige huid ontsiert. Of het werkt of niet, het is een behoorlijk extreme manier om met je angst om te gaan. 'Hoe waren de golven?'

'Fantastisch. Ik had wel langer willen blijven, maar ik heb een vin van mijn board gebroken.'

'Verdomme! Hoe is dat gebeurd?'

'Ik heb een rots geraakt. Niks aan de hand. Ik heb mijn board alweer gemaakt. De anderen zijn nog op het water.'

'Het is niet je board waar ik me druk om maak. Stel dat je op die rotsen was gevallen en er met je hoofd tegenaan was geklapt...'

'Jij bent tegenwoordig wel heel snel bang.'

Ik glimlach om de ironie, want dat zei ik vroeger altijd tegen haar. Ik vind het moeilijk om haar recht in de ogen te kijken na mijn momentje met Jack. Ik wil dat Mikki weet met wat voor man ze binnenkort gaat trouwen. Ik haal even diep adem. 'Ik heb Jack daarstraks gemasseerd. En hij was nogal flirterig.'

Ze rolt met haar ogen. 'Ja, zo is hij.'

Ik word vuurrood. 'Ik ben bang dat ik hem misschien wel heb aangemoedigd.'

'Maak je geen zorgen. Ik ben eraan gewend.' Haar stem klinkt berustend.

'Oké.' Toch voel ik me nog steeds onprettig door de manier waarop ik op hem heb gereageerd en door de manier waarop hij haar behandelt. Er zit een stukje zeewier in haar haar. Ik haal het er voorzichtig uit. 'Over twaalf dagen ga je trouwen, hè? Heb je al een jurk?'

'Ja, de blauwe die ik op Bali heb gekocht.'

Ik doe mijn best om mijn verbazing te verbergen. 'Geweldig.' Omdat ik zelf hoor hoe zwakjes dat klinkt, doe ik een nieuwe poging: 'Dat ben jij ten voeten uit. Strandsfeertje. Helemaal te gek.'

'Ik dacht dat ik net zo goed twee vliegen in één klap kon slaan. Iets ouds en iets blauws.'

Ik heb vreselijk met haar te doen. Als je gaat trouwen, zou je niet moeten nadenken over hoeveel vliegen je in één klap kunt slaan. Het is niet die versleten, vier jaar oude jurk waardoor ik van slag raak, maar het totale gebrek aan enthousiasme, en het kan onmogelijk alleen iets financieels zijn. Ik begrijp het gewoon niet. Waarom trouwt ze met hem als ze dat eigenlijk niet wil?

Mikki is altijd heel gereserveerd, dus hoe hecht onze band ook is, ik doe mijn best om geen nieuwsgierige vragen te stellen – sterker nog: misschien hebben we juist zo'n hechte band omdat ik haar nooit uithoor –, maar op dit moment moet ik wel, want er klopt iets niet. 'Hebben jullie ruzie gehad?'

Er verschijnen rimpels in haar voorhoofd. 'Nee. Waarom denk je dat?'

'Je lijkt niet erg enthousiast.'

Ze draait een donkere haarlok om haar vinger. 'Ik hou gewoon niet zo van bruiloften.'

Daar denk ik even over na, en ik kom tot de conclusie dat het waarschijnlijk waar is. Ik ben ook niet dol op bruiloften – ingesnoerd worden in een zware witte jurk en de hele dag blij moeten kijken is mijn idee van een marteling –, maar toch is hier duidelijk meer aan de hand.

'Ik moest mijn oefening maar eens afmaken.' Mikki begint weer naar haar mot te staren.

Daar is Jack. Clemente, Victor en hij komen net terug van het strand. Ik ga naar hem toe terwijl hij staat te douchen en zorg ervoor dat ik niet naar zijn borstkas kijk.

'Die tattoo van Mikki,' zeg ik. 'Wat vond jij ervan toen ze die liet zetten?'

'Spuuglelijk. Maar als het helpt...' Jack laat me even de slang zien die om zijn pols is getatoeëerd. 'Zie je deze? Die heb ik anderhalf jaar geleden laten zetten.'

'O, ja. Victor heeft er ook een. De golf, hè?'

'Yep. Hé, het spijt me dat ik je eerder een opgelaten gevoel heb bezorgd.'

Ik kan wel door de grond zakken, en de aanblik van zijn gladde, haarloze borstkas waar water overheen spoelt, werkt bepaald niet mee. Ik dwing mezelf om het te zeggen. 'Je bent een spetter.' Dat hoef ik hem niet te vertellen. Iemand die zo knap is als hij, weet dat natuurlijk donders goed, maar ik hoop dat ik de lucht kan klaren en een einde kan maken aan het geflirt door het hardop te zeggen. 'Maar ik had niet op die manier naar je mogen kijken.'

'Zoals ik al eerder heb gezegd: "Kijken staat vrij, hoor."'

Ik doe een nieuwe poging. 'Toen Mikki en ik net huisgenoten waren, heeft mijn toenmalige vriendje geprobeerd haar te versieren. Mikki kwam meteen naar me toe om het te vertellen.'

Ze had me doodsbang aangekeken, alsof ze dacht dat ik het haar kwalijk zou nemen in plaats van hem. *Ik zal maar met de deur in huis vallen. Gisteravond, toen jij naar bed was gegaan, heeft Connor geprobeerd om me te versieren. Hij zei dat ik mooi haar had.* Ik heb Mikki toen omhelsd en Connor het huis uit geschopt.

'Ik bof met zo'n trouwe vriendin,' zeg ik.

Aan de andere kant van de open plek staan Clemente en Victor ergens om te lachen. Victor gooit zijn hoofd achterover en slaat zich op zijn dij.

'Zit er maar niet over in,' zegt Jack. 'Trouwens, ik heb je hier gebracht voor Clemente. Niet alleen voor Mikki, bedoel ik.'

Ik word vuurrood. 'Pardon?'

'Ik wist dat hij je leuk zou vinden,' zegt Jack.

Ineens heb ik het bloedheet. 'Nou, die indruk heb ik niet.'

'O, wees maar niet bang. Hij vindt je leuk, hoor.'

Ik heb het gevoel dat mijn gevoelens voor hem op mijn voorhoofd te lezen staan. Dat is zowel gênant als opwindend.

Ik laat Jack verder douchen en loop weg. Mikki staart nog steeds naar haar mot. Haar lippen bewegen tijdens het prevelen. Net mottenvleugels. Die tattoo is echt foeilelijk. Hoe kan ze het verdragen om dat ding op haar huid te hebben? Ik durf er nauwelijks naar te kijken en ik ben niet eens bang voor motten.

20

Kenna

Mikki en ik zitten in de schaduw en kijken naar Victor en Clemente, die een balletje trappen. De bladeren boven ons hoofd zijn voortdurend in beweging en werpen caleidoscopische patronen op de grond.

Victor steekt zijn handen omhoog. 'Penalty!'

'Helemaal niet,' roept Clemente.

Ze denderen langs ons heen.

'Waar halen ze al die energie vandaan?' vraag ik. 'Ik ben kapot.'

'Dat komt door de hitte.' Mikki kamt met haar vingers haar natte haar. 'Het heeft mij ook een tijdje gekost om eraan te wennen.'

'Weet jij waar Jack mijn chocola heeft gelaten?'

Die blijkt in de koelkast te liggen.

'Laat Sky het niet zien,' zegt Mikki terwijl we een stukje eten. 'Suiker is een zwakte.'

Victor en Clemente zien het daarentegen wel en komen naar ons toe.

'Hoera! Ik hou van je, Kenna.' Victor slaat zijn arm stevig om me heen, maar ziet dan mijn gezicht. 'Sorry. Te veel energie! Dat gebeurt me altijd op dagen dat ik niet genoeg heb gesurft.'

'Victor verdiende vroeger zijn geld als *bigwavesurfer*,' zegt Mikki wanneer Clemente en hij weer zijn gaan voetballen.

'O ja?' zeg ik.

Hij heeft PTSS opgelopen na een ongeluk op zijn board.'

'Maar hij is wel blijven surfen?'

'Ja. Soms is hij nog een beetje angstig, maar Sky helpt hem om daaroverheen te komen. Je moet eens met haar gaan praten. Ze heeft mij ook met van alles geholpen.'

'Zoals?'

'We doen veel oefeningen onder water, zodat ik me meer op mijn gemak voel in grotere golven.'

Ik kan niet geloven dat je die golf hebt genomen! zei Mikki vroeger elke keer dat we hogere golven pakten. *Ben je dan niet bang?*

Maar de golven waar we toen op surften waren echt niet zo hoog.

'En ik moet leren delen,' zegt Mikki. 'Ik ben te bezitterig. In het begin was dit echt niks voor mij: samenleven met die mannen, ons eten en al het andere delen.'

Mikki kan af en toe inderdaad behoorlijk bezitterig zijn. Daarom is het ook zo vreemd dat ze beweert dat Jacks geflirt haar niet stoort.

'Maar daar helpt Sky me ook bij.'

Het is wel duidelijk dat ze Sky enorm bewondert – bijna aanbidt zelfs – en dat steekt mij dan weer op een manier die ik niet goed kan verklaren.

Mikki geeft me een duwtje. 'Ga eens met haar praten. Vertel haar over Kasim.'

Sky maakt aan de andere kant van de open plek een handstand, waarbij haar lichtblonde dreadlocks uitgespreid op de mat liggen.

Bedeesd loop ik naar haar toe, maar ik ben absoluut niet van plan om een gesprek te beginnen over mijn dode vriendje, dus zeg ik: 'Moet ik je wat oefeningen laten zien die je benen weer in balans kunnen brengen?'

Sky gaat staan. 'Graag.'

Ze zou best knap kunnen zijn, maar het lijkt wel alsof ze haar uiterste best doet om dat niet te zijn met haar asymmetrische coupe, opgeschoren aan één kant, en haar ongewone kleding en dominatrixachtige accessoires – leren armbanden en chokerkettingen. Als ze eens iets vrouwelijks draagt, zoals de blouse van gisteravond, combineert ze dat met mannelijkere kledingstukken, zoals de ruimvallende cargoshort – waarschijnlijk die van Victor – en een riem met siernagels. Ik bewonder haar zelfvertrouwen.

Nu draagt ze een croptop en een korte gymbroek. Ik bekijk haar rug en haar heupen en laat haar *bear crawls* doen, vooruit en achteruit. Dat is een pijnlijke oefening – mijn cliënten hebben er altijd een hekel aan –, maar Sky doet wat ik van haar vraag zonder te klagen.

'Nog eentje,' zegt ze wanneer ik tegen haar zeg dat ze mag ophouden.

Haar spieren spannen zich aan terwijl ze beweegt. Ze is slank, en allemachtig, wat is ze sterk.

Toen ik van Cornwall naar Londen verhuisde, trokken mijn armen ongewenste aandacht. Mensen staarden er vaak naar. *Wat zie jij er sterk uit. Zwem je veel?* Ze deden alsof ze me bewonderden, maar ik kon merken dat ik ze intimideerde, dus verfde ik mijn haar niet langer in rare kleuren en ging ik me vrouwelijker kleden om mijn spieren te verbergen, terwijl ik probeerde te doen alsof ik een van hen was. Een normaal iemand. Maar diep vanbinnen had ik het gevoel dat ik de boel bedonderde. Ik vind het geweldig dat Sky geen enkele behoefte voelt om zich aan te passen.

Als ze gaat staan, zitten haar handen onder de modder en boomschors.

'Zag je hoe Jack Mikki daarstraks snakete?' vraag ik.

Sky veegt haar handen af aan haar korte broek. 'Ja. Maar eigenlijk was het zijn golf.'

Strikt genomen is dat waar, aangezien Jack zich het dichtst bij de brekende golf bevond, maar dat was alleen omdat hij om Mikki heen was geglipt. 'Kom op. Zoiets dóé je niet.'

'Jack was vroeger wedstrijdsurfer en die mentaliteit heeft hij nog steeds. Dat killersinstinct.'

'Hè?' zeg ik verbaasd.

'Een meedogenloze vastberadenheid om te winnen. Die heeft iedereen tot op zekere hoogte, maar door erop te trainen, wordt het een tweede natuur. Daar is niets mis mee, hoor.'

Dat weet ik zo net nog niet, maar ik verander van onderwerp. 'Mikki heeft me over haar tattoo verteld.'

Ik denk dat Sky mijn afkeuring voelt, want ze kijkt me ernstig aan. 'Angst is de grootste zwakte waar mensen mee worden geboren. Om die te overwinnen moet je hem ervaren.'

'Ik weet het niet, hoor,' zeg ik. 'Als je mensen hun angst laat ervaren, raken ze misschien in paniek. Er zat een meisje bij mij in de klas dat doodsbang was voor wespen. Op een schoolreisje, toen we een jaar of twaalf waren, stonden we een ijsje te eten en toen ging er een wesp achter haar aan. Toen ze de weg op rende om eraan te ontkomen, is ze overreden door een bus.'

'Een triest verhaal, maar ze ging op de loop voor haar angst, terwijl we niet aan onze angsten kunnen ontsnappen. Die moeten we onder ogen zien. Dat proberen we te bereiken tijdens onze trainingssessies. De experts noemen het blootstellingstherapie.'

Ze staat zo dicht bij me dat ik even sprakeloos ben. 'Ik ben geen psycholoog, maar angst is toch iets anders dan een fobie? Ik ben ook niet dol op wespen – wie wel? –, maar ik zou het geen fobie noemen, zoals dat meisje bij mij op school had of zoals Mikki heeft voor motten.'

Sky fronst. 'Mikki boekt grote vorderingen met haar therapie. Heb je wel gezien hoe die doorwerkt in haar surfen? Door een angst onder ogen te zien is ze over de hele linie moediger geworden.'

Sky heeft een hardheid over zich die je niet vaak ziet bij vrouwen. Dat bevalt me wel, maar tegelijkertijd ben ik er doodsbang voor.

21

Kenna

Na de lunch smeren Mikki en Jack elkaar in met zonnebrand. Victor en Sky doen hetzelfde. Ryan is nergens te bekennen, dus Clemente smeert zichzelf in. Waarom zijn mannen zo hopeloos in het aanbrengen van zonnebrand?

Ik kan me niet inhouden en ga naar hem toe. 'Je hebt brede witte vegen op je schouders. Zal ik je even helpen?'

Clemente kijkt me alleen aan. Zegt geen ja, maar ook geen nee. Hem nu aanraken zal veel weg hebben van het aaien van een zwerfhond – hij zou kunnen uitvallen –, dus ik wacht af.

'Best,' zegt hij geprikkeld.

Ik ga achter hem staan en smeer hem in. Zijn olijfkleurige huid vervelt hier en daar, en te oordelen naar de kleur en warmte ervan, is hij licht verbrand. 'Je hebt meer nodig.'

Zwijgend overhandigt hij me de fles. FACTOR 50, 4 UUR WATERBESTENDIG. Ik knijp er een handvol uit. Het is een witte smurrie die op schoollijm lijkt. Met twee handen tegelijk smeer ik het over zijn schouders. Het is gek om hem aan te raken. Ik heb een aantal cliënten die echte spetters zijn, maar bij geen van hen voel ik deze... aantrekkingskracht. Die voelde ik zelfs niet bij Kasim. Het leidt me ontzettend af.

Al snel neemt het proces het over en zoeken mijn vingers automatisch zijn verstrakte spieren op. Hij ademt scherp in als ik een knoop tegenkom. Had ik mijn massagetafel maar, dan zou ik dit echt goed kunnen doen. Zijn spieren zitten heel erg vast. Ik til zijn arm op en laat hem een tak boven zijn hoofd vasthouden, zodat ik er beter bij kan. Ik neem zijn spieren onder handen, waarbij ik de nieuwsgierige blikken van de anderen negeer.

Mijn vingers duwen vlak onder zijn schouderblad. 'Zeg het even als ik te hard druk.' Op de een of andere manier weet ik dat hij dat nooit zal doen. En hij maakt geen enkel geluid meer, hoe hard ik ook duw.

De anderen pakken hun board.

'Ik kom zo,' roept Clemente.

Mikki werpt me een behoedzaam glimlachje toe. 'Tot straks.'

Aan Clementes profiel zie ik dat hij met me meewerkt en zich concentreert op de knopen die ik vind en tot overgave dwing. Langs zijn slaap loopt een straaltje zweet. Als ik zijn andere arm omhoogbreng naar de tak boven zijn hoofd, ontmoet zijn blik de mijne. Het is heel intens om zijn ogen op me te voelen terwijl mijn vingers in zijn huid duwen.

Ik voel me nog steeds ellendig over mijn ongelukkige opmerking van die ochtend. 'Het spijt me van je vrouw.'

In zijn ogen staat niet alleen verdriet te lezen, maar ook schuldgevoel. Hij kijkt weg, en ik wens dat ik haar niet ter sprake had gebracht. Hij neemt het zichzelf duidelijk kwalijk. Misschien vindt hij dat hij het had moeten zien aankomen. Dat hij haar had moeten tegenhouden, haar gelukkig had moeten maken. Of is het nog erger? Was hij degene die haar ongelukkig maakte? Opnieuw vraag ik me af hoe hij hier in vredesnaam kan blijven.

Clemente kijkt me pas weer aan als ik een stap naar achteren doe. 'Klaar.'

'Dank je wel.'

Opeens klinkt er *kek-kek-kek* uit een naburige boom en ik maak een sprongetje van schrik.

'Kookaburra.' Clemente kijkt zoekend rond. 'Daarzo. Zie je hem?'

Op een tak achter de tenten zit een bruin-witte vogel met een grappig bovenmaats kopje. Hij opent zijn snavel en stoot een waanzinnige kakellach uit.

Terwijl Clemente zijn surfboard in de was zet, kijk ik om me heen en vraag me af wat ik kan doen. Misschien moet ik weer op zoek gaan naar bereik voor mijn telefoon, maar ik ben bang dat ik opnieuw zal verdwalen.

Clemente pakt zijn board op. 'Ga je niet mee?'

Hij kijkt me aan met zijn kenmerkende intense blik. In gedachten hoor Sky's stem: *De oceaan is een geweldige genezer.* Een keertje surfen kan toch geen kwaad? Mikki zal dolblij zijn om me daar te zien en op die manier kan ik vanaf het water een oogje op haar houden. Zo rechtvaardig ik het inwendig. Diep vanbinnen weet ik echter dat ik het niet voor haar doe, maar voor mezelf.

Ik duik snel mijn tent in om een bikini aan te trekken. Mijn huid is nog rood van gisteren, dus ik doe ook een T-shirt aan en smeer me snel in met zonnebrand.

Wanneer ik achter Clemente over het pad loop, begin ik me zorgen te maken. Ik wil niet opnieuw in de ban komen van de sport die me zo duur is komen te staan. Maar de andere reden dat ik bang ben is dat ik de golven vanaf hier kan horen. Hun ritmische geraas is luid genoeg om de papegaaien te overstemmen.

'Hoe hoog schat jij de golven?' vraag ik.

'Een of anderhalve meter,' zegt Clemente.

Het is de gewoonte om de golven kleiner in te schatten dan ze zijn, een traditie die van Hawaï komt, waar ze de golven niet aan de voor- maar aan de achterzijde meten. Anderhalve meter wil zeggen dat ze ruim boven je hoofd komen. Ik had op kleine golfjes gehoopt, zodat ik langzaam weer zou kunnen wennen, maar zo gaat dat met surfen: de oceaan geeft wat hij wil, wanneer hij wil.

'Shit,' zeg ik ademloos als we het strand bereiken. Er zijn wolken binnengewaaid en de golven vormen zich in dikke strepen onder een loodgrijze hemel.

'Wat is er?' vraagt Clemente.

'Niks.'

Hij trekt zijn wenkbrauwen op. Zijn boodschap is duidelijk: als ik niet genoeg zelfvertrouwen heb voor golven van die hoogte, moet ik er niet aan beginnen. Maar inmiddels hebben de anderen me gezien en steekt Mikki haar duim naar me op.

De vochtige zeelucht drapeert zich om mijn gezicht. 'We gaan ervoor,' zeg ik.

Hij legt zijn surfboard op het zand en doet een triceps-stretch. Het is me opgevallen dat iedere surfer voor het surfen een ander ritueel heeft wat betreft eten en drinken, hoe het surfboard wordt klaargemaakt en hoe de warming-up verloopt, waarbij de nadruk vaak ligt op de plekken die in het verleden geblesseerd zijn geraakt. Clementes warming-up wijst op schouderproblemen.

Ik leg mijn board naast het zijne en draai voorzichtig rondjes met mijn armen. Voor mij zijn stretches niet alleen een voorbereiding voor mijn geest, maar ook voor mijn lichaam. Ik maak mijn nek los en adem de zilte nevel in. Meestal bevind ik me op dit moment in gedachten al in het water en voel ik de deining van golven die me optillen, maar vandaag zijn er te veel afleidingen. En daar is Clemente er een van.

Hij pakt zijn board. 'Goed, blijf dicht bij de rotsen, dan voert de stroming je mee.'

Ik grijp een handje zand en boen ermee over mijn vingers om de zonnebrand eraf te krijgen. Er is niets ergers dan proberen te surfen met gladde handen. Clemente klautert over de rotsen. Trillend van de zenuwen haast ik me achter hem aan. Het ene moment staat hij tot zijn enkels in het water en het volgende ligt hij op zijn board en peddelt hij. Hij kijkt even achterom en wenkt dat ik hem moet volgen. Ik stap voorzichtig naar voren. De rotsen zitten onder de slierten zwart zeewier. Die zijn slijmerig onder mijn tenen.

De eerste golf raakt me met meer kracht dan ik had verwacht en smijt me terug over de rotsen. Scherpe randen snijden in mijn benen en voeten. Ik ga snel op mijn board liggen en peddel met alle kracht die ik kan verzamelen. Mijn schenen prikken, maar er is geen tijd om de schade te bekijken. De volgende golf komt en ik druk mijn knie hard tegen het gewaxte glasfiber van mijn board om te duckdiven, maar mijn timing klopt niet en de golf sleurt me mee terug. Ik kom weer boven en peddel hard, buiten adem en uit vorm.

De donker wordende hemel wordt weerspiegeld in de oceaan. Vogels duiken met een plons het water in, om een paar tellen later weer omhoog te schieten met vis in hun snavel. Het is zo'n dag waarop elke donkere schaduw onder me verschillende rijen tanden en een glanzend zwart oog krijgt, en een glimp van mijn eigen weerspiegeling is voldoende om mijn maag te laten verkrampen.

Jack krijgt een golf. Als zijn rug pijn doet, laat hij dat niet blijken. Hij surft alsof hij een paar seconden in de toekomst kan kijken en hij laat het er verdomd makkelijk uitzien. Clemente en Victor slaken jubelkreten wanneer hij zijn board hoog boven de golf uit laat komen en achterstevoren weer landt.

De minuten die volgen zijn een spel van één stap naar voren en twee stappen terug in een soort bizarre dans met de Stille Oceaan. Er doemt nog een golf op. Ik duik eronder, maar hij rukt mijn board uit mijn greep, zodat ik spartelend naar de oppervlakte moet. Onder water schiet een donkere vorm als een torpedo op me af en ik snak naar adem, maar het is slechts een dolfijn.

Weer een golf. Zonder board duik ik omlaag om het ergste ervan uit de weg te gaan. Ik heb mijn ogen dichtgeknepen en hoop dat er geen verborgen rotsen in deze donkere leegte zijn. Iedereen kijkt naar me als ik weer bovenkom. *Stel je niet aan, Kenna.*

Ik haal mijn board terug en peddel alsof mijn leven ervan afhangt. In de luwte tussen de golven lukt het me om naar de anderen te peddelen. Zo onopvallend mogelijk til ik eerst mijn ene en dan mijn andere been op. Ik bloed op allerlei plekken.

Er schiet een donkere vorm voorbij en ik krimp ineen. Stomme dolfijnen. Het lijkt wel of ze het expres doen, alleen om mij bang te maken. Een grijze muur verheft zich. Halfslachtig begin ik te peddelen. Tot mijn opluchting doet Victor dat ook, en ik laat de golf aan hem, maar er komt een tweede achteraan, nog hoger dan de vorige. De anderen kijken allemaal, dus peddel ik opnieuw. Op het moment dat ik ga staan, weet ik al dat ik het niet zal halen, maar ik kan niet meer terug.

Mijn board draait naar verticaal en nog verder, en gooit me er voorover af. Ik smak met mijn gezicht op het water, en dan gaat de golf omlaag en sleurt me mee de diepte in. Eenmaal aan de oppervlakte controleer ik snel al mijn ledematen. Wonderbaarlijk genoeg lijk ik er heelhuids van af te zijn gekomen. Water snuivend peddel ik door de branding de open zee weer op.

'Alles goed?' vraagt Mikki.

'Kan niet beter,' zeg ik, en iedereen giert het uit.

Ik zit op mijn board en kijk naar de anderen terwijl ik weer op adem kom. Je kunt veel over iemand te weten komen door zijn gedrag in het water te observeren; dat heb ik in Cornwall ontdekt. Jack doet ongegeneerd *drop-ins* bij iedereen, wat betekent dat hij hun golf kaapt; Clemente lijkt een doodswens te hebben en peddelt voor elke golf die zijn kant op komt; Victor zit achteraan en wacht op reuzengolven; Sky schiet heen en weer en onttrekt de laatste druppel energie aan elke golf. Ik heb Ryan nog niet eerder zien surfen en ik had het idee dat hij afstand zou bewaren tot de anderen, zoals hij ook op het land doet, maar hij bevindt zich midden in het gewoel en vecht om de golven.

En Mikki...

'Jij bent echt verdomd goed geworden,' zeg ik als ze weer naar ons toe is gepeddeld.

'Weet ik.' Mikki straalt van vreugde omdat ze iets zegt wat volgens haar heel on-Japans is, en ik lach met haar mee.

Victor krijgt een golf. Ik zie dat hij een *goofy-footer* is en met zijn rechtervoet voor staat, in tegenstelling tot de rest van ons. Er komt een golf Ryans kant op en Jack pikt hem af. Ik krimp ineen als hun boards botsen. De twee mannen eindigen naast elkaar in het water en Ryan grijpt Jack bij zijn haar. Ik heb Jack gisteren een drop-in zien doen bij Victor, die erom moest lachen, maar Ryan is echt razend.

'Hé!' roept Clemente. 'Doe even rustig.'

'Golven!' brult Victor.

Ik draai me om en zie een serie aankomen. Een golf, zeg ik tegen mezelf. Een fatsoenlijke golf, en ik ben tevreden.

'Zet 'm op, Kenna!' roept Mikki.

Ik peddel hard, krabbel overeind en dan berijd ik de golf. Ik dans over het water. Niet gewend aan het board of de golf maak ik slechts een paar draaien voordat ik mijn evenwicht verlies, maar dat is genoeg.

Terug op het strand slaat Mikki haar arm om mijn rug. 'Het is fijn om met jou te surfen.'

Ik kijk omlaag naar mezelf. De sneden in mijn benen bloeden en de spieren in mijn armen en rug verstijven al, maar voor het eerst in twee jaar voel ik me gelukkig.

22

Kenna

Jack moet vanavond koken. Mijn oorspronkelijke angst dat hij gewelddadig is lijkt ongegrond, maar hij is een ongelooflijke flirt en in de golven snaket hij Mikki. Ik snap echt niet wat ze in hem ziet. Het moet toch zeker om meer dan alleen zijn uiterlijk gaan?

Ik loop naar hem toe, vastbesloten om precies te achterhalen waarom ze met hem gaat trouwen. 'Wat is dat?' vraag ik.

'Kangoeroegehakt,' zegt Jack.

Doordat hij me aankijkt met zijn blauwe ogen vlamt die ongewenste aantrekkingskracht weer op. Het vlees sist en verspreidt een wildgeur in de vochtige lucht. Ik trek mijn neus op.

'Aussies eten het niet veel,' zegt Jack. 'Ze voeren het aan hun huisdieren, maar mijn moeder had vijf kinderen en ze kon geen rundvlees betalen, dus ik ben ermee grootgebracht.'

Victors gekreun zweeft over de open plek. Hij moet zich optrekken van Sky.

Luid en duidelijk zegt ze: 'Nog tien keer!'

Victors armen trillen als hij zich nogmaals optrekt.

'Wat gaat er nog meer in?' vraag ik.

'Chili's.' Jack wijst met de pollepel. 'Daar staat een struik. Wil je even kijken of er rijpe zijn? Ik heb er drie of vier nodig.'

Beducht voor spinnen duik ik de struik in. 'Heb jij deze geplant?'

'Nee, Ryan.'

Als ik Jack de chili's aanreik, hoor ik Victor een geluid maken dat bijna een kreet is. Hij moet nu squats doen, waarbij hij een grote steen tegen zijn borst geklemd houdt.

'Nog een keer!' schreeuwt ze.

Ik kijk toe en ben bang dat ze te ver zal gaan. 'Jij hebt Sky toch in Sydney ontmoet?'

'Ja, ze surfte vroeger op Bondi Beach.' Jack snijdt de chili's en laat ze in de pan glijden. 'Ze kreeg iets met Victor. Victor en ik woonden toen in Clementes appartement in Bondi. Toen het huurcontract voor Sky's appartement afliep, is ze bij ons ingetrokken.'

De scherpe dampen van de chilipepers prikken in mijn ogen. 'Dus jullie woonden daar met z'n hoevelen? Met z'n vijven?'

'Ja. Met z'n zessen toen Mikki erbij kwam.'

Geen wonder dat het zo'n zootje bij hen was. Het begint me te dagen waarom deze groep zo hecht is: ze zijn altijd bij elkaar. In Cornwall waren er ook gedeelde huizen, volgepropt met mensen om de huur laag te houden. Minder werken, meer surfen: het motto van iedere surfer. Maar deze lui zijn allemaal de dertig gepasseerd, dus je zou denken dat ze een eigen woning willen zodat ze zich op hun carrière of een gezin kunnen richten. Mikki is nog introverter dan ik en ik sta er versteld van dat ze hiertegen kan.

Jack gaat verder: 'Op een dag zei Sky: *Ik kan ervoor zorgen dat jullie veel beter gaan surfen, maar ik weet niet of jullie bereid zijn om de inspanning te leveren.* In feite daagde ze ons uit.'

'Aha.'

'Je zou kunnen zeggen dat we stilstonden. Ik had mijn rug al bezeerd, Victor had zijn schouderpees gescheurd en Clemente had problemen met zijn knieën.' Jack schuift het vleesmengsel in een ovenschaal. 'We vroegen wat we daarvoor zouden moeten doen. Het kwam erop neer dat we keihard moesten trainen. Ik zei dat je alleen beter leerde surfen door te surfen. *Maar stel nou dat de golven laag zijn?* vroeg ze. *Ga je dan op je gat zitten blowen?* Wat in feite was wat ik deed. Clementes vrouw was ook gaan blowen.'

Die informatie sla ik op. Wordt hier nog steeds geblowd? Ik heb het niet gezien.

Jack doet er een blik gepelde tomaten bij. 'We zeiden tegen Sky dat we het wilden en sindsdien beult ze ons vreselijk af.'

Victor laat zich op de grond vallen en Sky loopt weg en begint aan een eigen work-out. Die vrouw weet van geen ophouden. Geen wonder dat ze zo in vorm is.

Over Jacks schouder zie ik Clemente en Mikki terugkomen van het strand, allebei druipnat. Kennelijk hebben ze gezwommen. Onder het afdrogen staan ze met elkaar te kletsen. Vol belangstelling sla ik ze gade. Mikki heeft nog nooit mannelijke vrienden gehad. Nu trekken ze bokshandschoenen aan. Mikki is dertig centimeter kleiner dan hij. Aanvankelijk bijt ik op mijn lip, maar ze geeft hem ervan langs, en hij laat het gebeuren.

'O, shit!' gilt ze wanneer een van haar stompen zijn oor raakt.

Hij geeft geen krimp. 'Niet ophouden.'

Ik vind het geweldig dat hij zo voorzichtig met haar is – de vriendin van zijn beste vriend. Nee, de verlóófde, corrigeer ik mezelf, en mijn borst verstrakt.

Victor heeft nog altijd niet bewogen. Ik loop naar hem toe. 'Alles goed?'

'Ja.' Hij glanst van het zweet.

Ik demp mijn stem. 'Waarom zeg je niet gewoon nee?'

Victor duwt zich overeind tot hij rechtop zit. 'Heb jij ooit een trainer gehad, Kenna?'

'Nee. Ik ben net een ezel. Ik vind het vreselijk om geduwd te worden.'

Victor veegt zijn voorhoofd af, waarbij zijn geel-groene polsband met BRAZIL erop langs zijn huid piept. Zijn bicepsen zijn enorm. 'Ik heb er heel veel gehad.'

'O ja?'

'Mijn moeder was Braziliaans kampioen jiujitsu en mijn vader was gek op surfen. Ik heb in beide sporten wedstrijden gedaan en ik had voor allebei een trainer. Toen ik zestien was, moest ik een van beide kiezen. Ik heb voor surfen gekozen.' Victor wrijft over zijn dijbeenspieren. 'Shit, dat doet pijn.'

'Je hebt een beetje te veel gedaan, is het niet?' zeg ik.

'Als je een trainer hebt, moet je je onderwerpen aan diens methodes. De keus is aan jou, maar zodra je ervoor gaat, hebben ze min of meer het recht om alles van je te eisen.'

'Je hebt ijs nodig.' Ik haal een paar sokken uit mijn tent, stouw die vol ijsblokjes, leg ze op Victors dijen en druk erop.

Hij krimpt ineen. 'Er zijn goede en slechte trainers, Kenna.'

Ik knik naar Sky. 'En is zij goed?'

'Een van de besten.' Victor werpt nog een blik in haar richting. Clemente ligt op een mat en doet push-ups. Met een kakellachje gaat Sky op zijn rug zitten. Clemente weet er nog een paar te doen en stort dan neer.

Victors gezicht betrekt. 'Sommige trainers kunnen je inspireren om over je grenzen te gaan.'

'En zij kan dat?' vraag ik, en het valt me opnieuw op hoe adembenemend ze is. Natuurlijk wil hij haar imponeren. Jezus, ík wil haar imponeren.

'Ja, het lijkt alsof ze in je hoofd kan kruipen.'

Ik haal de ijszakken van Victors dijen. 'Helpt het?'

'Ja, meer!'

Net wanneer ik ze er weer op druk valt een schaduw over hem heen en als ik me omdraai, zie ik dat Sky naar ons staat te kijken.

'Heb ik hem vermoord?' vraagt ze.

'Ja,' zeg ik. 'Bijna wel.'

'Arme knul.' Met een ondeugende glimlach streelt ze Victors voorhoofd.

Niemand hier is een watje, maar ik voel gewoon dat zij de hardste is van allemaal.

Ze buigt zich voorover en fluistert iets in Victors oor. Ik kan het niet verstaan, maar zijn schouders verstijven op slag.

'Goed, excuseer ons, Kenna,' zegt Sky.

Ze loopt naar een van de paden. Victor staat op en volgt haar met een blik van pure angst in zijn ogen.

23

Kenna

Onder het eten kijk ik naar de blije gezichten van de anderen in hun sjofele, afgedragen kleren. Deze mensen zien af van normale gemakken: een zacht bed, pubs, clubs en computerschermen. Dat hebben ze allemaal niet nodig, omdat ze dit hebben: een baai met ongelooflijke golven die helemaal van hen is.

Ik weet niet waar Victor en Sky daarstraks naartoe zijn gegaan, maar nu zitten ze dicht naast elkaar, zo te zien ontspannen en tevreden.

Die avond zitten we rond het vuur en praten over de lelijke kant van het surfen. *Localism*, oftewel agressie tegenover buitenstaanders.

'Ik heb gehoord dat het in Californië heel erg is,' zeg ik.

'Ja, de vaste surfers op het strand bij mij in de buurt waren heel bezitterig,' zegt Ryan.

'Tussen Spanje en Frankrijk ligt een streek die Baskenland heet,' zegt Clemente.

Allemachtig, dat accent van hem.

'Als ik daar surf, haten ze me omdat ik Spaans ben,' zegt hij. 'En in Frankrijk haten ze me omdat ze denken dat ik Baskisch ben. De laatste keer dat ik in Mundaka heb gesurft, hebben ze mijn autobanden kapotgesneden.'

'Jezus nog aan toe!' zegt Jack.

'In Brazilië is het precies hetzelfde,' zegt Victor. 'Als je uit Rio komt en surft op de stranden van São Paulo...' Hij beweegt zijn vingers snel heen en weer.

'In Cornwall was het ook behoorlijk erg,' zegt Mikki.

Ik werp haar een zijdelingse blik toe en denk aan de dag dat iemand met een spuitbus JAPPEN WEG op de rotsen boven ons plaatselijke strand had geschreven. We waren indertijd nog maar tieners en het was niet specifiek tegen haar gericht – er woonde daar een aantal Japanse surfers –, maar het moet haar hebben gekwetst. De gemeente haalde het maar niet weg en toen ik de aanblik niet langer kon verdragen, heb ik aan mijn vader gevraagd hoe je spuitverf moet verwijderen. Hij is samen met me naar het strand gegaan en heeft me geholpen om het eraf te schrobben. Maar hoe boen je een complete opvatting weg?

'Voor een vrouw is het anders,' zegt Victor tegen Mikki. 'Jou zullen ze niet slaan.'

Sky rolt met haar ogen. 'Nee, ze doen alleen drop-ins, of ze snaken om ons heen, intimideren ons en geilen op ons.'

Victor slaat een arm om haar heen. 'Ik zal je een keer meenemen naar Rio.'

Zonder acht op hem te slaan zegt ze: 'Dat maakt de Baai zo bijzonder: hier hebben we dat allemaal niet.'

'Ze zouden surfplekken speciaal voor vrouwen moeten maken,' zeg ik.

Sky en Mikki buigen zich voorover en geven me een high five. We lachen om de gezichten van de mannen.

'Het is zo jammer,' zegt Clemente. 'Surfers vonden het altijd heerlijk om te reizen, andere plekken te zien en op andere golven te surfen.'

'Het probleem is dat er te veel surfers en te weinig golven zijn,' zegt Ryan.

Clemente legt zijn handen op die van Jack en Victor, die aan weerskanten van hem zitten. 'Zonder localism had ik deze kerels nooit ontmoet.'

'O nee?' vraag ik.

'Ik was aan het surfen in Narrabeen,' vertelt Clemente. 'En ik hoorde dat Victor werd lastiggevallen, eigenlijk alleen omdat hij een verdomd goede surfer is. *Jij komt hier toch niet vandaan?* vroeg een van hen. Een mager Australisch joch.'

Clemente kijkt naar Jack, en ik begrijp dat hij het over hem heeft.

'Victor was zo dom om met hem aan de praat te raken,' zegt Clemente. 'En zijn Engels was nog slechter dan dat van mij, dus dat zegt wel iets.'

Victors bulderlach laat me schrikken. 'Wat zeg je me nou, man? Mijn Engels is toevallig nog altijd beter dan het jouwe.'

'Victor kreeg een golf, maar Jack deed een drop-in,' zegt Clemente.

'Dat doe ik bij iedereen,' zegt Jack.

'Ja, dat hoef je ons niet te vertellen,' mompelt Ryan.

'Victor wilde met hem op de vuist gaan,' zegt Clemente. 'En ik maakte me zorgen om Jacks veiligheid.'

Ondertussen zit iedereen te lachen.

'En toen?' vraag ik.

'Ik kon zien dat Victor een aardige gozer was,' zegt Clemente. 'Ik begon in het Spaans tegen hem te praten, zodat Jack ons niet kon verstaan.'

'Spreek jij Spaans?' vraag ik aan Victor.

'Nee, maar ik versta het wel,' antwoordt hij.

'Ik legde uit dat Jack mijn huisgenoot was,' zegt Clemente. 'En ik nodigde Victor uit om bij ons te komen eten. Ik zei dat Jack voor hem zou koken bij wijze van verontschuldiging. Je had Jacks gezicht moeten zien toen de bel ging en Victor voor de deur stond.'

De anderen lachen zich een breuk. Wat zijn mannen toch grappig: ze krijgen om niets ruzie, maar zijn even snel bereid om te vergeven. Jack en Victor lijken tegenwoordig de beste maatjes, dus het is moeilijk te geloven hoe ze elkaar hebben leren kennen.

'Jezus, ik háát localism,' zegt Mikki.

Dat beamen we allemaal. Maar toch, zonder localism had ik Kasim nooit leren kennen.

Maar ja, dan zou hij nu misschien nog leven.

24

Kenna
Vier jaar geleden

Mikki en ik vlogen een weekend naar Frankrijk en huurden een auto bij de luchthaven Biarritz. Zij googelde de surfplekken terwijl ik naar het noorden reed.

'Volgens *Wannasurf* zijn er woeste tunnelgolven,' las ze voor.

'Cool,' zei ik.

'*Het localism is hier nadrukkelijk aanwezig. Zorg dat je niet opvalt.* O, shit.'

'Wat is er?'

'O, sommige van deze reacties. *Iemand heeft mijn zijspiegel kapotgeslagen toen ik in het water was. Als je een huurauto hebt, kun je maar beter goed verzekerd zijn.* Zijn we verzekerd?'

'Ja, maar het eigen risico is wel vijfhonderd euro.' Tussen de bomen door glimpen van de oceaan. Ik tuurde ingespannen naar golven. 'Kijk goed of je een parkeerplaats ziet.'

Mikki greep mijn arm beet. 'O, nee. Moet je deze horen. *Als je een Duits kenteken hebt, zoals ik, breken zelfs de agenten je auto open.* Volgens mij moeten we niet aan de boulevard parkeren. Dit is onmiskenbaar een huurauto.'

Dat was waar; aan de zijkant stond in enorme letters EASY RENTALS. 'Ik vraag me af of het echt zo erg is als jij het laat klinken,' zei ik.

'Alsjeblieft? Ik zal niet van de golven kunnen genieten als ik me zorgen maak om de auto.'

Met een zucht reed ik een zijstraat in. 'Nou tevreden?'

We trokken onze korte wetsuit aan.

'Probeer niet op te vallen,' zei Mikki terwijl we over de stoep renden.

Maar dat viel niet mee met roze haar, en iedereen staarde naar ons terwijl we de zee op peddelden. Dit strand heette La Gravière – de Grindgroeve – vanwege het kiezelzand hier. Het stond bekend als de gevaarlijkste *beachbreak* – golven die breken op een zanderige ondergrond – ter wereld, wat werd bewezen door de grote drukte.

Wij lagen te wachten op een golf toen er vlak bij ons beroering ontstond. Ik raakte in paniek omdat ik dacht dat er een haai was, maar besefte al snel dat er werd geschreeuwd tegen een man met een camera. Toen probeerden ze zijn camera af te pakken. Een arm schoot naar voren. Shit, iemand had hem een stomp gegeven.

Ik peddelde ernaartoe. Mikki en ik gingen heel anders met agressie om: als ik me ermee ging bemoeien, hield zij zich juist afzijdig, dus ik was geroerd toen ze achter me aan kwam en ook begon te schreeuwen. De surfers trokken zich wat terug en de man met de camera peddelde naar het strand. De surfers wierpen ons vuile blikken toe en zorgden ervoor dat Mikki en ik de rest van de sessie geen enkele golf kregen.

'Klootzakken,' mompelde Mikki. 'Ik ben er klaar mee.'

'Ik ook.'

We peddelden naar het strand.

De man met de camera stond op de boulevard tegen zijn auto geleund. Hij glimlachte toen we kwamen aanlopen. 'Bedankt.' Hij wees naar zijn camera en zei: 'Ik kon deze niet laten afpakken. Tweeduizend euro, alleen al voor de be'uizing.' Hij had golvend zwart haar en een vet Frans accent.

'Waarom schreeuwden ze tegen je?' vroeg ik.

'Omdat ik 'ier niet vandaan kom. Ik kom uit Maroc.'

'Marokko?'

'Ja.'

Op dat moment zag ik zijn rechterarm slap langs zijn zij hangen. Uit de kom geschoten tijdens de worsteling om zijn camera niet kwijt te raken. Ondanks de pijn die hij moest voelen, glinsterden zijn donkere ogen van pret toen Mikki en ik hem hielpen zijn wetsuit uit te trekken. Zijn kwetsbaarheid ontroerde me: een gespierde en duidelijk bijzonder fitte jongeman die zijn arm niet kon gebruiken. We brachten hem naar het ziekenhuis en namen hem daarna mee naar onze kampeerplaats.

Kasim kwam uit de woestijn, ik kom uit een koude, vochtige stad in het noorden. Hij was macho, ik ben feministe. Hij was emotioneel en heetgebakerd, ik denk logisch na en ben rationeel. We waren complete tegenpolen, afkomstig uit totaal verschillende culturen, maar vanaf het allereerste begin leek het alsof hij deel van me uitmaakte.

Twee jaar lang week hij niet van mijn zijde.

25

Kenna

Opgewonden stemmen brengen me terug in het hier en nu. Rond het vuur wordt druk gekibbeld.

'O, nee,' zegt Clemente. 'Dat kun je niet maken.'

'Laten we erover stemmen,' zegt Sky.

'Volgens mij weten we allemaal dat dit geen democratie is,' zegt Clemente.

Geamuseerd kijkt Sky hem aan. 'Wat bedoel je daarmee, schatje?'

'Precies wat ik zei.'

Ze haalt haar vingers door het haar op zijn achterhoofd. 'Doe niet zo opgefokt.'

Clemente slaat haar hand weg. 'Hou op.'

'Ik stem voor,' zegt Victor.

Waar stemmen ze over, en waarom heb ik het gevoel dat het met mij te maken heeft?

'En jij, Mikki?' vraagt Sky.

'O, maak het nou!' zegt Clemente. 'Ze is Mikki's vriendin. Natuurlijk stemt Mikki voor.'

Nu weet ik zeker dat het iets met mij te maken heeft.

Mikki's blik schiet even mijn kant op. 'Voor.'

'Jij stemt dus tegen?' vraagt Sky aan Clemente.

'Ja,' zegt Clemente.

'Ik sluit me aan bij Clemente,' zegt Ryan.

Sky richt zich tot Jack. 'Drie-twee op de vraag of we Kenna zullen uitnodigen zich bij ons aan te sluiten.'

Ik hap naar adem. Dat had ik niet zien aankomen.

Jack knikt. 'Ik vind het best.'

Clemente ontploft. 'O, kom op, kerel! We hadden een afspraak.'

'Vier tegen twee,' zegt Sky. 'Kenna, hierbij ben je uitgenodigd om toe te treden tot de Stam.'

In mijn maag vlamt adrenaline op als ik bedenk wat dat zal inhouden. Surfen, klimmen. En gevaar, heel veel gevaar. Hoe vleiend de uitnodiging om lid te worden van deze geharde groep ook is, ik ben de enige die Mikki kan overhalen om hier weg te gaan. Bij deze lui is ze niet veilig. Ze is veel te goedgelovig. Te lief. En waarom gaat ze met Jack trouwen terwijl ze daar helemaal geen zin in lijkt te hebben?

'Het is geen besluit om lichtzinnig te nemen,' zegt Sky. 'Of je gaat er vol voor, of je doet niet mee. Je kunt het niet half doen. Wie zich bij ons aansluit, heeft de plicht om de anderen te beschermen, maar vooral om de Baai te beschermen.'

Ik doe mijn mond open om te weigeren. Maar ik heb meer tijd nodig om Mikki te overtuigen. Uiteindelijk zullen ze nog een keer boodschappen moeten doen. In de echte wereld, met internet en telefoonbereik, zullen er meer mogelijkheden zijn. Door voorlopig te doen alsof kan ik misschien uitvogelen welke macht ze over Mikki lijken te hebben en hoe ik haar daarvan kan bevrijden.

Sky zit te wachten. De hele Stam zit te wachten.

Ryan, die 'tegen' heeft gestemd, vindt het nog moeilijker dan anders om me recht in de ogen te kijken. Victor neemt me aandachtig op. *Ik zou een moord doen voor de golven hier.*

Ik richt mijn blik op Mikki. *En er spelen wat rare dingen binnen de Stam.*

Dit is haar duidelijk boven het hoofd gegroeid. Omringd door deze sterke, gedreven personen – Sky, Victor, Clemente – wordt ze overschaduwd en staat ze er in haar eentje voor.

Sky kijkt me aan alsof ze weet welke strijd zich in mijn hoofd afspeelt.

'Ja,' zeg ik. 'Ik neem de uitnodiging aan.'

Bij het zien van haar berekenende blik voel ik koude rillingen over mijn armen gaan.

26

Kenna

Wanneer ik wakker word, is het nog donker. De oneffen grond drukt in mijn rug en door de muffe geur van tentcanvas weet ik weer waar ik ben. Ik tast naar mijn telefoon, die nu nog maar vier procent heeft, en kijk hoe laat het is. 4.30 uur. Klotejetlag. Ik doe mijn ogen dicht en dwing mezelf weer te gaan slapen.

Een sissend geluid, als een hand op canvas. Mijn ogen vliegen open. Buiten is iemand. En diegene trekt tandje voor tandje de rits van mijn tent open. Knipperend in de duisternis ga ik overeind zitten.

'Sst!' De zachtst mogelijke fluistering. 'Ik ben het!'

'Wie?' fluister ik.

'Sst! Clemente. Kom mee.'

Zo zachtjes mogelijk kruip ik uit mijn slaapzak. Wat zou hij in godsnaam willen? Ik draag alleen een T-shirt en een slipje. Ik tast rond naar de korte broek van gisteren, trek hem aan en kruip dan blootsvoets de tent uit.

Clemente wacht bij de opening, zijn silhouet nauwelijks zichtbaar. 'Kom mee,' zegt hij nogmaals.

Te slaperig om tegen te sputteren, volg ik hem. Ik tuur omlaag om te kijken waar ik mijn voeten zet, maar de bomen blokkeren het meeste maanlicht en ik zie niks. Waar is hij?

Terwijl ik me op de tast naar voren beweeg, schiet me te binnen dat hij tegen me heeft gestemd. Er schiet een scheut van angst door mijn maag. Waarschijnlijk was het niet echt slim om hem te volgen, maar inmiddels ben ik hopeloos de weg kwijt en zou ik nooit meer bij mijn tent kunnen komen, al zou ik het willen.

'Hier!' fluistert hij.

Ik kan niet anders dan een hand op zijn rug leggen en zo achter hem aan strompelen. Zijn warmte straalt door zijn dunne T-shirt heen. Volgens mij is dit het pad naar het strand. Blijkbaar weet hij precies hoe dat loopt.

De jetlag keert zich alweer tegen me. In plaats van klaarwakker te ontwaken, zoals gisterochtend, is mijn brein traag en voelt mijn lichaam zwaar aan. Er prikt iets in mijn hiel. Had ik mijn teenslippers maar aangetrokken. Vroeger in Cornwall liep ik in de zomer altijd op blote voeten, maar nu ik al maandenlang in de grote stad woon, zijn mijn arme voetzolen gevoelig geworden.

Het geraas van de branding wordt luider. Licht aan het eind van het pad. Boven de oceaan hangt een halvemaan, vreselijk fel na de duisternis van de bomen. Het zand onder mijn voeten is koel en korrelig. De golven gloeien wit op als ze breken, en ik zie meteen dat we vandaag niet kunnen surfen, want ze zijn piepklein en ruw. Ik draai me om en zie dat Clemente naar me kijkt.

'Waar ben jij bang voor, Kenna?'

Weer lijkt hij me opzettelijk van mijn stuk te willen brengen. 'Waarom vraag je dat?'

'Omdat jouw angsten onze angsten zijn.' Met zijn vingers maakt hij aanhalingstekens. 'En wat ze ook zijn, Sky zal erachter komen.'

'Als ik ze aan jou vertel, hoe weet ik dan dat jij het niet aan haar zult doorbrieven?'

'Dat weet je niet.'

Ik kaats de vraag naar hem terug. 'Waar ben jíj bang voor?'

Hij werpt me een vermoeide blik toe. 'Paarden.'

Ik moet bijna lachen.

Hevig geïrriteerd kijkt hij me aan. 'Het komt door hun tanden.'

Ik doe mijn best een glimlach te onderdrukken. 'En verder?'

Hij aarzelt even. 'Mijn zicht kwijtraken.'

Zijn blik houdt de mijne vast, en ik voel de waarheid van die woorden. De intimiteit van zijn bekentenis schokt me. Tijdens het surfen of trainen lijkt hij onkwetsbaar – hij heeft nota bene zonder uitrusting, maar met een ontwrichte vinger een klif beklommen! –, maar nu biecht hij een diepgewortelde angst op.

'Onder andere,' zegt hij. 'En jij?'

'Dat ga ik jou niet aan je neus hangen.'

Opnieuw slaakt hij een vermoeide zucht. 'Sky zal je zwakheden weten te vinden, dus wees voorbereid.'

'Mag je haar niet?'

Hij fronst. 'Jawel. Maar er zijn wat nare dingen gebeurd. Kom mee.'

Ik loop achter hem aan naar de waterkant. De maan verlicht zijn profiel terwijl hij de oceaan bestudeert.

Hij draait zich naar me toe. 'Hoelang kun je je adem inhouden?'

Achter zijn schouder glanst het inktzwarte water. Opeens dringt tot me door hoe afgelegen deze plek is. Als ik nu roep, zou het geluid lang voordat het de anderen bereikt worden overstemd door de wind en de golven. Ik verzet me tegen beelden waarin hij me beetgrijpt en onder water duwt. 'Waarom wil je dat weten?'

'Er komt een inwijdingsproef.'

Een golf rolt het zand op. Water kabbelt rond onze enkels, een paar graden kouder dan de temperatuur van ons bloed. Aandachtig kijk ik naar Clementes gezicht, op zoek naar een aanwijzing omtrent zijn bedoelingen, maar het enige wat ik uit zijn veelvuldige blikken op de bomen kan afleiden, is dat hij absoluut niet wil dat we gestoord zullen worden. Op dit moment krijg ik echt de kriebels van hem, maar ik doe mijn uiterste best om dat niet te laten merken.

'Waarom?'

'Een idee van Sky. We zijn een stam, dus willen we geen zwakke schakels, want die ontwrichten de hele stam. Ze gaat vandaag kijken waar je grenzen liggen.'

We staan op een armlengte afstand van elkaar en slaan naar de muggen.

'Misschien twee minuten,' zeg ik na een tijdje.

Sceptisch kijkt hij me aan.

'Ik heb ademhalingsoefeningen gedaan.' Ik weet eigenlijk niet of ik hem dit wel moet vertellen.

'In een zwembad?'

'Ja.' Een sporttherapeut moet op de hoogte zijn van de nieuwste trainingsmethoden, want je staat voor schut als je niet weet waar je cliënten het over hebben, en dan raken ze het vertrouwen in je kwijt. Al doe ik het ook uit persoonlijke interesse. Jaren voordat het mode werd, oefenden bigwavesurfers al op het inhouden van hun adem omdat ze na een val van hun board vaak lang onder water waren. Tegenwoordig doet iedereen het: yogastudio's, zakenlui, zelfs schoolkinderen. Kasim, Mikki en ik hebben de cursus samen gedaan – al heeft dat hem niet kunnen redden.

'Het is totaal anders als de golven je heen en weer smijten,' zegt Clemente.

'Ja, dat snap ik. Waar bestaat die proef uit?'

'Geen idee. Die is elke keer anders. Maar je zult tot het uiterste worden gedreven.'

'Jij wilt me hier niet eens hebben, dus waarom vertel je me dit?'

Clemente geeft geen antwoord. Af en toe kijkt hij me aan op een manier waar ik bang van word; dan lijkt het alsof hij niet mij ziet, maar iemand anders.

Ik sla mijn armen over elkaar. 'Ik doe het pas als je het hebt uitgelegd.'

Hij laat een geprikkeld gesis horen. 'Het laatste meisje dat de proef deed, raakte in paniek.'

Mijn maag trekt zich samen. Het tafereel dat ik voor me zie, is bepaald niet fraai. Wie was dat laatste meisje? Ze hebben tegen mij gezegd dat er verder niemand was.

'Ik wil niet dat dat nog eens gebeurt,' zei hij. 'Daarom moet je oefenen.'

'Oké!' Ik ben gekwetst dat Mikki me niet heeft gewaarschuwd voor de proef. Ze hebben haar echt in hun macht.

Clemente laat me wat warming-upoefeningen doen die sterk lijken op de oefeningen die ik op de ademhalingscursus heb geleerd: twee keer zo lang uitademen als je inademt; drie lange ademteugen en dan inhouden. Bij het uitademen fluit hij tussen zijn tanden door, en ik doe hem na.

Weer kijkt hij over mijn hoofd naar de bomen en daarna loopt hij het ondiepe water in. Behoedzaam volg ik hem.

'Nu eronder,' zegt hij.

Geeft dit hem een kick? Er lopen heel wat zieke geesten rond. Ik bestudeer zijn gezicht, maar zie alleen grote tegenzin, dus haal ik adem en laat me zakken tot ik in kleermakerszit op de zeebodem zit. Mijn oren klikken en lopen vol. Uit mijn neus komen kleine belletjes, die mijn voorhoofd kietelen. De golven die langskomen laten me zacht deinen. In gedachten tel ik de seconden.

Ik bevind me nauwelijks onder het oppervlak, maar het is te donker om iets te kunnen zien. Clementes handen kunnen elk moment neerdalen op mijn schouders, iets waar ik bijna op wacht.

Als ik naar adem snakkend bovenkom, staat hij daar met over elkaar geslagen armen.

'Eén minuut twintig,' zegt hij.

Aan zijn gezicht zie ik dat het te weinig is. Een seconde voelt twee keer zo lang wanneer je je adem inhoudt; dat weet ik nog van de cursus.

'Nog een keer,' zegt hij.

Dus ik probeer het opnieuw en weet het twintig seconden langer vol te houden.

'Nu terwijl mijn handen je onder water houden,' zegt hij.

De adem stokt in mijn keel.

'Het is net als in hoge golven,' zegt hij. 'Je kunt niet kiezen wanneer je bovenkomt.'

Ik stel me voor dat ik boven wil komen, maar dat niet kan. Zoals Kasim moet hebben meegemaakt. 'Nee.'

'Ik probeer je te helpen!' Vol ergernis kijkt hij me aan. 'Ik zal eerst gaan, oké?' Hij trekt zijn T-shirt uit, frommelt het in elkaar en gooit het op het strand.

'Hoe bedoel je? Dat ik jou onder water duw?'

'Ja.' Zijn schouders en borstkas komen omhoog als hij een diepe ademteug neemt.

'Hoe moet ik dan weten wanneer je boven wilt komen?'

'Ik probeer me naar boven te duwen, maar dat sta jij niet toe. We kunnen het altijd langer volhouden.'

Hij haalt nog een keer adem en gaat dan kopje-onder. Ik graai naar zijn schouders en vind ze. Onmiddellijk welt er misselijkheid in me op. Was het ook zo voor Kasim tijdens zijn laatste momenten – werd hij omlaaggedrukt door het gewicht van de oceaan? Met een ruk haal ik mijn handen weg en doe een stap naar achteren. Clemente blijft onder water. In gedachten tel ik de seconden, kom bij een minuut en merk dan dat ik mijn eigen adem uit medeleven inhoud.

Het water glinstert. Ik wil hem met geweld omhoogsleuren. Ik ben te erg van streek om door te tellen.

Eindelijk komt Clemente boven en zuigt zijn longen vol. Hij lijkt volmaakt kalm. 'Waarom hield je me niet onder water?'

'Ik kon het niet.'

'Je zult snel harder moeten worden om het hier te redden. Oké, nu jij.'

Ik geloof niet dat ik het kan.

Clemente werpt een blik op de bomen. '*Mierda!*'

Er staat iemand naar ons te kijken.

Ryan stapt uit de schaduw en loopt over het zand. 'Wat zijn jullie aan het doen?'

'Waar lijkt het op?' vraagt Clemente. 'We kijken hoe de golven zijn.'

Hoelang heeft Ryan daar gestaan? Ik wacht totdat hij iets zegt, maar Clemente geeft mijn arm een duwtje om aan te geven dat ik met hem mee moet gaan. We laten Ryan achter op het strand en gaan terug naar de tenten.

'Vertel me nog eens waarom je me helpt,' zeg ik.

Clemente werpt me een gespannen blik toe. 'Ik wil niet nog meer bloed aan mijn handen.'

27

Kenna

Tijdens het ontbijt klinkt er een symfonie van vogelgezang op de takken boven ons. Het is nog vroeg en de hemel tussen de bomen is gelig grijs. Mikki zit naast me. Ik wacht nog steeds tot ze me over de proef zal vertellen.

Sinds onze terugkeer van het strand heeft Clemente niets meer tegen me gezegd. Vanuit mijn ooghoek hou ik hem in de gaten. *Bloed aan zijn handen.* Wat bedoelde hij daarmee?

'Tijd voor Kenna's inwijdingsproef,' verkondigt Sky na het eten.

Ik wend verbazing voor. Mikki kijkt me schuldbewust aan. Het is overduidelijk dat ze de mensen niet mogen waarschuwen. Toch heeft Clemente dat gedaan.

'Kun jij de duikbrillen pakken, Victor?' vraagt Sky.

'De snorkels ook?'

'Ja, neem die maar mee voor na afloop. Het is tijden geleden dat we hebben gesnorkeld.'

'Wat heb ik nodig?' vraag ik.

'Alleen zonnebrand en je handdoek.' Sky propt spullen in een rugzak. 'Hé, kom eens hier, schat.'

Jack heeft een klodder zonnebrand op zijn wang. Victor kijkt kwaad als Sky die uitsmeert.

'Iedereen klaar?' vraagt Sky. 'Kom maar mee.'

'Waar gaan we naartoe?' vraag ik.

'Naar de rivier.'

Sky is onmiskenbaar beter in vorm dan ik, en ondanks mijn regelmatige bezoekjes aan de sportschool kost het me moeite om haar bij te houden. De anderen lopen zwijgend achter ons. Het pad splitst zich een paar keer. Ik geloof niet dat ik al eerder deze kant op ben gelopen. Ik doe mijn best om de route te onthouden, maar het dichte struikgewas verstoort mijn richtingsgevoel. 'Er zijn hier meer wegwijzers nodig,' zeg ik.

'Vroeger waren die er ook,' zegt Sky. 'Maar we hebben ze verplaatst of weggehaald. We willen het mensen niet te makkelijk maken.'

'En niemand heeft ze vervangen? Hebben nationale parken geen opzichters die dat regelen?'

Sky kijkt geamuseerd achterom. 'Dit park niet.'

Een braamtak haakt zich vast in mijn korte broek. Ik blijf even staan om hem los te maken.

Eindelijk verlaten we het bos en beklimmen een heuvel vol verdord uitziend gras, en dan ligt de rivier onder ons, stil en breed, op weg naar de zee. Onder het zware wolkendek ziet het water er donker en modderig uit.

'Nou, in elk geval zijn er geen haaien,' zeg ik.

'Denk je dat echt?' zegt Ryan. 'In de rivieren in Australië kom je de meeste haaien tegen.'

'Echt?'

'Ze zitten vol stierhaaien.'

De anderen knikken.

Jack stoot me even aan. 'Maak je geen zorgen. Er is meer dan genoeg vis voor ze om te eten. We hebben nooit problemen met ze gehad.'

'In elk geval niet in de rivier,' zegt Ryan.

Voordat ik kan vragen wat hij daarmee bedoelt, zie ik achter hem op het gras een kangoeroe.

De anderen lijken er niet warm of koud van te worden.

'Die zie je hier heel veel,' zegt Jack. 'Volgens mij vinden ze het gras lekker.'

Ze heeft een jonkie in haar buidel! Verrukt ga ik op mijn hurken zitten.

'Lief, hè?' zegt Mikki.

De kangoeroe houdt op met eten en staart me aan. Het jonkie in de buidel doet hetzelfde.

Ik steek mijn hand naar haar uit. 'Zal ze bij me komen?'

'Ik heb ze een paar keer gevoerd,' zegt Mikki.

Wat verder weg springen nog een aantal kangoeroes rond.

'Je moet wel oppassen voor de grote mannetjes,' zegt Jack.

'Wat?' Ik kijk hem aan, ervan overtuigd dat hij me in de maling neemt. *Laten we de Britten vertellen dat onze kangoeroes levensgevaarlijk zijn!*

'Die zijn heel territoriaal,' zegt Jack.

Ryan knikt. 'Je moet hun klauwen eens zien. Vlijmscherp.'

'Maar ze doen je toch niet echt kwaad?' vraag ik.

'Soms wel,' zegt Jack. 'Niet hier, maar je hoort verhalen dat ze mensen met hun achterpoten in de buik trappen en die dan min of meer openhalen.'

Ik ga weer staan en hoef ineens niet meer zo dicht bij ze in de buurt te komen. Aan deze kant van de rivier is een beschut baaitje met een piepklein zandstrand. We klauteren over de rotsblokken en springen naar beneden op het zand. Ik schop mijn teenslippers uit en steek mijn tenen in het water. 'Het is nog kouder dan de oceaan.'

'Het zal wel eb zijn,' zegt Ryan. 'Het water komt uit de heuvels.'

'Na zware regenval is het ijskoud,' zegt Jack.

Ik ga dieper. Met mijn volgende stap sta ik er tot mijn dijen in en daarna tot mijn nek. De bodem verdwijnt gewoon. Shit, ik ben nog maar een paar meter bij de oever vandaan, maar de stroming trekt al aan me en ik moet zwemmen om op deze plek te blijven. Verder naar het midden vormt het water piekjes en gootjes op zijn snelle weg naar de oceaan. Ik kan veel minder goed zwemmen dan Mikki en ik voel me verloren zonder mijn surfboard. Met een bedremmeld lachje waad ik weer naar de kant.

'Pak je duikbril,' zegt Sky tegen de groep. 'Jij niet, Kenna.'

Ze gaan om de emmer staan en maken de duikbrillen los van de snorkels. Met onuitwisbare stift zijn er namen op geschreven.

'Kan iemand de mijne even gooien?' roept Jack.

In de emmer liggen nog maar twee snorkelsets. Ik pak de paarse en mijn hart staat even stil. *Elke*. De letters dansen voor mijn ogen. Dat moet zij toch zijn, de vermiste rugzaktoeriste?

Schrik overspoelt me en vertraagt mijn gedachten. Moet ik doen alsof ik het niet heb gezien? Te laat. Sky ziet al wat ik in mijn hand heb en onze blikken ontmoeten elkaar.

'Er staat Elke op,' zeg ik.

Sky tuit haar lippen. Vanbinnen sidder ik en mijn ademhaling gaat snel en oppervlakkig. Victor en Jack staan ergens om te lachen. Ze worden stil als ze de snorkel zien.

'Is hier een Elke geweest?' vraag ik.

'Een tijdje geleden, ja,' zegt Sky.

'Kwam ze uit Duitsland?'

'Ja. Hoezo?' Sky's stem klinkt ongeduldig.

'Er hingen posters waarop stond dat ze werd vermist.'

'Elke?' vraagt Clemente.

'Weet je het zeker?' vraagt Sky.

De anderen kijken elkaar verbaasd aan.

'Nee, dat moet om een andere Elke gaan,' zegt Jack.

Ik doe mijn best om me haar achternaam te herinneren, maar die wil me niet te binnen schieten. 'Blond, blauwe ogen?'

'In Duitsland zijn waarschijnlijk honderden Elkes met blond haar en blauwe ogen,' zegt Ryan.

Ik draai me naar Mikki. 'Jij hebt die poster bij het tankstation ook gezien. Was zij het?'

Ze aarzelt. 'Het was geen goede foto. Ik wist het niet zeker.'

Door de manier waarop Mikki reageerde, ben ik ervan overtuigd dat ze haar heeft herkend, dus waarom ontkent ze dat nu? Maar ik ga haar niet voor het blok zetten in het bijzijn van de anderen.

'Weet iemand hier iets over?' vraagt Sky.

Niemand zegt iets. Clemente kijkt me zorgelijk aan.

Ik wend me weer tot Sky. 'Hoelang is ze hier geweest?'

'Ongeveer een halfjaar.'

'En wat is er met haar gebeurd?'

'Ze is weggegaan.'

'Ze heeft niet eens afscheid genomen,' zegt Jack. 'Ze is gewoon verdwenen.'

'En nu staat ze op een VERMIST-poster,' zeg ik.

'Dat is ons probleem niet,' zegt Ryan.

'Als die trut is verdwenen nadat ze hier is vertrokken, is dat haar probleem.' Sky heeft de neiging om het accent van de anderen na te apen en nu klinkt ze Amerikaans.

'Het heeft niets met ons te maken,' beaamt Victor.

Er gaat een huivering door me heen. Ik ben ervan overtuigd dat ze meer weten dan ze loslaten. Clemente heeft iets gezegd over een meisje dat in paniek raakte. Was dat Elke?

Sky haalt een touw uit haar rugzak. 'Tijd voor de inwijding. Dit wordt een vertrouwensoefening, Kenna. Vertrouw je ons?'

28

Kenna

Ik doe mijn best om mijn bonzende hart tot rust te brengen. 'Ik ken jullie nauwelijks, dus hoe kan ik jullie vertrouwen?'

Sky lijkt tevreden met mijn antwoord. 'Nou, dit zal je helpen. Je moet jouw leven in onze handen leggen.'

In mijn maag voel ik een scheut van angst.

De stamleden zullen stroomafwaarts, telkens met een tussenafstand van tien meter, in de rivier wachten om mij te dragen, legt Sky uit. Niet zwemmend, maar onder water rennend over de rivierbedding terwijl ze mij achter zich aan trekken. Geblinddoekt, met mijn handen achter mijn rug gebonden. Na het horen van dat laatste probeer ik mijn ontzetting te verbergen.

'Je hoeft het niet te doen,' zegt Clemente. 'We kunnen je naar de dichtstbijzijnde stad brengen.'

Geërgerd kijkt Sky hem aan. De dichtstbijzijnde stad lijkt ineens heel verleidelijk, maar hoe moet het dan met Mikki? Als ik nu terugkrabbel, is het duidelijk dat ik ze niet vertrouw en zullen zij mij ook nooit meer vertrouwen.

Mikki haalt verontschuldigend haar schouders naar me op. Zij zal ervoor zorgen dat mij niet ergs overkomt. 'Ik doe het,' zeg ik.

Hoofdschuddend ijsbeert Clemente heen en weer, en Sky bindt mijn handen achter mijn rug. Ze maakt de blinddoek vast boven mijn voorhoofd. 'Hoe minder je tegenspartelt, hoe makkelijker dit zal gaan,' zegt ze.

Het lijkt wel alsof ze me bang probeert te maken. 'Wat zal makkelijker gaan?' vraag ik. 'Me verdrinken?'

Sky onderdrukt een glimlach.

'Krijg ik nog wel adem?'

Haar glimlach wordt breder. 'Hopelijk wel.'

De aanblik van Elkes snorkel die boven de emmer uitsteekt maakt mijn nervositeit er bepaald niet minder op.

'Ze heeft een veiligheidstouw nodig,' zegt Clemente.

Het is me opgevallen dat hij niet veel zegt, maar als hij zijn mond opendoet, luistert iedereen. Sky gooit hem een tweede touw toe, dat hij zwijgend om mijn middel bindt.

Victor biedt meteen aan om op de oever te blijven staan en het touw vast te houden. Huiverend gebaart hij naar het water. 'Te koud.'

De anderen hebben dit duidelijk al eerder gedaan. Ze trekken hun duikbril omlaag en zoeken hun plaats op in de rivier. Door de stroming moeten ze zwemmen om hun plek te behouden. Mikki is als eerste aan de beurt om me te trekken en ze heeft een blauwgroene duikbril op.

'Moet ik proberen te zwemmen?' vraag ik.

'Je zult niet weten welke kant je op moet,' zegt ze. 'Bovendien zijn je handen gebonden. Dus nee. Ontspan je en laat ons al het werk doen.'

Ik ben langer en zwaarder gebouwd dan Mikki. 'Jij kunt me niet tillen. Ik ben te zwaar.'

'In het water ben je lichter.'

'Angst is brandstof!' gilt Sky.

'Paniek is dodelijk!' reageren de anderen.

Mikki schuift de blinddoek van mijn voorhoofd voor mijn ogen en helpt me de rivier in. Ik lijk wel gek om hieraan mee te doen, maar het is te laat om terug te krabbelen; de stroming trekt al aan me. Ik adem met diepe teugen en moet mijn best doen om rustig te blijven. Mikki grijpt me bij mijn middel en ik word van mijn voeten getild. Het water komt nu tot mijn hals. Ik word schokkerig naar voren getrokken en haal oppervlakkig adem.

Het is eng om het water niet te kunnen zien. Ik voel het zacht tegen mijn kin klotsen. Een volgend stel handen grijpt me beet: de eerste overdracht. Jack was de tweede in de rij en ik verstijf als ik aan zijn slechte rug denk en me afvraag of hij mijn gewicht zal kunnen dragen, maar hij houdt een rap tempo aan.

Het is bijna militaristisch hoe soepel en moeiteloos ze samenwerken. Eén ding is zeker: ik wil deze lui niet tegen me in het harnas jagen.

Een paar ademteugen later word ik overgedragen aan het volgende stel handen – Ryan of Sky, ik weet de volgorde niet precies meer –, alleen pakken die handen me niet goed beet, waardoor ik ertussendoor glip. Ik schrik, slik een flinke slok zilt water in en zink als een baksteen. In mijn maag vlamt paniek op. Ik span mijn spieren om mijn handen los te maken, maar die zitten stevig vast.

Vingers glijden hard over me heen en veroorzaken schrammen op mijn schouders terwijl ze me naar de oppervlakte trekken. Mikki gilt iets terwijl ik hoestend naar adem snak. Mijn keel brandt door het zout en ik word verder getrokken. Nog een overdracht. Ik hou mijn mond stevig dicht, maar deze keer gaat het soepeler. Een paar ademhalingen later bereik ik de laatste overdracht. Clemente was de laatste in de rij, dus ik weet dat hij me nu heeft. Het gevoel van zijn grote vingers uitgespreid op mijn ribben is vreemd genoeg kalmerend. Hij komt tot stilstand en tilt me hoger, zijn bovenlichaam warm en stevig tegen mijn flank, waarna hij de blinddoek snel wegtrekt. Ik knipper tegen het zonlicht in mijn ogen.

Hij maakt mijn handen los. 'Diep ademhalen.'

'Wat?'

Clemente geeft Victor een teken en ik word snel stroomopwaarts getrokken. Tegen de tijd dat ik bij Victor ben, is de halve rivier in mijn neus verdwenen. Hij maakt het veiligheidstouw los en ik waad nog altijd proestend de oever op. Iemand slaat een handdoek om me heen. Ik kijk van Sky naar Ryan, me afvragend wie van hen me heeft laten vallen en of dat expres was. Maar zelfs als dat niet zo was, bewijst het wat ik Mikki aan haar verstand probeer te peuteren: dat ongelukken op een plek als deze in een klein hoekje zitten.

Ik ga op het gras zitten terwijl de anderen telkens met een aanloop in de rivier springen: salto's achterover, salto's voorover en allerlei gekke dingen. Eigenlijk zou ik mee moeten doen, maar ik ben behoorlijk van slag.

Sky laat zich naast me op de oever zakken, haar zwarte duikbril op haar voorhoofd. 'Soms doe je me aan mezelf denken.'

Ik voel me gevleid, maar probeer dat niet te laten merken. 'O ja?'

'In elk geval aan hoe ik vroeger was.' Een blonde dreadlock rust op mijn schouder en laat koud water langs mijn rug druppelen.

'Hoe bedoel je?'

'Jij maakt het mensen graag naar de zin.'

Ik voel me niet langer gevleid, want zo zie ik mezelf helemaal niet. Dat bewijst maar hoe deze lui me in verwarring brengen. Nou, dat moet maar eens afgelopen zijn.

Sky slaat haar ijskoude vingers om mijn arm. 'Soms denk ik aan het leven dat ik heb achtergelaten, waarin ik precies deed en zei wat anderen van me verlangden. Het heeft me jaren gekost om dat af te leren. Om echt mezelf te vinden. De mensen met wie ik relaties had voordat ik hier kwam, schrokken zich steeds lam.'

'Ja, dat kan ik me voorstellen,' zeg ik.

Haar lippen plooien zich in een glimlach. 'Jaag ik jou ook schrik aan, schat?'

Ik geef geen antwoord.

Ze gaat verder. 'Mijn collega's schrokken ook telkens van me. Niemand zei het met zoveel woorden, maar ik merkte het gewoon. Het kwam erop neer dat ik ongelukkig was en daarom ben ik vertrokken. Toen kwam ik Jack tegen in de golven bij Bondi. Eigenlijk deed hij een drop-in en pikte mijn golf in.'

Dat ontlokt me een glimlachje.

'Maar hij leek aardig, dus ik raakte met hem aan de praat en beklaagde me over het grote aantal surfers daar.' Haar stem klinkt zacht en intiem. '*Ik weet een geheim plekje*, zei hij, en hij nam me een weekend mee naar Sorrow Bay. Ik ontmoette de anderen en ik joeg hun totaal geen schrik aan. Sterker nog: ik schrok van hen. En ik schrok al helemaal van de golven.' Ze lacht om de sfeer te verlichten.

Ik lach ook, omdat ik het gevoel heb dat dergelijke bekentenissen haar niet makkelijk afgaan.

Ze vervolgt: 'De eerste keer dat ik het zag, stond er een winterstorm. Zulke hoge golven had ik nog nooit met eigen ogen gezien. Toen kon ik nog niet zo goed surfen, dus ik spoelde halfverdronken aan op het strand, maar toch voelde ik me als herboren. En op dit moment zie jij er precies zo uit als ik me toen voelde.'

Victor slaakt een jubelkreet. Ze maken nu buiklandingen, en die moeten pijn doen. Mikki's buik is vuurrood van de klap als ze tegen de oever op klautert. Het valt me opnieuw op hoe goed ze in deze groep past. Ze ziet er gelukkig uit.

Ik draai me weer om naar Sky en zie dat ze me heel ernstig aankijkt.

'Sorrow Bay is een speciale plek die mensen verandert op een manier die ik niet kan verklaren, Kenna. Gedeeltelijk komt het doordat we hier zo ver af zitten van de bewoonde wereld en alle bijbehorende afleidingen: winkels, tv en social media. Maar voor een ander deel komt het door de Baai zelf. Er zit hier iets in de bomen, een energie die bij deze plek hoort en die je op heel onverwachte manieren beïnvloedt.'

Van mijn stuk gebracht door haar woorden kijk ik naar de bomen achter haar schouder.

Sky slaat me gade met haar vreemde lichte ogen. 'Hoe zul jij veranderen, Kenna? Zul je beter of slechter worden? Want in ieder van ons huist een duisternis en die weet de Baai altijd boven water te krijgen.'

29

Kenna

Ryan klautert tegen de oever op in onze richting, waarbij water van zijn borst stroomt. 'Maar goed dat ik het harpoengeweer heb meegenomen.'

'Zitten er vissen?' vraagt Sky.

'Heel veel.' Ryan pakt het geweer van de oever en bevestigt de snorkel aan de band van zijn duikbril. Zijn schouders zijn roze en zitten onder de sproeten.

'Pak een snorkel, Kenna,' roept Sky, die er zelf ook een grijpt.

De anderen komen ook een snorkel halen en waden dan de rivier weer in, mij alleen achterlatend. In de emmer ligt alleen nog Elkes snorkelset. Met tegenzin doe ik hem op. De duikbril blokkeert mijn zicht opzij en ik voel me kwetsbaar als ik het water in ga. Voordat ik onderga, kijk ik snel rond om me te oriënteren en prent ik me in waar de stroming sterker wordt. Een paar stappen de verkeerde kant op en ik loop het gevaar om mee naar zee te worden gesleurd.

Ik haal diep adem en duik onder. Mijn haar gaat omhoog en drijft boven mijn hoofd. Zanddeeltjes die zijn losgewoeld door de anderen belemmeren mijn zicht en de vissen die langs de bedding schieten hebben bijna dezelfde kleur als het zand. Ik draai me naar links, waar helderder water is. Sky zwemt langs en het rode touwtje van haar bikini zweeft als bloed achter haar aan.

Ik krijg feller gekleurde vissen in het vizier: een vrij dikke met scherpe zebrastrepen en een drietal gevlekte. Ik ben niet vergeten wat ze over haaien hebben gezegd en kijk regelmatig om me heen.

Clemente duikt omlaag om een steen van de bodem op te tillen. Ik zwem omhoog om adem te halen, duik dan weer onder en til zelf ook een steen tot borsthoogte op. Rennen met stenen is een fantastische manier om kracht en uithoudingsvermogen te trainen op dagen dat er weinig golven staan. Nadat we het in *Blue Crush* hadden gezien deden Mikki en ik het heel vaak in Cornwall. Je zoekt een steen van het juiste formaat en rent daarmee over de zeebodem terwijl je je adem inhoudt. In de film ziet het er heel makkelijk uit, maar dat is het niet.

Ik druk mijn tenen in het zand om grip te krijgen en duw mezelf naar voren. Iets raakt mijn schouder aan en ik piep van schrik in mijn mondstuk, maar het is Mikki maar. Ze steekt een hand op en vormt een cirkel met haar duim en wijsvinger: het duikersignaal voor 'oké'. Ik knik en ze grijpt mijn schouders beet om extra weerstand toe te voegen en de oefening zwaarder te maken. Vroeger deed ik dit heel graag, maar vandaag word ik er claustrofobisch van. Met bonzend hart ren ik naar voren, haar meeslepend.

Het zonlicht filtert door het water en geeft het een schitterende blauwgroene kleur. Vissen schieten voorbij, piepkleine iriserend paarse en trager bewegende exemplaren met wilde geel-zwart gevlekte staarten. Ik heb echter nauwelijks oog voor ze omdat ik helemaal opga in mijn gedachten. Elke heeft ook zo met hen gezwommen, misschien wel precies op deze plek, en nu staat ze op een VERMIST-poster. Ze beweerden allemaal dat ze localism vreselijk vinden, maar deze baai kan daar best een extreem voorbeeld van zijn.

Mijn aandacht wordt getrokken door een vorm links van me. Shit, dat is Ryan met het harpoengeweer – en dat houdt hij precies op mij gericht. Ik laat mijn steen los en blijf stokstijf staan, waardoor Mikki tegen me op botst. Ik gebaar naar Ryan, maar inmiddels wijst het geweer een andere kant op en ik vraag me af of ik het me heb verbeeld.

Mikki maakt mime-gebaren voor verbazing en zwemt omhoog naar het oppervlak om te kijken wat ik wil.

Ryan en ik komen op hetzelfde moment boven.

'Heb je iets gevangen?' roept Sky.

'Nee.' Ryans ogen zijn onzichtbaar achter zijn duikbril, dus ik weet niet of hij naar mij kijkt of niet. 'Deze keer niet.'

Sky wenkt ons. 'Tijd om te trainen.'

Tijdens het inpakken van onze spullen werp ik Ryan nog een zijdelingse blik toe, maar hij kijkt niet één keer naar mij. Waarschijnlijk was het paranoia van mijn kant.

Sky leidt ons over de oever van de rivier naar het strand en laat ons blootsvoets over het zand rennen, waarbij we onze adem telkens tien seconden moeten inhouden en dan tien seconden moeten ademen. We stuiven naar voren en laven ons als een roedel honden aan de energie van de anderen. Of nee, denk ik nu ik wat beter kijk, hun gezichtsuitdrukking straalt iets wilders uit. Het zijn wolven. En ik ren mee met de roedel.

30

Ryan

Mijn hart gaat te snel en mijn ademteugen komen te vlug na elkaar. In de hoop dat de anderen het niet zullen merken, verdwijn ik tussen de bomen. Het harpoengeweer stoot tegen mijn heup; onder mijn voeten breken en knappen twijgjes.

Wat bezielt Jack om nog een buitenstaander hiernaartoe te brengen? De Baai is mijn toevluchtsoord, mijn schuilplaats. Ik struikel over een boomwortel en smak op de grond. Ik kom weer overeind en voel iets tikken in mijn hersens, alsof mijn hoofd zo zal ontploffen. Met mijn handen tegen mijn borst gedrukt zuig ik lucht naar binnen, en ik ren verder.

Eindelijk dunt het bos uit en kom ik bij de kleine, met gras begroeide open plek, die we de Weide noemen. De anderen komen hier nooit, dus is het mijn plekje, de enige plek waarvan ik zeker weet dat niemand me zal komen storen. Met zwoegende longen laat ik het harpoengeweer vallen en ga languit op de grond liggen.

Ik doe mijn ogen dicht en begin met tikken. Tik-tik-tik! Tien keer op mijn maag, tien keer aan weerskanten, tien keer op mijn borstbeen... Tien verschillende delen van mijn lichaam en gezicht. Eén ronde is niet voldoende, dus begin ik opnieuw, maar mijn gedachten schieten alle kanten op en blijven zich herhalen in plaats dat ze zich vastklampen aan de getallen en tot rust komen.

Al die vragen van Kenna bij de rivier – ik wilde mijn hand op haar mond drukken om haar tot zwijgen te brengen. Toen het mijn beurt was om haar te dragen, heb ik haar 'per ongeluk' laten vallen, maar die stomme Sky heeft haar te snel weer omhooggevist.

Denk niet langer aan haar! Ik stop mijn vingers in mijn oren en hou mijn adem in, vechtend om mijn bonzende hart tot rust te brengen.

Als kind vond ik het heerlijk om dingen te tellen. Cijfers gaven me een veilig gevoel. Tot de cijfers gigantische geldbedragen werden die niet langer veilig waren. Waarschijnlijk heb ik het slechtst mogelijke beroep gekozen. Weet je welk woord zakenbankieren het best definieert? Heftig. Je kunt nooit even vrij nemen, omdat de markt nooit ophoudt. Mijn vrouw had een dure smaak, dus nam ik steeds grotere risico's om de levensstijl te financieren die zij wenste. Dan lag ik in bed te knarsetanden in een poging me niet af te vragen wat er op dat moment op de markt gebeurde nu ik niet keek. Het heeft jaren geduurd voordat ik mijn gemoedsrust wist te hervinden.

Op een keer, vroeg in de ochtend, toen ik drie nachten achter elkaar niet had geslapen, ben ik zachtjes opgestaan en tijdens zonsopgang naar een rotspunt boven de zee gereden om daar naar de golven te kijken die stuksloegen op het land. Al die tijd maalden er cijfers door mijn hoofd. Ik ging op de rots staan en sprong eraf – alleen om ze te laten ophouden. En dat deden ze. Ze spoelden onmiddellijk uit mijn gedachten.

De golven beukten op me in en ik voelde me kalmer dan ik me in tijden had gevoeld. *Volgende keer doe ik dat met een surfboard*, zei ik tegen mezelf toen ik bloedend en onder de blauwe plekken terugstrompelde naar mijn auto. Ik waxte een board dat ik sinds mijn tienertijd niet meer had gebruikt en heb de hele winter op die gemene plek met scherpe rotsen gesurft. Daarna ging ik andere sporten doen – bergbeklimmen, skydiven, snowboarden en motorcrossen. Hoe gevaarlijker de sport, hoe rustiger ik werd. Ik stopte met mijn medicijnen omdat ik ze niet langer nodig had.

Toen werd Ava geboren. De financiële druk verdubbelde omdat ik de enige kostwinner was, het slaapgebrek verdrievoudigde, en er was geen tijd meer voor sport. Door de wanhoop knapte er iets in me en heb ik iets stoms gedaan, wat ik de rest van mijn leven zal betreuren. *Niet aan denken.*

Er schiet een felle pijn door me heen. Tik-tik-tik. Concentreer je op de getallen.

Vorig jaar werd de situatie zo erg dat ik dacht dat ik een hartaanval had. Ik moest de Baai verlaten om naar een arts te gaan. Jack vond het goed dat ik daar zijn naam en andere gegevens invulde op het formulier. Daarna heb ik mijn best gedaan om het niet meer zover te laten komen. Op momenten dat ik me echt radeloos voel, helpen Jacks pillen. Zo nu en dan jat ik er eentje, maar als Jack daar ooit achter komt, zal hij door het lint gaan.

De laatste tijd voel ik me eigenlijk alleen kalm als ik surf. Dagen zonder golven zijn het ergst, want dan heb ik geen enkele afleiding van alles wat zich in mijn hoofd afspeelt. Op die dagen heb ik een nog grotere hekel aan mezelf. Dan denk ik aan Ava, ruim tienduizend kilometer verderop, en vraag ik me af wat zij doet, waardoor ik zin krijg om naar huis te gaan. Maar ik kan niet terug – ik wil niet naar de gevangenis.

Opnieuw verstrakt mijn borst. Ik ben veilig, hou ik mezelf voor. Niemand zal me hier vinden. De stamleden kennen mijn achternaam niet eens. Ik heb zorgvuldig vermeden die ooit te noemen en kort na mijn aankomst hier heb ik mijn paspoort verstopt. Ik heb erg mijn best gedaan om uit de problemen te blijven, maar dat is me niet helemaal gelukt. In mijn hoofd hoor ik telkens weer Elkes naam, op het ritme van mijn getik. Nu Kenna Elkes snorkel heeft gezien vraag ik me af hoelang het zal duren voordat ze de rest ontdekt. Als bekend wordt wat ik heb gedaan, zou ik hier ook in de gevangenis kunnen belanden. Ik stel me een cel voor zonder ramen, maar met een koude betonnen vloer, zo smal dat ik mijn armen niet eens kan uitstrekken. Mijn borst verstrakt nog meer. *Hou op!*

Ik tik en tik, maar het helpt niet. Mijn ademhaling gaat snel en oppervlakkig, en mijn hart klopt zo vlug dat het elk moment in brand lijkt te kunnen vliegen. Dit is Kenna's schuld. Die meid moet verdwijnen. Dat is de enige manier waarop dit gevoel weg zal gaan.

31

Kenna

Ik trek mijn bikini uit en verkleed me, doe meer zonnebrand op en pak een banaan. Mikki is nergens te bekennen.

Jack staat bij de barbecue en snijdt een watermeloen. Behoedzaam loop ik naar hem toe. 'Heb jij Mikki gezien?'

'Ze is vast op het strand.' Jack steekt me een stuk watermeloen toe. Hij lijkt alweer een beetje versuft. 'Wil je wat?'

'Dank je.' Ik lik het sap van mijn vingers en loop het pad op. Daar is Mikki, bij de rotsen. Zeemeeuwen vliegen alle kanten op terwijl ik over het zand ren. Ze zijn kleiner dan hun Britse tegenhangers, en ook schoner, met een sneeuwwitte buik en een keurig verzorgde grijze rug.

Buiten adem kom ik bij Mikki aan. 'Is alles goed met je?'

Verbaasd draait ze zich om. 'Natuurlijk. Ik vind het gewoon fijn om naar de golven te kijken. Dat kan ik eeuwig volhouden.'

Ik ga naast haar zitten. Het water verheft zich, klapt om en stort omlaag, waarbij het kantachtige witte patronen achterlaat op het zand, die vervagen en verdwijnen voordat de volgende golf aanspoelt. Het ritme is hypnotiserend.

Mikki knikt naar de oceaan. 'Die kléúr!'

'Ja, ik weet het.'

Turquoise is altijd onze lievelingskleur geweest. Ons eerste gezamenlijke appartement hebben we volgestopt met turquoise spullen: kommen en bekers, kaarsenhouders en kussenovertrekken; canvasfoto's van brekende golven waar we naar konden kijken wanneer we de echte niet konden zien.

'Is het hier niet heerlijk?' vraagt Mikki.

'Het is best wel bijzonder.' Ik zeef het zand met mijn vingers. Ik kijk er met samengeknepen ogen naar en zie alle kleuren van de regenboog. 'Je hebt me niets over Elke verteld. Dat was zij toch op die poster?'

Nijdig kijkt ze me aan. 'Waarschijnlijk.'

'Kende je haar goed?'

'Ja, we zijn samen naar de Baai gekomen.' Mikki haalt haar vingers door haar haar. 'Ik heb haar leren kennen in de jeugdherberg in Bondi. Daar hebben we Jack en Clemente ontmoet in een kroeg en zij hebben ons mee hiernaartoe genomen.'

'Wat is er dan met haar gebeurd?'

'Ze is vertrokken. Ik dacht dat ze gewoon had besloten om ergens anders naartoe te gaan.'

'En nu staat ze op een VERMIST-poster.'

Mikki perst haar lippen op elkaar.

'In Sydney zei je dat er rare dingen spelen binnen de Stam. Wat bedoelde je precies?'

'Er zijn wat woordenwisselingen geweest. Dat is alles. Niks wereldschokkends.'

Een stamlid dat op een VERMIST-poster terechtkomt: behoorlijk wereldschokkend als je het mij vraagt. Het feit dat Mikki weet van Elkes verdwijning, maar hier zelf nog steeds is, vertelt me hoe diep ze hierin verzeild is geraakt. Ik moet haar hier weg zien te krijgen voordat ze zelf op zo'n poster belandt, maar de tijd dringt, want haar bruiloft is al over elf dagen.

Ik haal diep adem. 'Luister eens, ik zeg dit niet graag, maar ik ben bang dat Jack alleen iets met je heeft vanwege je geld.'

Er verschijnt een gekwetste blik op haar gezicht. 'Nou, bedankt.'

'Ik bedoel, hij lijkt een aardige kerel, en misschien vindt hij je echt aardig, maar dit is zo plotseling. Jij hebt geld en hij niet, en ik vrees dat hij daarom met je wil trouwen.'

Ze slaat haar armen over elkaar. 'Zal ik je eens wat zeggen? Je hebt gelijk.'

'Hè?'

'Hij heeft geld nodig. Ik een verblijfsvergunning.' Ze kijkt me aan en daagt me uit om te protesteren.

'Shit.' Dat had ik niet verwacht. Ik ben helemaal van mijn stuk gebracht.

'We kunnen goed met elkaar opschieten, dus waarom niet?'

Ik staar haar aan en besef dat ik ze nog nooit anders dan puur platonisch heb zien zoenen of elkaar heb zien liefkozen. 'Zijn jullie dan wel... samen?'

'Wat houdt dat precies in?'

Ik dwing mezelf om de vraag te stellen: 'Ga je met hem naar bed?'

'Ja, natuurlijk.' Mikki's wangen worden rood.

Wij praten nooit over dat soort dingen. Grappig, want met mijn collega's heb ik het voortdurend over seks. 'Hou je van hem?' vraag ik.

Ze aarzelt even. 'Nee. Maar ik ben dol op deze plek.'

Ze lijkt wel gehersenspoeld. 'Ik snap hoe aantrekkelijk het is om op lege golven te surfen, maar je overtreedt de wet. Begrijp je wel wat de gevolgen kunnen zijn? Stel dat je wordt aangegeven?'

Mikki heft haar kin op. 'Het is het risico waard.'

Ze zit zo dicht naast me dat ik haar kan aanraken, maar ik had net zo goed nog steeds vijftienduizend kilometer verderop kunnen zijn.

De oceaan gaat op en neer als de borstkas van iemand die ligt te slapen.

Hebben ze allemaal een verlopen verblijfsvergunning? Ryan, Clemente en Victor?'

Mikki kijkt stomverbaasd. 'Hè?'

'Ik weet dat Ryans verblijfsvergunning verlopen is. Dat heeft hij me verteld.'

'Dat geldt alleen voor hem. Clemente en Victor zijn hier legaal.'

Ik kijk haar sceptisch aan.

'Clemente was getrouwd met een Australische vrouw. Victor is het land binnengekomen op een sportvisum, maar heeft dat na zijn ongeluk ingewisseld voor een investeringsvisum. Zijn familie is steenrijk.'

'Kun jij dan geen investeringsvisum krijgen?'

Lachend zegt ze: 'Daarvoor moet je véél rijker zijn dan ik ben.'

'Je kent Jack nog geen jaar. Het is veel te snel. Wacht in elk geval nog een tijdje.'

'Dat gaat niet. Mijn reis-en-werkvisum verloopt over veertien dagen. Als ik niet met hem trouw, moet ik het land uit.' Mikki gebaart om zich heen. 'Ik vind dit het mooiste plekje op aarde. Ik ben tot alles bereid om hier te blijven.'

Tot alles. De woorden echoën door mijn hoofd. Dus het is niet Jack die haar in zijn macht heeft, zoals ik aanvankelijk dacht, maar de Baai zelf.

'Zullen we teruggaan?' vraagt Mikki.

Terwijl we over het strand lopen kijk ik naar de continu veranderende tinten blauw. In de felle zonneschijn, met het fonkelende water dat op het goudkleurige zand klotst, lijkt Sorrow Bay een tropisch paradijs waar nooit iets naars kan gebeuren. Maar zet een paar stappen onder de bomen en de lucht krijgt iets kils. Het gevoel bekruipt me dat alles wat er tussen deze bomen gebeurt daar ook blijft. En het struikgewas lijkt dicht genoeg om allerlei soorten geheimen te herbergen.

32

Kenna

Laat in de middag komt Sky tussen de bomen vandaan in een witte bikini en met een harpoengeweer over haar schouder. Ze lijkt net een vrouw uit een Bond-film.

'Heb je nog iets gevangen?' roept Clemente.

'Kom maar kijken!' gilt ze.

Drie grote vissen slaan tegen de binnenkant van haar emmer. Clemente geeft haar een high five en neemt de emmer van haar over. Hij moet vanavond koken.

Ik ga naast hem staan bij de barbecue. 'Nog bedankt dat je me daarstraks hebt geholpen.'

'Graag gedaan.' Hij bukt zich om aan de gasfles te frutselen.

'Wat kan ik doen?'

'Niks.' Hij legt een vis op een snijplank en snijdt hem met een blik van opperste concentratie open, behendig en precies met het mes.

Aan de andere kant van de open plek spuit Mikki lachend een insectenwerend middel op Victor. Weer valt me op hoe goed ze binnen deze groep past, maar ze was er altijd heel bedreven in om zich aan anderen aan te passen. Daar heeft ze ook flink wat ervaring mee – Australië is het vierde land waar ze heeft gewoond.

Ze komt naar ons toe met het insectenwerende middel. 'Doe even wat op.'

‘Dank je.’ Ik pak het aan en zie dan een snee op haar pols, precies op de plek van haar tattoo. ‘Shit, hoe komt dat?’

Mikki werpt er een terloopse blik op. ‘O, dat moet bij de rotsen zijn gebeurd.’

Ik spuit het middel op. Mijn huid is gevoelig door de zonneschijn van eerder en ik ben nog ietwat gekrenkt omdat Clemente, en niet Mikki, me heeft gewaarschuwd voor de inwijding. Ze is heel close met deze lui. Haar loyaliteit ligt bij hen, niet bij mij. Hopelijk komt daar verandering in nu ik tot de Stam ben toegetreden.

‘Zal ik jou doen?’ vraagt ze aan Clemente.

‘Ja, graag,’ zegt hij. Hij pakt de volgende vis.

Raar dat hij haar wel accepteert, maar mij niet. Ik kijk toe hoe ze het spul op zijn brede schouders spuit.

‘Mijn benen,’ zegt hij. ‘Ze hebben het altijd op mijn benen voorzien.’

Giechelend bukt Mikki zich. ‘Die zijn ook zo sappig.’

Als ik haar niet hetzelfde bij Victor had zien doen, zou ik denken dat ze met hem flirt.

Clemente stapt abrupt opzij – heeft ze hem gekieteld? Door de beweging bevindt zijn arm met het mes zich ineens vlak bij mij en ik spring achteruit. Met het mes in zijn hand geklemd ontmoeten zijn ogen de mijne. De duisternis die ik daarin zie maakt me bang. Of beeld ik me die in?

Zich blijkbaar niet bewust van de spanning wendt Mikki zich tot mij. ‘Ik ga mijn haar wassen. Wil jij het jouwe doen? Ik zal je even laten zien hoe het moet. We proberen zuinig te zijn met water.’

Om de beurt dompelen Mikki en ik ons hoofd onder in een plastic ton.

Ze dempt haar stem. ‘Waar hadden Clemente en jij het over?’

‘Nergens over.’

‘Hij is niet te vertrouwen.’

Ik haal mijn hoofd uit de ton en kijk haar aan. ‘Wat?’

Nerveus kijkt ze even naar de andere kant van de open plek. ‘Er spelen hier dingen waar je geen weet van hebt.'

Water druppelt langs mijn rug en glipt mijn beha in. 'Zoals?'

Nauwelijks zichtbaar schudt Mikki haar hoofd. 'Dat kan ik je niet vertellen.' Ik begin te protesteren, maar ze onderbreekt me. 'Word gewoon niet te hecht met hem. Hé, we moeten ons verkleden.'

Vol frustratie kijk ik haar aan. 'Waarvoor?'

'Jouw inwijdingsceremonie.'

Nog steeds piekerend over haar opmerking over Clemente loop ik naar mijn tent. Vroeger vertelden Mikki en ik elkaar alles, maar dat is waarschijnlijk de tol die ik moet betalen voor mijn verhuizing naar Londen. Ik haal kleren uit mijn rugzak, maar niets lijkt geschikt. Een gedessineerde blouse? Te warm. Een zwart jurkje? Te nachtclubberig.

'Wat moet ik aandoen?' roep ik.

'Kom eens hier,' roept Mikki terug.

Ik kruip haar tent in, waar ze net een zilveren jurkje met lovertjes over haar hoofd trekt.

Ze geeft me iets. 'Doe dit maar aan.'

Ik vouw het uit en zie een witkanten jurkje dat ik al eerder van haar heb geleend. 'Dat is ontzettend kort.'

'Wat maakt dat nou uit? Straks is het toch te donker om iets te kunnen zien.'

'Daar zeg je wat.' Ik trek het aan. 'Jezus, ik ben dikker geworden. Dat krijg je van Londen. Te veel eten en te weinig beweging.'

'Dat ben je hier binnen de kortste keren kwijt.'

'Mikki! Kenna!' roept Sky.

We kruipen de tent uit, en Mikki plukt een bloem van een struik naast de tent en steekt die in mijn haar. Ik zie haar hoge hakken – zilver, net als haar jurk, totaal misplaatst, maar vreemd genoeg volmaakt – en snuif van het lachen als ze diep in de aarde zinken en Mikki snel mijn hand vastgrijpt om niet te vallen.

De anderen zitten rond het vuur. Mijn gelach sterft weg bij het zien van hun serieuze gezichten.

'We zijn hier vanavond om Kenna te verwelkomen bij de Stam,' zegt Sky.

'Welkom,' echoën ze, hun gezichten spookachtig in het licht van het vuur.

Sky draagt een lange witte jurk met spaghettibandjes, waar haar gebruinde blote tenen onder vandaan piepen. De mannen hebben een net overhemd aan; dat van Victor is wit, wat een schril contrast vormt met zijn huid; dat van Clemente is zwart, en Ryan draagt een hawaïshirt.

Jacks overhemd is lichtblauw en alle knoopjes zijn los. Hij buigt zich voorover, zodat hij in Mikki's oor kan fluisteren. 'Je ziet er lekker uit, schatje.'

Een glinstering om Sky's pols trekt mijn aandacht. Mijn maag trekt samen als ik de gegraveerde zilveren armband zie. Die is van Mikki – een familiestuk dat ze heeft geërfd van haar geliefde Japanse oma, die hem op haar beurt van háár oma heeft gekregen. De enige keer dat ik vroeg of ik hem mocht lenen, heeft Mikki geweigerd. *Verder mag je alles van me lenen, maar deze is onvervangbaar.*

'We hebben slechts twee regels,' zegt Sky. 'Regel één: vertel niemand over de Baai. De meeste surfers zijn bereid te sterven voor zo'n rustige plek om te surfen. Deze baai is van ons en we zijn tot alles bereid om die te beschermen.'

'Tot alles,' herhalen de anderen.

'Regel twee,' zegt Sky. 'We delen alles. En dan bedoel ik ook álles. Gesnopen?'

Bedoelt ze wat ik denk dat ze bedoelt? De anderen knikken. Iedereen kijkt naar me, dus knik ik ook.

De zoom van Sky's jurk sleept over de grond als ze in beweging komt. Ze brengt haar hand naar het midden van de cirkel, boven het vuur. Een voor een houden de anderen hun hand onder de hare, in een stapel. Hoofden draaien zich in mijn richting, en ik besef dat ze wachten tot ik hetzelfde doe, dus hou ik mijn hand onder die van Victor, die de laagste is. Mijn palm hangt vlak boven het vuur en de hitte likt erlangs.

'De Stam,' zegt Sky.

'De Stam,' herhalen ze.

Mijn handpalm staat in brand. 'De Stam,' echo ik, en ik wil wanhopig graag mijn hand weghalen.

'Jouw krachten zijn onze krachten,' zegt Sky. 'En die zul je aanwenden om de Stam te helpen. Jouw zwakheden zijn onze zwakheden, en je zult je best doen om die kwijt te raken. Stem je daarmee in?'

'Ja,' zeg ik.

De handpalmen verdwijnen van de mijne en ik trek mijn hand met een ruk terug. Is hij verbrand? Ik druk mijn handpalm tegen mijn waterfles, genietend van het koele gladde plastic.

Met een glimlach zegt Sky tegen me: 'Laten we gaan eten.'

Clemente heeft een paella gemaakt voor bij de vis. Al kauwend sla ik ze gade en bedenk dat deze hele situatie me aan *Survivor* doet denken. Net als in het tv-programma is er tijdens gebeurtenissen in het verleden, waar ik niets van weet, een ingewikkeld web van onderlinge loyaliteit tussen de stamleden ontstaan. Clemente heeft Sky een paar keer tegengesproken; hij is duidelijk een belangrijke speler. Gisteren heeft Ryan Clementes kant gekozen tegen haar. Clemente en Victor staan op vriendschappelijke voet, maar als Clemente tegen Sky ingaat, kiest Victor haar kant. Clemente stelt zich beschermend op tegenover Jack, die lager in de rangorde lijkt te staan of koste wat kost ruzie wil voorkomen. Ook Mikki lijkt niet graag partij te kiezen.

Ik buig me naar Mikki toe. 'Je hebt Sky je armband geleend.'

Met een schuldbewust gezicht draait ze zich naar me toe. 'Nou, eigenlijk heb ik hem aan haar gegeven.'

Ik knipper. 'O.'

Blijkbaar ziet ze dat ik gekwetst ben, want in haar ogen verschijnt een bezorgde blik. 'Sorry.' Ze gaat verzitten en voelt zich duidelijk slecht op haar gemak. 'Ze vond hem echt heel mooi.'

Ryan tilt een schaal van de grond. 'Ik heb wat *sorrows* geplukt.'

De anderen knikken goedkeurend wanneer hij de schaal laat rondgaan. Ik heb nog nooit van een vrucht gehoord die sorrow heet. Als de schaal bij mij komt, pak ik er een. Het is een klein, paarsrood ding.

'Zijn het appels?' vraag ik.

'Ja,' zegt Ryan. Zijn lange haar hangt over zijn schouders en hij lijkt het voor de verandering eens gekamd te hebben.

Jack heft zijn appel op. 'Op Sky.'

De anderen heffen die van hen. 'Op Sky.'

Gek genoeg kijken ze naar Clemente en niet naar Sky.

Wat een gezondheidsfanaten zijn het toch: proosten met fruit in plaats van alcohol. Sinds ik hier ben, heb ik trouwens geen druppel alcohol gezien. Maar ach, de afgelopen twee jaar heb ik veel te veel gedronken, dus het is goed voor me om het een tijdje zonder te doen.

De appel is knapperig en zuur, en de wrange smaak vult mijn mond. Ik wil het vruchtvlees uitspugen, maar voel intuïtief dat dat als belediging zal worden opgevat, dus spoel ik het weg met water.

Jack wrijft over Mikki's arm. 'Heb je het koud? Je hebt kippenvel. Moet ik een trui voor je halen?'

'Nee, dat hoeft niet.' Mikki trekt haar arm bij hem vandaan.

In relaties ben ik heel aanrakerig. Als ik iets had met een kerel als Jack zou ik mijn handen niet van hem af kunnen houden. *Zet die gedachte maar gauw uit je hoofd, Kenna.*

Ryan haalt een gitaar tevoorschijn en tokkelt een nummer: 'Sweet Jane' van Lou Reed. Victor zingt mee met zijn diepe stem en Mikki valt ook in. Alle stamleden lijken ontspannen en gelukkig. In tegenstelling tot mij. Mijn hoofd zit nog steeds vol vragen.

'Je bent heel goed,' zeg ik tegen Ryan als hij klaar is.

'Niet echt,' zegt hij. 'Ik kan maar één nummer spelen.'

Ik geloof dat ik me in hem heb vergist bij de rivier. Ik was zo geschrokken van Elkes snorkel dat ik me dingen in mijn hoofd heb gehaald. Hij lijkt onaardig, maar dat komt voornamelijk door zijn verlegenheid.

'Ik kan nog steeds niet geloven dat jullie deze plek helemaal voor jullie zelf hebben,' zeg ik. 'Andere mensen moeten hem toch ook kennen? Hoe zit het met de mensen die hier zijn geweest en weer zijn vertrokken? Komen die nooit meer terug?'

'Niemand anders komt hier,' zegt Sky. 'Niet meer. Dus gaat er ook niemand weg.'

'Behalve Elke,' zeg ik.

Ik weet niet zeker of het achterdocht van mijn kant is, maar ik voel dat iedereen verstijft en zijn adem inhoudt. *Hou je kop, Kenna*, zegt een stemmetje in mijn achterhoofd, maar ik kan me niet inhouden. 'Wat was ze voor iemand?'

Jack werpt een steelse blik op Clemente. Victor doet hetzelfde.

'In het Portugees hebben we een uitdrukking,' zegt Victor.

Ryan slaakt een kreun. 'Nou zullen we het krijgen.'

Zonder aandacht op hem te slaan, zegt Victor: '*Comprar gato por lebre.* Dat betekent dat je een konijn gekocht dacht te hebben, maar een kat hebt gekregen.'

'Dat begrijp ik niet,' zeg ik.

Victor heft een hand op, met zijn vingers gekromd. 'In het begin leek ze heel aardig. Maar ze had klauwen.'

'Ze was ontzettend fanatiek,' zegt Ryan. 'Vroeger is ze uitgekomen voor de Duitse hockeyploeg.'

Er volgt een vreemde stilte, en ik zie Jack nogmaals naar Clemente kijken. Na tien jaar als sporttherapeut ben ik goed in het interpreteren van lichaamstaal. Vanaf het moment dat iemand mijn spreekkamer binnenstapt, sla ik diegene aandachtig gade, op zoek naar tekenen van spanning: gebalde vuisten of een strakke kaak; schouders die te hoog opgetrokken zijn; een stijve rug, arm of been. Lichamen horen symmetrisch te zijn, maar zijn dat bijna nooit. Heupen en schouders zijn vaak aan één kant hoger door een blessure of stress. Als een deel van je lichaam pijn doet, span je het naastliggende deel automatisch aan in een poging het te beschermen, en het is mijn taak om dat te zien.

En op dit moment is de spanning in de groep duidelijk zichtbaar. Ryan kijkt alle kanten op, behalve naar mij; Jack doet het tegenovergestelde en staart me strak aan, alsof hij mijn gedachten probeert te blokkeren. Mikki zit kaarsrecht en speelt met haar haar. Clemente en Sky verbergen het beter, maar hun oppervlakkige ademhaling verraadt ze.

Hou erover op, Kenna. Ik zal Mikki er later naar vragen, wanneer we met z'n tweeën zijn.

'Hé, Ryan!' zegt Victor. 'Speel het nog eens!'

Dus Ryan begint weer te tokkelen en de spanning neemt wat af, maar het lijdt geen twijfel dat ze iets verbergen, en afgaand op Mikki's lichaamstaal weet zij ervan.

Als ik wegloop om mijn water bij te vullen, pakt Clemente mijn arm vast.

'Die poster van Elke,' zegt hij zacht. 'Wat stond erop?'

Ik denk diep na. 'Dat ze voor het laatst in september op Bondi Beach is gezien. Dat was het wel zo'n beetje.'

Op zijn gezicht verschijnt een bezorgde blik. Vreest hij voor Elkes veiligheid of is hij bang dat het geheim van Sorrow Bay uit zal komen? Hij opent zijn mond, maar zegt niets, omdat Mikki eraan komt.

'Hebben jullie zin om te gaan zwemmen voor we gaan slapen?' vraagt ze.

'Nee, vanavond niet,' zegt Clemente.

'Ik ook niet,' zeg ik. 'Maar geniet ervan.'

Mikki werpt me een vreemde blik toe, en ineens schiet haar waarschuwing over hem me te binnen. Ik glimlach geruststellend en ze loopt weg.

'In september?' vraagt Clemente.

'Ja,' zeg ik. 'Hoezo?'

'Ik vroeg het me gewoon af.'

'Was zij de vrouw die tijdens de proef in paniek raakte?'

Na een korte aarzeling zegt hij: 'Ja.'

Met samengeknepen ogen tuur ik de duisternis in en probeer zijn gezicht te doorgronden, maar weer heb ik geen idee wat hij denkt.

Wanneer ik mijn tent in kruip, kraakt er iets op mijn kussen. Ik doe de zaklamp op mijn telefoon aan (nog één procent over) en zie een leeg doosje van surfwax, waar een boodschap op is gekrabbeld.

Je stelt te veel vragen.

33

Kenna

We zijn op het strand als het eerste licht boven de horizon verschijnt. In de duisternis lijken de opdoemende golven op spoken. Ik waad door de ondiepten, spetter water in mijn gezicht en doe mijn best om mijn gedachten op een rijtje te zetten als de anderen langspeddelen.

Omdat ik almaar aan Elke bleef denken, heb ik slecht geslapen. Het kan zijn dat ze uit vrije wil is vertrokken – wellicht nadat ze met een van hen ruzie had gekregen – en dat haar daarna iets is overkomen. Maar ik betwijfel het.

Het briefje op mijn kussen bewijst dat ze hun best doen om iets verborgen te houden. Ik pieker er opnieuw over terwijl ik de zee op peddel. Ik heb geen idee wie van hen het heeft geschreven. Het lijkt onwaarschijnlijk dat Mikki het heeft gedaan – zij zou me toch zeker persoonlijk waarschuwen? –, maar als ik die logica doortrek, had Clemente me ook persoonlijk hebben kunnen waarschuwen tijdens ons privégesprekje van gisteravond. Maar misschien wil de briefjesschrijver anoniem blijven omdat diegene iets weet wat hij niet hoort te weten.

Licht kruipt langs de horizon. Als de hemel van marineblauw in paars en dan in roze verandert, kijk ik naar de groep op de golven en valt me weer op hoeveel dat over hen onthult. Het is vooral prachtig om Jack bezig te zien, zo soepel en lichtvoetig. Het maakt niet uit of hij het board abrupt laat keren in een scherpe *top turn* boven op een golf, of een *cutback* maakt en helemaal terugdraait naar het punt waar de golf brak, zijn beweging verrast je keer op keer. Je zou niet denken dat hij ertoe in staat was.

Clemente peddelt op alle golven, zelfs op de *closeouts*, die duidelijk in één keer zullen breken. Hij geeft zich helemaal en laat zich niet intimideren door het monster dat in zijn nek hijgt. Hij lijkt alles achter zich te kunnen negeren en zich alleen te kunnen concentreren op het water voor zich. Wellicht is dat een weerspiegeling van zijn manier van leven.

Ryan heeft Jack blijkbaar zijn drop-in van onlangs niet vergeven en snaket nu wanneer hij maar kan om Jack heen om een betere positie te krijgen. Grappig. Ryan is een heel rustige man, die je meestal niet recht in de ogen durft te kijken, maar in de golven wordt hij een volkomen ander – en kennelijk rancuneus – persoon.

Victor straalt in het water dezelfde kracht en zelfverzekerdheid uit als op het land en zijn schitterende *bottom turns* onderaan de golven bewijzen hoe sterk zijn dijspieren zijn. De volgende die een golf krijgt is Mikki. Shit – Clemente peddelt net weer terug en Mikki komt recht op hem af. Op het laatste moment duikt hij onder water en glijdt ze over hem heen.

'O, jezus. Sorry!' gilt ze.

De anderen grinniken als Clemente en Mikki weer naar hen toe peddelen.

Victor buigt zich voorover, zodat hij Clemente een klap op zijn schouder kan geven. 'Ze was bijna tegen je aan geknald, man!'

Clemente grijnst meesmuilend. 'Ik dacht dat ze over me heen zou varen!'

Mikki, die vlak achter hem ligt, heeft een vuurrood gezicht, maar wij moeten allemaal lachen.

'Ze is dodelijk,' zeg ik. 'Een paar jaar geleden is ze bijna tegen mijn vriend aan geknald.' Mijn stem sterft weg aan het einde van de zin, en iedereen kijkt me nieuwsgierig aan. Het kost me nog altijd moeite om over hem te praten zonder het verlies te voelen. Een golf rolt mijn kant op. *Goed, Kasim. Deze is voor jou.*

Ik spring overeind als het water onder me aanzwelt. Mijn spiergeheugen keert terug, en voordat ik het goed en wel besef, komt mijn board bijna helemaal uit het water als een witte boog die de lucht in spuit en sissend weer landt.

Bij het surfen heb je momenten – of misschien zijn die er in elke sport – waarop alles samenvalt en je een bepaalde beweging precies goed krijgt. 'Flow' noemen ze dat in boeken over sportpsychologie, maar dat vierletterwoord lijkt veel te nietig voor het gevoel dat door mijn benen omhoogschiet en uitstraalt naar de rest van mijn lichaam. Het enige probleem is dat je onmiddellijk naar meer hunkert. Je mag je er niet weer door laten meeslepen, breng ik mezelf in herinnering, maar een stemmetje in mijn achterhoofd zegt dat het al te laat is.

Ik loop over het zand en voel schelpen in mijn voetzolen prikken.

'Wacht even!' roept Mikki.

'Dit is echt een fantastische plek,' zeg ik. 'Ik heb twaalf golven gehad. Ik kan me niet herinneren wanneer ik voor het laatst twaalf golven heb gehad.'

Mikki straalt. 'Ik wist wel dat je het heerlijk zou vinden.'

'Je hebt hier een fijn leven voor jezelf opgebouwd.'

Ze kijkt me achterdochtig aan, zich afvragend of ik het echt meen of dat ik alleen van tactiek ben veranderd.

Tot mijn schrik weet ik dat zelf ook niet. Hoe kon ik vergeten zijn hoe heerlijk het is om gewoon door het water te glijden? Elkes verdwijning is enorm verontrustend en ik vind het doodeng dat Mikki op het punt staat een grote verplichting aan te gaan – het huwelijk – zonder dat ze er goed over na lijkt te hebben gedacht, maar ik begrijp de aantrekkingskracht van Sorrow Bay. Er zijn nog maar weinig plekken op de wereld waar je zo'n volmaakt, rustig strand vindt.

Mikki neemt haar board in haar andere hand en slaat haar arm om mijn middel. 'Het is nu ook jouw leven.'

'Voor een tijdje.' Ik wil haar niet op het verkeerde been zetten.

Haar ogen glanzen. 'Op deze plek gaat het er niet om wie je bent, maar om wat je doet, en dat vind ik fantastisch. We leven heel eenvoudig, midden in de natuur, min of meer zoals we duizenden jaren geleden zouden hebben gedaan toen we jager-verzamelaars waren.

Met het verzamelen heb ik geen probleem. Het is het jagen dat me dwarszit. Hoe geweldig de golven ook zijn, Mikki is hier niet veilig.

'Laten we iets te eten halen en weer gaan surfen,' zegt ze.

'Goed idee.' Het heeft geen enkele zin om hier te zijn en niet te surfen, maar over een maand vlieg ik naar huis, en ik zal mijn uiterste best doen om ervoor te zorgen dat Mikki samen met mij in dat vliegtuig zit.

Bij het weglopen kijk ik even achterom en breng mezelf in herinnering dat de oceaan weliswaar heel veel vreugde kan brengen, maar die ook weer kan afnemen.

34

Kenna
Twee jaar geleden

Die ochtend smaakte Kasim naar sinaasappelmarmelade.

'Mmm,' zei ik, en ik kuste hem nogmaals. Had ik maar geweten dat dat de laatste keer was, dan zou ik het langer hebben gedaan.

Mijn keuken rook naar geroosterd brood. De centrale verwarming stond aan en ik zweette in mijn wetsuit. Het was half maart en eindelijk was de beloofde deining van twee tot tweeënhalve meter hoog er, de hoogste van de hele winter. Tijdens het ontbijt bekeken Mikki en ik de surfcam op mijn telefoon.

'Whoaa!' zei Mikki toen een golf zich losmaakte en een piepkleine, in rubber geklede gestalte erlangs omlaagsurfte, waarbij het water ruim boven zijn hoofd uit kwam.

Kasim vloekte in het Arabisch. 'Het is te hoog.'

Ik dronk mijn koffie op en kwam overeind. 'Je hoeft niet mee te gaan.'

Kasim probeerde de deur te blokkeren. 'Je gaat niet.'

Af en toe kon hij ineens heel macho tegen me doen, wat meestal schattig was – zelfs opwindend –, maar niet wanneer hij tussen mij en de golven kwam. Over zijn schouder zag ik een serie golven ontstaan die een hypnotische kracht had. Ik popelde om ernaartoe te gaan. 'Het spijt me, maar ik ga surfen,' zei ik.

'Goed dan!' Met een ruk hief hij zijn handen op. 'Ik ga met je mee.'

Verbijsterd keek ik hem aan. Hoe kon ik hem vertellen dat de omstandigheden volgens mij te moeilijk voor hem waren zonder zijn dierbare eergevoel te krenken?

Sinds ik Kasim kende, had ik een totaal nieuw ontzag voor surffotografen gekregen. Sommigen noemen surffotografie een extreme sport, en zo kwam het zeker op mij over. Surfers hebben hun board om op te drijven, maar Kasim moest zichzelf urenlang drijvend houden met een zware camera in een waterproof plastic behuizing in zijn hand. Om zijn foto's te maken moest hij zich op de golf in vreemde bochten wringen om de juiste hoek te vinden. Hij werd vaak over de brekende golven getrokken; na een botsing met een op hol geslagen surfkano had hij zijn slaap een keer moeten laten hechten en hij had zijn enkel gebroken toen het water hem keihard tegen een rif had gesmakt. En hij mocht dan een van de fitste mannen zijn die ik kende, hij had niet veel ervaring met golven die zo hoog waren als vandaag.

Hij wurmde zich al in zijn wetsuit. Ik keek naar Mikki voor bijval, maar zij schudde haar hoofd, doodsbleek van de zenuwen. Ik had me kunnen bedenken en kunnen besluiten om niet te gaan surfen. In plaats daarvan stelde ik mijn egoïstische behoeften boven zijn veiligheid.

Tien minuten later zat ik op mijn board en ging ik mee op de bewegingen van de oceaan. In een deining van deze hoogte voelde ik me altijd licht zeeziek. Ik keek om me heen om te zien waar Kasim was en ving in de verte een glimp van hem op. Hij hield zijn camera stevig voor zich vast.

We waren zeker niet de enigen die het surfbulletin hadden gezien en het was verrassend druk voor maart. Op mijn piek bevonden zich nog vier kerels. Er rolde een golf langs en een van de mannen surfte weg. Nog drie mensen, dan was ik aan de beurt. Mikki zat op een piek naast de mijne. Ik wierp haar een geruststellende glimlach toe. Ze was altijd bang in golven van dit formaat. Eindelijk kreeg ze er een, en toen kwam er een voor mij. En nog een, en nog een.

Op dat moment drong tot me door dat ik Kasim al een tijdje niet had gezien. *Ik hoop dat er niets met hem is gebeurd*, dacht ik. Maar als ik naar het strand zou peddelen om poolshoogte te nemen, raakte ik mijn plaats in de rij kwijt.

Ik verwachtte dat hij me zoals altijd zou opwachten op het strand, maar daar was hij niet. Mikki en ik wachtten een tijdje en vroegen aan andere surfers of ze hem hadden gezien. Misschien had hij het te koud gekregen en was hij met iemand meegereden naar huis. Maar daar was hij ook niet. Toen wikkelde de angst zich pas echt om mijn hart, waardoor ik bijna geen adem meer kon halen. Ik gaf hem op als vermist en er werd een zoektocht gestart.

Ik zat in de auto toen ik een telefoontje kreeg van een andere surfer. *Ze hebben hem gevonden.* Ik slaakte een zucht van opluchting, tot ik de toon in de stem van mijn vriend hoorde. 'Waar?' vroeg ik gesmoord. Ik parkeerde op dezelfde plek aan het strand en rende over het zand. Een groep mensen stond rond een bewegingloos lichaam en toen werd alles zwart om me heen.

35

Kenna

Mijn tent ruikt naar zonnebrand. Zodra ik me in mijn afgeknipte korte broek heb gewurmd, haal ik het briefje onder mijn kussen vandaan om het bij daglicht te bekijken. Het is geschreven op een leeg doosje van Sex Wax, de surfwax die hier van hand tot hand gaat. Ik zie niet goed of het met blauwe of zwarte inkt is geschreven, tot ik de opening van de tent openrits en meer licht binnenlaat. Blauw, heel donkerblauw. Ik verstop het in mijn rugzak.

De anderen zijn bezig hun tweede ontbijt klaar te maken. Ik heb niet het idee dat er in deze groep veel pennen te vinden zijn.

'Heeft iemand toevallig een pen?' vraag ik, want dat lijkt me het proberen waard.

'Ja.' Jack haalt er een uit zijn tent.

'Hé, die is van mij.' Victor grist hem uit zijn hand en overhandigt hem vervolgens aan mij alsof het een roos is. 'Alsjeblieft, Kenna.'

'Dank je wel.' Het is een zwarte. Verdomme!

Aan de andere kant van de open plek brengt Clemente een stanleymes naar Ryans voet.

Ik ga naar ze toe. 'Wat doen jullie?'

'Zee-egels,' zegt Ryan met een grimas.

Clemente wroet rond met de punt van het mes. Ik krimp ineen, maar op Clementes gezicht is dezelfde geconcentreerde blik te zien als toen hij de vis klaarmaakte.

Ryan slaakt een kreet.

'Sorry,' zegt Clemente. 'Ik kan er net niet...'

'Kut, man!' mompelt Ryan.

'Zit stil!' beveelt Clemente. 'Ja. Hebbes.'

'Mag ik eens zien?' vraag ik.

Clemente laat me het kleine, zwarte, op een takje lijkende stukje zien dat op zijn mes ligt.

'Die heb ik op de rotsblokken gezien. Ik wist niet wat het waren.'

'Stap er niet op,' zei Clemente. 'Er zitten er nog een paar in mijn hielen van weken geleden.'

'Bedankt, dok,' zegt Ryan.

Vragend kijk ik Clemente aan. 'Ben je echt een dokter?'

'Nee. Ik heb mijn studie geneeskunde niet afgemaakt.'

Aan zijn boze gezicht te zien wil hij het daar niet over hebben.

Ryans voet bloedt.

'We moeten er iets op doen,' zegt Clemente. 'Je zit niet op een ontsteking te wachten.'

Victor buigt zich voorover om het goed te kunnen zien. 'In Brazilië gebruikten we limoen.'

Huiverend stel ik me voor hoe erg dat zal prikken.

'Staan er limoenen op de weide?' vraagt Victor. 'Ik kan halen.'

'Nee, laat maar,' zegt Ryan. 'Ik neem wel Betadine.'

'Wacht,' zegt Clemente. 'Laat me eerst even kijken of er nog meer in zit.'

Ik mag Clemente graag – meer dan me lief is zelfs –, maar ik zou willen dat hij dat mes minder zelfverzekerd vasthield.

Jack wast de ontbijtspullen af en ik loop naar hem toe om te helpen. Ik ben nog nergens voor ingeroosterd en voel me een profiteur.

'Hoe gaat het met je rug?' vraag ik, terwijl hij een doordrukstrip uit zijn zak haalt en een pil in zijn mond stopt.

'Een beetje stijf.'

Nu ik de waarheid over zijn relatie met Mikki ken, zijn mijn gevoelens voor hem enigszins veranderd en heb ik zelfs bijna medelijden met hem omdat zijn omgang met Mikki op echte genegenheid wijst, maar hij er niet veel voor terugkrijgt. Wie gebruikt wie? Of moet ik het zien zoals Mikki lijkt te doen: een simpele overeenkomt tussen twee volwassenen?

'Mikki heeft me over de bruiloft verteld,' zeg ik.

Jack kijkt me defensief aan. 'En hoe denk jij daarover?'

'Dat jullie gek zijn.'

'Het is een privéovereenkomst tussen ons.' Zijn gezichtsuitdrukking wordt zachter. 'Ik ben geen slecht mens, Kenna.'

Zijn blonde haar valt over zijn voorhoofd als hij de borden schoonschrobt. Welke heterovrouw zou nou niet op hem vallen? Het is prima om hem aantrekkelijk te vinden, hou ik mezelf voor. Zolang ik maar grenzen in acht neem.

Tot mijn schrik zie ik dat Clemente mij gadeslaat terwijl ik naar Jack kijk. Hij staat bij zijn tent en op zijn gezicht ligt een uitdrukking die ik niet kan interpreteren. Ik demp mijn stem. 'Clementes vrouw, wat was ze voor iemand?'

'Een beetje een hippie,' zegt Jack. 'Een beetje… hoe heet dat ook alweer? Aards. Ze paste goed bij hem. Zij had nauwelijks contact meer met haar familie, zijn familie woont aan de andere kant van de wereld, dus ik denk dat ze elkaar houvast boden. En ze leek wel wat op jou.'

Misschien staart Clemente me daarom zo vaak aan. 'Dat moet een hele schok zijn geweest.'

Jack kijkt steels naar Clemente. 'Volgens mij is hij er nooit overheen gekomen.'

'Kwam het plotseling? Ik bedoel, was ze depressief?'

'Daar heb ik nooit iets van gemerkt. In de week dat ze stierf hadden we geweldig surfweer. Die week hebben we een aantal van de beste golven van ons leven gehad.'

Ik denk terug aan Clementes schuldbewuste gezicht toen ik naar haar vroeg. 'Maakten ze weleens ruzie?'

'Af en toe. Je weet hoe het gaat. Als er geen golven zijn, worden we prikkelbaar en zoeken we ruzie over stomme dingen. Je kent ons appartement in Bondi toch? Dat was van haar. Ze wilde het verkopen, ergens land kopen en een duurzame boerderij beginnen, maar dat leek Clemente te veel werk. Dan zou er niet genoeg tijd overblijven om te surfen.'

Ik denk aan de waarschuwing op het briefje en laat mijn stem zo achteloos mogelijk klinken. 'Is het appartement na haar dood van hem geworden?'

'Ja.'

De tenten flapperen in de wind. Allerlei gedachten schieten door mijn hoofd. Sydney is een van de duurste steden ter wereld om een huis te kopen. Zo te horen heeft Clemente flink geprofiteerd van de dood van zijn vrouw. Al past dat vermoeden niet bij de vriendelijke aard die ik bij hem heb bespeurd. Zat er een luchtje aan haar zelfmoord? Dat kan ik echter niet aan Jack vragen, want ik weet dat Clemente en hij goed bevriend zijn.

Victor staat vlak bij ons en verwisselt de vinnen op een felgeel surfboard. Ik besluit om navraag bij hem te doen. Ik loop naar hem toe en probeer een onschuldige manier te verzinnen om Clementes vrouw ter sprake te brengen. 'Wat een mooi surfboard.'

Victor klikt de laatste vin vast. 'Neem jij het maar. Ik heb er nog meer.'

Verbaasd knipper ik met mijn ogen. Dat board is veel te groot voor mij en bovendien is het van hem. 'Heel lief, maar ik bedoelde alleen dat ik het ontwerp mooi vind.'

Glimlachend zegt Victor: 'Het komt uit Brazilië. Hé, moet je zien!' Hij breekt een takje met wasachtige witte bloemen van een struik naast hem en houdt het onder mijn neus. 'Ruik eens. Lekker, hè?'

'Ja.'

Hij breekt nog een paar takken af en rangschikt ze zorgvuldig tot een boeket. 'Voor Sky.'

Ik kijk of er verder niemand binnen gehoorafstand is. 'Ik wilde je wat vragen. Weet je nog dat Clementes vrouw zelfmoord pleegde? Was daar iets vreemds aan?'

Victors gezichtsuitdrukking verandert. 'Hoe bedoel je?'

'Nou, iets verdachts?'

'Verdacht? Wie heeft dat gezegd?' Zijn stem klinkt scherp.

Ik krabbel terug en sla mezelf inwendig voor mijn kop omdat ik het niet subtieler heb aangepakt. 'Niemand. Ik vroeg het me gewoon af.'

'Nee, het was echt zelfmoord. Buiten kijf.' Hij steekt het boeket omhoog om zijn woorden kracht bij te zetten. 'Ervoor was ze heel verdrietig. Moest de hele tijd huilen. Kon niet stoppen met huilen, snap je?'

Met het huilen overdrijft hij. Dat prent ik me goed in: Victor kan heel slecht liegen. Het is zonneklaar dat hij haar dood wel degelijk verdacht vindt, of zelfs wéét dat die verdacht is. Dat is precies wat ik niet wilde horen. Clemente en hij zijn goed bevriend, dus probeert hij de andere man te beschermen? Het probleem is dat iedereen goed bevriend is met Clemente. Hoe moet ik ooit de waarheid achterhalen in zo'n gesloten groep? Ik verander van onderwerp. 'Mikki zei dat je een bigwaveprofessional bent.'

Dat lijkt mij een veiliger onderwerp, maar Victor verstijft nog meer. 'Vroeger wel.'

Er klinkt gekraak en dan valt er iets op mijn tenen. Bloemblaadjes. Hij heeft de bloemen fijngedrukt.

36

Victor

Kenna zegt iets, maar ik versta haar niet, omdat mijn gedachten vol kolkend witte schuimkoppen zijn.

Mavericks. De surfplek in Californië is beroemd om zijn ijskoude water en gigantische golven. Echt bigwavesurfen betekent golven van minstens zes meter en die bij Mavericks konden af en toe achttien meter bereiken. Achttien! De hoogte van een klein flatgebouw.

Ben je niet bang? vroegen de mensen vroeger aan me.

Probeer maar eens op te groeien aan de rand van de grootste sloppenwijk van Rio. Bang zijn is dat er een pistool tegen je hoofd drukt als je op je motorfiets over de BR-101 scheurt. *Geef me je motor of ik schiet.* Bang zijn is klem zitten tussen de politie en bendeleiders van de sloppenwijk, of gewapende overvallers die je huis binnendringen en een wapen tegen je moeders hoofd drukken.

Als je dat overleeft, voel je je onoverwinnelijk. Per slot van rekening zijn golven maar water.

Vitão noemden ze me, 'Grote Victor'. Maar nu niet meer. Drie jaar geleden ben ik verdronken.

Mensen die dat horen hebben altijd tig vragen. Ik heb heel lang mijn best gedaan om te vertellen hoe het is om onder water gedrukt te worden door honderden tonnen water. Om je bewustzijn te voelen wegsterven als een uitdovende zaklamp wanneer de druk in je longen en hersens zich opbouwt.

Je bent geen kever die op zijn rug ligt te spartelen, legde ik dan uit. Je bent een kever die op zijn rug ligt onder een wolkenkrabber. Toen ik bijkwam in het ziekenhuis waren al mijn ribben gebroken.

Mettertijd ben ik gaan beseffen dat er geen woorden zijn om zo'n hoeveelheid water of zo'n enorme angst te beschrijven, dus tegenwoordig hou ik het kort. Ik ben van een vijftien meter hoge golf gevallen en zo lang onder water gedrukt dat ik buiten bewustzijn raakte. Mijn reddingsteam heeft me naar boven gehaald. Er was een goede dokter aanwezig. Ik heb geboft.

Het duurde drie maanden voordat ik lichamelijk was hersteld. En wat betreft mijn geestelijk herstel... Ik lag in het water op mijn vaste surfstek in Rio toen er een serie golven op me afkwam en ik in het bijzijn van al mijn vrienden en verschillende cameraploegen voor het eerst van mijn leven een paniekaanval kreeg.

Als je weet dat er golven bestaan zoals bij Mavericks kun je die nooit meer vergeten. Ik zie ze elke nacht in mijn dromen. En elke nacht verdrink ik opnieuw en word ik proestend wakker. Je hebt een rokershoestje, zeggen de anderen als ze me horen, maar ik heb nooit gerookt.

Op een goede dag zal ik weer bij Mavericks surfen. Ik ben bereid om mijn leven te geven voor dat gevoel. Sky lijkt de enige te zijn die dat begrijpt. Mijn vrouw – ze is heel goed voor me. De anderen vinden dat ze te veel van me vergt, maar dat wil ik juist. Ik wil weer de Victor Romano van vroeger worden. Hopelijk doet Kenna niets wat onze situatie hier verstoort, want ik zal niet toestaan dat er iets tussen mij en mijn herstel komt. De golven in Sorrow zijn meestal maar iets van een meter hoog, met in een storm af en toe uitschieters van drie meter, maar als ik onder alle omstandigheden hier in de Baai kan surfen kan ik toewerken naar iets groters.

Een paar keer per week pakt Sky mijn hand en neemt ze mee naar de oceaan of de rivier. Dan begint mijn lichaam te trillen en worden mijn handpalmen klam. Ik doe mijn uiterste best om in de juiste gemoedstoestand te komen, want ik weet dat welke kalmte ik ook vind, Sky zal proberen om mijn paniek op te wekken, waar meestal niet veel aanmoediging voor nodig is. Op die momenten verschijnt er een eigenaardige blik op haar gezicht – een glinstering in haar ogen. Soms denk ik dat zij die sessies net zo hard nodig heeft als ik. Dan waden we het water in en neemt ze me ineens in een hoofdgreep en duwt me kopje-onder. Ik vecht om kalm te blijven, omdat ik niet weet wanneer ze me weer boven laat komen, óf ze dat wel zal doen.

Bigwavesurfen is evenzeer een mentale als een fysieke sport. Wanneer een golf je onder water houdt, kun je je alleen ontspannen en wachten. Terwijl de seconden voorbijtikken, probeer jij je hartslag te vertragen door in gedachten naar een fijnere plek te gaan. Pas helemaal aan het einde ga je vechten, als je echt geen andere keus meer hebt.

Bigwavesurfers kunnen over het algemeen hun adem ruim vier minuten inhouden. Op goede dagen haalde ik vier minuut twintig, maar dat is na mijn ongeluk veel minder geworden. Door mijn sessies met Sky kan ik de tijd die ik onder water kan blijven verlengen, maar in feite zijn we bezig mijn trauma uit het verleden te verwerken.

Wanneer ze me onderhoudt, haar biceps glad en sterk om mijn nek, bevinden mijn ogen zich ter hoogte van haar roostatoeage, mijn lievelingstattoo van haar, omdat die haar zo volmaakt samenvat. Mijn vrouw lijkt op een roos en ruikt naar een roos, maar ze heeft doornen, zoals Elke klauwen had.

De gretigheid waarmee Sky probeert me bijna te verdrinken stoort me, maar misschien is dat onterecht, want een ander soort partner zou me dit niet kunnen geven. Door de aantrekkingskracht die ik bij haar voel heb ik tijdens onze sessies iets om me aan vast te klampen. Na afloop in onze tent is ze altijd vol passie, alsof ze haar eerdere gedrag probeert goed te maken.

Of alsof ze het opwindend vindt om mij helemaal naar het randje te brengen. En in onze sessies kom ik steeds dichter bij het randje. Dat stoort me ook.

Zo af en toe ben ik bang dat al mijn inspanningen vergeefs zullen zijn. Dat ik nooit meer terug zal gaan naar Mavericks. Dat ik hier, ver van mijn vaderland, op dit eenzame Australische strand, zal sterven. Net als Elke.

37

Kenna

Victor is in een soort trance.

Vlak bij ons hangt Sky kleren aan de waslijn. Ik loop naar haar toe. 'Is alles goed met Victor?'

Onverschillig kijkt ze naar me. 'Het gaat prima met hem. Zijn ongeluk heeft hem getraumatiseerd, maar daar werken we aan. Zo doen we dat hier. We werken net zo lang aan onze angsten tot ze verdwijnen.' Ze slaat een arm om me heen en leidt me naar een bankje. 'Vertel eens, Kenna: waar ben jij bang voor?'

Ik word zenuwachtig. Hier heeft Clemente me voor gewaarschuwd. Ik ben voor veel dingen bang – zoals voor de meeste insecten hier –, maar ik aarzel om dat tegen haar te zeggen. 'Eigenlijk niet voor zoveel dingen. En jij?'

Ze glimlacht. 'Ik was voor van alles bang, maar die angsten heb ik allemaal verholpen.'

Ze spreekt 'verholpen' vreemd uit, met een harde r.

Haar vingers wrijven heen en weer over mijn biceps. Ik ben niet gewend aan vrienden die zo aanrakerig zijn, maar het is niet onplezierig, dus ik probeer me eraan over te geven. Er waait een koel briesje en haar hand is niet alleen warmer dan mijn arm, maar ook verbazend zacht gezien al haar lichamelijke activiteiten.

'Heel indrukwekkend,' zeg ik.

'Het is verbluffend bevrijdend om je angsten onder ogen te zien.'

Het is heel verslavend om haar zo dicht bij me te hebben terwijl ze me haar volle aandacht schenkt. Omdat ik die nog wat langer vast wil houden, vertel ik haar plotseling over Toby en de steengroeve.

'Diep vanbinnen ben ik doodsbang dat er door mijn toedoen nog iemand gewond zal raken.'

'Jij kunt niet de verantwoordelijkheid nemen voor de keuzes van een ander,' zegt ze.

Ik kijk haar aan en wil haar dolgraag geloven. 'Er is nog meer.'

Haar ogen glinsteren van belangstelling, dus vertel ik haar over de dag dat Kasim is verdronken. 'Kasim wilde niet dat ik die dag ging surfen. Hij was alleen in het water omdat ik per se wilde gaan. Hij is gestorven vanwege mij.'

Meelevend kijkt ze me aan. 'Dat soort dingen moet je niet met je meedragen. Dan word je depressief. Ik kan je hiermee helpen. We gaan zo een visualisatiesessie doen. Visualiseren is een ontzettend krachtige techniek. Daarmee kun je je angst verwerken, en het kan je helpen bij je herstel. Ik zal je vertellen wat je je moet voorstellen. Beeld je in dat Kasim en jij in het water zijn en dat jij je handen uitsteekt om hem kopje-onder te duwen.'

Ik deins achteruit. 'Ik zou niet weten hoe dat moet helpen.'

'Dat is toch je grootste angst? Daarom moet je die beleven, telkens opnieuw.'

Het idee alleen al bezorgt me koude rillingen. 'Oké.' Ik weet echter niet zeker of ik het wel wil.

Sky roept de groep bijeen. Iedereen komt bij ons staan.

'De meeste mensen slaan op de vlucht voor angst,' zegt ze. 'Maar stel dat je die verwelkomt? Wat doet dat met je? Hoe verandert dat je? Waar je ook bang voor bent, ik daag je uit om er de confrontatie mee aan te gaan. Dat is veel minder eng dan je denkt.'

Na die woorden gaat ze languit op een matje liggen. De anderen volgen haar voorbeeld. Jack en Clemente gaan liggen, maar Mikki, Victor en Ryan zitten in kleermakerszit. Ik besluit hun voorbeeld te volgen, want op die manier kan ik kijken of ik mieren zie.

Het briesje trekt aan mijn haar en boven ons krijsen papegaaien. Even probeer ik Sky's suggestie op te volgen en stel me voor dat Kasim bij me in het water is. Ik breng mijn handen naar zijn schouders, en... Nee. Ik vertrek mijn gezicht en probeer het beeld uit mijn gedachten te bannen.

Hoelang gaat dit duren? Onder de gunstigste omstandigheden kan ik al bijna niet stilzitten en hier maken de rondzoemende muggen dat helemaal onmogelijk, dus kijk ik naar de anderen, benieuwd wat zij visualiseren. Af en toe schokt een van Victors ledematen en Jack moet een keer niezen, maar verder blijven ze roerloos zwijgen.

Ik denk aan Clementes vrouw en vraag me af wat Victor daarnet probeerde te verbergen. In de verte hoor ik golven. Dat geluid kalmeert me. Al snel haal ik in hetzelfde ritme adem als zij.

'Goed gedaan iedereen,' zegt Sky.

Ik ben alle besef van tijd kwijtgeraakt, maar als ik overeind krabbel, prikt mijn ene voet en heb ik een houten kont. De anderen kijken om zich heen alsof ze uit een trance komen. Jack draait zijn nek rond. Zijn ogen staan glazig – is hij in slaap gevallen? Op Mikki's gezicht ligt een serene glimlach. Wat zou zij zich hebben voorgesteld? Vast motten of hoge golven.

'Hoe ging het?' vraagt Sky aan mij.

'Het begint te komen,' zeg ik.

'Hou vol. We zullen straks een herstelritueel voor je doen.'

'Geweldig.' Ik verander van onderwerp. 'Je zei dat iedereen hier problemen heeft. Over wat voor problemen hebben we het dan?'

'Het is niet aan mij om dat tegen je te zeggen, want die dingen hebben ze mij in vertrouwen verteld. Je kunt het aan hen vragen en misschien zullen ze het tegen je zeggen, maar sommige mensen houden dergelijke dingen liever voor zich.'

'Logisch.' Ik vind het fijn dat ze het me niet wil vertellen, maar nu ben ik echt heel nieuwsgierig geworden. Ze kent ieders geheimen – bijna als een pastoor.

Achter haar zit Clemente met ontbloot bovenlichaam bij een

tobbe water geknield en spoelt kleren uit.

Sky draait zich om en volgt mijn blik. 'Je vindt hem leuk.'

Het bloed stroomt naar mijn wangen. Ik reageer niet, maar dat is ook niet nodig.

'Pas maar op met hem, schat.'

'Wat bedoel je daarmee?' vraag ik.

Ze glimlacht geheimzinnig en geeft geen antwoord.

'Jack heeft me over Clementes vrouw verteld,' zeg ik.

Haar glimlach verdwijnt. 'Wat heeft hij gezegd?'

'Dat ze zich heeft verhangen aan die tak.'

'Juist.'

Aandachtig kijk ik naar haar gezicht. 'Dat is toch wat er is gebeurd?'

Een fractie van een seconde aarzelt ze. 'Ja.'

Ik staar haar aan. Wat verzwijgt ze voor me?

Ze slaat haar armen over elkaar. 'Hoe bevalt de Stam je tot nu toe?'

'Ik vind het hier heerlijk.'

Dat is het goede antwoord, want ze knikt, ogenschijnlijk tevreden. 'Even een kleine waarschuwing, Kenna. Deze plek is niet volmaakt, en dat geldt ook voor de mensen hier. Iedereen hier heeft geheimen, maar die proberen we niet te achterhalen, want soms is het beter om iets niet te weten.'

38

Kenna

Die middag gaan we weer surfen. Ik zie dat Clemente af en toe naar me kijkt, maar het lijkt wel alsof hij zijn best doet om me te ontwijken.

Tijdens het avondeten sla ik hem heimelijk gade. Er is absoluut iets vreemds met de zelfmoord van zijn vrouw, maar dat wil niet zeggen dat hij betrokken is bij Elkes verdwijning. In feite kan ieder van hen daarachter zitten. Victor heeft gezegd dat hij bereid is te moorden voor de golven hier; Sky kan haar als bedreiging hebben gezien; Ryan is de Wachter – kan hij zijn rol te serieus hebben genomen? Waarom heeft hij eigenlijk zijn eigen land verlaten? Voor hetzelfde geld is hij een gezochte misdadiger.

Onder de afwas grijpt Mikki mijn hand vast. 'Ik heb je vandaag nauwelijks gezien. Heb je zin om te gaan zwemmen?'

'Ja, heerlijk!' zeg ik, blij met haar voorstel.

'Mag ik mee?' vraagt Clemente.

Voordat ik kan reageren, zegt Mikki: 'Sorry, we willen even als meiden onder elkaar zijn.'

'Geen probleem.' Clemente loopt weg en begint een gesprek met Jack.

Vijf minuten later liggen Mikki en ik te spetteren in de oceaan. Die is bijna vlak. Verbazingwekkend hoe snel de golfslag hier zo kan afnemen. Ik roei met mijn handen door het water en geniet van het duwen en trekken van de voorbijgaande golfjes.

Mikki draagt een stringbikini die ik nog ken uit Cornwall, al is de gebloemde stof ondertussen verbleekt. 'Ik vind dat een prachtige bikini,' zeg ik. Tegelijk zie ik wat een fantastische conditie ze heeft.

Giechelend zegt ze: 'Ik kan er niet in surfen. Herinner je je die keer dat we gingen surfen in zo'n bikini?'

Ik moet ook lachen. 'Breek me de bek niet open!'

Toen we een jaar of vijftien waren kochten we op een zomerse dag onze eerste stringbikini en besloten we om daarin te gaan surfen. Slecht idee. De golven waren niet hoog – een halve meter maar –, maar sterk genoeg om onze bikini's weg te slaan. Na elke golf moesten we ons broekje ophijsen en het bovenstukje goed doen om te voorkomen dat iedereen onze edele delen kon zien.

Een ouder meisje was naar ons toe gepeddeld. *Even een goede raad: als je wilt surfen in een bikini, koop dan een sportbikini.*

Met rode konen hadden we ons naar het strand begeven.

Ik lig op mijn rug in het ondiepe deel terwijl de piepkleine golfjes over mijn tenen spoelen en bewonder de zonsondergang. Alles – zand, hemel en oceaan – bestaat uit tinten roze. Vlak boven het oppervlak vliegt een vogel, een arend of een havik misschien, op zoek naar een vis om te verschalken.

Het leven in Sorrow Bay draait om de zon en golven onder een open hemel. Het is zo anders dan mijn stadse leventje in Londen, waar ik in mijn koude, donkere slaapkamer word gewekt door het gerinkel van mijn wekker en me dan rillend klaarmaak om naar mijn werk te gaan, en waar ik nauwelijks daglicht zie.

'Ik begin het hier echt steeds heerlijker te vinden,' zeg ik.

'Dat zei ik toch?' kraait Mikki. 'O mijn god! Wat zien je teennagels eruit.'

Ik kijk van mijn tenen met de afgebladderde nagellak naar haar onberispelijke exemplaren en spetter haar nat. Giechelend spettert ze terug.

Ik ga rechtop zitten, en weet dat ik de stemming ga verpesten.

'Ik wilde je wat vragen over Jack. Hoeveel betaal je hem?'

Haar gezichtsuitdrukking verandert. 'Dat zijn mijn zaken.'

'Jezus, Mikki. Ik kan niet geloven dat je dit echt doorzet. Stel nou dat je iemand tegenkomt die je echt leuk vindt?'

'We hoeven maar twee jaar samen te zijn en dan krijg ik een permanente verblijfsvergunning.'

Wanneer ik in het water een donkere vorm zie, slaak ik een kreet. Mikki duikt onder en komt weer boven met een bos druipend zeewier.

Ik druk mijn hand tegen mijn borst. 'Shit, dat was schrikken. Heb je hier ooit een haai gezien?'

Mikki gaat op haar rug liggen en haar haar drijft als een aureool om haar hoofd. 'De anderen allemaal wel. Een paar keer dacht ik er een te zien, maar het kan ook een dolfijn zijn geweest.'

'Aha.' Mijn hartslag wordt langzaam weer normaal en dan schiet me te binnen wat ik haar nog meer wilde vragen. 'Hoe werkt het eigenlijk, jouw nepbruiloft?'

Ze werpt me een scherpe blik toe.

'Mag ik komen?'

Haar gezicht verzacht. 'Tuurlijk.'

'Mag ik een nepcadeau meenemen?'

Glimlachend zegt ze: 'Nee, het moet echt zijn.'

'Even denken... Ik zou je kunstbloemen kunnen geven. Of goedkope sieraden. Plastic spul uit de *pound shop*. Hebben ze die hier?'

'Een *dollar shop*.'

'Maar even serieus, hoe werkt dat dan?'

'We krijgen een papiertje van de burgerlijke stand en verder verandert er niets. Het stelt niks voor, daarom had ik je er ook niet voor uitgenodigd.'

'Sky zei iets over delen.' Ik voel me heel onbeholpen als ik de vraag stel. 'Doet de Stam aan partnerruil?'

'Soms.'

'Echt?' Het verbaast me nog het meest dat Mikki dat gewoon lijkt te accepteren.

'Sky heeft een erg ongelukkige jeugd gehad. Ze is op haar zestiende het huis uit gegaan en heeft haar ouders al jaren niet gesproken.'

Voor Ryan gaat hetzelfde op. Het is niet gezond hoe ze hier in hun eigen wereldje wonen, ver van huis en van de mensen die om hen geven. Ik neem me voor om de anderen naar hun familie te vragen. Sommigen moeten toch zeker heimwee hebben?

'Sky zegt dat de Stam nu haar familie is,' zegt Mikki. 'Daarom vindt ze dat we alles moeten delen, zelfs partners.'

Even vraag ik me af hoe de relatie tussen Mikki en Sky precies is. Ik zou het niet echt vriendschap noemen, want er is geen lichamelijke genegenheid, zoals tussen Mikki en mij, niets van die warmte en lol; maar ja, Sky is niet zo'n lachebek. Het is meer dat Mikki precies doet wat Sky wil en dat Sky haar beloont door haar voor te trekken of in elk geval door haar niet te straffen.

Hoe dan ook, als Sky 'Spring!' zegt, zou Mikki vragen: 'Hoe hoog?'

Misschien bespeurt Mikki mijn bedenkingen, want ze duikt onder water en zwemt weer omhoog. 'Het water is heerlijk warm.'

'Ja. Zou Kasim het niet fijn vinden? Hij zou niet eens een wetsuit aan hoeven.' Ik slaak een zucht. 'Jezus, wat mis ik hem.'

'O, doe me een lol. Ben je soms vergeten dat jullie knetterende ruzie hadden elke keer dat jij op een gevaarlijke plek wilde gaan surfen?'

'Dat viel wel mee.'

'Hij stond je in de weg.' Verontschuldigend kijkt Mikki me aan. 'Dat heb je me zelf verteld.'

Ze heeft gelijk; ik werd altijd ontzettend kwaad wanneer hij dat deed.

Ik wil je niet kwijt, zei hij dan. Of: *Ik geef om je.*

Meestal probeerde ik hem te negeren en ging ik toch surfen, maar hij sprak mijn eigen twijfels hardop uit en versterkte die, soms dusdanig dat ik eraan toegaf. Maar dat wil ik nu niet van Mikki horen.

'Sorry,' zegt Mikki. 'Maar jij verafgoodt hem en ik geloof niet dat je daar iets mee opschiet.'

Kwaad kijk ik haar aan. Mijn kostbare herinneringen zijn alles wat ik nog van hem heb, en tegenwoordig zijn die bruin en schimmelig en hebben ze krullende randen gekregen. Alleen nog geschikt om weg te gooien. Zij kraakt ze af. Ze kraakt hém af.

'Daar moet je eens met Sky over praten,' zegt Mikki.

'Jij verafgoodt Sky,' kaats ik terug. 'En volgens mij schiet je daar niks mee op. Die stomme tattoo!'

Ik zie de gekwetste blik in haar ogen. Ze draait zich om en zwemt met een snelle borstcrawl weg.

Ik loop door het struikgewas en zie in gedachten een scène voor me: Kasim, Mikki en ik die op een middag op de rotsen van Destruction Point naar de stukslaande golven stonden te kijken. Er lagen maar twee surfers in het water. Mikki en ik hadden een paar keer gesurft op deze beruchte plek in Devon, maar die dag had ze er niet veel zin in – de golven waren te hoog.

'Vind je het erg om op me te wachten?' vroeg ik.

Dat vond ze niet, dus gooide ik mijn surfboard van de rotsen en sprong erachteraan. De golven waren inderdaad nogal hoog, maar elke keer dat ik er een pakte, ging er een heerlijke mengeling van angst en opwinding door me heen. Ik had gedacht dat Kasim foto's zou maken, maar hij keek alleen naar me met over elkaar geslagen armen. Hij stond te ver weg om zijn gezicht te kunnen zien.

Ik wist niet wat ik had verwacht. Dat hij onder de indruk zou zijn? Trots? Dat was hij niet. Hij was des duivels.

'Denk je soms dat ik dat wil zien?' schreeuwde hij toen ik er weer uit klauterde. 'Nou, dat wil ik niet! Ik dacht dat je dood zou gaan!'

Ik voelde me rot, maar ik zou het zo weer doen. 'Het spijt me dat ik je bang heb gemaakt.'

'Kijk dan! Je hebt je gesneden!'

Er stroomde bloed langs mijn schenen. Mijn voet deed ook pijn.

'Ik loop altijd snijwonden op als ik hier surf. Dat geldt voor iedereen. De eendenmossels zijn scherp.'

'Waarom sprong je van de rotsen?'

'Dat is de enige manier om in het water te komen. Anders moet je vanaf het strand kilometers ompeddelen.'

Er volgden nog heel wat keren dat hij me probeerde te weerhouden om te gaan surfen omdat hij het te gevaarlijk vond, maar ondanks zijn protesten ging ik toch altijd. Na zijn dood heb ik het mezelf heel erg kwalijk genomen dat ik zo egoïstisch was. Waarom heb ik hem zo bang gemaakt? Misschien heeft degene met wie je een relatie hebt wel het recht om te verhinderen dat je gevaarlijke dingen doet. Is dat echt zo? Daar ben ik nog steeds niet uit.

39

Kenna

Wanneer ik op de open plek aankom, is Ryan de barbecue aan het schoonmaken. Ik pak snel een spons uit de emmer. Mijn armen doen pijn van het drijven in de branding, maar niets werkt beter om mijn woede te verdrijven dan een flinke schrobpartij. Ik weet niet eens op wie ik kwader ben: op Mikki of op mezelf.

Met een zeldzame glimlach kijkt Ryan op. 'Waren de golven vandaag niet fantastisch?'

Mijn woede zakt wat. 'Ja, zeg dat wel. Ik kan nog altijd niet geloven dat hier verder nooit iemand komt.'

'Tja, nou, dat klopt niet helemaal.'

'Hoe bedoel je?'

Hij lijkt ineens spijt te hebben van zijn opmerking. 'Jack heeft weleens een meisje meegenomen.'

In mijn hoofd gaan alarmbellen rinkelen. 'O ja?'

Als hij mijn gezicht ziet probeert hij terug te krabbelen. 'Voordat hij Mikki kende. Het was maar voor een weekendje. Maar na de eerste keer hebben we een hoop heibel gemaakt en daarna heeft hij ervoor gezorgd dat ze niet precies wisten waar het was.'

Ik doe mijn best om nonchalant te klinken. 'Maar ze moeten toch grofweg een idee hebben gehad? Ze wisten toch hoeveel uur ten noorden van Sydney en waar het in de buurt was?'

Ryan raakt in de war. 'Nou, nee, want hij had ze iets gegeven.'

'Wat bedoel je?'

Hij verplaatst zijn gewicht van het ene been naar het andere. 'Hij heeft iets in hun drankje gedaan voordat ze uit Sydney vertrokken.'

De spons glijdt uit mijn vingers. Het lijkt wel tien graden kouder te zijn geworden. 'Zeg je nou dat hij ze heeft gedrogeerd?'

Ryans blik schiet van mijn gezicht naar de bomen. 'Hij heeft ze alleen een slaappil gegeven.'

Ik staar hem aan. Hij snapt duidelijk niet hoe verkeerd dat is.

Nadat hij zijn schouders even heeft opgehaald, zegt hij: 'Het waren buitenlandse backpackers. Voor het eerst in Australië. Hij heeft ze wijsgemaakt dat ze naar het zuiden reden in plaats van het noorden, en zij zijn nooit achter de waarheid gekomen. Toen ze het zat waren, heeft hij ze weer naar Sydney gebracht.'

'Heeft hij ze op de terugweg ook gedrogeerd?'

'Ja.' Ryan slaat zijn armen over elkaar. 'We moeten deze plek beschermen.'

'Hij had ze wel van alles kunnen geven! De verkrachtingsdrug. En god mag weten wat hij met ze heeft gedaan terwijl ze van de wereld waren.'

'Kom op, zeg. Ik ken Jack. Verkrachting is niks voor hem. Die kerel is een meidenmagneet. Die vrouwen konden hun handen niet van hem afhouden.'

Volgt hij het nieuws soms niet? Nee, vast niet. Hij verlaat deze baai immers nooit. Hij heeft echt geen flauw benul van wat er vandaag de dag speelt. En precies van die misvatting zijn talloze mensen het slachtoffer geworden.

'Hoeveel zijn er geweest?' vraag ik.

'Twee of drie?'

Ik ontplof van woede. Jack staat onder de kraan zijn voeten te wassen en ik been op hem af. 'Ryan vertelde me net dat je de vrouwen die je hier mee naartoe nam hebt gedrogeerd.'

Jack doet zijn mond open en kijkt van mij naar Ryan, die ongemakkelijk achter me staat. Ik ben geen slecht mens, heeft hij tegen me gezegd. De klootzak. Tot mijn tevredenheid kijkt hij behoorlijk beschaamd.

Weet Mikki dat haar verloofde mensen drogeert? Toevallig komt ze net over het pad aanlopen. Als ik klaar ben met Jack, zal ik naar haar toe gaan om de boel glad te strijken. 'Wat heb je ze gegeven?'

Mijn boosheid lijkt Jack te verbazen. 'Wind je niet op. Het was maar een slaapmiddel.'

'Verzamelen!' roept Sky.

Ik ben nog niet klaar met Jack, maar hij loopt naar Sky bij het vuur. Met tegenzin volg ik hem, nog altijd piekerend over zijn achteloze bekentenis.

'Vanavond gaan we een helingsritueel doen,' verkondigt Sky.

Het is bijna donker geworden en ze geeft ons allemaal een wit theelichtje, waarna ze het vuur uitmaakt, zodat het enige licht van onze waxinelichtjes komt.

'We hebben allemaal dingen gedaan waar we niet trots op zijn,' zegt ze. 'Dingen die aan ons blijven knagen en onze geest verzwakken.'

Het knaagt nog steeds aan me dat Jack de vrouwen heeft gedrogeerd en ik werp hem een nijdige blik toe, maar dat ontgaat hem. *Laat het rusten, Kenna.*

'We zullen onze vergissingen opnieuw beleven terwijl we naar ons lichtje kijken,' zegt Sky. 'Door het uit te blazen, verdwijnen die vergissingen uit onze gedachten.'

Er flakkeren zeven vlammetjes. Ik staar in het mijne en zie Kasims gezicht voor me. Dat verandert in dat van Toby Wines. Heeft Sky gelijk? Moet ik me verantwoordelijk voelen voor wat Toby en Kasim is overkomen? Het is zonder meer verleidelijk om mezelf vrij te pleiten, maar ik weet het gewoon niet.

Ik kijk naar de plechtige gezichten van de anderen, die voor hun kaarsje gehurkt zitten. Mikki zit naast me. Wat beleeft zij opnieuw? Op haar wang glinstert iets. Shit, ze huilt. Snel kijk ik weer naar mijn lichtje, want ik voel dat ze niet zou willen dat ik het zie.

In alle jaren dat ik Mikki ken heb ik haar nog nooit zien huilen. Zelfs toen we tieners waren en haar hond doodging, bleven haar ogen droog. Die dag was ze wat stiller dan anders, maar dat was het enige waaraan ik merkte dat ze verdrietig was.

'Blaas nu je vergissingen weg,' zegt Sky. 'Voel het schuldgevoel je lichaam verlaten en naar de bomen zweven.'

Een voor een blazen we ons waxinelichtje uit. Ik stel me voor dat ons schuldgevoel een fysieke entiteit is: zwarte wolkjes die uit onze borstkas sijpelen en als smog in de lucht hangen. Ik stel me alle keren voor dat de Stam dit in de loop der jaren moet hebben gedaan. En opeens lijkt de avond buitengewoon donker.

40

Kenna

Achter me klinken luide stemmen en ik spring op – dat doen we allemaal. Twee mannen komen de open plek op met een zaklamp in hun hand. De ene is breedgeschouderd met een ruige blonde baard en de ander is slanker en heeft donker haar. Ze gaan gekleed in identieke marineblauwe polo's en beige cargoshorts en hebben een grote weekendtas over hun schouder hangen.

Door de manier waarop de hele Stam bij elkaar kruipt en net als bij mijn aankomst een imitatie ten beste geeft van een sportteam dat overlegt hoe het een tegenstander moet verslaan begrijp ik onmiddellijk dat hun aanwezigheid niet veel goeds voorspelt. Maar ditmaal hoor ik ook bij het team. Victor slaat bezitterig een arm om Sky's schouders; Jack houdt Mikki's hand vast – de eerste keer dat ik hem dat heb zien doen.

'Jullie zijn een week te vroeg,' roept Sky.

'De kans bestaat dat er een cycloon deze kant op komt,' roept Ruigbaard terug. 'Het leek ons het best om te komen nu het nog kan.'

'Cyclonen komen nooit zo ver,' roept Jack.

'Deze misschien wel.' Ruigbaard ziet mij. 'Nee maar, een nieuweling. Dat gaat jullie geld kosten.'

Clemente schuift naar me toe en zijn schouder strijkt langs de mijne.

'Is die andere vrouw nog teruggekomen?' vraagt Ruigbaards metgezel.

'Nee,' zegt Sky.

Heeft hij het over Elke?

Sky loopt naar hen toe. Victor wil met haar meegaan, maar ze houdt hem tegen. 'Laat mij dit maar regelen.'

Zichtbaar nijdig blijft Victor naast me staan terwijl Sky met de mannen onderhandelt. Ryan steekt het vuur opnieuw aan.

'Wie zijn dat?' vraag ik aan Jack, maar wel met een boze blik om hem te laten weten dat ik nog niet ben vergeten dat hij die vrouwen heeft gedrogeerd.

'Northy en Deano,' zegt hij. 'De parkopzichters.'

Ik kan het logo op hun polo's zien: NEW SOUTH WALES NATIONAL PARKS.

'Deze plek raakte bekend,' zegt Jack. 'Ik snap niet hoe, want hij staat in geen enkele surfgids, maar op drukke tijden verscheen hier soms een kleine menigte. Maar toen kreeg Sky een ingeving en heeft ze een overeenkomst gesloten met Northy. Die blonde met de baard.'

'De versperring aan het begin van de weg,' zeg ik.

'Ja.'

'Hoelang staat die er al?' vraag ik.

Jack werpt Mikki een snelle blik toe. 'Toen jij kwam, was die er toch al? Ongeveer een jaar?'

Mikki knikt. Ik wil haar vragen of ze weet dat Jack vrouwen heeft gedrogeerd, maar dit is duidelijk niet het juiste moment.

'Er was een hevige storm die een aantal rotsverschuivingen heeft veroorzaakt,' zegt Jack. 'De timing kon niet beter. We hebben net genoeg opgeruimd om erlangs te kunnen en daarna aan hen gevraagd om de weg verder zo te laten.'

'Wauw,' zeg ik. 'En dat hebben ze gedaan?'

'Tegen betaling.'

'En niemand heeft geklaagd?'

'Wie zou er moeten klagen?' vroeg Jack. 'Het is ver van de bewoonde wereld. Er zijn zat stranden die makkelijker te bereiken zijn.'

'Hoe vaak komen ze?'

'Normaal gesproken de eerste maandag van de maand.'

Opeens vraag ik me af wat voor soort betaling ze hebben geëist.

Er waait een koude wind over de open plek. Takken buigen, struiken trillen. Ik sla mijn armen om mijn middel. 'Hoe betalen jullie ze?'

Jack werpt me een vreemde blik toe. 'Met geld natuurlijk. En bij gebrek aan contanten zo nu en dan met een surfboard.'

Ik neem hem aandachtig op en wil hem geloven.

Sky komt weer bij ons staan. Ze kijkt niet blij. 'Even luisteren, allemaal. Het is driehonderd per persoon.'

Er ontstaat een heftige discussie tussen de anderen.

'Even dimmen,' zegt Sky tegen Victor.

'Waarom is het zoveel?' vraagt Ryan.

'Kennelijk wegens extra onderhoud,' antwoordt Sky. 'Het zit mij ook niet lekker, maar we hebben niet veel keus.' Ze kijkt naar mij. 'Kun jij driehonderd betalen, Kenna?'

Er gaat een schok door me heen. 'Ja, geen probleem.'

Ze glimlacht verontschuldigend naar me. Vermoedelijk willen ze contant geld, dus ik ga naar mijn tent en haal driehonderd dollar uit mijn portemonnee. Ik klaag niet over het bedrag – een hotel zou veel meer kosten en ik heb nog altijd niets bijgedragen aan het eten –, maar ik zou willen dat ik meer geld uit de muur had getrokken toen ik daar de kans voor had.

'Dus jullie moeten ze elke maand betalen?' vraag ik.

'Ja,' zegt Sky.

'Het lijkt nogal veel.'

'Voor deze golven heb ik veel over,' zegt Victor. 'Bijna alles zelfs. Jij niet?'

Weer dat gevoel van duistere geheimen die net buiten mijn bereik zweven.

Nadat Northy het geld heeft opgeborgen, banjeren Deano en hij rond alsof de boel van hen is.

Dan slentert Northy naar ons toe. 'Het ziet er hier goed uit.' Hij kijkt me recht in de ogen als hij het zegt. 'Misschien moeten we hier vannacht maar blijven slapen. Wat denk jij, Deano?'

'Goed plan,' zegt Deano.

Ze lopen het pad een stuk af en keren terug met een kratje bier en een tent.

Northy maakt een blauw blikje open. 'Proost. Wat staat er op het menu?'

'We hebben al gegeten,' zegt Sky.

'We bedienen onszelf wel,' zegt Northy.

Deano en hij gaan naar het barbecuegedeelte. Vol afschuw zie ik dat ze onze etensvoorraad plunderen. Ze maken er een teringzooi van.

Ik wend me tot de anderen om te kijken wat zij hiervan vinden. 'Laten jullie ze zomaar begaan?'

'Als we klagen, verhogen ze de prijs,' zegt Jack. 'Victor heeft Northy een keer een lamlul genoemd en vanaf dat moment is de prijs per nacht verdubbeld. Sky heeft ons verboden met hen te praten. Zij is de enige die nog met hen mag onderhandelen.'

Northy heeft een restje pasta gevonden. 'Niet slecht!' roept hij. 'Maar er mag wat meer zout bij.'

Deano drinkt zijn biertje leeg en maakt nog een blikje open.

'Hé, dat is mijn gitaar,' roept Ryan als Northy het instrument ruw beetpakt.

'Ik wil alleen even spelen,' zegt Northy.

Ryan vloekt binnensmonds.

'Niet doen,' fluistert Sky.

Ik voel dat de anderen Ryan stilzwijgend dwingen om erover op te houden. Zich niet bewust van de spanning zwaait een regenbooglori in de dichtstbijzijnde boom van tak tot tak, als een turner op de brug met gelijke leggers, om zich tegoed te doen aan de bloesem.

Dronken mannen lijken in twee categorieën verdeeld te kunnen worden: vrolijk dronken of agressief dronken, en Northy heeft overduidelijk een agressieve dronk over zich. Hij wordt kwaad op de zakken waar het eten in zit en scheurt ze allemaal open. Vervolgens wordt hij kwaad op de barbecue, waar hij een venijnige schop tegen geeft en zegt dat *het kutding een beetje moet opschieten*.

Van een veilige afstand kijken we toe.

'Ze zeiden iets over een cycloon,' zeg ik.

'Nee,' zegt Jack. 'Daarvoor is het te laat in het seizoen. In alle jaren dat ik hier kom hebben we er maar één gehad.'

'Wat gebeurt er in een cycloon?' vraag ik.

'Zware regenval en harde wind,' zegt Jack.

'En enorme golven,' zegt Victor.

Nadat Northy en Deano zijn uitgegeten, help ik Sky met het opruimen van de etenswaren – wat er nog van over is. Overal ligt geraspte kaas. Het stuk kaas zelf ligt op de grond. Met een zucht gooi ik het in de vuilniszak.

'Shit,' zegt Sky. 'Ze zetten hun tent op vlak naast de jouwe.'

Ik werp er een snelle blik op.

'Daar kun je vannacht niet slapen,' zegt ze.

'Waar moet ik dan slapen?'

'Ik heb geen idee, maar niet daar.'

41

Kenna

Hulpeloos kijk ik Sky aan. Mikki en Jack liggen al in hun tent. Het is een tweepersoonstent, zoals alle andere, en daar pas ik met geen mogelijkheid bij.

'Je zou bij mij kunnen slapen,' zegt Sky. 'Maar ik moet een oogje op Victor houden.'

Ze heeft gelijk. Victor zoekt de hele avond al ruzie. Ik kijk waar de anderen zijn. Clemente wast zijn voeten onder de kraan bij het toiletgebouwtje. Ryan is nergens te bekennen. Of hij ligt al in zijn tent, of hij zit ergens tussen de bomen en doet... Weet ik veel wat hij uitspookt.

'Kruip maar bij Clemente in de tent.' Sky ziet mijn gezicht. 'O, kom op. Ik zei "in de tent", niet "in de koffer". Al vindt hij het vast niet erg als je dat wilt.'

Ik bloos hevig en schaam me dood.

Sky glimlacht, duidelijk genietend van mijn onbehagen. 'Hij kan wel een goede beurt gebruiken. Hij heeft al een hele tijd geen vriendin meer gehad.' Haar glimlach verdwijnt. 'Ze kijken naar ons. Regel snel wat met Clemente, want ik heb geen zin om hier nog veel langer te blijven.'

'Wat moet ik dan tegen hem zeggen?'

'Pak het subtiel aan. Northy en Deano moeten geloven dat jullie een stel zijn.'

Ik loop naar Clemente toe zonder het flauwste benul hoe ik hierover moet beginnen. Hij staat zijn tanden te poetsen en zijn borstspieren bewegen bij elke armbeweging.

'Mag ik bij jou slapen?'

Clemente stikt bijna. Zijn tandenborstel glijdt uit zijn mond.

Ik word vuurrood en hoop dat het inmiddels zo donker is dat hij het niet ziet. 'Zij blijven kamperen, daar naast mijn tent.' Ik gebaar naar Northy.

O, verdomme. Northy loopt op ons af.

Een grote hand pakt de mijne. 'Ga je mee naar bed?' Clementes toon is achteloos, alsof hij het al tig keer heeft gevraagd. Zijn handpalm is warm en ruw. Heel even ben ik met stomheid geslagen.

'Welterusten.' Clemente knikt naar Northy en trekt me mee naar zijn tent. Hij ritst het muskietengaas open. 'Na jou.'

Zijn tent ruikt muskusachtig, maar niet onaangenaam. Hij doet een kleine zaklamp aan. 'Ik heb maar één slaapzak.'

Ik ga op mijn rug liggen en rek me uit terwijl hij de rits openmaakt. Ik kijk de tent rond, maar vermijd het naar hem te kijken. Hij spreidt de slaapzak over ons uit en gaat ook liggen, met zijn armen achter zijn hoofd gevouwen. Ik krimp ineen wanneer ik voetstappen langs onze tent hoor gaan.

'Geen aandacht aan besteden,' fluistert Clemente, waarna hij de zaklamp uitdoet en ons in volledige duisternis hult.

Northy en Deano blijven nog een tijdje lawaai maken.

'Wat doen ze?' vraag ik.

'Ze zijn dronken.'

De geluiden sterven weg. Nu hoor ik alleen nog de gebruikelijke Australische nachtdieren. Na de waarschuwingen van Sky en Mikki zou ik even bang moeten zijn voor Clemente als voor Northy en Deano, dus waarom ben ik dat niet? Vertelt mijn intuïtie me dat ik hem kan vertrouwen of komt het doordat ik hem heel leuk en sexy vind?

Hoe dan ook, ik zal nooit de slaap kunnen vatten. 'Ben jij moe?' fluister ik.

'Niet echt. En jij?'

'Nee.' Het is niet heel warm. Ik schuif naar hem toe tot zijn schouder de mijne raakt en ik probeer iets te verzinnen wat ik tegen hem kan zeggen. 'Woont je hele familie nog in Spanje?' Zodra ik het heb gezegd kan ik mezelf wel voor mijn kop slaan, want natuurlijk was zijn vrouw óók familie, en hij wil niet aan haar worden herinnerd. Ik trouwens ook niet.

'Mijn ouders wel. Maar mijn broer woont in Engeland.'

'Dat meen je niet! Waar?'

'In Bristol. Hij is getrouwd met een Engelse.'

'Dat is maar een paar uur rijden bij mij vandaan. Komen ze weleens bij je op bezoek?'

'Het is voor hen heel duur om hiernaartoe te vliegen. Ze zijn alleen gekomen toen ik ging trouwen.'

Ik haal even diep adem en schuif mijn hoofd in het donker naar hem toe. 'Hoelang ben je getrouwd geweest?'

In de daaropvolgende stilte hoor ik een uil.

'Drie jaar.'

Ik ga heel behoedzaam verder, omdat ik weet dat hij hier misschien niet over wil praten. 'Mijn vriend is twee jaar geleden overleden. Het doet nog steeds pijn.'

'Ja?'

Ik merk dat hij wil dat ik doorpraat, en dat wil ik ook. Hij is wellicht het enige stamlid dat het zal begrijpen. Dus ik vertel hem over mijn ouders, die hun best hebben gedaan om te helpen, ook al hadden ze hun twijfels over Kasim en hebben ze me vanaf het begin gewaarschuwd dat het cultuurverschil voor problemen zou kunnen zorgen.

Wees niet zo streng voor jezelf, zei pa tegen me.

Je moet gewoon gaan klimmen, zei ma. Ze is dit jaar zestig geworden en kan op de klimmuur nog steeds haar voet boven haar hoofd plaatsen. Klimmen is haar oplossing voor alle problemen in het leven.

Ik wist dat ze het goed bedoelde, maar ik had geen zin om te gaan klimmen of surfen, of om een van de andere dingen te doen die ik vroeger deed. Nadat mijn ouders me er ten slotte van hadden weten te overtuigen dat ik naar mijn huisarts moest gaan, liet die me een vragenlijst invullen.

Gebrek aan belangstelling voor activiteiten die je vroeger leuk vond? Ja.

'Kennelijk is dat een symptoom van depressie, dus heeft ze me doorverwezen naar een therapeut.'

'En, hielp dat?' Clemente klinkt oprecht nieuwsgierig.

'Weet ik niet. Voor zover je kunt verwachten, denk ik.' De duisternis en de kleine ruimte in de tent voelen intiem. 'Het is net een relatie die op een nare manier is beëindigd. Maar ik kan hem niet midden in de nacht dronken en huilend opbellen, want hij is er niet meer. We kunnen niet meer uit elkaar groeien of ruziemaken over wie van ons tweeën het meest in het huishouden doet. Soms heb ik het gevoel dat ik mijn ziel ben kwijtgeraakt.'

Dit heb ik allemaal nog nooit tegen iemand gezegd. Behalve tegen mijn therapeut.

'Ik heb het verdrongen,' zegt Clemente.

'Echt? Hoe dan?'

'Ik was als tiener helemaal bezeten van boksen. Je krijgt klappen in je gezicht, tegen je ribben, overal. Ik heb mezelf toen aangeleerd om me af te sluiten voor de pijn. Dat moet wel, want anders kun je niet terugvechten.'

Zijn Engels is echt heel goed. Hij heeft een licht Australische tongval, maar dat is logisch, omdat hij een Australische vrouw heeft gehad.

'Kon ik dat ook maar,' zeg ik.

'Nee, dat wil je niet.'

'Nou, af en toe wel.'

'Zo werkt het niet.' Zijn stem klinkt schor. 'Het is niet iets wat je aan en uit kunt zetten.'

Hij ligt roerloos en zwijgend naast me, zo dichtbij dat ik zijn lichaamswarmte kan voelen. Ik krijg een brok in mijn keel.

'Toen Kasim stierf, ging ik helemaal kapot. Ik kon niet meer functioneren. Ik voel alles altijd heel diep. Dat heb ik altijd al gedaan.'

Als Clemente eindelijk reageert, klinkt hij weer even koel en kalm als anders. 'Wij zijn precies elkaars omgekeerde. Ik voel helemaal niets meer.'

Daar geloof ik niks van. Hij mag dan geen emoties laten zien, maar dat wil niet zeggen dat hij die niet voelt. Ik ga hem echter niet tegenspreken. Ik wil hem troosten, hem tegen me aan trekken en zeggen dat alles goed komt, want misschien heeft niemand dat ooit tegen hem gezegd. Maar dat zou neerkomen op een zee-egel omhelzen. De kans is groot dat hij me dan zou prikken.

'Waarom deed je steeds zo lullig tegen mij?' vraag ik.

Hij moet de gekwetstheid in mijn stem hebben gehoord. 'Ik wil jou niet aardig vinden. Dat moet je niet persoonlijk opvatten, hoor.'

'Hoe kan ik dat nou níét persoonlijk opvatten?'

'Mijn vrouw is overleden.'

'Dat snap ik. Mijn vriendje is overleden, dus geloof me: ik snap het.'

'De volgende vrouw die ik leuk vond is verdwenen. En nu staat ze op een VERMIST-poster.'

De adem stokt in mijn keel. 'Was Elke jouw vriendin?'

'Ja.'

'Hoelang hebben jullie een relatie gehad?'

'Een halfjaar.' De slaapzak ritselt. Hij heeft zich van me afgedraaid.

Ik lig doodstil. 'Wat denk jij dat er met haar is gebeurd?'

'Wist ik het maar.'

Buiten tjirpen en zoemen insecten. Een ex-vriendin op een VERMIST-poster, een echtgenote die zelfmoord heeft gepleegd. Hoewel je die gebeurtenissen afzonderlijk als een schokkende tragedie kunt zien, lijkt de combinatie ervan – eerst de ene, dan de andere – onheilspellend.

'Kom op,' zeg ik. 'Verwacht je nou echt dat ik na die mededeling nog kan slapen?'

'Wat moet ik dan zeggen?'

'Zijn er nog andere sterfgevallen of verdwijningen geweest?'

'Nee.'

Enkel zijn partners dus. Hij heeft de schijn behoorlijk tegen.

42

Een halfjaar geleden

Iemand verdrinken was makkelijker dan ik had verwacht. Na ongeveer een minuut hield Elke al op met spartelen, terwijl ze tijdens onze trainingssessies haar adem wel twee minuten kon inhouden. Paniek is echt dodelijk.

Wacht nog een minuutje, *zei ik tegen mezelf,* gewoon voor de zekerheid. *De golven botsten tegen me op, alsof ze me van haar af probeerden te duwen, maar ik hield haar schouders stevig vast. Haar golvende blonde haar dreef als zeewier om haar heen en kietelde mijn benen. Terwijl ik de seconden aftelde, keek ik om me heen, op zoek naar iets aangenamers om naar te kijken. Toen ik een beweging zag boven op het klif verstijfde ik. Stond daar iemand? Nee, het waren gewoon de bomen die dansten in de wind.*

Behoedzaam liet ik Elkes schouders los. Ze bewoog niet meer.

Ik vond je aardig, Elke, maar jij vond mij niet aardig. Niet aardig genoeg althans.

Omdat ik haar gezicht nog één keer wilde zien, draaide ik haar om. En liet haar met een gil prompt weer vallen. Haar mond stond wagenwijd open, als die van een vis, en haar bloeddoorlopen ogen puilden uit. Ik ademde langzaam in en probeerde het beeld uit te wissen, waarna ik haar uit het water tilde. Haar slappe lichaam was verrassend zwaar. Aan weerszijden van haar bikinibandjes waren rode vingerafdrukken te zien. Verdomme! Haar lichaam zou na verloop van tijd waarschijnlijk weer aanspoelen – hopelijk mijlenver hiervandaan –, maar ik moest dit wel op een ongeluk laten lijken.

Toen ik een stuk schalie op het strand zag, sleepte ik Elke er door het zand naartoe, waarna ik het tegen de strakke huid van haar schouder heb geduwd. Er welde bloed op, dat op de grond druppelde. Vloekend sleepte ik haar terug naar de branding, terwijl ik goed onthield waar op het strand het bloed was gevallen. Zodra ik hier klaar was, zou ik over het zand vegen om de sporen uit te wissen.

Met Elkes lichaam balancerend op mijn knie bewoog ik het stuk schalie heen en weer tot de vingerafdrukken waren verdwenen. Als ze werd gevonden, zou het lijken alsof ze te pakken was genomen door een haai. Toen ik daarmee klaar was, gooide ik het stuk schalie in zee en droeg Elke naar het noorden, waar de getijdenstroom haar zou meetrekken naar open zee. Die dag stond er een flinke stroming. Het bloed stroomde uit Elkes schouders en kleurde oranje toen het werd verdund met zeewater. Ik wilde dat een haai haar zou vinden, maar niet meteen, dus keek ik zenuwachtig om me heen. Zodra mijn tenen de zeebodem niet meer raakten, rukte de stroming Elke uit mijn greep en verdween ze in de diepte.

Dat gaf me bijna hetzelfde gevoel als toen mijn nieuwe zonnebril van mijn gezicht viel en in het water belandde: jammer dat die weg was, maar ik had hem nog niet lang genoeg gehad om eraan gehecht te raken. En ik was ook geërgerd omdat ik op zoek moest naar een nieuwe.

Eenmaal terug op de open plek bleken de anderen tot mijn opluchting nog te slapen en ging ik spek en eieren bakken voor het ontbijt.

Al snel vroegen ze zich af waar Elke was.

'Ik heb haar niet gezien,' zei ik. 'Misschien is ze vanochtend vroeg gaan joggen.'

De anderen besloten om ook te gaan joggen. Op het strand. Inwendig vloekend stelde ik me voor dat Elkes lichaam heen en weer dreef, met haar nietsziende ogen en haar openstaande mond. Stel dat ze zou aanspoelen terwijl zij op het strand waren?

'Ik kom zo,' zei ik tegen hen.

Zodra ze weg waren, haastte ik me naar Elkes tent, waar haar kleren als een lappendeken op het grondzeil lagen. Het rook er naar gebrande pinda's. Snel propte ik haar kleding in haar grote rugzak.

Het grondzeil was nu helemaal leeg en rimpelde onder mijn knieën. Wacht eens even... Waar was haar kleine rugzak? Het was een blauwe, van Rip Curl of van Billabong, een van die surfmerken. Omdat ik wist dat de anderen elk moment terug konden komen om te kijken waar ik bleef, rende ik weg bij haar tent en controleerde snel de andere tenten en de hele open plek, maar ik kon hem nergens vinden. Zou hij nog in een van de auto's liggen? Nee. Ik had haar ermee zien terugkomen na de laatste keer dat we boodschappen hadden gedaan. Verdomme!

Ik had haar tassen in de bosjes willen verstoppen, maar het had weinig zin om alleen haar grote rugzak te verbergen. Het zou te veel vragen oproepen als de kleine ineens weer zou opduiken, want de anderen wisten dat ze nooit zonder dat ding zou zijn vertrokken.

Ondertussen zouden die zich wel afvragen waar ik bleef. Ik kon maar beter naar hen toe gaan en er tijdens het hardlopen over nadenken. Ik liep naar mijn tent om zonnebrand te pakken, maar vond een geschreven briefje op een lege wikkel van Sex Wax.

IK WEET WAT JE HEBT GEDAAN. KOM OM MIDDERNACHT NAAR HET KLIF.

43

Kenna

Als ik wakker word, ligt Clemente niet meer naast me. Hoe verleidelijk de golven en deze manier van leven ook zijn, ik mag de waarschuwingssignalen niet negeren: de zelfmoord van Clementes vrouw, Elkes verdwijning en Jack die vrouwen drogeert. En ik vóél gewoon dat hier nog veel meer aan de hand is.

Van nu af aan zal ik me nog maar op één ding richten: ervoor zorgen dat Mikki en ik hier wegkomen. Er zijn duidelijke barsten in de Stam. Misschien kan ik die benutten om een wig tussen hen te drijven. Stel dat de Stam uiteenvalt en ieder zijn eigen weg gaat, dan heeft Mikki geen reden meer om hier te blijven.

Haar bruiloft is al over negen dagen. Mocht ik haar voor die tijd niet kunnen overhalen om te vertrekken, dan gaan we daar in elk geval voor terug naar Sydney. Ik zal ervoor zorgen dat ze haar ouders aan de telefoon krijgt. Al hebben Sorrow Bay en de Stam zo'n grote invloed op haar dat ze misschien net zomin naar haar ouders zal luisteren als naar mij.

Mikki trekt haar wenkbrauwen op wanneer ik uit Clementes tent kom. De anderen zitten op boze toon rond de barbecue te kletsen.

'Zijn Northy en Deano weg?' vraag ik.

'Ja,' zegt Sky. 'Net als bijna onze hele voedselvoorraad.'

'En mijn surfboard, verdomme,' zegt Victor.

'Dat kunnen we niet ongestraft laten,' zegt Ryan.

'Wat moeten we volgens jou dan doen?' vraagt Sky lusteloos.

Ryan pakt een visspeer. 'Om te beginnen moeten we de weg in de gaten houden, zodat we niet nog eens worden verrast, en we moeten onze voorraden beter verbergen. Verspreiden of verstoppen in het struikgewas. We kunnen ze zelfs begraven.'

Victor en Jack rollen met hun ogen.

'Maar ondertussen moeten we wel eten,' zegt Sky. 'Wie gaan er boodschappen doen?'

'Ik zou wel willen,' zegt Jack, 'maar een van mijn voorbanden is naar de kloten.'

'Ik zou je mijn auto wel kunnen lenen,' zegt Clemente, 'maar de vorige keer heb je een boete gekregen voor te hard rijden en die heb je nog steeds niet terugbetaald.'

'Hè?' zegt Mikki. 'Waarom weet ik daar niets van?'

Met een geamuseerd lachje geeft Victor Jack een klap op zijn rug. 'Neem mijn *ute* maar, maat. Maar deze keer geen verkeersboetes, oké?'

'Te gek,' zegt Jack.

Ik heb geen idee wat een 'ute' is, maar ik neem aan dat het of de pick-up, of de zilverkleurige auto met vierwielaandrijving is waar Jack zijn auto naast heeft geparkeerd.

Ryan ijsbeert met de visspeer in zijn hand. De anderen negeren hem.

Jack woelt door Mikki's haar. 'Ga je mee, schat?'

'Ja, waarom niet?' zegt ze. 'Ik moet geld pinnen.'

Ik grijp mijn kans om haar hier weg te krijgen, al is het maar voor even, zodat ik op haar kan inpraten zonder dat de anderen het horen. 'Ik wil ook mee.'

'Sorry, Kenna,' zegt Jack. 'Hij heeft maar twee stoelen.'

Ontsteld kijk ik hem aan. 'Maar ik moet ook pinnen.'

'Geef mij je pasje maar, dan doe ik dat wel voor je,' zegt Mikki.

Dit gaat helemaal verkeerd. Ik raak in paniek, maar wat kan ik doen? Ik eet al een hele week van hun proviand en ik heb nog nergens aan meebetaald, behalve aan het zwijggeld van de parkopzichters. Met tegenzin haal ik mijn portemonnee uit mijn tent en geef mijn bankpasje aan Mikki.

'Nog steeds dezelfde pincode?' vraagt Mikki.

'Ja.'

Sinds onze tienertijd hebben we al dezelfde pincode. Toen zij haar eerste bankpasje kreeg, vergat ze haar pin constant, dus heb ik haar de mijne verteld en gezegd dat ze die wel mocht gebruiken, zodat ik haar aan de hare kon helpen herinneren.

'Hoeveel wil je hebben?' vraagt Mikki.

'Vijfhonderd dollar?'

'Kijk niet zo bezorgd. We blijven maar een paar uur weg.'

'Je zou nog denken dat je het hier niet leuk vindt, Kenna,' zegt Sky fronsend.

Voorzichtig, zeg ik tegen mezelf. 'Ik wilde gewoon wat chocola.'

Sky's frons wordt dieper.

Jack knipoogt. 'Ik koop wel wat voor je. Dezelfde als vorige keer?'

'Ja, bedankt.'

Mikki haalt haar rugzak uit haar tent.

Ik neem haar even apart, omdat ik haar per se even alleen wil spreken voordat ze wegrijdt met Jack. 'Wist jij dat Jack sommige meisjes die hij hiernaartoe heeft gebracht heeft gedrogeerd?'

'Bespreek dat maar met Sky,' zegt Mikki gehaast terwijl Jack naar ons toe komt.

Verdomme, ik wilde ook met haar over Elke praten.

Sky heeft een boodschappenlijstje voor Mikki, maar voordat ze het geeft, voegt ze er eerst nog *champignons* bij. Ik zie dat haar pen blauw schrijft en wanneer Jack ook een pen tevoorschijn haalt en *chocola* op het lijstje zet, blijkt die ook blauw te schrijven.

Mikki omhelst me, en nadat Jack de autosleutels van Victor heeft gekregen, lopen ze de onverharde weg af.

'Vergeet niet om de weersverwachting voor surfers te bekijken,' roept Victor hun na. 'Ik wil meer weten over die cycloon.'

Jack steekt een duim op boven zijn hoofd zonder achterom te kijken. Ik kijk hen na tot ze uit het zicht zijn verdwenen.

De bladeren trillen in de wind. Het zal heel vreemd worden om hier zonder Mikki te zijn. 'Ik neem aan dat er vandaag niet wordt gesurft?' vraag ik.

'Nee,' bijt Sky me toe.

Clemente is een silhouet in mijn ooghoek. Ik moet opnieuw aan Elke denken. Omdat ik haar moeder heb ontmoet, heb ik het gevoel dat ik het aan haar verplicht ben om de waarheid te achterhalen, op welke manier dan ook. Als mijn vermoeden klopt, moet haar iets naars zijn overkomen. Misschien kan ik dat gebruiken om Mikki over te halen hier weg te gaan. Ik moet meer te weten komen over Clementes relatie met haar. Heeft hij iets gedaan waardoor ze wilde vluchten?

Victor staat vlakbij een surfboard te repareren, maar ik heb het gevoel dat hij niet de juiste persoon is om hier vragen over te stellen.

Ryan loopt weg met de speer in zijn hand.

'Wat ga je doen?' roept Sky hem na.

'Ik ga patrouille lopen langs de buitengrens van ons terrein,' roept Ryan terug. 'Iemand moet dat toch doen.'

Victor zegt iets in het Portugees.

Ryan draait zich naar hem om. 'Wat zei je?'

Victor grijnst. '*Cão que ladra não morde.* De hond die blaft, bijt niet. De mensen die schreeuwen, hebben vaak niet het lef om actie te ondernemen.'

'Jullie Brazilianen hebben te veel uitdrukkingen,' zegt Ryan. 'Waarom ga je niet met me mee op patrouille? Of durf je niet?'

Victor glimlacht niet meer. 'O, jawel hoor. Maar ik heb er gewoon geen zin in.'

Sky mompelt binnensmonds iets en pakt een handdoek van de lijn. Misschien kan ik haar beter naar Elke vragen. Maar dan moet ik wel subtiel te werk gaan.

Ze ziet me naar haar kijken. 'Ik ga naar het strand. Wil je mee?'

'Oké.' Te laat valt me de uitdagende twinkeling in haar ogen op.

Waar ben ik aan begonnen?

44

Kenna

De zon staat al hoog aan de hemel en schijnt fel door de begroeiing heen. De bladeren van de palmbomen werpen schaduwstrepen op het pad.

'Clemente zei dat hij een relatie had met Elke,' zeg ik terloops.

Sky kijkt me even achterdochtig aan. 'Ja.'

'Ik kreeg de indruk dat je haar niet mocht.'

Ze fronst. 'Nee, ik mocht haar juist graag. Waarom zeg je dat?'

'Je noemde haar een kreng.'

Ze haalt haar sterke schouders op. 'We konden redelijk met elkaar opschieten. Ze leek hier gelukkig. Maar toen verdween ze zonder afscheid te nemen. Daar was ik kwaad om.'

Ik bestudeer haar gezicht, op zoek naar tekenen van leugens. 'Clementes vrouw is overleden en nu staat Elke op een VERMIST-poster.'

Sky's blauwe ogen verraden niets. 'We proberen om niet in het verleden te blijven hangen.'

'Maar het is toch behoorlijk veel pech? Voor één man?' *Voorzichtig, Kenna.*

'Dit is een gevaarlijke plek. Wij doen gevaarlijke dingen.'

De oceaan glinstert als gekreukt satijn. Nergens een golf te bekennen. Ik herinner me dat er een cycloon aan komt. Misschien is dit de stilte voor de storm.

Sky leidt me naar de rotsen. Omdat ze niets over Elke loslaat, begin ik maar over Jack. 'Ryan vertelde me dat Jack de vrouwen die hij hier bracht had gedrogeerd. Hij zei dat iedereen razend was omdat Jack ze had meegenomen.'

'Rýan was razend,' zegt Sky.

Dat klinkt logisch. Hij is bang om te worden opgepakt vanwege zijn verlopen verblijfsvergunning.

'Daarom heeft Jack de volgende vrouw die hij meenam een slaappil gegeven, zodat ze zich de route hiernaartoe niet zou herinneren.'

Sky ziet mijn verontwaardiging. 'Ja, ik weet het. Toen zijn wij ontzettend kwaad geworden en heeft Jack beloofd dat hij het nooit meer zou doen. Maak je geen zorgen, schat. Ik zou nooit akkoord gaan met zulke praktijken. Om te voorkomen dat Ryan al te erg over de rooie zou gaan, hebben we hem in de waan gelaten dat Jack ze allemaal had gedrogeerd.'

Weer bestudeer ik haar gezicht, en ik besluit dat ik haar geloof. Maar één keer is erg genoeg. Het is griezelig hoever Ryan wil gaan om de Baai geheim te houden.

Sky gedraagt zich anders wanneer de mannen er niet bij zijn; dan lijkt ze zachter. Misschien voelt ze zich onzeker over haar leidersrol en denkt ze dat ze stoer moet doen om de baas te kunnen blijven.

We komen bij de rotsen en Sky trekt haar kleren uit tot ze in haar witte Bond-girlbikini staat, dus ik doe ook mijn topje en mijn korte broek uit.

'Wat gaan we doen?' vraag ik.

Ze knikt naar het klif. 'Dat beklimmen en eraf springen.'

'Ik heb geen klimschoenen meegenomen.'

'Ik ook niet.' Sky gebaart naar het water dat zich onderaan de rotswand heeft verzameld. 'Loop er maar een keer doorheen, zodat je weet hoe diep het is.'

Ik klauter over de rotsen en waad het water in, waarbij ik goed oplet waar ik mijn voeten neerzet. Op sommige plaatsen steken scherpe pieken omhoog, waar het water omheen schuimt. Ik draai me om en zie dat Sky al een paar meter omhoog is geklommen door haar blote voeten in de holten van de rotswand te zetten. Dan komt ze bij een smalle richel, en ze draait zich om en kijkt me aan. 'Zeg dat ik moet springen,' roept ze.

Ineens ben ik terug in de steengroeve en kijk ik naar Toby Wines, die ver boven me staat. Ik wankel naar achteren.

'Zeg het!' roept Sky.

Het lijkt alsof ze me bewust in paniek probeert te brengen, en ze weet precies hoe ze dat moet aanpakken. Mijn handpalmen worden klam en mijn hart gaat hevig tekeer.

'Doe het!' schreeuwt Sky.

Ik dwing mezelf om het te zeggen. 'Spring!' Het klinkt zwakker dan mijn bedoeling was, maar Sky springt omlaag en belandt tussen de rotspunten in het water. Tijdens haar val sta ik doodsangsten uit. Ik bal mijn handen tot vuisten en wacht op de gil, die niet komt.

Met stralende ogen komt ze het water uit. Ik weet niet of ze dit heeft gedaan om mij te helpen of omdat ze het zelf leuk vindt.

'Nog een keer.' Voordat ik kan tegensputteren is ze alweer aan het klimmen. Ditmaal nog hoger. Ik druk mijn vingernagels in mijn handpalmen en denk terug aan wat ze tegen me heeft gezegd: *We maken onze eigen keuzes.*

'Klaar?' roept Sky hoog boven me.

Ik raap al mijn moed bijeen. 'Spring!'

Het is net zo eng als de eerste keer. Sky komt boven met een zelfvoldane glimlach.

'Waar ben je mee bezig?' vraag ik.

'Ik probeer jouw herinnering uit te wissen. Door een traumatische herinnering te vervangen door eentje die dat niet is. Wil je het nog een keer proberen?'

'Nee.'

Haar glimlach wordt breder. 'Oké. Jouw beurt om te klimmen.'

Ik veeg mijn handpalmen af aan mijn benen. Nog steeds bibberig zet ik mijn voeten heel behoedzaam neer, en ik krimp ineen als ik het zandsteen erlangs voel schuren. Ik heb nog nooit zo hoog geklommen op blote voeten; daar was het in Schotland te koud voor. Tot mijn opluchting zie ik Sky onderaan het klif wachten en klimt ze niet achter me aan.

Als ik me omdraai, verbaast het me hoe hoog ik ben.

'Spring!' roept Sky.

Weer ben ik terug in de steengroeve met het troebele, grijze water in de diepte. In paniek klamp ik me vast aan de rotswand en knijp mijn ogen stevig dicht. Ik word overweldigd door duizeligheid. *Blijf ademhalen, Kenna.* Wanneer ik mijn ogen open, trekt het beeld weg en heeft het water beneden weer zijn normale turquoise kleur.

Sky kijkt toe. Omdat ik niet laf wil lijken door weer omlaag te klimmen, zet ik me schrap en waag de sprong, er het beste van hopend. De klap waarmee ik het water raak, beneemt me de adem. Daarna voel ik een scheut adrenaline. Dat gevaarlijke, verslavende gevoel.

Sky is alweer aan het klimmen. Ditmaal gaat ze nog hoger dan de vorige keer. Tot mijn opluchting springt ze zonder dat ik 'Spring!' hoef te roepen. Zodra haar hoofd boven water komt, begin ik weer te klimmen. Inmiddels bloeden mijn voeten op verscheidene plekken, maar ik voel het niet, omdat elke cel in mijn lichaam het uitzingt van pure verrukking. We klimmen hoger en hoger. Mikki brengt me altijd in evenwicht door steeds te zeggen dat ik voorzichtig moet zijn, maar Sky heeft het tegenovergestelde effect op me, omdat ze me opjut. Ze zegt verder niets, maar haar aanwezigheid is genoeg.

'Laatste keer,' zegt Sky. Op het moment dat ze in het water plonst, slaakt ze een woeste kreet, die weerkaatst tegen het klif.

Ik klim zo hoog als ik durf. God, wat hou ik hiervan. Ik had dit nodig. Ver onder me glinstert het water. Ik adem diep in en weet dat dit mijn laatste sprong kan zijn. Waarom voelt dit dan zo lekker? Doodsangst en verrukking versmelten wanneer ik de sprong waag.

Ik voel Sky's blik op me rusten als ik het water uit kom. 'Wat is er?' vraag ik.

'Bijna iedereen heeft een bepaalde mate van hoogtevrees, maar jij niet, hè?'

'Meestal niet.' Ik doe mijn haar in een staart en knijp het water eruit, niet goed wetend of ik dankbaar moet zijn dat ze me hier heeft gebracht of juist niet. Misschien heb ik dit wel nodig om mijn schuldgevoel en mijn verdriet om Toby en Kasim te verwerken. Maar ik weet vrijwel zeker dat ik er vannacht nachtmerries over zal hebben.

Sky trekt haar T-shirt aan. 'Voel je je nog steeds verantwoordelijk voor de dood van je vriend?'

'Ja. En dat zal waarschijnlijk altijd zo blijven.' Er spoelt een golfje over mijn tenen. Het is moeilijk te geloven dat deze mooie rimpelingen kunnen aanzwellen tot monsters die bijten en doden.

Sky raakt mijn arm aan, alsof ze weet wat ik denk. 'Blijf visualiseren. Uiteindelijk wordt het makkelijker.'

Terwijl we teruglopen, besef ik dat ik me door haar laat inpalmen, terwijl ik juist op zoek moet naar zwakheden binnen de Stam. Als Sky zich onzeker voelt over haar leiderschap, kan ik dat misschien tegen haar gebruiken.

In gedachten zie ik voor me hoe Clemente vannacht naast me lag in zijn tent en voel ik de warmte die zijn brede schouder uitstraalde, en ik vind het afschuwelijk om dit te moeten doen. 'Je weet toch wel dat Clemente de leider van de Stam wil worden, hè?'

'Hoe kom je daarbij?' Sky's toon klinkt luchtig, maar ik laat me niet voor de gek houden.

'Dat lijkt me nogal duidelijk. Het bevalt hem niet hoe jij de boel hier leidt. Hij denkt dat hij een betere leider zou zijn.'

'En wat denk jij? Zou hij dat zijn?'

Waarschijnlijk wel – in elk geval zou zijn leiding minder gevaarlijk zijn voor de anderen –, maar hij laat op geen enkele manier blijken dat hij die rol ambieert. Hij zit nog steeds in dezelfde geestestoestand waarin ik me na de dood van Kasim bevond, namelijk geen extra verantwoordelijkheden willen omdat hij al genoeg problemen heeft. 'Nee. Hij zou een vreselijk slechte leider zijn. Maar als ik jou was, zou ik oppassen.'

We zijn bijna terug bij de tenten. Sky pakt mijn arm vast. 'Ik heb je niet het hele verhaal verteld over de dood van zijn vrouw. Daar was iets vreemds mee. De esky stond naast haar alsof ze erop was geklommen om zich te verhangen, maar hij stond niet recht onder haar voeten. Hij was net iets te ver weg.' Sky kijkt het pad voor ons af en fluistert dan: 'Alsof iemand hem had verplaatst.'

'Shit,' zeg ik ademloos. 'Wie heeft haar gevonden?'

'Ik.'

Ik stel me voor hoe het moet zijn om op zo'n tafereel te stuiten en ril even.

'Victor kwam bijna tegelijkertijd aanlopen,' zegt Sky. 'Hij heeft me geholpen haar omlaag te tillen. Jack was nog aan het surfen. Clemente en zijn vrouw waren ongeveer een halfuur eerder het water uit gegaan. Maar Clemente was nergens te bekennen. Hij kwam pas een paar uur later terug, en toen gedroeg hij zich... vreemd. Hij zei dat hij was gaan hardlopen, maar...'

Het is me opgevallen dat Sky Clemente met fluwelen handschoenen aanpakt, wat ze bij de anderen niet doet. Ik had het aangezien voor respect, maar dat is het niet.

Zij denkt dat hij zijn vrouw heeft vermoord. Of in elk geval acht ze hem ertoe in staat.

45

Kenna

Ik lig op een mat op de open plek en beeld me in dat ik in de ijskoude oceaan bij Cornwall zwem terwijl Kasim naast me dobbert. Ik pak zijn schouders en duw hem kopje-onder. Hij verdwijnt onder water, maar vecht zich terug naar boven. Ik bied even weerstand, maar hij is te sterk voor me. Dan komt hij weer boven en is het niet Kasim, maar Clemente.

Ik schiet overeind en probeer het beeld weg te knipperen. De anderen liggen zwijgend op hun mat. Vanuit een ooghoek zie ik iets bewegen: een spin kruipt over de grond naar mijn teen. Met een gilletje trek ik mijn voet weg. Sky blijft roerloos op haar mat liggen. Gelukkig heeft ze dat niet gezien.

Ryan is vlakbij en wil weten waarom ik gilde.

'Kijk,' fluister ik terwijl ik naar het beest wijs. 'Een spin.'

Ryan staat op en komt even kijken.

'Ik weet niet wat hier bijt of steekt, en dat maakt me zenuwachtig,' zeg ik.

Hij tuurt ernaar. 'Bij twijfel altijd van het ergste uitgaan.'

Zoals gewoonlijk heb ik geen flauw idee of hij het meent of niet. Plotseling doet hij een stap naar voren en stampt met zijn blote voet op de spin, die hij vervolgens met zijn hiel vermaalt in het stof. Ik voel me misselijk worden, maar probeer dat niet te laten merken. Ryan veegt zijn hiel af aan de grond en loopt naar de barbecue.

Ik ga bij hem staan terwijl hij iets te eten pakt voor zichzelf. 'Dank je wel,' zeg ik.

'Graag gedaan.'

Zijn zandkleurige haar zit nog meer in de war dan anders – hij moet nodig naar de kapper. Ik moet ze meer aan de praat zien te krijgen over hun familie. Alles om deze bubbel waarin ze zich bevinden door te prikken en ze te herinneren aan hun leven buiten de Baai. 'Mag ik je wat vragen? Mis jij je familie niet?'

Met een ruk kijkt Ryan me aan.

'Vind je me irritant? Zeg dan gewoon dat ik mijn mond moet houden. Mijn vriend zei altijd tegen me dat ik te veel praatte.'

Dat ontlokt hem een glimlach. 'Mijn vrouw zei vaak tegen mij dat ik niet genoeg praatte.'

'Je vrouw?' Ik probeer mijn verbazing te verbergen.

Blozend wendt hij zijn hoofd af.

Twee regenbooglori's waggelen achter elkaar aan over de open plek en springen in een nabijgelegen boom.

Ryan ziet me naar ze kijken. 'Kennelijk paren ze voor het leven,' zegt hij. 'Als een van beide sterft, blijft de ander dagenlang rouwen.'

'Dat wist ik niet.' Op een tak boven ons gaan de twee vogels zo dicht naast elkaar zitten dat hun snavels en borstveren elkaar raken. Ik heb vaak paartjes naast elkaar zien vliegen of samen ondersteboven aan een tak zien hangen.

Ryan plukt aan zijn baard. 'Als zij het kunnen – een partner kiezen en bij elkaar blijven, wat er ook gebeurt –, waarom kunnen wij dat dan niet? Wij maken ons leven zo verdomd ingewikkeld.' Zijn ogen weerspiegelen hoe ellendig hij zich voelt.

'Je bent vast niet zonder goede reden weggegaan,' zeg ik.

'Ik kon niet anders. Vertrekken was de beste keus van een hele reeks slechte.'

Hij zegt niet welke mogelijkheden dat waren, maar dat hoeft ook niet. Het is iets wat ik ook weleens heb overwogen, zij het maar kort, toen ik me op m'n slechtst voelde.

'Overweeg je nooit om terug te gaan?' vraag ik.

'Het was te veel. Werk, een hypotheek, rekeningen. Ik kreeg geen adem meer.' Hij plukt opnieuw aan zijn baard. Ik wou dat hij daarmee ophield. Dat moet pijn doen. 'In het vliegtuig hiernaartoe dacht ik niet vooruit, ik wilde alleen zo ver mogelijk bij alles vandaan komen. Waarschijnlijk dacht ik toen dat ik ooit terug zou gaan, maar ik durfde niet, en hoe langer ik hier bleef, hoe erger ik me voelde. Hoe kan ik nu nog teruggaan?'

'Ik heb iemand verloren van wie ik hield en ik heb er alles voor over om hem terug te krijgen, maar dat zal nooit gebeuren. Jouw vrouw denkt waarschijnlijk dat je dood bent, maar hoopt vast uit alle macht dat je dat niet bent. Leg haar gewoon uit waarom je bent weggegaan, dan begrijpt ze het vast wel.'

Ik vraag me af hoe Ryan het financieel redt. Hoeveel geld heeft hij meegenomen? Waarschijnlijk gebruikt hij zijn Amerikaanse bankrekening niet meer om te voorkomen dat ze hem zullen opsporen.

De visualisatieoefening zit erop en Clemente is zich aan het optrekken. Langzaam. Centimeter voor centimeter trekt hij zijn lichaam omhoog tot zijn kin boven de stang uit komt. Chin-ups zijn al zwaar genoeg op normale snelheid; langzaam is ongetwijfeld nog een stuk moeilijker. Zijn kaak verstrakt – het enige zichtbare teken van de pijn die hij zichzelf aandoet.

Ik kijk Ryan weer aan. 'Sky zegt dat iedereen hier aan zijn of haar angst werkt. Waar is zij eigenlijk bang voor?'

'Nergens voor. Zij denkt dat ze al haar angsten heeft verwerkt en overwonnen.'

'Ja, dat zei ze ook tegen mij, maar er moet toch íéts zijn? Ze moet toch op z'n minst bang zijn voor de veiligheid van de mensen om wie ze geeft? Victor misschien?'

'Maar houdt ze echt van hem?' vraagt Ryan.

'Daar zeg je zowat.' Hij houdt zich misschien afzijdig, maar hij is duidelijk heel opmerkzaam. 'En vanwaar die gekke uitdagingen?'

'Als er geen golven staan, word ik gek. Dat geldt voor ons allemaal. Dan ga je jezelf moeilijke vragen stellen, zoals: wat doe ik hier? Je kunt wel bezig blijven. En voor wat het waard is: die uitdagingen houden ons fit.'

Ryan mag dan slim zijn, ik voel duidelijker dan ooit dat hij niet gelukkig is. Ik schraap mijn keel. 'Waar ben jij bang voor?'

Ryans blik schiet naar mij, alsof hij weet hoe intiem die vraag is. Hij laat me zijn linkerpols zien. Daar staat een kleine tattoo op die me nog niet was opgevallen.

Ik kijk ernaar. 'Is dat een spin?'

'Ja. Victor heeft hem gezet.'

Ik voel me geroerd dat hij de spin voor mij heeft doodgetrapt.

'En...' Ryan laat me zijn andere pols zien.

Er staat een letter A, vaag en slecht gevormd, net als de spin.

'Ava,' zegt Ryan. 'Mijn dochtertje. Ik ben bang dat haar iets is overkomen.'

Ik staar hem aan. 'Hoe oud is ze?'

'Ze was één toen ik wegging. Ze moet nu drie zijn.'

Hoe heeft hij hen kunnen achterlaten? Weten de anderen dat hij een vrouw en een kind heeft? 'Luister, ik meen wat ik zei. Als je teruggaat zijn ze ongetwijfeld dolblij om je weer te zien.' Ja, ik wil dat hij vertrekt als deel van mijn plan om de Stam te verzwakken, maar ik zeg het ook omdat ik het beste met hem voorheb – en met zijn dochtertje, dat nu zonder hem opgroeit.

Ryan wendt zijn blik af.

'Hebben jullie allemaal tattoos?'

'Niet allemaal. Alleen degenen die het willen.'

'Oké.' Ik heb die van Victor, Jack en Mikki gezien, maar ik heb er geen gezien bij Clemente of Sky. 'Mag ik je iets anders vragen?'

'Wat dan?'

Dit is waarschijnlijk geen goed idee, want Ryan gedraagt zich nu weer als een in het nauw gedreven dier. 'Wat deed je eigenlijk tussen de bomen op de dag dat ik je voor het eerst zag?'

'Wat bedoel je?' Er verschijnen roze stipjes op zijn wangen. Hij wéét wat ik bedoel.

'Toen je op de grond lag.'

Een tijdje denk ik dat hij geen antwoord zal geven. Zijn schouder vertrekt. 'Tikken.' Hij perst zijn lippen op elkaar. 'Vanwege mijn angststoornis. Het is...'

Ik glimlach opgelucht. 'Ik weet wat het is.'

Ryan kijkt verbaasd.

'Na de dood van mijn vriend ben ik naar een psycholoog gegaan,' zeg ik. 'Het leven leek zo kwetsbaar. Ik was ervan overtuigd dat andere mensen van wie ik hield ook zouden sterven. Mijn oma, mijn ouders, mijn vrienden. Zelfs mijn cliënten. God, wat die mensen zichzelf aandeden. Ik heb een cliënt, een rugbyspeler en vader van twee kleine kinderen, die is hersteld van een gebroken nek en daarna weer is gaan spelen. Ik werd misselijk bij de gedachte dat hij weer zou meedoen aan de scrum. Ik heb 's nachts vaak wakker gelegen omdat ik me zorgen om hem maakte. Ik had de ene angst nog niet uit mijn hoofd gebannen of de volgende diende zich al aan.'

'Dat ken ik,' zegt Ryan.

'Het werd zo erg dat ik niet meer kon slapen. Uiteindelijk heb ik een afspraak gemaakt met een psycholoog. Zij heeft me leren tikken, en wanneer ik een rotdag heb, doe ik dat soms nog.'

'En, helpt het?'

'Een beetje. En bij jou?'

'Ja, meestal wel.' Ryan bekijkt me nu met andere ogen.

Ik bekijk hem ook met andere ogen, blij dat hij daar met een onschuldige reden was.

Hij pakt zijn gitaar en houdt hem vast alsof het een baby is. Toch gaat hij er niet op spelen, hij friemelt alleen wat aan de draagband. 'Ik wil niet dat de anderen het zien. Daarom ga ik daarnaartoe. Zij zouden het raar vinden. Ik bedoel, ze vinden me nu al raar, maar...'

'Ik snap het wel. Ik tikte vaak in de tijd tussen twee cliënten en dan zorgde ik er altijd voor dat de deur op slot zat. Het spijt me dat ik je toen heb gestoord.'

'Geeft niet.'

Op dit moment heb ik echt met hem te doen. Maar ik ben hier niet voor hem, ik ben hier voor Mikki, en ik moet de Stam uiteen zien te drijven. 'Ik vraag me af of Jack weer iemand mee zal brengen.'

Ryan verstijft. 'Wat?'

'Jij zei dat hij hier soms vrouwen mee naartoe brengt.'

'Ik mag verdomme hopen van niet.' Hij legt zijn gitaar weg, pakt zijn speer en loopt het bos in.

Ik heb allerlei tere punten geraakt, en het was doodsimpel. Ik voel me afschuwelijk, maar ik moet dit volhouden en uitvogelen hoe ik hetzelfde kan doen met de anderen.

46

Kenna

Clemente is nog steeds bezig aan de optrekstang. Zweet druipt langs zijn wangen terwijl hij zich omhoogtrekt. Toen ik eenmaal in Londen woonde, ben ik lid geworden van een sportschool omdat ik wist dat ik zonder lichaamsbeweging totaal zou instorten. Het was zo'n sportschool vol kreunende bodybuilders. Dus ik heb mensen hard zien trainen. Maar Clemente is van een totaal andere orde. Tijdens het optrekken vertrekt zijn gezicht van pijn, maar toch geeft hij geen kik. Zijn discipline is ongelooflijk. Hoe is hij hiertoe in staat, nadat hij gisteren urenlang heeft gesurft?

Misschien omdat dit geen work-out voor hem is. Dit is zijn manier van zelfkastijding.

Ik ben opgelucht wanneer ik Jack en Mikki beladen met tassen over het pad zie aankomen. Te oordelen naar de manier waarop de anderen om hen heen drommen, zou je denken dat de Kerstman was gearriveerd.

'Geweldig, jullie hebben rucola gevonden,' zegt Sky.

'En aardbeien,' zegt Clemente, een mandje pakkend.

'Hebben jullie de weersvoorspelling nog bekeken?' vraagt Victor.

'Ja,' zegt Jack. 'Die cycloon kan best onze kant op komen.'

'Verdomme,' zeg ik.

Maar de anderen glimlachen.

'Als hij zijn pad aanhoudt, komt hij later deze week bij ons langs,' zegt Jack. 'En dan heb je heel grote golven.'

'Ik snap niet waarom jij zo staat te grijnzen,' zegt Sky tegen Victor. 'Bij hoge golven draai je helemaal door.'

Victor lijkt het niet te horen.

'Ik heb een paar screenshots genomen.' Jack laat zijn telefoon aan Victor zien. 'Golven van drie meter hoog, denken ze.'

Met duim en wijsvinger laat Victor het scherm uitzoomen en op zijn gezicht verschijnt een vreemde uitdrukking die het midden houdt tussen verlangen en doodsangst.

Jack geeft Mikki een zetje. 'Met alle regen die ze voorspellen kunnen de wegen onderlopen. En we moeten volgende week in Sydney zijn voor onze bruiloft.'

'Misschien moeten we die verzetten,' zegt Mikki. 'Als hier fatsoenlijke golven staan, wil ik die niet missen.'

Lachend geeft Sky Mikki een high five. 'Zo ken ik je weer.'

'Ik voelde me al rot omdat ik de bruiloft van mijn nichtje heb laten schieten vanwege de mooie golven die dag,' zeg ik. 'Zeg jij nou dat je van plan bent om je éígen trouwerij te laten schieten?'

Het verzetten van hun bruiloft is op zich positief, maar het lost het probleem niet op, en het feit dat Mikki die wil uitstellen voor mooie golven toont aan hoe ernstig haar verslaving is. Aangezien ik daar vroeger zelf verslaafd aan ben geweest, weet ik hoe moeilijk het is om ervan los te komen.

Mikki kijkt steels over haar schouder en haalt een reep chocola uit haar zak. 'Hier, deze is voor jou.'

'Ha!' Ik scheur de wikkel meteen open. Een paar dagen geleden zou ik het hele ding naar binnen hebben gepropt, maar nu tel ik in hoeveel stukjes ik hem kan breken. Mikki en ik eten ieder een stukje, waarna ik de rest weer in de wikkel stop voor de anderen.

Mikki lijkt licht gespannen.

Ik raak haar arm aan. 'Je hebt toch geen twijfels over het huwelijk, hè?'

'Nee, ik ben gewoon moe. Afgelopen nacht heb ik naar gedroomd.'

‘Motten of hoge golven?’ In Cornwall had Mikki ook weleens nachtmerries – heel vervelende, waardoor ze het soms uitgilde in haar slaap – en het ging altijd over een van beide. Ik ben in die tijd vaak naar haar slaapkamer gegaan om haar wakker te maken.

‘Motten. Hoe was het hier zonder mij?’

‘Best goed. Ik heb een interessant gesprekje gehad met Ryan.’

‘Echt?’ Mikki lijkt verbaasd. ‘Soms krijg ik de kriebels van hem.’

Ryan roept haar. Mikki loopt naar hem toe, kijkt even om zich heen en reikt hem dan iets aan. Contant geld. Een hele stapel biljetten. Hij propt ze in zijn zak. Ik loop naar hen toe.

Mikki beseft dat ik het heb gezien en trekt een schuldbewust gezicht. ‘Dat kreeg hij nog van me.’

Misschien heeft hij haar zijn bankpasje meegegeven, zodat zij geld voor hem kon trekken, ware het niet dat hij als vermist persoon natuurlijk geen werkend bankpasje kan hebben. Dus waarom zou Mikki hem geld schuldig zijn?

Ryan slaat naar een mug en pakt de muggenspray. Hij schudt met het busje. ‘Het is bijna op. Heb je nog nieuwe gekocht?’

‘Nee, sorry,’ zegt Mikki.

‘Waarom niet, verdomme?’ zegt Ryan. ‘Ik kan dat spul moeilijk zelf gaan halen. Ik had het op de lijst gezet.’

Mikki deinst achteruit door zijn kwaadheid.

Jack komt erbij staan. ‘Wind je niet op, man. We nemen het volgende keer wel mee.’

‘Ja, en ondertussen word ik kapotgebeten.’ Ryan smijt het busje tegen een boom.

De klap klinkt verrassend hard. Een vleermuis fladdert de lucht in.

Jack draait zich om naar de anderen. ‘Waar heeft hij last van?’

‘Muggen!’ zegt Victor droogjes.

De twee mannen barsten in lachen uit. Jack valt op de grond en zijn gelach klinkt hoog en meisjesachtig. Ik pers mijn lippen hard op elkaar, tot ik Mikki’s schouders stilletjes zie schokken, en dan begin ik ook.

Ryans bleke gezicht wordt vuurrood, en even denk ik dat hij iemand een mep zal geven.

'Val allemaal dood!' roept hij, waarna hij het bos in stormt.

Mijn gedachten gaan weer naar het geld. 'Ik weet dat je Jack geld geeft, maar betaal je Ryan nu ook al?'

Mikki's glimlach verdwijnt. 'Ik heb vorige maand geld van hem geleend.'

Ik kijk haar aandachtig aan. Wat verzwijgt ze voor me? 'Hoeveel heb je nog over?'

'Dat zijn mijn zaken.' Ze loopt naar de barbecue.

Daar begint ze te ginnegappen met Sky terwijl ze samen de boodschappen opbergen. Mikki lijkt misschien wel een lid van de Stam, maar stel dat ze dat niet is? Stel dat ze haar gebruiken? Als zij hun surfen bekostigt, zal haar erfenis zo op zijn. En als ze haar leeg hebben gezogen, wat dan? Ik moet haar hier weg zien te krijgen voordat we dat ontdekken.

47

Kenna

Ik zie Jack in zijn eentje staan en haal de reep chocola uit mijn zak. Die is al voor de helft gesmolten. 'Wil je een stukje?'

Jack grijnst. 'Ooo, ja!'

Het is belachelijk, maar ik voel me net een drugsdealer. Wat me eraan doet denken dat... 'Sky heeft me over de slaappillen verteld. Volgens haar heb je dat maar één keer gedaan.'

'Ja.' Jack glimlacht zijn volmaakt rechte tanden bloot. 'Het leek me niet belangrijk.' Aan zijn gezicht te zien vindt hij het nog steeds niet belangrijk.

'Dus...' Jack beweegt zijn wenkbrauwen op en neer. 'Jij hebt vannacht bij Clemente geslapen.'

Hij heeft de griezelige gave om me een ongemakkelijk gevoel te geven. 'Ja. Maar niet op die manier.'

Jacks gezicht betrekt. 'Hij heeft wat pech gehad met vrouwen.'

Ik grijp de kans meteen aan om hem wat informatie te ontfutselen. 'Hij heeft me over Elke verteld.'

Jack werpt een blik op Clemente. 'Ja, hij was stapelgek op haar, arme kerel.'

'Wat was ze voor iemand?'

'Een flapuit. Ik hield van haar.'

Hield van haar. Ik denk terug aan wat Sky zei over delen, en nu vraag ik me iets anders af: is Jack naar bed geweest met Elke?

En zo ja, hoe zou Clemente dat hebben gevonden? 'Hadden ze ooit ruzie?'

'Toevallig dat je het vraagt,' zegt Jack. 'Op de dag voor haar verdwijning hadden ze enorme heibel.'

'Waarover?'

'Geen idee, maar ze dreigde terug te gaan naar Duitsland. Na afloop hebben ze het bijgelegd.'

Mijn keel wordt droog. *Niemand gaat hier ooit weg.* Dat hebben ze tegen me gezegd. Heeft een van de anderen haar dreigementen gehoord en toen het heft in eigen hand genomen?

'Konden Elke en Sky goed met elkaar opschieten?'

'Meestal wel,' zegt Jack.

Voor zover ik heb gezien, zou Sky het beslist niet leuk vinden als iemand zich liet gelden – vooral niet als het een andere vrouw was.

Sky en Mikki zijn diep in gesprek bij de barbecue, waar ze groenten staan te snijden.

Ik loop naar hen toe. 'Wat maken jullie?'

'Japanse stoofpot,' zegt Mikki, waarna ze zich weer tot Sky richt. 'Hoe gaat het met Victor?'

Sky kijkt me even aan, alsof ze niet goed weet of ik dit gesprek wel mag horen, maar daarna gebaart ze naar de plek waar Victor en Clemente staan te trainen met *battle ropes*. 'Moet je hem nou zien. Hij ziet er zo sterk uit. Maar dat is hij gewoon... niet.'

Mikki glimlacht meelevend.

'Soms ben ik het spuugzat dat hij altijd op mij steunt,' zegt Sky. 'En dan zou ik willen dat ik iemand had om op te steunen. Wat eigenlijk stom is, want op zo iemand zou ik dan waarschijnlijk toch niet steunen.'

'Dat heb ik nou ook met Jack,' zegt Mikki. 'Soms zou ik willen dat ik hem had leren kennen voor zijn ongeluk.'

Het verbijstert me dat Mikki zo openhartig is. Met mij heeft ze het nooit over dit soort dingen gehad.

Met een geconcentreerde frons snijdt ze wortels in kleine reepjes. 'Maar vroeger had hij ongetwijfeld alleen relaties met fotomodellen en zou hij me geen blik waardig hebben gekeurd.'

Ik vind het vreselijk dat ze zo'n lage dunk van zichzelf heeft. Ik sla een arm om haar heen. 'Waar heb je het over? Jij ziet er fantastisch uit.'

'Echt wel,' zegt Sky.

Mikki trekt een gezicht.

Sky geeft me een por. 'En Kenna is verkikkerd op Clemente.'

Ik lach om mijn gêne te verbergen. Mikki kijkt bezorgd op van haar worteltjes en ik moet aan haar waarschuwing denken.

'Pas maar op met hem, schat,' zegt Sky. 'Ik heb een tijdje in de bouw gewerkt...'

'O, echt?' zegt Mikki. 'Gaaf.'

'Ja, ik had iets met een meisje dat projectmanager was op een bouwplaats. Zij vertelde me over grote gebouwen die een onzichtbare barst in de fundering kunnen hebben. Je weet niet dat die er is tot de hele boel op een goede dag instort,' zegt Sky, waarna ze veelbetekenend naar Clemente kijkt.

'En, heeft hij zo'n barst?'

'Hij heeft er heel veel. Het verbaast me dat hij niet lang geleden al is ingestort.'

Ik bestudeer haar gezicht en vraag me af of ze dat echt denkt of dat het voortkomt uit mijn eerdere opmerking dat hij de leider wil worden. 'Dus eigenlijk zeg je dat ze allemaal gebroken zijn. Alle mannen in de Stam.' Ik bedoel het min of meer als grapje.

Maar Sky knikt. 'Dat zijn we allemaal. Iedereen hier.'

Het is een zeldzame erkenning van zwakte van een vrouw die zoiets tot nu toe nog nooit heeft toegegeven.

Sky lijkt zich te herpakken. 'Maar we werken aan ons herstel. En daar gaat het om.'

Die avond komt Sky naast me zitten bij het kampvuur en ze buigt zich voorover om haar hand door de vlammen te halen. Ze draagt een ruimvallende, door de zon verbleekte paarse tanktop zonder beha, zodat haar borst bij elke armbeweging even zichtbaar is, maar niemand kijkt ervan op.

'Moeten jullie jezelf nou eens zien,' zegt Sky. 'Jullie zitten er maar een beetje verveeld bij. Tijd voor een rotsloopwedstrijd.'

'Bekijk het maar,' zegt Clemente.

'Daar ben ik te moe voor, schat,' zegt Victor. 'Laten we naar bed gaan.'

'Nog niet,' snauwt Sky.

Ze lijkt opmerkelijk onrustig vanavond. Clemente zit tegenover haar op de grond. Ze steekt een hand uit en haalt haar vingers door zijn haar. 'Je haar voelt lekker.'

Ik zie de uitdrukking op Victors gezicht. Victor met zijn gladgeschoren kop.

Sky laat haar vingers door Clementes donkere haar gaan en maakt er piekjes in. 'Het is zo dik. Voel eens, Kenna.'

Ik kijk haar even aan, maar ik kan geen goede reden verzinnen om het niet te doen, dus buig ik me naar voren en haal mijn vingers erdoorheen. Reken maar dat dit voortkomt uit Clementes wens om leider te worden. Heel subtiel en slim laat ze haar macht over hem gelden.

Victor gaapt.

'Waarom ben je moe, man?' vraagt Jack. 'Houdt ze je wakker?'

'Nee.' Victor klapt dicht.

'Ik ben ook uitgeput,' zegt Jack. 'Soms heb ik nare dromen.'

Behoedzaam kijkt Victor hem aan. 'Waarover?'

'Over de golf die mijn rug brak.'

Victor luistert gefascineerd toe terwijl Jack zijn droom beschrijft.

'Daarna durf ik niet meer te gaan slapen, omdat ik bang ben weer dezelfde droom te krijgen,' zegt Jack. 'De volgende keer word ik misschien niet meer wakker. Misschien sterf ik wel in mijn droom en blijf dan dood.'

Sky buigt zich naar Mikki toe en fluistert iets in haar oor. Mikki knikt.

'Arme schat,' zegt Sky tegen Jack. 'Zal ik je vannacht tegen de enge golven beschermen?'

Ongelovig kijkt Jack van haar naar Mikki.

'Ga je gang,' zegt Mikki tegen hem.

Wat? Mijn mond valt open. Dit is totaal verknipt. Jack zit erbij alsof hij de loterij heeft gewonnen, tot hij ineens aan Victor denkt, die zijn ontzetting niet kan verbergen.

'Mag ik vannacht bij jou in de tent slapen, Kenna?' vraagt Mikki.

Het duurt even voordat ik mijn stem vind. 'Oké.'

Sky trekt Jack overeind. Ik zie ze naar de tent van Jack en Mikki lopen en vraag me af hoe iemand zo wreed kan zijn.

48

Kenna

Ik heb ontzettend met Mikki te doen als ze naast me ligt in mijn tent. We kunnen alles horen. 'Ik heb oordopjes,' zeg ik, omdat dat zo'n beetje het enige is wat ik haar kan aanbieden.

'Ik zei toch dat ik het niet erg vind?' bijt ze me toe.

Eigenlijk moet ik deze tijd benutten om haar over te halen hier weg te gaan, maar de gedempte geluiden van Jack en Sky leiden te veel af.

Als Mikki en ik de volgende ochtend opstaan, zit Sky naast Victor roerei te eten alsof het een doodnormale ochtend is. Maar Victors hand ligt niet op haar been en de sfeer is gespannen. Tot mijn stomme verbazing gaat Mikki naast Jack zitten en slaat hij een arm om haar heen. Mijn maag trekt zich samen.

De anderen lijken aan te voelen wat er in de lucht hangt en het eten verloopt in stilte.

Wanneer Sky naar de kraan loopt om haar kom af te wassen, spreek ik haar aan op haar gedrag. 'Hoe kun je zo ongevoelig zijn?'

Mijn boosheid lijkt haar te verbazen. 'We delen hier alles. Zo zijn we nou eenmaal.'

'Mikki past niet in deze groep. Ze is zachtaardiger dan de rest van jullie.'

'Zo zie ik het niet. Ze wilde weten of ze dit aankon. Ze doet heel erg haar best om zich te ontwikkelen, en dat bewonder ik in haar.'

'Ze hoeft zich niet te ontwikkelen,' zeg ik. 'Ze is prima zoals ze is.'

Sky knijpt haar ogen tot spleetjes. 'Ze heeft tegen me gezegd dat jij wilt dat ze hier weggaat. Misschien kun jij het wel niet verkroppen dat ze nu veel vrienden heeft.'

Ik ben totaal van mijn stuk gebracht. Heeft ze gelijk? Ben ik degene met een probleem?

Clemente draaft over het pad van het strand naar ons toe. 'De golven zijn fantastisch!'

Iedereen komt in beweging. Ik gris mijn korte broek van de lijn, nog niet bekomen van wat Sky heeft gezegd. Mikki en ik hebben nooit andere goede vrienden gehad, dus het is raar om haar hechte band met Sky en de rest van de Stam te zien. Soms voel ik me buitengesloten, maar dat is niet de reden dat ik wil dat ze hier weggaat. Ik heb het beste met haar voor.

Gedempt mannengeschreeuw maakt me erop attent dat er iets mis is terwijl ik me insmeer met zonnebrand. Victor en Jack liggen op de grond met elkaar te vechten. Victor haalt uit naar Jacks hoofd en Jack heft zijn armen op om zich te verdedigen. Victor stompt hem in zijn maag. Jack rolt zich kreunend op. Clemente rent naar hen toe en schreeuwt in het Spaans. Hij duwt Victor tegen een boom, waarbij er stukjes grijze boomschors op de grond dwarrelen. Je zou denken dat Sky hem te hulp zou schieten, omdat het duidelijk is waarom ze met elkaar vechten, maar ze kijkt alleen gefascineerd toe.

Jack komt naast me lopen terwijl we ons over het zand haasten.

'Alles goed met je rug?' vraag ik.

'Ja,' zegt Jack. 'Maar Victor wil me vermoorden.'

'Ik hoop dat het het waard was.'

Hij kijkt me zijdelings aan. 'Vraag je nou hoe het was?'

'Misschien.'

'Het was geil.' De wind blaast zijn blonde haar in de war en drukt het plat tegen zijn voorhoofd. 'Maar ook heftig. Als ik het regelmatig moest doen, zou mijn rug het begeven.'

Te veel informatie. Ik ben woedend omdat hij Mikki dit heeft aangedaan, maar aan de andere kant moet ik toegeven dat het met haar toestemming is gebeurd.

'Ik wist niet dat Victor het zo erg zou vinden,' zegt Jack.

'Is Sky met nog meer mensen hier naar bed geweest?' vraag ik.

'Alleen met Clemente.'

Vreemd genoeg weet ik mijn benen in beweging te houden.

'Rustig maar,' zegt Jack. 'Het was maar één keertje.'

'Vond Victor dat goed?' vraag ik zwakjes.

Jack grijnst spottend. 'Niet echt, maar hij is eroverheen gekomen. Ze heeft het een paar keer bij Ryan geprobeerd, maar die wilde niet. Waarschijnlijk deed die arme ziel het in zijn broek.'

De lucht is porseleinblauw, de zon schijnt fel en krachtig. Sky en Clemente staan een eindje voor ons te kletsen terwijl ze stretchen. Ik ben ontdaan door het idee dat die twee met elkaar naar bed zijn geweest. Ergens voel ik me verraden, al is dat natuurlijk belachelijk.

Ik doop mijn gezicht even in de oceaan, peddel het water op en probeer alle drama uit mijn gedachten te bannen. Het water is helderder dan ik het ooit heb gezien. Het zand van de zeebodem – een paar meter onder me – is duidelijk zichtbaar. Ik zie een zilveren flits wanneer er een school vissen onder me door schiet.

Ik kijk over mijn schouder en zie de hele oceaan op me afkomen.

'Peddelen!' schreeuwt Sky.

Het water glinstert terwijl ik eroverheen peddel. Mijn board duikt omlaag en ik heb het gevoel dat ik naar beneden ren over een roltrap die omhooggaat. De oceaan raast op me af en glijdt dan als een glad groen laken onder mijn surfboard. Ik ga snel staan en heb inmiddels zoveel vaart dat ik niet weet hoe ik de draai moet maken, maar mijn instinct neemt het over. Met de onderkant van de golf in zicht buig ik mijn knieën en maak de grootste bottom turn van mijn leven. Mijn board gaat zo snel langs de golf omhoog dat ik bijna de lucht in word geslingerd. Op het laatste moment suis ik omlaag. Terwijl de top van de golf zich boven mijn hoofd krult, lijkt de tijd te vertragen.

Het lijkt de wetten van de natuurkunde te tarten dat je in een tunnel van water kunt balanceren op een stuk hout dat zo klein is dat je er alleen op kunt drijven zolang het beweegt. De *barrel*, de *tube*, de *green room*... Surfers hebben talloze namen voor die ene plek waar ze zo dol op zijn. Ik heb nog nooit een echte barrel meegemaakt. Tot nu.

In mijn tienerjaren verslond ik de Australische surftijdschriften met hun glanzende foto's van de oceaan aan de andere kant van de wereld. De woorden van *Australian Surfing Life* zitten tot op de dag van vandaag in mijn hoofd: *De veiligste plek in een holle golf is de barrel. Doe daar je uiterste best voor. Surf die binnen en blijf daar zo lang de golf je dat toestaat.*

Terwijl de golf achter mijn schouder verrijst, doe ik mijn uiterste best. Ik moet wel. De golf krult zich over me heen en vormt een glinsterende blauwe grot. Het is alsof ik een andere dimensie heb betreden, eentje waarin ik eeuwig wil blijven.

Veel te snel stort het dak van de grot in en word ik onder water gedrukt. Ik peddel de open zee weer op en probeer een andere golf te pakken, maar die gooit me van mijn board, dat vervolgens hard tegen mijn scheenbeen knalt. Clemente peddelt naar me toe, en ik wacht tot hij zegt dat ik moet stoppen voordat ik iets breek, want dat zou Kasim hebben gedaan.

Hij houdt zijn hand schuin. 'Het was je bijna gelukt. Je moet de hoek iets scherper maken.'

Twee uur later heb ik nog een barrel op mijn naam staan en ben ik tien blauwe plekken rijker. Ik ben in de wolken wanneer ik het water uit kom en het strand op loop. Ik denk niet aan Mikki, Jack of Elke; ik denk alleen nog aan mijn barrels.

Ik blijf staan om de surf leash los te maken, maar omdat Clemente vlak achter me loopt, botsen we tegen elkaar op. We zijn als laatsten uit het water gekomen en we zijn de enigen op het strand.

'Sorry,' zeg ik.

Hij pakt mijn arm vast om te voorkomen dat ik val. Zijn blote, natte borstkas raakt de mijne, maar ik ga niet achteruit en dat doet hij ook niet. Waterdruppeltjes kleven aan zijn gebruinde huid. De zon schijnt in zijn ogen, die prompt dezelfde blauwgroene kleur krijgen als de oceaan. Hij is een knappe vent, wat ook voor de andere mannelijke stamleden geldt, al oefenen die niet zo'n aantrekkingskracht op me uit. Het is alsof je in een mui bent beland die het zand onder je tenen wegzuigt en je de zee op sleurt. Hoe heftig je je ook verzet, je bent machteloos.

Mikki en Sky vertrouwen hem niet. En dat zou ik ook niet moeten doen.

Clemente doet een stap naar achteren, en ineens kan ik weer ademhalen. Ik grijp de kans aan voor een gesprek onder vier ogen. 'Kunnen we even praten?'

Zijn uitdrukking wordt behoedzaam, maar hij gebaart naar het zand. 'Zullen we even gaan zitten?'

We leggen onze surfboards neer en gaan met ons gezicht naar het water zitten.

'Luister,' zeg ik. 'Ik weet dat je hebt gezegd dat je met niemand een hechte band wilt, maar kunnen we in elk geval proberen vriendschappelijk met elkaar om te gaan?'

Hij laat zijn blik over mijn gezicht dwalen. Ik weet niet wat hij zoekt en of hij het zal vinden, maar hij knikt met tegenzin en staart daarna weer naar het water.

Van opzij neem ik hem op – zijn krachtige kaaklijn en zijn rechte neus – terwijl hij naar de golven kijkt. Op dit moment doet hij me aan Kasim denken: het sterke, stille type dat moeite heeft met emoties uiten. Uit het niets dringt zich een rare gedachte aan me op: *Kasim zou deze vent hebben gemogen.* Op een vreemde manier werkt het bevrijdend. Pas nu besef ik hoe schuldig ik me heb gevoeld omdat ik hem leuk vind.

Elke is het heikele onderwerp.

'Mag ik iets vragen?' zeg ik. 'Hoe kun je hier blijven nadat je vrouw… en Elke…'

Hij duwt zijn vingers in het zand, dat knerpt wanneer hij zijn vuist eromheen klemt. 'Waar moet ik dan naartoe? Mijn vrienden zijn hier. Natuurlijk heb ik met de gedachte gespeeld om te vertrekken vanwege de herinneringen, maar deze lui voorkomen dat ik instort.'

Zijn eerlijkheid brengt me van mijn stuk. 'De sessies met Sky, helpen die echt?'

'Volgens Sky kon ik kiezen: of de gebeurtenissen blijven visualiseren tot ik ze kan accepteren, of ze verdringen. Ik heb ervoor gekozen om ze te verdringen.'

Ik weet niet hoe we vriendschappelijk met elkaar om moeten gaan wanneer zijn blik allerlei gevoelens in mijn buik oproept. 'En, lukt dat?'

Met een gekwelde blik staart Clemente naar het water. 'Als mensen me er niet telkens naar vragen wel.'

49

Clemente

Er kleeft bloed aan mijn handen, van het soort dat je nooit meer kunt wegwassen. Soms kijk ik omlaag en dan zie ik het echt: een dieprode stroom die over mijn vingers loopt en langs mijn polsen druipt, net zoals toen ik Elke het water uit trok.

Iets wat ik altijd fijn heb gevonden aan de Stam is dat ze geen moeilijke vragen stellen. We hebben allemaal onze eigen problemen, maar die verwerken we ieder op onze eigen manier. Jack en ik praten soms met elkaar, en dat heb ik ook weleens met Sky gedaan, maar er is nooit sprake van druk. En dan komt Kenna ineens het verleden oprakelen.

Elke. Op de avond dat ik haar leerde kennen, waren Jack en ik in een groezelige backpackerbar aan Bondi Beach. Ik was moe na een vroege surfpartij in de Baai, gevolgd door een lange autorit naar de stad, maar als je met Jack op pad bent, kun je een rustige avond wel vergeten. Hij stond op een podium naast een groep – voornamelijk vrouwen – die meedeed aan een wet-T-shirtwedstrijd (typisch Australië). Ik vond het niet erg. Jack is een fijne kerel. Achter zijn idiote streken gaat een hoop pijn schuil, en veel van wat hij doet is een poging daar niet aan te denken.

'Spreek jij Duits?' vroeg de vrouw naast me. Dat was Elke.

Uit een luidspreker achter ons denderde muziek en de mensen aan de tafel naast ons sloegen shotjes wodka achterover, dus moest ik me naar haar toe buigen om haar te kunnen verstaan. ‘Nee. Spreek jij Spaans?’

‘Nee,’ zei ze. ‘Dus dan spreken we Engels. Oké?’

Na de dood van mijn vrouw een jaar eerder had ik geen date meer gehad. Ik had zelfs niet naar andere vrouwen gekeken, maar Elke rook heerlijk. Een verleidelijke mix van zonnebrand en shampoo, en haar bikini had voor een interessante witte streep om haar hals gezorgd.

‘Jouw accent is heel sexy,’ zei ze.

Stond ze nou met me te flirten?

‘Ik heb nog nooit een Spaanse man gezoend. Ik vraag me af hoe dat zal zijn.’ Ze glimlachte. ‘Wat is er? Ik vind je leuk. Ben ik te direct?’

Ik herpakte me. ‘Nee. Maar Spaanse vrouwen zijn subtieler. Wanneer zij iemand leuk vinden, laten ze dat zien met hun ogen. Kijk, zó.’

En ineens flirtte ik terug.

‘Mag ik je al zoenen?’ vroeg ze.

Ik schoot in de lach, me niet langer bewust van de afschuwelijke muziek of de irritante menigte. ‘Ja.’

Elke maakte alles heel eenvoudig. Ik hoefde nooit te gissen wat ze dacht, zoals vroeger bij mijn vrouw. Elke draaide nooit ergens omheen en zei gewoon wat ze op haar hart had. Als ze niet blij met me was, liet ze dat in niet mis te verstane bewoordingen merken, en als ze niet blij was met iemand anders deed ze precies hetzelfde. Dat maakte het leven niet altijd even makkelijk. Vooral met Sky en Victor botste ze regelmatig. Maar ik vond haar eerlijkheid fijn.

Aan het einde van elke dag kropen we in mijn tent, waar ik de liefde met haar bedreef en de buitenwereld vergat. Kon ik maar vergeten wat er daarna is gebeurd.

Ik kijk omlaag naar mijn hand. Ik zie het bloed niet, maar ik voel het wel. Ik knijp mijn ogen dicht en zie het lichaam van mijn vrouw heen en weer bungelen. Ik bal mijn handen tot vuisten. En dat roept weer een andere herinnering op: mijn vuist die uithaalt en maar blijft stompen.

Alejandro was mijn beste vriend sinds we elkaar toen we een jaar of vijf waren op boksles hadden leren kennen. Hij had altijd al een bepaalde roekeloosheid gehad, maar toen zijn ouders op zijn negentiende gingen scheiden, ontspoorde hij helemaal. Hij dronk veel te veel en zocht overal ruzie. In bars ging hij op zoek naar de grootste kerel en probeerde mot met hem te krijgen. Keer op keer moest ik hem redden, waarbij ik soms zelf klappen kreeg. Ik heb zelfs een kerel moeten betalen om te voorkomen dat hij een aanklacht tegen Alejandro zou indienen.

We bleven boksen en bereikten dat jaar de finale van de regionale kampioenschappen. Ik vond het niet leuk dat ik tegen hem moest, al was dat op zich niets nieuws. We waren vaak elkaars sparringpartner.

'Ik moet je iets vertellen,' zei hij vlak voor de grote wedstrijd.

Iets in zijn gezichtsuitdrukking had me moeten voorbereiden op wat er zou komen.

'Ik ben vannacht met Marta naar bed geweest.'

Marta was mijn toenmalige vriendinnetje, het eerste meisje van wie ik oprecht hield. Ik keek hem diep in de ogen om te zien of hij het meende, half hopend dat hij in lachen zou uitbarsten en zou zeggen dat het maar een grapje was. Maar natuurlijk had hij geen grapje gemaakt. Voordat ik kon reageren riepen ze ons de ring in.

In een hoek van de zaal zag ik Marta zitten. Ze stak een hand op en wuifde naar me. Ik zwaaide niet terug. Wie kwam ze aanmoedigen: Alejandro of mij?

Boven het gegons in mijn oren uit hoorde ik de bel. Woede stroomde door mijn vuisten. Op die manier je zelfbeheersing verliezen is normaal gesproken rampzalig voor een bokser. Ik weet niet waarom dat toen niet het geval was. Misschien liet Alejandro zich de eerste paar keer raken omdat hij vond dat hij dat verdiend had, of misschien verraste ik hem er gewoon mee. Maar goed, hij ging tegen de grond. Een fractie nadat de scheidsrechter was begonnen te tellen, plaatste ik een extra stoot waar ik makkelijk voor gediskwalificeerd had kunnen worden en waar Alejandro een bloedneus aan overhield. Het was een simpele overwinning. Ik kan me de ijzergeur nog herinneren van toen we elkaar na afloop een hand gaven.

Eenmaal terug in de kleedkamer pakte ik mijn spullen en vertrok. Ik vond dat ik juist had gehandeld, tot ik de volgende ochtend het nieuws kreeg. Er was een bloedprop in zijn hersenen beland en hij was in zijn slaap overleden.

Mijn gedrag valt niet goed te praten. Ik was ontploft van woede en had mezelf niet in de hand gehad. En Alejandro was overleden. Daarom ben ik opgehouden met boksen. Omdat het mijn gevaarlijke neiging voedde om te gaan meppen en te blijven meppen.

Er wordt vaak gezegd dat sport je sterker maakt, maar sport kan je ook vernietigen, niet alleen je lichaam, maar ook je leven. In zekere zin heeft sport het leven van iedereen in de Baai vernietigd. Maar goed, ik ben gestopt met mijn studie geneeskunde omdat ik de dood van Alejandro niet kon verenigen met mijn droom om arts te worden, en een jaar later heb ik Spanje verlaten.

Ik ben niet van plan om Kenna over Alejandro te vertellen. Ze is al genoeg op haar hoede voor mij en dat kan ik haar niet kwalijk nemen. Als je afgaat op de dood van mijn vrouw en Elkes verdwijning, weet ik precies hoe het eruitziet. Alsof ik vervloekt ben.

50

Kenna

Ik pak de optrekstang beet. De anderen doen elke dag pull-ups, maar het is een oefening waar ik altijd moeite mee heb gehad. Het zonlicht schijnt tussen de bladeren door en het metaal is warm onder mijn vingers.

Sky kijkt toe terwijl ik mezelf moeizaam optrek. 'Clemente! Kun je even hier komen?'

Hij loopt naar ons toe, zijn natte boardshort tegen zijn onderlichaam gekleefd.

Sky pakt zijn schouder. 'Kun je deze vrouw alsjeblieft leren hoe ze zich fatsoenlijk moet optrekken?'

Ik voel me enorm stom en misschien ziet Clemente dat, want hij zegt: 'Het is een van de moeilijkste oefeningen om góéd te doen.'

Hij kijkt aandachtig toe wanneer ik een nieuwe poging waag. Die ogen van hem. Ze leiden me vreselijk af.

Hij loopt om me heen. 'Waar voel je het?' Hij drukt een vingertop op mijn schouder. 'Hier? Of hier?'

Ik sjor mezelf weer op. 'Daar!'

'Inademen,' zegt hij. 'Uitademen. Nee. Ik zal het voordoen.'

Hij trekt zich op en ik zie zijn borstspieren verstrakken. Uit niets blijkt dat hij indruk probeert te maken of met me wedijvert. Hij wil oprecht dat ik het goed doe.

Sky verliest haar belangstelling en slentert weg.

'Nu jij,' zegt Clemente.

Normaliter sta ik erbij en sla mijn cliënten gade om te zien waar ze pijn hebben. Nu is het precies andersom, en ik merk hoe ongemakkelijk dat voelt. Je geeft jezelf helemaal bloot, lichamelijk en geestelijk. *Dit is de grens van wat ik aankan.* Mijn armen trillen. 'Ik kan het niet.'

Clementes stem klinkt zacht. 'Je kunt het wél.'

Als iemand je helpt om die grens over te gaan, tilt dat de onderlinge band naar een heel nieuw plan.

De stamleden doen dit soort dingen dagelijks. Misschien hebben ze daardoor zo'n hechte band gekregen. Op deze manier samen trainen betekent dat je naar de stem van de instructeur moet luisteren en niet naar die van jezelf. Doe dat vaak genoeg en je gaat zo iemand vertrouwen.

Zelfs wanneer je dat niet zou moeten doen.

Die avond heerst er een euforische stemming rond het kampvuur. Ik heb vandaag meer golven gepakt dan in een heel seizoen in Cornwall. Ook heb ik Elke voorlopig uit mijn hoofd gezet. Ik ga hier lekker zitten om van het moment te genieten.

Mikki vangt mijn blik. 'Snap je nou waarom ik het hier zo fijn vind?'

'Nou en of.' Ik gebaar naar Jack. Hij zit naast Victor en praat met hem over *waanzinnige barrels.* Kennelijk zijn ze weer de beste maatjes. 'Zit je er echt niet mee dat...'

Mikki's neusvleugels trillen. 'Nee! Dat heb ik toch al gezegd?'

Ik kijk haar aandachtig aan en vraag me af of ze dat oprecht meent. Zelfs ik kan Mikki niet makkelijk doorgronden. 'Vroeger hadden we het nooit over onze relaties, hè?'

'Dat wilde ik wel.'

'Echt? Ik ook.' Ik pak haar hand vast. 'Nou, voortaan zullen we dat wel doen. Oké?'

Ze knijpt in mijn vingers. 'Oké.'

Ik leun achterover tegen een boomstronk. Nu ik weer bij een strand ben, besef ik dat ik ongeschikt ben voor het leven in een stad. Wat hier ook zal gebeuren, ik kan niet terug naar Londen.

Victor speelt bongo door op zijn dijen te trommelen en zingt luidkeels een Portugees lied.

'Hou nou eens op, man!' bijt Ryan hem toe.

'Doe niet zo chagrijnig, man!' zegt Victor. 'Er is niemand gestorven, dus wees niet zo'n zuurpruim.'

'Val dood!' Ryan sluipt weg naar de barbecue.

Hij lijkt echt van slag, dus ik loop naar hem toe om poolshoogte te nemen. 'Alles goed met je?'

Hij zit op handen en knieën en port tegen iets op de grond. 'Soms wordt de menigte me wat te veel.'

Ik verberg mijn glimlach. Zeven mensen kun je nauwelijks een menigte noemen, maar ik snap het wel, want hij is introvert, en wij introverte mensen moeten af en toe alleen zijn om ons op te laden. 'Wat doe je?'

'Ik plet mieren. Het lijkt wel of ze kunnen ruiken dat de dood nadert. Kijk maar.' Hij plet ze een voor een met een vingertop.

En jawel, de overgebleven mieren worden gek en rennen alle kanten op. Door zijn zachte stem en nerveuze manier van doen, lijkt Ryan in eerste instantie een zachtaardig type. Met zijn korte sik, lange haar en slobberkleren die betere tijden hebben gekend, zou je hem voor een hippie houden. Maar tijdens het surfen slaat zijn hele houding om van rustig naar bloedfanatiek – in dat opzicht lijkt hij op Jack. En nu ik hem met een geconcentreerde blik in zijn ogen systematisch mieren zie dooddrukken, wordt dat beeld nog meer in twijfel getrokken. *Hij is de Wachter.*

Mikki heeft gelijk. Hij is inderdaad een beetje griezelig.

'Ik zal je met rust laten.' Bij het avondeten heb ik een reusachtige portie stoofpot gegeten, maar dat is een uur geleden en ik verga alweer van de honger. Ik loop naar de koelkast om te kijken of daar nog iets eetbaars in zit.

Iemand tikt op mijn schouder en als ik me omdraai zie ik Victor, die me een kom met iets paars erin aanbiedt.

'Wil je?'

'Wat is het?' vraag ik.

'Açai,' zegt Victor. 'Probeer maar. Dat geeft je energie.'

'O ja, dat heb ik al eens gehad. Dank je wel.' Ik neem de kom mee naar het kampvuur. Wanneer ik de bevroren pulp oplepel, vult een fruitige, kaneelachtige smaak mijn mond.

Als het op is, zit ik te rillen. 'Ik heb het steenkoud.'

'Hier.' Clemente geeft me een fleecedeken aan.

Die sla ik om me heen. 'Bedankt.'

Clemente laat zich op de grond zakken en komt naast me zitten, zodat onze schouders elkaar bijna, maar net niet helemaal raken. Jack en Mikki zitten dicht tegen elkaar aan onder hun eigen deken.

Ineens slaakt Mikki een gil en ze springt overeind.

'Wat is er?' vraag ik.

'Een mot!'

'Waar?' Dan besef ik waar ze naar wijst. 'Het is je tatoeage maar.'

'O.' Met een schaapachtig lachje gaat ze weer zitten.

Mijn armen doen pijn van het peddelen. Ik strek ze uit en zie hoe de contouren ervan zijn veranderd.

'Bewonder je je spieren?' vraagt Clemente.

Ik schiet in de lach. 'Ja, eigenlijk wel.'

Clementes ontspannen houding staat in schril contrast met zijn gedrag daarstraks op het strand.

'Je surfen van vandaag,' zeg ik, 'en alle andere dingen die je hier doet. Voel je je daar weleens schuldig over?'

'Wat bedoel je?' vraagt hij.

'Stel dat jou iets overkomt, hoe zou je familie zich dan voelen?'

Sky kijkt met een blik vol afkeuring onze kant op, alsof 'familie' hier een vies woord is. Tja, hoe meer de groepsleden van hun familie en de buitenwereld geïsoleerd zijn, hoe meer macht zij over hen heeft.

'Ze weten dat ik dit móét doen,' zegt Clemente. 'Mijn moeder heeft me heel vaak naar het ziekenhuis gebracht. Voor een gebroken arm, voor gebroken vingers, en dan vooral door het boksen, maar ze heeft nooit gezegd dat ik ermee moest stoppen.'

'Mijn vriend probeerde mij wel te laten ophouden met gevaarlijke dingen doen,' zeg ik tegen hem.

Hij kijkt me nieuwsgierig aan. 'Echt?' Hij aarzelt. 'Mijn vrouw en de meeste van mijn vriendinnen wisten dat ik het nodig had. Ik heb geboft.'

Ik merk dat hij niet graag over hen praat. Maar hij lijkt te beseffen dat hij me moet toelaten om – in elk geval een beetje – mijn vertrouwen te winnen.

Grinnikend wijst Victor naar Sky. 'Stel je voor dat ik zou proberen om háár tegen te houden!' Hij zwaait even naar haar.

'Maar ik zou toch ook nooit proberen om jou tegen te houden?' zegt Sky.

Victor knippert met zijn ogen, alsof dat nog geen moment bij hem is opgekomen.

Clemente knikt. 'Als je partner dit soort dingen wil doen, mag je hem of haar niet tegenhouden. Het hoort bij wie ze zijn. Mijn moeder heeft die kant van mij altijd begrepen.'

Sky fronst opnieuw, waardoor ik nog vastberadener word om door te gaan over familie.

Ik herinner me dat Clementes broer in Engeland woont. 'Surft je broer ook?'

Voordat hij antwoord kan geven, bemoeit Sky zich ermee. Ze buigt zich naar me toe en raakt mijn wang aan. 'Je bent een beetje verbrand, Kenna.'

'Weet ik.' Mijn huid voelt heet en strak aan.

Jack staat op en plukt een blad van een plant vlakbij. 'Alsjeblieft. Aloë vera.'

Het is een dik, ruw blad met stekels aan de zijkant. Op de plek waar hij het van de plant heeft gebroken druipt een doorzichtige gel naar buiten.

'Wauw,' zeg ik. 'Dat heb ik wel in tubes gehad, maar nog nooit vers.'

'Laat mij maar,' zegt Jack. 'Even stil blijven zitten.'

Clemente kijkt uitdrukkingsloos toe terwijl Jack met het blad over mijn gezicht wrijft.

'Hé, Ryan!' roept Victor. 'Speel eens wat. Ik wil dansen!'

Onwillig komt Ryan met zijn gitaar naar ons toe en begint 'Sweet Jane' te spelen.

'Nee,' zegt Victor. 'Dat liedje is... niet vrolijk. Het is...' Hij kijkt ons aan of we hem kunnen helpen met het juiste woord.

'Treurig?' zeg ik. Ik geloof niet dat het een treurig lied hoort te zijn; het ligt aan de manier waarop Ryan het speelt.

'Ja!' zegt Victor. 'Speel een vrolijk lied.'

'Ik heb toch al gezegd dat ik geen andere liedjes ken?' bijt Ryan hem toe.

'Geeft niet,' zegt Victor snel. 'Ik ga toch dansen.'

Victor probeert Sky over te halen om mee te doen, maar ze schudt haar hoofd, waarna hij maar in zijn eentje aan een soort samba begint. Hij beweegt zijn handen en kijkt naar zijn voeten wanneer hij een ingewikkelde serie danspassen uitvoert. Hij kan heel goed dansen en zijn dwaze grijns werkt aanstekelijk.

Jack springt overeind. 'Dan dans ik wel met je, maat!'

'O god,' zegt Victor. 'Twee mannen die met elkaar dansen is niet goed. Sky, alsjeblieft!'

Sky rolt met haar ogen en staat op. De rest gaat ook staan en even later dansen we wild rond het kampvuur op Ryans treurige lied. Even is alles goed in mijn wereld. Ik ben nog wel bezorgd om Mikki's veiligheid en de verdwijning van Elke zit me ook nog dwars, maar dat zijn zorgen voor morgen.

Ik ga zo op in het dansen dat het even duurt voordat ik besef dat de muziek is opgehouden. Ik kijk naar Ryan om te zien waarom hij niet meer speelt.

En dan zie ik twee vrouwen staan. Eenmaal bekomen van de schrik herken ik ze. Het is het Canadese stel dat we vijf dagen geleden bij het benzinestation hebben ontmoet. De knappe roodharige vrouw draagt dezelfde playsuit van spijkerstof als toen.

Ze knikken kort naar me, maar glimlachen niet.

51

Kenna

De stamleden doen wat ze altijd doen: met over elkaar geslagen armen en een vijandige blik in hun ogen ze gaan op een kluitje staan.

'Wie zijn jullie?' vraagt Sky scherp.

'Ik ben Tanith,' zegt de knappe roodharige.

'En ik ben Shannon.' Taniths vrouw heeft donker haar, dat in een *pixie*-kapsel is geknipt.

'We zijn hier vanwege mijn portemonnee,' zegt Tanith terwijl ze naar Jack kijkt.

Kwaad wendt Sky zich tot Jack. 'Ken jij hen?'

Ryan, Victor en Clemente staren Jack alle drie ongelovig aan. Ik kan wel raden wat ze denken: *Jack heeft het weer eens verkloot.*

'We hebben ze op weg hiernaartoe bij het benzinestation ontmoet,' zeg ik.

Sky richt zich weer tot de vrouwen. 'Wie heeft jullie over deze plek verteld?'

Shannon knikt naar mij. 'Zij daar.'

Alle ogen zijn op mij gericht.

Ik kan hun boosheid voelen. 'Toen wist ik nog niet dat deze plek geheim was.'

'Mijn portemonnee?' herhaalt Tanith.

De anderen beginnen allemaal tegelijk te praten.

Sky valt uit naar Jack. 'Zie je nou? Dat krijg je ervan wanneer je mensen meeneemt hiernaartoe!'

'Eikel!' zegt Ryan tegen hem. 'Stel je voor dat ze de politie erbij halen?'

Tanith doet een stap naar Jack toe. 'Heb jij hem gejat?' vraagt ze luid.

De anderen vallen stil. Ik denk aan de handen van Jack die Tanith overal aanraakten toen hij 'muggen' van haar af sloeg. Jack heeft pijn. Kan hij zo wanhopig zijn geweest dat hij is gaan zakkenrollen om aan geld voor codeïne te komen?

Jack steekt zijn handen omhoog om zijn onschuld te betuigen, maar ik twijfel. Tenslotte heeft hij al eens een vrouw gedrogeerd zonder dat hij lijkt te beseffen hoe fout dat is.

Tanith bindt iets in. 'Als jij het niet was, snap ik niet hoe dat ding heeft kunnen verdwijnen.'

Jack kijkt haar recht in de ogen. 'Zoiets zou ik nooit doen.'

Ineens kijkt Tanith onzeker, alsof ze had verwacht dat Jack zou opbiechten dat hij haar portemonnee had. 'We zijn op de terugweg nog bij dat benzinestation langsgegaan, maar daar had niemand een portemonnee ingeleverd. En daar had ik hem voor het laatst. Ik dacht gewoon dat...'

Jack knikt stijfjes. 'Ik snap het wel, maar zoals ik al zei: zoiets zou ik nooit doen.'

Tanith en Shannon kijken elkaar even aan. Ik voel dat ze niet helemaal overtuigd zijn, maar wat kunnen ze verder doen? Er volgt een ongemakkelijke stilte.

Tanith gebaart om zich heen. 'Mooie kampeerplek.'

Shannon glimlacht stralend. 'Hoe zijn de golven hier?'

Niemand geeft antwoord, en ik voel me vreselijk. Ze lijken me heel aardig. 'Die waren vandaag best goed,' zeg ik.

Sky werpt me een ijzige blik toe.

Ik negeer haar. 'Waar zijn jullie verder nog geweest?'

'We zijn helemaal naar de Sunshine Coast gereden,' zegt Shannon. 'Daar kwamen we tot de ontdekking dat haar portemonnee weg was, dus toen moesten we nieuwe bankpasjes aanvragen, waar we vervolgens op moesten wachten. Dat heeft een eeuwigheid geduurd.' Ze kijkt Tanith aan. 'We moeten de tent uit de jeep halen voordat het te laat wordt.'

'Jullie kunnen hier niet kamperen,' zegt Ryan.

'Waarom niet?' vraagt Shannon.

'Omdat je een plek moet boeken bij de parkopzichter.'

Shannon pakt haar telefoon. 'Hoe kan dat nou? Er is hier geen bereik.'

'Dat moet je van tevoren doen,' zegt Sky.

Ik voel me heel ongemakkelijk. De golven hier zijn niet van Sky of van Ryan, of van wie dan ook.

'Als de parkopzichter langskomt, betalen we wel,' zegt Shannon. 'Anders betalen we online zodra we zijn vertrokken.'

'De parkopzichter is een echte eikel,' zegt Sky.

Shannon slaat haar armen over elkaar en zegt rustig maar gedecideerd: 'We hebben dat hele stuk gereden, en we gaan echt niet weg zonder hier te surfen.'

Na die woorden lopen de vrouwen naar de voertuigen en komen terug met tassen en een tent.

'Die gaan hier niet surfen,' zegt Victor.

'Kom op,' zegt Jack. 'Twee meiden. Dat kan toch geen kwaad?'

'Maak je een geintje?' zegt Sky. 'Stel dat er morgen net zulke fantastische golven staan als vandaag? Dan klimmen die twee direct na hun vertrek in de telefoon om al hun vrienden te vertellen hoe geweldig het hier was.'

'En dan hebben we half Canada hier volgende week,' zegt Ryan.

Clemente knikt, maar zegt niets.

'Wat moeten we doen?' vraagt Victor.

Omdat het inmiddels te donker is kost het de vrouwen moeite om hun tent op te zetten, dus ik ga ze helpen.

'Kenna, was het toch?' zegt Tanith. 'Hoelang surf jij al?'

'Bijna twintig jaar,' zeg ik. 'En jij?'

Ze vertellen me over de surfscene in Canada en ik vertel hun over Cornwall en mijn werk als sporttherapeut. Er hangt een gevaarlijke spanning in de lucht terwijl we kletsen. Wanneer die me te veel wordt, loop ik terug naar de anderen.

'We moeten van ze af zien te komen,' zegt Ryan net.

'Maak je geen zorgen, dat gaat ook gebeuren,' zegt Sky.

Ineens vraag ik me af of het wel veilig is voor die vrouwen om hier te blijven. Jack staat bij de barbecue. Ik voel tintelingen door me heen gaan als ik zie dat hij twee mokken pakt en daarmee naar de Canadese vrouwen loopt. Hij zou niet durven. Of toch? Maar ik kan het risico niet nemen.

Ik ren op hem af en doe alsof ik struikel, zodat ik tegen hem op knal. Harder dan mijn bedoeling was. De mokken vliegen door de lucht en Jack valt op de grond.

'Jezus, wat doe jij nou?' gromt hij.

'Sorry,' zeg ik.

Met een woedende blik krabbelt hij overeind.

Ik doe alsof ik het erg vind dat de mokken zijn gevallen. Op de bodem van een ervan zit nog iets wat naar warme chocolademelk ruikt. 'Ik maak wel nieuwe.'

'Dat doe ik wel,' zegt Jack.

'Nee, ik sta erop.' Ik spoel de mokken om en warm nieuwe melk op. Daarna breng ik de drankjes naar de vrouwen, die net aan een geïmproviseerde maaltijd van sandwiches en chips zitten. Waarschijnlijk is het alleen paranoia van mijn kant, maar toch heb ik het gevoel dat ik ze moet waarschuwen. Maar Sky en Jack blijven zo dichtbij staan dat ik de kans niet krijg.

52

Kenna

Ik word wakker door een zoemende trilling. Een insect? Ik tuur de duisternis in, klaar om mijn slaapzak te ontvluchten, maar dan besef ik wat het is. Het openritsen van een tent. Maar nu hoor ik alleen het geluid van de branding nog. Heb ik het me ingebeeld?

Een takje breekt onder iemands voet. Buiten is iemand. Een eindje verderop wordt nog een tent opengeritst en dan, na een poosje, hoor ik gedempte stemmen. Zijn het de Canadese vrouwen? Nog meer zachte geluiden, alsof iets – of iemand – wordt verplaatst. De adem stokt in mijn keel. Ik tast naar de rits van mijn tent. Zo stil mogelijk trek ik die omhoog, maar nu hoor ik alleen nog vleermuizen.

Er moest vast iemand naar de wc. Maar net wanneer ik weer indommel, klinken er voetstappen van iemand die terugkeert van waar hij of zij dan ook maar is geweest. Ik draai me op mijn buik en tuur door de spleet aan de onderkant van de rits. Het is pikdonker, precies zoals ik had verwacht, maar dan hoor ik iemand een tent binnengaan en die dichtritsen.

Ik wéét wiens tent dat is.

Die van Clemente.

Wanneer ik weer wakker word, is het al licht. Ik kruip mijn tent uit en schrik. De plek waar de Canadezen hun tent hadden opgezet is leeg.

Clemente bakt spek en eieren op de barbecue. De anderen zijn nergens te bekennen.

Ik loop naar hem toe en voel me vreselijk schuldig omdat ik vannacht niet naar buiten ben gegaan. 'Waar zijn ze?'

Clemente draait zich naar me toe. 'Ze zijn weg.'

'Wat heb je met ze gedaan?'

Hij knippert met zijn ogen. 'Wat denk jij dat ik heb gedaan?'

'Geen idee. Daarom vraag ik het aan jou. Ik heb je vannacht gehoord.'

'Beschuldig je me ergens van?'

Ik ruik dat het spek aanbrandt. 'Doe je nou expres zo ontwijkend of heb je iets te verbergen?'

Zijn gezicht is ondoorgrondelijk. Waarom doet hij zo irritant?

Er gaat een rits open en Sky steekt haar hoofd uit haar tent. 'Wat is er aan de hand?'

'Niets.' Bedaard laat Clemente het spek op borden glijden.

'Zijn ze weg?' vraagt Sky. Ze knikt naar de plek waar de tent van de Canadezen stond.

Het lijkt een heel oprechte vraag. Tenzij ze ontzettend goed kan liegen.

'Ja.' Clemente kijkt me even doordringend aan. 'Ze vonden het hier niet leuk.'

Mikki komt haar tent uit. Ik zie aan haar gezicht dat ze een deel van het gesprek heeft opgevangen.

'Wil je eieren met spek, Mikki?' vraagt Clemente.

'Ja, graag.' Mikki kijkt me onderzoekend aan.

Later, zeg ik geluidloos.

We eten in een ongemakkelijke stilte.

'Waar ging dat over?' vraagt Mikki zachtjes wanneer we samen onze borden afwassen.

'Ik hoorde Clemente vannacht bij de Canadezen,' zeg ik. 'Ik ben bang dat hij hun… misschien iets heeft aangedaan.' Nu ik het hardop zeg, klinkt het ronduit belachelijk.

'Wat dan?'

'Ik weet het niet. Misschien heeft hij hen bedreigd.' Of erger.

'Laten we een eindje gaan lopen,' zegt Mikki. 'Even kijken of hun jeep weg is.'

Clemente is naar het strand gegaan om te kijken of er gesurft kan worden, Sky doet yoga en de anderen slapen nog, dus sluipen Mikki en ik weg en lopen het pad af. Insecten zoemen rond in het vroegeochtendlicht. Wanneer ze te dichtbij komen, maai ik met mijn armen.

'Ik weet zeker dat alles goed met hen is,' zegt Mikki. 'Ik kan niet geloven dat hij hun iets zou aandoen.'

'Ik weet niet meer wat ik ervan moet denken. Sky vindt de zelfmoord van Clementes vrouw verdacht.'

Mikki werpt me een snelle blik toe. 'Dat heeft ze ook tegen mij gezegd.'

'En dan is er Elke nog. Dat is wel heel veel pech voor één man.'

'Ik weet wat je bedoelt,' zegt Mikki. 'Dat dacht ik ook toen ik de VERMIST-poster zag. Ik mag hem graag, maar hij heeft problemen.'

'Denk jij dat...' Ik kijk even achterom en wil de zin eigenlijk niet afmaken.

Mikki kijkt ook over haar schouder. 'Dit klinkt misschien belachelijk, maar hij heeft een schuldige blik in zijn ogen.'

In de bosjes voor ons ritselt iets. Ik slaak een gil wanneer een grote vogel ons pad kruist. Het is een lelijk dik geval met zwarte veren, een rode kop en grove en scherpe gele klauwen.

'Boskalkoen,' zegt Mikki.

'Bijten ze?'

'Nee.'

Ik steek een vuist in de lucht. 'Eindelijk iets wat niet bijt.'

'Kom op, zo erg is het hier nou ook weer niet.'

'Ik raak eraan gewend. Vannacht zoemde er een mug om me heen in mijn tent, maar ik was zo moe dat ik gewoon een handdoek over mijn hoofd heb gelegd en in slaap ben gevallen.' Ik zie wallen onder Mikki's ogen. 'Je ziet er moe uit,' zeg ik. 'Alweer een nachtmerrie?'

'Ja.'

Die blootstellingstherapie. Volgens mij heeft ze er geen baat bij. Op de parkeerplaats aangekomen moet ik weer aan de Canadezen denken. De gele jeep staat er niet, wat enigszins geruststellend is, maar gisteravond leken de vrouwen nog vastbesloten om hier vandaag te gaan surfen, dus hoe heeft Clemente ze op andere gedachten weten te brengen?

Naast me verstijft Mikki. 'O mijn god.'

Aan de andere kant van het pad staat iemand, zo roerloos dat ik hem eerst niet zag. Het is Ryan en hij heeft een visspeer in zijn hand. Zijn armen en gezicht zijn ingesmeerd met modder. We blijven op flinke afstand van hem.

'Wat doe je?' vraag ik.

'Ik hou de boel in de gaten,' zegt Ryan. 'Ik wil niet nog een keer worden verrast.'

'Heb jij de Canadese vrouwen nog gezien?'

'Die zijn weg.'

Beeld ik het me nou in of zie ik een fonkeling van waanzin in Ryans ogen?

En dan zie ik het: een rode vlek op een steen naast Jacks auto. Aangezien Mikki als aan de grond genageld blijft staan, heeft zij die ook gezien. Ik staar ernaar. Is het wat ik denk dat het is? We kunnen niet laten merken dat we die vlek hebben gezien. Ik trek aan Mikki's arm en we lopen snel terug over het pad.

Zodra we buiten gehoorsafstand zijn, kijk ik haar aan. 'Was dat bloed?'

Er verschijnen rimpels in haar voorhoofd. 'Ik weet het niet. Ik denk niet dat Clemente zoiets zou...'

'Ryan dan?'

'Nee! Ik ken die jongens. Er moet een logische verklaring voor zijn.'

'Zoals?'

'Misschien hebben ze iets gemorst. Wijn of zo.'

'Het leek niet op wijn.' Hoewel de fauna hier me nu minder

angst inboezemt dan in het begin, worden de menselijke inwoners van het kamp met de dag griezeliger. 'We moeten hier weg zien te komen, Mikki.'

'Doe even rustig.'

Ik demp mijn stem als we de open plek naderen. 'Wat moeten we nu doen?'

Mikki werpt me een geërgerde blik toe. 'Ik ga wel met Jack praten. Doe gewoon normaal, oké?'

De anderen zitten met norse gezichten bij elkaar.

'Hoe zijn de golven?' vraagt Mikki.

'Plat,' zegt Clemente.

'Verdomme,' zegt ze. 'Ik moet hoognodig surfen. Zijn de golven echt hopeloos?'

Ik ben onder de indruk van haar acteertalent. Ik ben nog te veel bezig met dat bloed – als het dat was – om aan mooie golven te denken.

'Geloof me,' zegt Clemente tegen haar. 'De zee lijkt net een meer.'

'Ryan loopt patrouille om het terrein,' zeg ik.

'Met een visspeer,' voegt Mikki eraan toe.

'Allemachtig,' zegt Jack. 'Dan is hij echt gek geworden.'

'Hij lijkt behoorlijk gespannen, maar hij is toch niet gevaarlijk?' zeg ik.

Victor lacht. 'Nou, met een visspeer wel.'

De anderen mompelen instemmend.

Sky en Victor gaan vissen en de rest gaat trainen, alleen of in tweetallen. Ik wil terug naar de voertuigen om dat bloed beter te bekijken, maar ik heb geen zin om Ryan tegen te komen. Mikki heeft beloofd met Jack te zullen praten, maar op dit moment staart ze geconcentreerd naar haar mot, dus doe ik een halfslachtige poging tot yoga terwijl mijn gedachten op volle toeren draaien.

Clemente praat de hele ochtend niet tegen me. Zijn training duurt twee uur. Ik vind het niet prettig om naar hem te kijken. Mikki heeft gelijk: er zit een soort van duisternis in zijn ogen en zijn houding heeft iets zwaarmoedigs. Dat kan op twee dingen duiden: verdriet of schuldgevoel. Iemand die zich zo goed kan afsluiten voor pijn, kan zich ongetwijfeld overal voor afsluiten.

Zelfs voor zijn eigen geweten.

53

Kenna

Aan de andere kant van de open plek zijn Clemente en Victor aan het sparren. Al dragen ze bokshelmen en bokshandschoenen, het is toch eng om naar te kijken. Met soepel voetenwerk dansen ze om elkaar heen. Soms slaat Clemente zo hard dat ik onwillekeurig ineenkrimp, maar Victor slaat even hard terug.

Clemente ziet me naar hem kijken, maar richt zijn aandacht snel weer op Victor en geeft hem een paar flinke stoten – *boem, boem, boem!* –, tot Victor met zijn rug tegen een boom staat.

Hij heeft een schuldige blik in zijn ogen, zei Mikki. Maar waarom dan?

'Rustig aan, maat!' roept Victor.

Clemente zet zijn bokshelm af en loopt naar me toe. Hij is buiten adem. 'Wil je weten wat er met de Canadezen is gebeurd?' Zijn stem klinkt laag en kwaad. 'Ik hoorde ze 's nachts hun spullen pakken. Ze hadden geen zin meer om hier te gaan surfen, dus toen heb ik hen geholpen om hun spullen naar de auto te dragen.'

'Waarom?' vraag ik.

Zijn haar is vochtig van het zweet. 'Omdat ze me aardige vrouwen leken en ik niet wilde dat hun iets naars zou overkomen.'

Die woorden laten tintelingen door mijn hele lichaam gaan.

'Nou tevreden?' vraagt Clemente.

Voordat ik me kan bedenken zeg ik: 'Ik heb bloed gezien.'

Clemente deinst terug alsof ik hem een stomp heb gegeven. 'De klep van hun kofferbak viel op Shannons hoofd. Het bloedde nogal. Dat doen hoofdwonden altijd.'

Na die woorden beent hij weg en gaat weer boksen. Ik staar hem na en weet niet of ik hem moet geloven.

De bladeren aan de bomen ritselen en trillen terwijl we onze lunch eten. Sky heeft een tonijnsalade gemaakt, maar ik heb geen trek. Ik kan mezelf wel voor mijn kop slaan dat ik Tanith en Shannon gisteravond niet heb gewaarschuwd, maar ik dacht dat ik me dingen inbeeldde. Ik weet nog steeds niet zeker of alles goed met ze is. Ik kan alleen afgaan op wat Clemente tegen me heeft gezegd.

Clemente drukt een ijskompres tegen zijn ribben en Victor houdt er een tegen zijn wang. Ik heb geen idee wie van hen er na het gevecht het slechtst aan toe is, maar in elk geval lijkt Clemente iets van zijn boosheid kwijt te zijn. Onder het eten kletst hij zacht met Victor.

Wanneer er een hoge gil uit het struikgewas klinkt, laat ik van schrik mijn vork vallen. Paniekerig kijk ik om me heen.

Victor lacht. 'Het is maar een vogel.'

'Echt?' Ik verstijf en luister aandachtig.

Het geluid klinkt opnieuw – een afschuwelijk gekrijs, als van een vrouw die vreselijke pijn lijdt. De anderen zijn er duidelijk aan gewend, want ze vertrekken geen spier.

Tijdens de afwas komt Ryan aanlopen met de speer in zijn hand.

Jack beent op hem af met een gezicht dat strak staat van woede en grijpt hem bij de boord van zijn T-shirt. 'Ben jij in mijn tent geweest?'

'Wat? Nee,' sputtert Ryan.

Jack schudt hem door elkaar. 'Zeg me de waarheid.'

'Hé,' roept Clemente. 'Doe even rustig.'

'Hij heeft codeïnepillen van me gestolen,' zegt Jack. 'Geef maar toe.'

Ryan trekt zich los. 'Ja, oké! Ik heb er twee gepakt. Meer niet.'

'Godverdomme, man!' schreeuwt Jack. 'Ik heb die pillen nodig!'

Ryan haalt zijn schouders op. 'Sorry.'

Jack geeft Ryan een harde stomp op zijn plexus solaris. De wreedheid ervan beneemt me de adem. Sky heeft gelijk: hij heeft een killersinstinct. Ryan klapt dubbel, maar herstelt zich snel en snelt op Jack af, terwijl hij de speer zo stevig omklemt dat zijn vingers wit zijn. Ik zie dat ook hij een killersinstinct heeft. Bij nader inzien geldt dat misschien ook wel voor Sky, Victor en Clemente.

Clemente gaat snel tussen Jack en Ryan staan. De regenbooglori's maken zo'n lawaai dat ik niet alles kan verstaan, maar de mannen gaan flink tegen elkaar tekeer. Uiteindelijk dwingt Clemente hen om elkaar een hand te geven, waarna Jack zich in zijn tent terugtrekt en Clemente een hoorbare zucht slaakt.

Mompelend kijkt Ryan in de koelkast. Ik laat hem de salade zien. De wilde blik die ik eerder in zijn ogen zag is verdwenen en ik vraag me af of ik me die heb ingebeeld. Op dit moment zie ik alleen uitputting.

'Gaat het wel?' vraag ik.

Zuchtend wrijft hij over zijn ribben. 'Jawel.'

'Heb je iets gebroken? Moet ik je even onderzoeken?'

'Nee, bedankt.' Ryan eet werktuiglijk de salade op.

Ik denk aan de droevige uitdrukking op zijn gezicht toen hij me over zijn vrouw en dochter vertelde, en even voel ik een scheut medelijden met hem. Maar ik moet de druk erop houden en proberen of ik nog meer over hem aan de weet kan komen. 'Denk je dat er meer mensen zullen komen wanneer ze de weersvoorspelling voor het surfen zien?'

Ryan krijgt een duistere uitdrukking op zijn gezicht. 'Dat kunnen ze beter niet doen.' Hij kijkt om zich heen alsof er elk moment mensen tussen de bomen vandaan kunnen komen. Daarna springt hij overeind en pakt hij zijn speer.

Achter me kraakt een dor blaadje en als ik me omdraai, zie ik Sky.

'Waarom vroeg je hem dat?' vraagt ze terwijl Ryan wegloopt.

Ik steek mijn handen omhoog. 'Ik wist niet dat hij zo zou reageren.'

Sky kijkt me nieuwsgierig aan, en ik kan niet bepalen of ze me gelooft.

'Hij is een ongeleid projectiel,' zeg ik. 'Als er nu iemand komt, weet ik niet wat hij diegene aan zou doen.'

Ze fronst haar voorhoofd en kijkt Ryan bedachtzaam na.

54

Kenna

De stemming is rusteloos, lontjes worden korter. Zeven gefrustreerde mensen, die overlopen van energie. Normaal gesproken spoelt die spanning op een onschadelijke manier van ons af als we in het water zijn, maar na een dag zonder golven knettert die boven ons hoofd in de lucht.

'Tijd voor een vertrouwensoefening!' kondigt Sky aan.

Meent ze dat nou? Ik kijk rond en wacht tot er iemand protesteert, maar dat doet niemand. 'Is dat wel een goed idee?'

'Hoezo?' vraagt Sky. 'Vertrouw je ons soms niet, Kenna?'

'Ik bedoelde gewoon...' Zodra ik haar blik zie sterven mijn woorden weg.

'Het is precies wat we nu nodig hebben.'

Haar glimlach lijkt een slecht voorteken. Wat heeft ze voor ons in petto?'

'Moet ik Ryan zoeken?' vraagt Clemente.

'Nee,' zegt Sky. 'Laat hem maar.'

Ik kijk even naar Mikki, maar die haalt alleen haar schouders op en pakt haar handdoek. We smeren ons snel in met zonnebrand en volgen Sky dan naar het strand. De zeewind giert ons tegemoet en blaast overal zand rond. Ik bescherm mijn ogen met mijn hand en wens dat ik mijn zonnebril had opgezet.

De meeuwen schijnen de wind ook niet prettig te vinden. Ze

waggelen voor ons uit en lijken net kleine kinderen op de schoenen van hun moeder. Wanneer een windvlaag ze raakt, worden ze een paar wankele stapjes achteruitgeblazen en spreiden ze hun vleugels om hun evenwicht te hervinden. De hardste windstoten blazen ze een eindje de lucht in, waarna ze boven de plek blijven zweven met een norse uitdrukking op hun vermoeide kopjes, tot de windvlaag weer is gaan liggen.

Jacks warme vingers omvatten mijn arm en laten me schrikken. 'Opgepast. Portugees oorlogsschip!' Hij wijst naar een felblauwe inktvlek voor ons op het zand.

Ik buk me om het te bekijken. 'Wat is het?'

'Een kwal,' zegt Jack. 'Hij kan je een nare steek geven. Daar ligt er nog een. Moet je die stekel eens zien. Die krijgen we hier wel vaker met noordenwind.'

Een dunne blauwe draad strekt zich een halve meter uit op het zand. 'Kan hij me nu nog steken?'

'Als je op die tentakel gaat staan wel.'

Langs de vloedlijn liggen er nog meer. De meeuwen trippelen heen en weer en pikken erin. Ze wijken uiteen wanneer we naderen en hervatten hun feestmaal zodra we voorbij zijn gelopen. Ik hoop dat ze er geen een missen.

Bij de rotsen aangekomen zitten mijn schedel en wenkbrauwen onder het zand. Sky en Victor dragen allebei een rugzak en doen die af.

'Zien jullie de Portugese oorlogsschepen?' roept Jack.

'Nee,' zegt Mikki. 'Kunnen er nog meer in het water zitten?'

We turen naar de ondiepten.

Victor wijst. 'Ik zie er een.'

'Hier is er nog een,' roept Mikki.

'Dat vergroot de uitdaging,' zegt Sky.

Half lachend schudden Victor en Jack hun hoofd, maar ik maak me zorgen.

Jack geeft me een duwtje. 'Je gaat er niet dood aan, hoor. Het prikt alleen een beetje.'

In een van de rugzakken zitten tien witte stenen. Die laat Sky ons verdelen in het water, op de plek waar we net niet meer kunnen staan. Tijdens het heen en weer waden met de stenen kijk ik goed of er ook kwallen zijn. Ik kijk Mikki veelbetekenend aan. 'Gaan we dit echt doen?' vraag ik zacht.

Ze knikt, haar gezicht strak van de zenuwen.

Jack grijpt Sky's arm. 'Portugees oorlogsschip!'

Heel even meen ik woede in Victors blik te zien, maar die is meteen weer verdwenen.

De zon schijnt fel op mijn armen en ik word voor de zoveelste keer verrast door zijn verzengende kracht. Mijn arme huid is nog rood van gisteren. De zon lijkt dwars door mijn net aangebrachte zonnebrand heen te branden.

De felblauwe lucht is gemarmerd met veervormige wolken.

Jack ziet me ernaar kijken. 'Windveren.'

'Wat betekenen die?' vraag ik.

'Een hele plons regen.'

Sky valt hem in de rede. 'Zal ik de indeling van de teams bekendmaken? We doen het vandaag in tweetallen.'

Jack kijkt ongemakkelijk naar Victor. Dat zou ze toch niet wagen? Victors geschoren hoofd glanst in de zon terwijl de mannen elkaar opnemen.

'Victor en ik, Mikki en Jack, Kenna en Clemente,' zegt Sky.

Clemente werpt me een berustende blik toe. Het verbaast me niets dat wij aan elkaar zijn gekoppeld. Zoals iedere goede trainer heeft Sky onze zwakke punten gevonden en valt ze die nu aan. Clemente is mijn zwakke punt, en misschien ben ik het zijne.

Maar er staat ons een nog grotere schok te wachten. Sky haalt sporttape tevoorschijn en bindt haar rechterbeen aan het linkerbeen van Victor. Dit wordt een driebeensrace met een extra moeilijkheid: hij zal onder water plaatsvinden. Kan ik Clemente wel vertrouwen? Ik kijk naar Mikki voor hulp, maar ze is druk in de weer met de tape.

Sky ziet mijn aarzeling. 'Wanneer je door een grote golf van je board wordt gegooid, kun je niet altijd meteen naar de oppervlakte komen. Soms word je onder water gehouden. Die situatie gaan we nu oefenen.'

Ik word een beetje misselijk, net als toen Clemente me laatst 's ochtends meenam naar het strand en me voorstelde om me onder water te duwen. Hier wilde hij me op voorbereiden. Ik ben maar een paar keer op een nare manier door een golf ondergeduwd. Bij de ergste heb ik water ingeademd en kwam ik half stikkend boven. Als je zeewater in je longen krijgt, kun je een ontsteking oplopen, dus ben ik naar het ziekenhuis gegaan om me te laten onderzoeken, maar gelukkig hield ik er toen niets aan over.

Clemente wenkt me. Angst schiet door mijn buik. Ik heb hier geen zin in, maar kan ik het me veroorloven om te weigeren? Met tegenzin zet ik mijn rechterbeen naast zijn linker-. Ik word gezandstraald en de zandkorrels prikken in mijn kuiten. Het is heet vandaag, dus ik draag alleen mijn bikini met daaroverheen een T-shirt tegen de zon. Nu wens ik dat ik meer had aangetrokken.

Een gevoel van onwerkelijkheid bekruipt me wanneer Clemente de tape vakkundig om onze enkels bindt. Die lijkt heel sterk. Ik probeer mijn been van het zijne te trekken om onze ketenen te controleren.

Clemente wikkelt de tape nog een paar keer rond. 'Ik wil niet dat hij losraakt.'

Hij kijkt naar mijn gezicht terwijl hij de tape gladstrijkt, maar ik heb geen idee wat hij denkt of van plan is. Ik bedenk hoe machteloos ik onder water zal zijn, als ik me alleen kan bewegen op het moment dat Clemente dat ook doet. Hoe makkelijk zal ik mijn hoofd boven water kunnen houden met onze enkels aan elkaar gebonden? Hij is dan de baas. Stel dat hij me niet op tijd boven laat komen? Hij is groter en sterker dan ik, en voelt zich een stuk meer op zijn gemak onder water. Als hij wil dat we onder water blijven, heb ik verder weinig in te brengen. Dit is een vertrouwensoefening vanjewelste.

'Het team dat de meeste stenen verzamelt wint,' zegt Sky. 'Bij gelijkspel wordt de wedstrijd beslist door een worstelpartij.'

Het is net als zo'n idiote proef bij dat televisieprogramma *Survivor*, al zouden ze deze daar niet toestaan. Veel te gevaarlijk.

'Laten we even oefenen,' zegt Clemente. 'Zodra je voelt dat ik mijn been optil, til jij het jouwe ook op.'

Ik ben enorm in paniek, maar Clemente vertrekt geen spier. Schokkerig lopen we vooruit.

'We geven links of rechts aan om van richting te veranderen.' Clemente wijst met zijn wijsvinger naar links en we lopen naar links. Dan wijst hij naar rechts en de tape snijdt in mijn huid als hij van richting verandert.

'O ja,' zegt Sky. 'De mannen dragen een blinddoek.'

Clementes hoofd komt met een ruk omhoog. 'Nee.'

Ik denk aan zijn angst om zijn zicht kwijt te raken. Is dit nog een wraakoefening van Sky omdat ze denkt dat hij de leidersrol wil overnemen?

'We kunnen dit nog altijd vervangen door de crunch-uitdaging,' zegt Sky.

'Best!' bijt Clemente haar toe. 'Dan doe ik dit wel.'

Waarom? Ik heb gezien hoe vaak deze vent zich kan optrekken. Crunches moeten geen enkel probleem voor hem zijn. Maar dan snap ik het ineens: hij maakt zich geen zorgen om zichzelf, maar om Jack. Die moet beslist geen crunches doen, maar hij is te trots om dat toe te geven en zou ze toch doen.

Clemente mompelt wat in het Spaans terwijl we de zwarte blinddoeken aan elkaar doorgeven. Ik help hem om de zijne vast te maken op zijn voorhoofd.

Clemente knikt naar Victor. 'Kijk. Hij is doodsbang. We kunnen dit niet doen.'

Victor ziet er inderdaad behoorlijk gespannen uit.

'Wil je dit doen?' vraagt Sky.

'Natuurlijk,' zegt Victor.

'Kijk uit!' Mikki maakt een veegbeweging naar iets in het water: een kwal.

Net op tijd haal ik mijn been weg, waardoor ik Clemente bijna omvertrek. De kwal drijft langs.

'Laten we erover stemmen,' zegt Clemente tegen Sky.

Ze slaakt een zucht van ergernis. 'Ik stem vóór.'

Victor en Mikki stemmen voor, Clemente en Jack tegen. Ze kijken naar mij. Ik heb geen keus. Om de waarheid over Elke te achterhalen, moet ik een vertrouweling van Sky blijven en daarom kan ik niet nog een keer openlijk tegen haar ingaan.

In Clementes kaak verstrakt een spiertje. Sky deelt de duikbrillen uit. Ik doe de mijne over mijn hoofd en trek het riempje strak.

'Vergeet die handsignalen maar,' zegt Clemente tegen me. 'Jij leidt ons naar de stenen. Als je er een vindt, geef je hem aan mij en dan draag ik hem.'

Terwijl we door het ondiepe water waden, probeer ik mijn gedachten tot bedaren te brengen.

Mikki geeft me een ongeruste por. 'Gaat het wel?'

Ik steek een duim op en doop daarna mijn gezicht in het water om de duikbril te testen. Het zicht is goed vandaag en de witte stenen steken scherp af tegen de donkerdere exemplaren. De laatste meters zwemmen we tot we ons er recht boven bevinden.

De mannen doen hun blinddoek voor. Ik stel me voor hoe zij zich daar beneden moeten voelen: niet volkomen hulpeloos, maar het scheelt niet veel. Ze zullen hun partner moeten vertrouwen. Dit is echt verdomd gevaarlijk.

Sky steekt haar vuist in de lucht. 'Angst is brandstof!'

'Paniek is dodelijk!' roepen we in koor.

Ligt het aan mij, of klinken de anderen even lusteloos als ik?

'Klaar?' Clemente tast naar mijn schouder.

'Ja.' Ik kan mijn nare voorgevoel niet van me afschudden.

'Klaar? Af!' roept Sky.

Wanneer we onder water duiken lijkt het alsof ik meedoe aan een prachtig gechoreografeerd ballet, waarvan alleen ik de passen niet ken. Sky en Victor bewegen zich samen soepel voort. Ze pakt een steen en geeft die aan hem. Jack heeft al een steen.

Clementes been voelt warm tegen het mijne. Ik maak een schokkerige beweging naar voren en trek Clemente mee tot ik een steen kan pakken. Hij verschuift behulpzaam en ik leg de steen in zijn armen, maar dan heb ik lucht nodig en de enige manier waarop ik naar de oppervlakte kan komen is door Clementes been mee te trekken. Hij valt voorover met de steen stevig tegen zijn borst gedrukt. Ik neem een hap lucht en duik dan weer onder, in de veronderstelling dat hij ook adem moet halen, maar hij trekt ons verder omlaag. Sky komt op ons af en sleurt Victor met zich mee. Ze duikt naar de steen in Clementes armen. Hij lijkt te beseffen wat er gebeurt en draait zijn bovenlichaam weg om de steen te beschermen. In eerste instantie lijkt het grappig en moet ik lachen, maar daardoor borrelt alle lucht uit me, zodat ik ogenblikkelijk weer naar de oppervlakte moet om adem te halen, alleen kan dat niet, omdat we fanatiek met Victor en Sky worstelen in een kluwen van armen en benen. Mikki en Jack zijn een heel eind verderop en Mikki heeft niet in de gaten wat er aan de hand is.

Ineens hoor ik een vreemd geluid dat lijkt op borrelend water in een verstopte afvoer en ik besef dat het uit Victors mond komt. Hij heeft zijn blinddoek afgedaan en is totaal in paniek. Sky probeert nog steeds de steen van Clemente te pakken.

Ik ruk Clementes blinddoek af, waarna ik Victors arm grijp om hem naar de oppervlakte te trekken, maar iedereen zit elkaar in de weg. Victor klauwt naar zijn enkel en probeert de tape los te krijgen, maar hij is zo in paniek dat het hem niet lukt.

Sky kijkt naar hem met de onbewogen nieuwsgierigheid van een wetenschapper. Is ze wel goed bij haar hoofd? We moeten Victor snel boven krijgen, anders verdrinkt hij. Ik probeer zijn tape los te maken, maar hij maait naar alles om zich heen en ik snak zelf ook naar een hap lucht. Clemente laat zijn steen vallen, wijst naar mij en grijpt dan Victors linkerzij. Ik snap wat hij bedoelt en pak Victors andere arm; samen trekken we hem en Sky naar de oppervlakte. Terwijl ik naar lucht hap, duikt Clemente opnieuw onder en slaagt erin Victors tape zover los te krijgen dat Victor zich kan losmaken van Sky.

Hoestend en proestend rent Victor door de ondiepten en gaat op het strand zitten, waar hij met zijn armen om zijn hoofd geslagen heen en weer wiegt.

Ik ken PTSS-aanvallen alleen van televisie. Dit is de eerste die ik in het echt zie. Ik wend me tot Sky. 'Kut, dat was echt veel te gevaarlijk.'

Ze trekt een wenkbrauw op. 'En wat wil je daar precies mee zeggen?'

'Het is abnormaal om dit soort dingen te doen.'

'Wij zijn geen normale mensen. Wil jij normaal zijn, Kenna? Ik namelijk niet.'

De ironie ontgaat me niet. Nog niet zo lang geleden zou ik hetzelfde hebben gezegd. 'Je gaat te ver. Veel te ver. Je speelt met de dood.'

Op Sky's gezicht verschijnt een trage glimlach. 'En dat voelt zó lekker.'

55

Kenna

Terug bij de tenten trek ik droge kleren aan en stap dan op Mikki af. 'Er had vanmiddag wel iemand kunnen verdrinken.'

Ze trekt net haar hardloopschoenen aan. 'Maar dat is niet gebeurd, of wel soms?'

'Meer geluk dan wijsheid. Sky wéét dat Victor een probleem heeft. Clemente heeft haar nog gewaarschuwd dat die oefening een slecht idee was.'

De anderen gaan gewoon hun gang, alsof er niets is gebeurd. Sky en Jack liggen ieder op een yogamat.

'Wat moet je hier toch, Mikki?' vraag ik. 'Die lui zijn verknipt.'

'Het zijn mijn vrienden.' Ze kijkt me kwaad aan, maar in haar stem klinkt twijfel door.

'Hoe goed ken je ze nou echt? Jij schrok net zo erg als ik toen we dat bloed op die steen zagen. Bovendien vinden ze jou alleen maar aardig omdat ze op jouw kosten kunnen surfen.' Bij het zien van haar gekwetste blik krijg ik meteen een rotgevoel.

'Ze hebben jou er anders alleen bij gelaten omdat je sporttherapeute bent,' kaatst ze terug.

Dat was nog niet bij me opgekomen, maar waarschijnlijk heeft ze gelijk. Omdat ik me alleen bij de Stam heb aangesloten zodat ik meer tijd heb om Mikki over te halen weg te gaan, is het belachelijk hoe erg dat steekt, maar dit gaat om Mikki, niet om mij.

'Wat gebeurt er als je geld op is?'

'Dan vind ik wel weer werk.' Mikki komt overeind. Haar onderlip trilt.

Ik gebaar naar haar schoenen en vind het heel vervelend dat ik haar heb gekwetst. 'Ga je hardlopen? Mag ik mee?'

Ze aarzelt. 'Ik ga liever even alleen. Vind je dat erg?'

'Nee, hoor.' Ik voel me ontzettend gefrustreerd. Hoe moet ik tot haar doordringen?

Clemente bakt uien op de barbecue, maar eigenlijk hoort Victor vanavond te koken.

Ik tik op Clementes schouder. Het is een warme avond en zoals altijd loopt hij in zijn blote bast. 'Hulp nodig?'

Hij draait zich met een ruk naar me toe en kijkt me aan zonder een woord te zeggen. Door de spanning tijdens de oefening is er een zeker vertrouwen tussen ons ontstaan, al stond ik niet aan zijn kant bij de stemming die eraan voorafging. We hebben elkaar aangeraakt – heel veel –, maar alleen op een doelmatige en efficiënte manier, en ik voelde me verbazend op mijn gemak bij hem. Maar nu lijkt hij een knop te hebben omgezet. De verhitte blik in zijn ogen laat mijn binnenste verstrakken door een heel andere spanning. Het is tijden geleden dat een man zo naar me heeft gekeken.

Ik doe een stap naar achteren. 'Die regel dat we alles met elkaar moeten delen. Die vind ik maar niks.'

Hij blijft me aankijken. 'Ik ook niet.'

De dichtstbijzijnde boom zit vol roomwitte bloesem. De zware geur ervan vult mijn neus. 'En toch ben je met Sky naar bed geweest,' werp ik hem voor de voeten.

'Ja.'

Ik bespeur iets verdedigends.

'Het was een paar maanden na het overlijden van mijn vrouw. Sky...' Hij zoekt naar de juiste woorden. 'Besprong me. Ik was single, het was iets eenmaligs.'

'En hoe was het?'

De blik in Clementes ogen verzacht. 'Dat wil je helemaal niet weten. Dat hoor ik aan de klank van je stem. Die "alles delen"-regel was Sky's idee. Bijna iedereen hier heeft ouders die gescheiden zijn of zich zo ongelukkig voelen dat we niet snappen waarom ze bij elkaar blijven. Omdat wij hun fouten niet wilden herhalen, heeft iedereen ermee ingestemd. Destijds leek dat logisch.'

'En nu?'

Hij zucht. 'Het maakt het leven behoorlijk ingewikkeld, maar misschien geldt dat voor alle relaties.'

Achter ons klinkt een klap en we deinzen allebei achteruit. Victor houdt zijn surfboard met twee handen vast en ramt ermee tegen een boom. Geschrokken zie ik hem een eindje achteruitlopen en zijn board nog eens optillen. Luid schreeuwend rent hij op de boom af en breekt zijn board doormidden tegen de stam. Daarna pakt hij het voorste deel ervan en ramt het met de neus in de grond.

Te oordelen naar de berustende blikken van de anderen, hebben ze dit al eens eerder gezien. Sky kijkt bijna emotieloos toe en wacht tot hij stopt met schreeuwen. Dan loopt ze naar hem toe en zegt iets wat ik niet kan verstaan. Victor pakt haar vast en draait haar woest naar zich toe, zodat ze hem aankijkt. Ik verstijf en ben bang dat hij haar zal aanvallen.

Ze vertrekt geen spier. 'Kom mee.'

Het gebroken surfboard valt uit zijn hand.

'Welterusten, jongens,' zegt Sky, waarna ze Victor meetrekt.

De anderen kijken elkaar veelbetekenend aan, maar niemand zegt iets. Ontdaan door Victors kwaadheid sla ik mijn armen om me heen en vraag me af of hij zijn woede weleens op iets anders heeft botgevierd dan zijn surfboards.

Het moment tussen Clemente en mij is verbroken. Ineens wil ik niets liever dan in het water liggen om de spanning van deze dag van me af te spoelen. Ik help Clemente een eenvoudig pastagerecht klaar te maken en zodra we hebben opgeruimd, loop ik over het pad naar het strand.

Dat ligt er verlaten bij. Tegen de perzikkleurige hemel galmen de rauwe kreten van de witte kaketoes die boven de boomtoppen fladderen. Weer word ik erdoor getroffen hoe afgelegen deze plek is. Vanaf dit punt is nergens een teken van menselijke beschaving te zien. Het lijkt net een scène uit *The Lost World* – alsof er elk moment een tyrannosaurus rex tussen de bomen vandaan kan stormen.

Rechts van me zie ik een snelle beweging, en ik besef dat ik hier toch niet alleen ben. Ik heb aangenomen dat Sky en Victor naar hun tent zijn gegaan, maar Sky ligt op haar rug in het ondiepe water. Topless. Dan trekt het water zich terug en komt er een hoofd omhoog: Victor. Hun kleren liggen een eindje verderop op het strand.

Ik hoor Sky's stem, diep en honingzoet: *Goed zo, schatje.*

Victor hapt naar adem. Sky omklemt zijn achterhoofd en duwt hem weer onder water. Seconden verstrijken en Sky gooit in extase haar hoofd naar achteren. Dit is beslist een nieuwe manier om je adembeheersing te oefenen. Ik ga een andere keer wel zwemmen. Omdat ik niet gezien wil worden, sluip ik het struikgewas in, waarbij vlijmscherpe stekels in mijn enkels prikken.

Plotseling klinkt er een geluid achter me en ik draai me geschrokken om.

Clemente steekt zijn handen omhoog. 'Sorry. Ik wilde je niet laten schrikken.'

Beschaamd door mijn overdreven reactie gebaar ik naar Sky en Victor. 'Kijk.'

'Ja. Dat doen ze heel vaak.' Clemente houdt zorgvuldig afstand, alsof hij weet dat ik hem niet vertrouw. Alsof hij zelfs niet anders verwacht.

Vreemd genoeg maakt dat me verdrietig. 'Het heeft iets sadistisch.'

'De beste trainers zijn sadisten. En hij wil het zelf.'

'Die vertrouwensoefening van vandaag – je kunt onmogelijk zeggen dat die goed voor hem was. En dan de manier waarop ze hem laat trainen. Ze doet hem pijn. Vind je niet dat ze daarmee een grens overgaat?'

Clemente kijkt nadenkend. 'Nee. Wanneer mijn partner me vraagt om hem of haar iets aan te doen, dan zal ik dat proberen.' Zijn kaak verstrakt. 'Zelfs als ik diegene er pijn mee doe.'

In gedachten bekijk ik die woorden van alle kanten en vraag me af of ze iets met Elke te maken hebben.

56

Kenna

Het is bijna donker als we terugkeren bij de tenten.

Met een gespannen uitdrukking op zijn gezicht komt Ryan op me af. 'Kan ik je even spreken?'

'Natuurlijk,' zeg ik.

'Daarginds?' Ryan wijst naar de bomen.

Behoedzaam volg ik hem, denkend aan zijn vingers om de speer.

Ryan draait zich naar me toe. 'Ik heb nagedacht over wat je tegen me zei over mijn familie en ik heb besloten om terug te vliegen.'

Wauw, dat is me nogal een omslag. 'Daar ben ik blij om.' Ik meen het oprecht, gedeeltelijk vanwege de kleine Ava – zelfs als Ryan en zijn vrouw er niet in zullen slagen hun problemen op te lossen –, maar voornamelijk omdat er een stamlid minder zal zijn. Hij is duidelijk een opgefokt type en zonder hem zal de Baai een stuk veiliger zijn.

Hij schraapt zijn keel. 'Het probleem is alleen dat ik net niet genoeg geld heb voor het vliegticket.'

'O. Hoeveel heb je nodig?'

'Ongeveer tweehonderd? Zodra ik weer thuis ben, zal ik je terugbetalen. Schrijf je adres maar voor me op.'

Ik aarzel. Aangezien ik hem heb overgehaald om te vertrekken voel ik me verplicht hem te helpen, maar eigenlijk wil ik hem mijn adres niet geven. Ik ken hem nauwelijks. 'Ik kan je honderd geven, veel meer kan ik niet missen.'

'Bedankt.'

Ik haal mijn portemonnee uit mijn tent en hij doet het geld in een zak van zijn short.

'Hoe wil je naar de luchthaven gaan?' vraag ik.

Ryan krijgt een behoedzame blik in zijn ogen. 'Op dezelfde manier als waarop ik hier ben gekomen. Ik loop naar de doorgaande weg en vanaf daar ga ik liften. Maar ik zal er 's nachts tussenuit knijpen, want ik wil niet dat zij weten dat ik wegga.'

Daarna verdwijnt hij tussen de bomen, en ik vraag me af of dit een ingewikkelde truc was om mij geld af te troggelen. Waar gaat hij naartoe? Ik kijk even om me heen om te zien of er iemand op me let en besluit dan om hem te volgen.

In het schemerdonker is zijn lichtblauwe T-shirt goed zichtbaar tussen alle groen- en bruintinten. Hij loopt naar het klif. Ik hou flink wat afstand wanneer hij bij het hek komt. Hij hurkt neer. Ik zie niet wat hij doet, maar hij haalt het geld uit zijn zak en tast dan met beide handen omlaag over de rand van het klif. Even later komt hij overeind en loopt mijn kant op. Net op tijd weet ik me in het struikgewas te verbergen.

Zodra ik zeker weet dat hij weg is, loop ik naar de reling. Ik ben te bang om eroverheen te klimmen – want niet alleen staat dat bord met GEVAAR! EROSIE er, de rots is ook zichtbaar aan het verkruimelen –, dus ga ik op de grond liggen en kruip naar voren om te zien wat hij daar heeft verstopt. Ver onder me hoor ik het geluid van donderende en stukslaande golven. Een paar centimeter lager is er een gat in de rotswand. Ik zie het niet, maar voel het wel. Ik steek mijn hand erin en hoop maar dat er geen spinnen zitten. Dan voel ik glad, koud metaal. Ik trek het naar buiten en zie een klein rechthoekig koekblik.

Ik schuif iets naar achteren en maak het open. Er zit een flinke stapel bankbiljetten in. In tegenstelling tot de rest van de groep heeft Ryan geen auto waar hij zijn waardevolle spullen kan opbergen, dus het is logisch dat hij die hier verstopt en niet het risico neemt ze in zijn tent te bewaren. Onder de bankbiljetten liggen een bankpasje dat twee maanden geleden is verlopen en twee boekjes, het ene donkerblauw en het andere bordeauxrood. Het eerste is een paspoort op naam van Ryan Higgs. De adem stokt in mijn keel wanneer ik het andere boekje zie. DEUTSCHLAND. REISEPASS. Een Duits paspoort.

Mijn hand trilt wanneer ik erdoorheen blader. Eindelijk vind ik de pagina met de pasfoto. Een jonge blonde vrouw en de naam *Elke Hartmann.*

Van schrik laat ik het bijna vallen. In gedachten trek ik meteen een aantal duistere conclusies. Heeft Ryan het bewaard als trofee nadat hij haar had vermoord? Huiverend denk ik aan zijn gezichtsuitdrukking toen hij de mieren plette. Hij had geld nodig. Zou hij haar hebben vermoord om haar te kunnen beroven? Als er een blaadje op mijn schouder valt schrik ik me lam.

Logisch blijven nadenken, hou ik mezelf voor. Ik haal diep adem en probeer een onschuldige reden te bedenken waarom hij dat paspoort heeft. Misschien heeft Elke het laten vallen en heeft Ryan het na haar vertrek op een van zijn zwerftochten gevonden, maar dan zou hij het toch zeker aan de anderen hebben laten zien? Het lijkt waarschijnlijk dat zij niet weten dat hij het heeft, want anders zou hij het niet hier bewaren.

De onvolgroeide bomen op de kliftop lijken net monsters. Ik wil hier zo snel mogelijk weg voor het geval Ryan terugkomt.

In gedachten zie ik het betraande gezicht van Elkes moeder. Dit paspoort is wellicht het enige wat er nog van haar dochter rest. Stel dat ik het terugleg? Dan verdwijnt het misschien net als zijzelf. Ik stop het in mijn zak en haast me terug over het pad. Ik zal het aan Mikki laten zien en vragen wat we volgens haar moeten doen.

Wanneer ik terugkom op de open plek is die verlaten. De anderen zijn blijkbaar al naar bed gegaan. Ik kruip mijn tent in en lig daar met het paspoort dat in mijn heup prikt, terwijl ik me afvraag of ik een reusachtige vergissing heb begaan.

57

Ryan

Ik lig roerloos in mijn tent te wachten tot de anderen in slaap zijn gevallen. Heeft Kenna het briefje dat ik voor haar heb neergelegd ooit gezien? Ze is doorgegaan met rondneuzen, vragen stellen en voor opschudding zorgen. Elke keer dat ik met haar praat ben ik bang dat ik me iets zal laten ontglippen.

Maar goed, nu heb ik al het geld dat ik nodig heb – meer zal ik niet van deze lui kunnen lospeuteren –, dus ik smeer 'm. Wanneer ik zeker weet dat de anderen slapen, kruip ik mijn tent uit en haast me over het pad naar de kliffen om mijn koekblik op te halen.

De hemel is marineblauw en in de schaduw van de bomen is het pikdonker. Ik weet niet waarom ik Kenna over Ava heb verteld, want bij de anderen heb ik haar nooit ter sprake gebracht. Het was eruit voor ik het wist. Ach, misschien was het niet zo erg, aangezien het voor haar een reden was om me honderd Australische dollars te geven. Hoe irritant ze ook is, het is moeilijk om een hekel aan haar te hebben omdat ze echt met me begaan lijkt. Maar ook weer niet heel erg begaan, want ze gaf me maar honderd dollar en ik zag er nog een paar honderd in haar portemonnee.

Wat ik ook tegen Kenna heb gezegd, ik ga zeker niet naar huis, hoe graag ik Ava ook wil zien. Ik wil niet het risico lopen om de bak in te draaien. Er zijn genoeg andere stranden in Australië. Ik zoek wel een leuk, rustig strandje waar geen nare dingen gebeuren.

Toen ik de Verenigde Staten verliet, had ik twintigduizend dollar aan contant geld. Natuurlijk kon ik dat bedrag niet in mijn tent bewaren. De holte in de rots, verborgen en droog, leek op dat moment de beste oplossing. Nu heb ik nog maar drieduizend over. Het is knap dat ik zo lang met mijn geld heb weten te doen, wat voornamelijk aan Mikki te danken is.

Ik duik weg achter een boomstam en luister aandachtig of niemand me is gevolgd. Niets – alleen vogels, bladeren en de oceaan. Ik word hier altijd zenuwachtig. Ik kijk nog een keer rond om er zeker van te zijn dat ik alleen ben en tast dan over de rand van het klif in het gat.

Ver onder me slaan de golven kapot tegen de rotsen. Mijn hand gaat rond in een lege ruimte. Waar is mijn blik met geld? De grond onder me lijkt weg te zakken en even heb ik het idee dat ik echt in de diepte stort. Mijn geld... Het is weg. Dit is een ramp. Wie heeft er verdomme aan mijn...

Mijn vingertoppen raken het koude metaal. Ik heb dat blik niet zo diep in het gat geduwd. Iemand heeft het verplaatst. Ik grabbel naar het blik, waarbij mijn nagels pijnlijk over de rotsen schrapen, terwijl ik tevergeefs grip probeer te krijgen op het gladde metaal. Dat ding zit muurvast. Verdomme! De kans dat er nog geld in zit is praktisch nul, maar ik moet het controleren, dus schuif ik naar voren en klim een eindje langs het klif omlaag.

Eindelijk zie ik het: een zilveren glinstering in de donkere holte. Ik wrik het blik heen en weer en schaaf mijn knokkels aan de rots. Eindelijk laat het zover los dat ik het eruit kan halen. Maar ik heb twee handen nodig om het te openen, dus duw ik mijn tenen hard tegen de rotswand om goed te blijven staan. Er komen bloedvegen op het blik als ik het deksel openruk.

Ik krijg bijna geen adem. Ik heb geen idee wat ik moet doen als het leeg is. Het deksel laat los en... Opluchting. Het geld zit er nog in. Ik haal het eruit om het te tellen en dan valt er een schaduw over het blik.

Ik kijk geschrokken op en zie een gestalte staan. Voordat ik goed en wel doorheb wat er gebeurt, drukken er handen tegen mijn schouders, die me achteruitduwen.

En dan val ik...

58

Kenna

Ik word wakker van een harde, langgerekte gil. Mikki!

Ik wurm me uit mijn slaapzak, spurt mijn tent uit en bots meteen tegen Sky op. 'Sorry!' roep ik buiten adem.

In haar ene hand klemt ze een zaklamp vast en haar andere hand ligt op de deurflap van Mikki's tent. Het duurt even voordat ik doorheb dat ze de tent niet opendoet, maar dichthoudt.

Mikki haalt diep adem en gilt dan opnieuw.

'Wat doe je?' vraag ik.

'Blootstellingstherapie.' Sky pakt het koordje dat in een lus door het oog van het ritslipje zit. Om haar hals hangt een stopwatch.

In de schaduw achter haar staan Clemente en Victor. Jack is waarschijnlijk bij Mikki in de tent. Ryan ligt vast nog in de zijne.

Mikki slaakt alweer een langgerekte gil. Ik ben nog steeds niet echt wakker en het kost me moeite om te bepalen wat er hier aan de hand is.

In de tent klinkt Jacks stem. 'Ademhalen! Het gaat goed.'

Drie scherpe gillen kort achter elkaar.

Eindelijk begrijp ik wat er aan de hand is. Er is maar één ding wat Mikki zo hard kan laten gillen: motten. Heeft Sky motten in de tent gestopt?'

'Laat me eruit!' Mikki slaat tegen de tentflap.

'Het is genoeg geweest,' zeg ik.

Sky kijkt op haar stopwatch. 'Nog niet.'

Meer gegil van Mikki. Ik trek aan Sky's arm. 'Laat haar eruit!'

Sky doet niets.

Ik probeer het lipje van de rits uit haar hand te grissen, maar Victor tilt me op. Ik maai met mijn armen naar hem terwijl hij me naar de andere kant van de open plek draagt. Zodra hij me heeft neergezet, probeer ik weer naar Mikki's tent te gaan, maar hij verspert me de weg.

'Je kunt onmogelijk denken dat dit haar helpt,' schreeuw ik.

'Hij zit op me!' gilt Mikki.

Ik doe een beroep op Clemente. 'Ze draait door!'

Ik zie dat deze hele situatie hem niet bevalt, maar hij doet niets om haar te helpen.

Mikki slaakt de ene gil na de andere.

Ik kan het niet meer verdragen. 'Ze is hysterisch. Help haar!'

Ten slotte doet Clemente een stap naar voren. 'Oké. Genoeg.'

Ik duik om Victor heen en vlieg Sky aan op hetzelfde moment dat Clemente bij haar is. Met z'n tweeën duwen Clemente en ik haar bij de tentflap vandaan. De tent wordt opengeritst en Mikki wankelt naar buiten.

Ze krabt zo hard aan haar pols dat het gaat bloeden. Als ik op haar afsnel om haar te helpen, maait ze met haar armen en raakt mijn oor. Geschrokken doe ik een stap naar achteren. Ze heeft me gekrabd. Clemente schiet me te hulp en houdt haar handen in bedwang. Ik trek haar stevig tegen me aan. 'Alles komt goed.'

Snikkend leunt ze tegen mijn borst, terwijl haar armen nog steeds bewegen.

Jack komt hun tent uit.

'Ben je wel goed bij je hoofd? Waarom sta je dit toe?' snauw ik tegen hem.

Hij kijkt me schaapachtig aan. 'We doen het elke maand. Volgens Mikki helpt het.'

Mikki's arm druipt van het bloed, ze heeft haar tattoo bijna weggekrabd.

'Hebben jullie een pleister?' vraag ik.

'Ik haal er wel eentje.' Jack tovert ergens een verbandtrommel vandaan.

'Leg haar in mijn tent,' zeg ik zodra hij een pleister op haar pols heeft geplakt.

Ik hou het muskietengaas open en Jack helpt haar naar binnen. In de hoek rolt ze zich op.

'Hier zijn geen motten,' zeg ik. 'Zie je wel? Schijn eens rond met die zaklamp.'

Clemente doet een stap naar voren en schijnt met een penlite door de tent, maar Mikki blijft snikken.

'Blijf bij haar,' zeg ik tegen Jack. 'Ik haal jullie slaapzakken wel.'

In Mikki's tent is het te donker om te zien of de mot er nog is. Ik schud hun slaapzakken uit, loop naar mijn tent en geef ze aan Jack.

'Waar ga jij dan slapen?' vraagt hij.

'In jullie tent.' Daar zit die mot waarschijnlijk nog, wat geen fijn idee is, maar toevallig zijn motten een van de weinige insectensoorten waar ik niet bang voor ben. Voor zover ik weet bijten of prikken ze niet, dus ik red me wel.

Ik draag nog steeds mijn short van eerder op de dag, want ik durf die niet uit te trekken uit angst dat het paspoort zal verdwijnen. Dat prikt in me als ik mijn slaapzak uit mijn tent haal, eruit kruip en hem achter me dichtrits.

Ik kijk Sky aan. 'Kijk nou wat je haar hebt aangedaan!'

Ze slaat haar armen over elkaar. 'Denk jij soms dat de oefeningen die wij hier doen bedoeld zijn om betere surfers te worden? Nee. We trainen om nergens bang voor te zijn, want daar zullen we over de hele linie beter van worden, niet alleen als surfers. En wie wil zich nou niet verbeteren?'

'Ik zou dat niet "beter" willen noemen. Jij wel?'

In mijn tent is het stil, dus waarschijnlijk heeft Jack Mikki weten te kalmeren. Nephuwelijk of niet, het is duidelijk dat hij echt om haar geeft.

'Je bent hier uit vrije wil, Kenna. Als het je niet bevalt, dan...' Sky knikt in de richting van de voertuigen.

Maar dat is nou net het probleem: ik zit hier vast omdat Mikki me harder nodig heeft dan ooit.

'Angst is brandstof,' zegt Sky. 'Eigenlijk zouden we elke dag angst moeten voelen. Omdat de golven hier meestal klein zijn, moeten we die elders zoeken.'

'Dus je maakt mensen expres bang?'

Sky kijkt me kil aan. 'Je bemoeit je ergens mee waar je geen verstand van hebt.'

In gedachten laat ik haar woorden opnieuw de revue passeren. De hoogdravendheid ervan. Voor het eerst besef ik dat Engels niet haar moedertaal is. 'Jij bent geen aussie, hè?'

'Dat heb ik ook nooit beweerd.' Haar stem klinkt zacht. Alsof ze ergens op is betrapt.

Nu vraag ik me af waarom haar vreemde uitspraak van sommige woorden me niet eerder is opgevallen. Maar ik was bezig met andere zaken. Mijn hart bonst terwijl ik bedenk wat dit kan inhouden.

Clemente en Victor staan op een afstandje te luisteren.

Voor deze ene keer heb ik Sky in een positie gemanoeuvreerd waarin zij in het nadeel is. Ik grijp deze kans aan om haar wat antwoorden te ontfutselen. 'Waar kom je vandaan?'

Ze haalt haar schouders op. 'Zweden.'

Ik weet dat Zweden doorgaans uitstekend Engels spreken. Tegenover mijn praktijk zit een Zweedse masseur bij wie nauwelijks een accent te bespeuren is. 'Heb je een verblijfsvergunning?'

Sky kijkt me strak aan, alsof ze niets te verbergen heeft, maar ik zie dat haar ogen even wat groter worden. 'Ja. Via mijn werk.'

Nu dringt tot me door dat ik maar heel weinig over haar weet. Raar: de anderen kletsten vrolijk over hun leven en achtergrond, maar zij heeft dat altijd weten te vermijden. 'Wat doe je voor de kost?'

'Ik ben klinisch psycholoog.'

Alle lucht wordt uit mijn longen geperst. Geen wonder dat ze ons zo geraffineerd weet te bespelen. Ik had gedacht dat ze iets met sport deed. Mikki heeft me verteld dat het niet makkelijk is om hier een verblijfsvergunning te krijgen. Die geven ze niet aan Jan en alleman. Je kunt er een krijgen door te trouwen of via je werk. Wanneer ze hier een tekort hebben aan bepaalde vakmensen en er vraag is naar jouw beroep, kun je een verblijfsvergunning aanvragen, maar voor zover ik weet is dat een langdurig proces.

'Heb je een Australisch paspoort?' Ik weet eigenlijk niet waarom ik dat vraag. Het is een slag in de lucht tijdens mijn jacht naar meer munitie om haar mee aan te vallen.

Ze knippert met haar ogen. 'Ja.' Maar haar korte aarzeling verraadt haar.

'Hoelang ben je hier al?'

'Een jaar of twee, drie?'

Opnieuw een heel korte aarzeling. Er klopt iets niet. Clemente en Victor staan er zwijgend en gespannen bij. Wat weten zij dat ik niet weet?

Ik richt me tot Sky. Wat het ook is, ze zal het me duidelijk niet uit zichzelf vertellen.

'Het is al laat,' zegt ze. 'Ik ben moe.' Na die woorden loopt ze naar haar tent.

Ineens herinner ik me het artikel over de vermiste backpackers. Een van hen kwam uit Zweden. Misschien grijp ik me vast aan strohalmen, maar ik waag de gok en ik roep haar na: 'Jij bent een van de vermiste backpackers.'

Langzaam draait ze zich om en ze kijkt Clemente even aan. Uitdrukkingsloos haalt hij zijn schouders op. Ik heb al die foto's maar heel even gezien. Ryan viel op door zijn nette pak, maar ik ben vergeten hoe de anderen eruitzagen. Toch heb ik het idee dat ik iets op het spoor ben.

'Ja.' Sky's stem klinkt een tikje uitdagend.

'Laat me raden,' zeg ik. 'Je kwam hier voor een vakantie, maar je vond het hier zo mooi dat je besloot om te blijven.'

'Een reis-en-werkvisum, ja.' Ze draait zich om en duikt haar tent in.

Ik staar haar na. Heb ik het geheim ontrafeld? Is ze gewoon iemand die langer is gebleven dan was toegestaan? Clementes schuldbewuste gezicht wijst op iets anders.

'Ik wil jou even spreken,' zeg ik tegen hem.

'Oké.' Clemente klikt zijn zaklampje aan en leidt me weg bij de tenten.

Met mijn slaapzak als een sjaal om mijn hals loop ik achter hem aan. 'Ik wil dit duidelijk hebben. In eerste instantie kwamen jij, je vrouw, Jack en Victor hier. Toen voegde Sky zich bij jullie, en zij is jullie gaan trainen en heeft die deal met de parkopzichters bedacht.'

'Precies.' Clementes gezicht ziet er griezelig uit nu het van onderaf wordt verlicht.

'Hoe heette je vrouw eigenlijk?' Ik besef dat ik hem dat nog nooit heb gevraagd.

Weifelend kijkt hij me aan, en dan verschijnt er iets van berusting op zijn gezicht. 'Sky.'

Opnieuw wordt alle lucht uit mijn longen geperst. Clemente kijkt me aan en zet zich schrap voor de vragen waarvan hij weet dat die zullen komen.

'Geen naam die je vaak tegenkomt,' zeg ik.

'Nee.'

'Wat is er met haar gebeurd?'

Clemente wendt zijn gezicht af. 'Ik wil het er niet over hebben.'

'Nee. Je kunt niet opnieuw stommetje spelen. Ik moet het weten.'

'Je wilt het niet weten. Geloof me. Dat wil je echt niet weten.

Ik sla mijn slaapzak om me heen. 'Sky heet in het echt geen Sky, hè?'

Clemente perst zijn lippen op elkaar.

Ik doe mijn best om de verbanden te leggen. 'Laat me raden. Na de dood van je vrouw heeft Sky haar identiteit overgenomen omdat ze een verblijfsvergunning voor Australië wilde hebben.'

Clemente zucht. 'Ja.'

Mijn huid begint te tintelen. 'Hoe heet ze in het echt?'

'Greta.'

Greta. Vreemd genoeg past die naam bij haar. 'Waarom noemen jullie haar Sky?'

'Dat heeft ze gevraagd,' zegt Clemente. 'Zodat het een gewoonte werd, snap je? Als we haar in het bijzijn van anderen Greta noemen, zouden we de boel verraden.'

'Hoelang voor het overlijden van je vrouw is Greta bij de Stam gekomen?'

'Een paar maanden.'

Ik kijk hem veelbetekenend aan. Victor heeft gezegd dat de beste trainers je onder de huid kruipen. Heeft Greta kans gezien om onder de huid van Clementes vrouw te kruipen, op een manier waardoor zij zich van het leven wilde beroven?

'Nee.' Kennelijk beseft Clemente wat ik denk. 'Ze waren vriendinnen.'

Hij lijkt zeker van zijn zaak. Maar ze heeft wel een verblijfsvergunning overgehouden aan de dood van Clementes vrouw, waardoor ze een motief had om haar te vermoorden.

'Waarom vond je het goed dat zij de identiteit van je vrouw overnam?'

'Ik heb mezelf de vraag gesteld hoe mijn vrouw erover zou hebben gedacht, en zij zou het zo hebben gewild.' Clementes stem breekt. 'Het was het enige positieve dat uit haar dood is voortgekomen, namelijk dat haar vriendin in het land kon blijven waar ze van hield.'

'Dus je denkt niet dat Greta je vrouw... iets heeft aangedaan omdat ze haar identiteit wilde overnemen?'

'Nee,' zegt hij ogenblikkelijk.

Ik tast in mijn broekzak en raak het paspoort aan. 'En Elke dan? Denk je dat Greta haar iets heeft aangedaan?'

Hij zucht. 'Ik heb echt geen idee.'

Ik kijk aandachtig naar zijn gezicht en voel dat hij iets voor me verzwijgt.

59

Kenna

Ik kruip Mikki's tent uit met het gevoel dat ik nauwelijks een oog heb dichtgedaan. Elkes paspoort zit nog steeds in mijn zak.

Iemand legt een hand op mijn schouder en ik slaak een gil van schrik.

'Goedemorgen, Kenna!' Het is Victor. Voor zo'n beer van een vent is hij ongelooflijk lichtvoetig. Ik heb hem niet horen aankomen.

'Gaat het wel?' In zijn donkere ogen ligt een bezorgde blik.

'Ja, ik ben gewoon moe.'

De anderen zitten te ontbijten. Ryan en Mikki zijn nog niet op. Ik pak snel wat muesli.

'Kenna is vanochtend heel zenuwachtig,' verkondigt Victor terwijl ik ga zitten.

'Waarom ben je zenuwachtig, Kenna?' vraagt Sky op meelevende toon.

'Vanwege de golven,' lieg ik, denkend aan de naderende cycloon. 'Die zullen reusachtig zijn.'

'Toch moeten we erop surfen,' zegt ze. 'Zodat je een kans krijgt je angst te overwinnen.'

Ik dwing mezelf te knikken. Wat Clemente ook denkt, ik vermoed dat ze betrokken is geweest bij de dood van zijn vrouw en wellicht ook bij die van Elke. Het was gevaarlijk om haar zo uit te dagen als vannacht. Ik moet voortaan oppassen.

Victor is even luidruchtig en vrolijk als anders en trommelt een ritme op zijn dijen terwijl hij zit te eten. De gebroken stukken van zijn surfboard zijn op een wonderbaarlijke manier verdwenen. Een van de anderen moet ze hebben opgeruimd. Ik bestudeer Victors gezicht op zoek naar een teken dat hij zich zijn woede-uitbarsting van gisteren nog herinnert: schaamte, ongemakkelijkheid – zelfs of hij zoekend rondkijkt naar zijn board –, maar niets van dat alles. Het lijkt alsof het nooit is gebeurd.

Mikki komt mijn tent uit.

Ik haast me naar haar toe. 'Hoe voel je je?'

'Goed, hoor. Luister, het is lief dat je me vannacht wilde helpen, maar ik moet over mijn fobie heen komen.'

'Maar zover wil je toch zeker niet gaan?'

'Het werkt anders wel,' zegt ze vinnig. 'Binnenkort ben ik genezen.'

'Wat maakt het uit of je bang bent voor motten? Ik heb een hekel aan de meeste insecten, dus ik doe mijn best om niet bij ze in de buurt te komen.'

'Het gaat niet alleen om de motten. De overwinning van een angst, welke dan ook, maakt je sterker.' Nu praat ze Sky na. 'En het heeft me sterker gemaakt. Is je dat niet opgevallen? Vroeger vond ik het doodeng om golven te pakken die boven mijn hoofd uit kwamen. Nu niet meer.'

Ik demp mijn stem tot een fluistering. 'Sky is niet wie ze zegt dat ze is.'

Mikki fronst. 'Wat bedoel je?'

'Ze is een psycholoog uit Zweden en ze verblijft hier illegaal.'

'Dat weet ik,' bijt ze me toe. 'Hou er gewoon over op!'

Ik kijk haar hulpeloos na als ze haar ontbijt gaat halen. Ik heb geen kans gekregen haar over Elkes paspoort te vertellen. Nog altijd geen spoor van Ryan.

'Heeft iemand Ryan gezien?' roep ik.

Niemand heeft hem gezien.

Voor zover ik weet doet hij niet aan uitslapen. Behoedzaam loop ik naar zijn tent. 'Is daar iemand?'

Geen antwoord. Ik tuur naar binnen en zie een uitpuilende rugzak met een slaapzak eraan vastgesnoerd, maar geen Ryan.

Ineens klemt er iets om mijn been. Ik onderdruk een gil, draai me om en zie Sky.

'Wat doe je?' vraagt ze.

'Ik zoek Ryan.'

'Die is vast het bos in gegaan om Ryan-dingen te doen. Als ik jou was, zou ik die tent niet in gaan. Hij is heel bezitterig wat zijn spullen betreft.'

Elkes paspoort brandt een gat in mijn broekzak. Misschien is het maar beter dat Ryan er nu niet is. Ik ben er vrijwel zeker van dat Clemente niet weet dat Ryan het heeft, want hij zou Ryan het nooit hebben laten houden. Ik vraag me af hoe ze zouden reageren als ik het hun nu liet zien.

Ik volg Sky terug naar de anderen. In de hoop dat ik het juiste doe, haal ik het paspoort tevoorschijn. 'Ik heb dit gevonden.'

'Wat is het?' vraag Clemente.

Op zijn gezicht zie ik geen enkel blijk van herkenning, en de anderen lijken even verbijsterd.

Ik blader door de bladzijden. In mijn haast kan ik de foto niet vinden. *Rustig aan, Kenna.* Daar is-ie.

Clemente heeft een bord met noten op schoot. Het valt op de grond en de noten vliegen in het rond als hij het paspoort uit mijn handen grist. Hij kijkt naar de foto en inspecteert dan de andere bladzijden, waarna hij stomverbaasd opkijkt. De anderen komen erbij staan en geven het paspoort aan elkaar door.

Wat er daarna gebeurt is ijzingwekkend. Ze kijken elkaar aan, Mikki ook, waarna ze bijna onmerkbaar dichterbij komen, tot ze weer op een kluitje staan, net als toen ik aankwam. Ze keren zich tegen een gemeenschappelijke vijand.

Mij.

Zijn ze er allemaal bij betrokken? Zelfs Mikki?

'Waar heb je dat gevonden?' vraagt Clemente.

'Gisteren ben ik Ryan gevolgd. Hij heeft een bergplaats bij het klif.' Ik waak ervoor om ze precies te vertellen waar. 'Daar bewaart hij zijn paspoort en zijn geld. En dit.'

De groep valt stil. De handdoeken wapperen aan de lijn en klinken als oorlogstrommels.

Zoals verwacht neemt Sky de rol van woordvoerder op zich. 'Het was raar,' zegt ze langzaam. 'Elke is 's nachts verdwenen. Wij dachten dat ze was gaan zwemmen of van het klif of in de rivier was gevallen – zoiets.'

'Aha.' Ik probeer mijn stem neutraal te houden. Of ik haar geloof of niet, ik ben in de minderheid, dus moet ik wel doen alsof.

Sky gaat verder. 'Het stormde. Clemente wilde er een zoekteam bij halen, maar de weg was overstroomd, dus we konden geen hulp laten komen. Daarna beseften we dat haar kleine rugzak weg was. Haar grote rugzak en haar surfboard stonden nog hier, alsof ze in allerijl was vertrokken.'

Elke zou toch zeker niet zonder haar paspoort zijn vertrokken? 'Dus jullie hebben haar vermissing niet aangegeven toen het water weer was gezakt?'

Clemente en Sky kijken elkaar even aan.

'Een dag later spoelde ze aan,' zegt Clemente.

Sky perst haar lippen opeen, alsof hij dat niet had mogen zeggen.

'Dood?' vraag ik.

'Ja.' Clementes stem klinkt gespannen.

Ik neem hem aandachtig op en vraag me af of ik eindelijk de waarheid hoor.

'Ze had haaienbeten,' zegt Mikki.

Ik staar haar aan. Dit wíst ze, maar ze heeft het me niet verteld?

Dus Elke is dood. Tot mijn schaamte krijg ik tranen in mijn ogen. Ik weet niet waarom ik zo verdrietig ben om de dood van een jonge vrouw die ik nooit heb gekend.

'We weten niet of de haaien haar te pakken hebben gekregen

voordat ze verdronk of erna,' zegt Sky.

Ik moet even slikken. 'En dus?'

'Als haaien iemand doden, is dat internationaal nieuws, Kenna.' Sky's stem klinkt rustig en redelijk. 'Als we het hadden gemeld, zouden de autoriteiten hier zijn gekomen en zou het op alle nieuwszenders zijn geweest. Dan zou Sorrow Bay zijn gezien en besproken door alle surfers in Australië.'

Clemente kijkt me aan alsof hij me smeekt er begrip voor op te brengen. 'Ik wilde het wel melden. Maar wat voor zin zou dat hebben gehad? We hadden haar er niet mee teruggekregen.'

'Waar is het lichaam dan gebleven?' vraag ik.

Sky en Clemente kijken elkaar opnieuw even aan.

'We hebben haar laten meevoeren door de oceaan.' Na die woorden laat Clemente zijn hoofd zakken en drukt zijn knokkels tegen zijn oogkassen.

Zijn verdriet is maar al te overtuigend. Ik stel me voor dat het verminkte lichaam van die arme Elke naar de zeebodem zakt en nooit zal worden gevonden, zodat haar moeder tevergeefs zal blijven zoeken.

'Dus jullie hebben haar kleine rugzak nooit meer gevonden?' vraag ik.

'Nee,' zegt Clemente.

'Wat hebben jullie met de rest van haar spullen gedaan?'

'Dat hebben we besproken, en we zijn tot de slotsom gekomen dat het de verkeerde indruk zou wekken als iemand die hier zou aantreffen. De mensen mochten eens denken dat we haar hadden beroofd. Vandaar dat we haar grote rugzak tussen de bomen hebben begraven. Haar surfboard hebben we gehouden.' Clemente wijst naar een surfboard dat vlakbij staat en trekt een gezicht alsof hij er een vieze smaak van in zijn mond krijgt.

'Waarom had Ryan haar paspoort dan?' dring ik aan.

Dat lijkt niemand te weten.

'Ik neem aan dat ze het heeft laten vallen en dat hij het heeft gevonden,' zegt Sky uiteindelijk.

'Maar waarom heeft hij dat aan niemand verteld?' zeg ik. 'Dat is toch heel vreemd?'

'Dit is een gevaarlijke plek,' zegt Sky. 'Een ongeluk zit in een klein hoekje.'

De anderen knikken treurig. Er valt een ongemakkelijke stilte. Uiteindelijk verandert Jack van onderwerp en begint over de ophanden zijnde cycloon. Victor maakt een paar flauwe grapjes, maar hij is de enige die erom lacht en zelfs dat klinkt hol.

Wanneer de groep uiteengaat, loop ik naar Mikki toe. 'Ik kan niet geloven dat je me niet over Elke hebt verteld.'

'Sorry.' Ze kijkt me gekweld aan. 'Ik wilde wel, maar we hadden een pact.'

Ik werp een blik op Ryans tent en peins over zijn ingepakte tassen. Heeft hij gemerkt dat Elkes paspoort uit zijn blik was verdwenen? Heeft hij zich daarom verstopt? 'Wil je met me meegaan? Ik wil zien of zijn blik met geld er nog is.'

'Natuurlijk.' Mikki trekt haar teenslippers aan.

In de schaduw ziet het pad er donker uit. Ik breek een tak van een van de bomen en voel aan het scherpe uiteinde. Beter iets dan niets.

Mikki kijkt me vreemd aan.

'Tegen de slangen,' zeg ik.

Ik ben blij met Mikki's gezelschap. De bomen en het struikgewas houden mijn ogen voor de gek en ik zie dingen die er niet zijn, zodat ik schrik van kraakgeluiden en bewegende takken. Een stukje verderop rent iets door het kreupelhout. Ik verstijf, maar kan het daarna niet meer horen.

'Gewoon een dier,' zegt Mikki.

Ik heb het gevoel dat Ryan elk moment tevoorschijn kan springen.

We bereiken de top van de kliffen en ik tast in de holte. Het blik is weg en ik heb geen flauw idee wat dat betekent.

Ineens schiet me iets te binnen. 'Toen ik lid werd van de Stam, zei Sky dat niemand hier ooit weggaat. Maar Ryan vertelde me dat hij van plan was om te vertrekken.'

Mikki's ogen weerspiegelen haar verbazing. 'Echt?'

'Ja, hij was het hier zat en hij miste zijn familie. Hij had zijn spullen al gepakt. Stel je voor dat iemand dat heeft gezien en hem iets heeft aangedaan?'

Mikki staart me aan. 'Nee. Zover zouden ze nooit gaan.'

'Voordat Jack jou leerde kennen, heeft hij hier toch een aantal meiden mee naartoe genomen? Weet jij of die lid zijn geworden van de Stam?'

'Nee, volgens mij zijn die maar een paar dagen gebleven.'

'Dus voor zover we weten zijn er nog nooit rasechte leden van de Stam vertrokken. In elk geval niet levend.' In mijn gedachten is Ryan binnen een paar seconden van dader in mogelijk slachtoffer veranderd. Hoe langer ik erover nadenk, hoe waarschijnlijker het lijkt.

Mikki fronst. 'Ryan verdwijnt voortdurend.'

Ik pak haar arm. 'Toe, Mikki. We moeten hier weg, anders worden wij nog de volgenden.'

Ze rukt zich los. 'Ik ben jouw pogingen om mij hiervandaan te krijgen spuugzat. Mijn leven is nu hier, en dat geldt ook voor het jouwe. Het is jammer dat Elke is doodgegaan, maar het was een ongeluk. Deze mensen zijn mijn vrienden en ik vertrouw hen.'

60

Kenna

Duizenden meters boven ons, net zichtbaar tussen de gaten in het bladerdak, vliegt een vliegtuig voorbij. De bleke vorm is een grimmig teken van de buitenwereld, die ineens nog verder weg lijkt. Op dit moment zou ik er alles voor overhebben om in dat vliegtuig te zitten.

Als Mikki en ik terugkomen zijn Clemente en Sky aan het sparren onder de bomen. Ondanks Mikki's onwil heb ik mijn pogingen haar ertoe over te halen om hier samen met mij weg te gaan nog niet opgegeven. Ik moet gewoon harder mijn best doen om verdeeldheid te zaaien. Mocht het me lukken om de stamleden tegen elkaar op te zetten, dan zullen ze elkaar misschien aan stukken scheuren.

Victor is een eindje verderop aan het trainen. Ik loop naar hem toe. 'Ben je niet jaloers?'

'Hè?' vraagt Victor.

Ik knik naar Sky. 'Zij vindt hem leuk. Zie je dat niet?' Ik vind het vreselijk dat ik dit moet doen. Ondanks alles wat er is gebeurd, heb ik het gevoel dat Clemente en ik elkaar beginnen te vertrouwen, maar zodra hij merkt waar ik mee bezig ben, zal dat vertrouwen worden geschonden.

In Victors ogen verschijnt een duistere blik, en daar heb je het opnieuw: woede. Ditmaal weet ik zeker dat ik het me niet heb verbeeld. Verdomme. Nu wil ik mijn woorden terugnemen. Ik geloof dat ik Clemente in gevaar heb gebracht.

Een windvlaag tilt een van de matten op en blaast die tussen de bomen. Victor rent erachteraan.

Sky trekt haar bokshandschoenen uit. 'De wind begint nu echt aan te trekken. We moeten alles vastzetten.'

De anderen en ik hameren onze tentharingen dieper in de grond. Shit, er rende net een kakkerlak over mijn teen. Snel trek ik mijn voet weg. Vreemd genoeg lukt het me om niet te gillen en het beestje schiet onder een hoop dode bladeren.

Sky kijkt me geamuseerd aan. O, verdomme. Ik mag haar niet laten merken dat ik bang ben voor insecten. Het idee om opgesloten te zitten in mijn tent met zo'n beest...

'Ik was bijna op hem gaan staan.' Ik laat het klinken alsof ik me meer zorgen maak over het welzijn van de kakkerlak dan over dat van mezelf, maar ik geloof niet dat ik haar heb overtuigd.

Ze wendt zich tot de anderen en zegt met stemverheffing: 'Laten we alle fitnessspullen in de mannen-wc opbergen, dan gebruiken we voorlopig allemaal de vrouwen-wc.'

'Hier zal het toch niet overstromen?' vraag ik.

Clemente is tot halverwege in een boom geklommen en maakt daar het dekzeil vast. 'Nee, maar de weg misschien wel. Hé, Victor, kun je me dat touw even aangeven?'

Ik kijk zenuwachtig toe terwijl Victor het hem overhandigt.

'We moeten het brandhout in tassen stoppen voordat het gaat regenen,' roept Sky.

Mikki scharrelt een paar tassen op.

'Heb je weleens een cycloon meegemaakt?' vraag ik haar terwijl we naast elkaar aan het werk zijn.

'In Hawaï hebben we er een paar gehad, maar daar kan ik me niet veel meer van herinneren. Afgelopen zomer hebben we in Sydney een paar flinke onweersbuien gehad. Jacks voorruit is toen aan diggelen gegaan door hagelstenen.'

Jack pakt een tas met hout op. 'Verdomme, helemaal vergeten.

Laten we maar iets over de auto's heen leggen.'

Mikki werpt me een zijdelingse blik toe.

'Wat is er?' vraag ik.

'Jij bent niet van plan om hier te blijven, hè? Ik voel het. Je wilt er niet echt voor gaan.'

Ik wil niet tegen haar liegen, maar ik ben bang dat de anderen ons zullen horen. 'Ik heb maar een toeristenvisum,' zeg ik voorzichtig, al was het gebrek aan een geldig visum geen obstakel voor Sky en Ryan.

Mikki's gezicht betrekt. 'Zonder jou zal het niet hetzelfde zijn.'

Ik ben hier pas acht dagen, maar het lijkt wel twee keer zo lang. 'Maar ik ga niet terug naar Londen.'

'O nee?'

'Ik moet in de buurt van het strand zijn. Ik ga weer naar Cornwall.'

Mikki staart me aan. 'Ik snap het.'

Ik geef een kneepje in haar hand. 'Geen paniek, voorlopig ben ik nog niet weg.'

Ik kijk naar haar slanke vingers en bedenk opnieuw hoeveel zachter zij is dan de anderen. Ik kan haar hier niet achterlaten. Dat kan ik gewoon niet.

Bij het herentoilet rolt Sky yogamatten op. Ik heb wel met Ryan en Clemente over hun familie gesproken, met wisselend succes, maar nog niet met Sky. Zonder haar is er geen Stam. Zo langzamerhand word ik wanhopig en er komt een gevaarlijk plan bij me op.

Voordat ik me kan bedenken loop ik naar haar toe. 'Clemente vertelde me gisteren dat je Greta heet.'

'Ja?' Haar gezichtsuitdrukking is behoedzaam.

'Eigenlijk wilde ik je dit gisteravond al vertellen, maar ik was bang dat de anderen het zouden horen. In Sydney heb ik je moeder ontmoet.'

Ze kijkt me verschrikt aan.

'Ze deelde VERMIST-posters uit. Ik had je niet herkend van de foto, maar toen ik je naam hoorde, schoot die me weer te binnen.' Ik neem een enorm risico, want voor hetzelfde geld weet haar moeder dat ze in Australië is. Maar Mikki heeft me verteld dat Sky haar ouders al heel lang niet heeft gesproken.

Er trekt een emotie over Sky's gezicht.

'Ik geloof graag dat je goede redenen had om te vertrekken, maar ik wilde je dit toch even vertellen. Ze zag er heel verdrietig uit.'

De blik in haar ogen verzacht. 'Hoe ging het met haar?'

'Ze heeft bij me uitgehuild. Volgens mij wil ze je dolgraag zien, of desnoods alleen even horen dat het goed met je gaat.'

'Het is zo lang geleden dat ik haar heb gezien.' Sky's stem klinkt gespannen. 'Heeft ze nog blonde krullen of is ze grijs geworden?'

'Ze is nog blond.' Ik durf nauwelijks adem te halen, maar volgens mij boek ik succes.

'Kon ze goed lopen? Voor ik wegging heeft ze een knieoperatie gehad.'

'Voor zover ik kon zien wel.'

'Draagt ze die rare bril nog?'

Ik slik even en hoop er maar het beste van. 'Ja.'

De uitdrukking op Sky's gezicht verandert. 'Mijn moeder is tien jaar geleden overleden, Kenna.'

Vol afgrijzen staar ik haar aan.

'Dus waarom zou je me zoiets vertellen?' Haar stem klinkt zacht, maar de blik in haar ogen is dat allesbehalve.

'Echt? Sorry, dan heb ik het verkeerd begrepen en was het je tante.' Ik begin te kakelen. 'Ik geloof niet dat ze echt heeft gezegd dat ze je moeder was. Dat heb ik gewoon aangenomen.'

'Ik heb ook geen tantes. Dus waarom zou je zoiets zeggen?'

Ik kan wel door de grond zakken. 'Dan moet het een andere Greta zijn geweest. Is dat een veelvoorkomende naam?'

'Ik heb je met Ryan en Clemente over hun familie horen praten. Nu was het zeker mijn beurt?' Sky tuit haar lippen. 'Clemente is een lastpost, maar we hebben hem hier nodig. Victor heeft hem nodig. Ik probeer Victor zo veel mogelijk zelfvertrouwen te geven, maar hij reageert anders op een andere man. En Jack heeft hem natuurlijk ook nodig. Dus ik zou het op prijs stellen als je ophoudt over familie.'

'Oké,' zeg ik zwakjes.

Ze kijkt me even zwijgend aan. 'Ik heb tegen je gelogen. Voor zover ik weet is mijn moeder niet dood, maar ik heb niets meer van haar gehoord sinds ik uit Zweden ben weggegaan.' Ze glimlacht stijfjes. 'Ik was er bijna in getrapt. Heel even dacht ik echt dat mijn moeder helemaal naar Australië was gevlogen om posters uit te delen en dat ze bij vreemden uithuilde om mij. Maar toen ik als tiener in de problemen belandde, nam ze niet eens de moeite om me op te halen van het politiebureau aan het einde van onze straat. Daar was ze te dronken voor. Het lijkt me sterk dat ze ooit aan me denkt.'

Ik sta met mijn mond vol tanden.

Sky gooit haar dreadlocks over haar schouder. 'Maar weet je? Ik ben dol op deze plek. En ik ben niet van plan hier ooit nog weg te gaan. Dat geldt ook voor Mikki en de anderen. Dus wat je ook probeert te bereiken, kap ermee.'

Wanhopig kijk ik van haar naar Mikki. Ik heb alles geprobeerd wat ik kon bedenken en nu ben ik door mijn ideeën heen.

'Trouwens... je hebt het, hoor,' zegt Sky. 'Eerst twijfelde ik eraan, maar ik heb het zonet gezien.'

'Wat heb ik?' vraag ik.

Er ligt weer een glimlach op haar gezicht. 'Het killersinstinct.'

De bomen komen op me af. Het lijkt alsof de bladeren en takken zich met elkaar verweven om het zicht op de hemel te blokkeren. Ik moet uit hun schaduw zien te komen. Terwijl ik snel rondkijk om er zeker van te zijn dat niemand me in de gaten houdt, pak ik mijn stok weer op en haast me over het pad naar het strand.

Het is een opluchting om in de weidsheid te staan waar de vertrouwde horizon zich voor me uitstrekt, al is het strand vanochtend een griezelige plek. De hemel wordt afgedicht door een plafond van dikke grijze wolken die zo laag hangen dat het lijkt alsof er vannacht een dak boven de wereld is gebouwd. Kleine vochtspetters vliegen door de lucht. Regendruppels vermengd met opspattend zeewater.

De wind buldert in mijn oren en laat mijn T-shirt wapperen. Sommige meeuwen staan met hun kop naar de wind en trekken hun vleugels hoog op, andere zoeken beschutting in de holtes van voetafdrukken. Een grote witte vogel – een ooievaar of een ibis? – loopt langs me heen en stijgt dan met veel geklapwiek op, waarna zijn grote lijf heel langzaam hoogte wint. Ik kijk ernaar en word opnieuw geconfronteerd met hoe gevangen ik hier zit.

Op weg naar het water maakt het natte zand een zompend geluid onder mijn zolen. De door de storm opgezweepte golven lijken net grote misvormde wiggen. Het wordt vloed. Op het zand liggen uitgerekte donkere klodders. Zijn dat... rozijnen? Nee, besef ik terwijl ik naderbij kom. Het zijn dode vliegen. Honderden aangespoelde vliegen liggen in keurige gebogen rijtjes langs de waterlijn. Sommige bewegen nog en kruipen het strand op in een hopeloze race tegen het getij. Andere liggen op hun rug te spartelen met hun spichtige pootjes. Een golf voert er een grote groep van mee als een vloot drijvende miniatuurscheepjes.

Vol vreugde verslinden de meeuwen deze sappige hapjes. Dat wordt me te veel en mijn maag trekt zich samen. Ik buig me voorover en gooi mijn ontbijt eruit. Een paar meeuwen schrikken en vliegen op. Eentje landt weer en neemt een voorzichtig hapje van mijn braaksel. Ik laat me op mijn knieën vallen en kokhals telkens opnieuw met mijn ogen stijf dichtgeknepen. Daarbij wens ik vurig dat ik heel ergens anders zal zijn zodra ik ze weer opendoe.

Iets raakt mijn hand. Geschrokken doe ik mijn ogen open en ik zie een biljet van vijftig dollar wegdrijven. Is dat van Ryan? Ik laat mijn blik over de oceaan gaan, op zoek naar meer biljetten, maar ik zie er geen. Zwarte wolken racen langs de hemel, waardoor er een schaduw over het strand trekt. Binnen de kortste keren hebben ze de hele lucht bedekt en verandert de dag ineens in de nacht, hoewel het nog niet eens negen uur 's ochtends is.

Aan de horizon zie ik bliksemschichten opflitsen. Er klinkt een rommelende donder. Een eindje voor me zie ik een donkere vorm op het zand liggen. In eerste instantie denk ik dat het een grote steen is, maar dan licht de wereld ineens neonpaars op en besef ik dat het een mens is. Ik ren ernaartoe en krimp ineen wanneer er een keiharde donderslag weerklinkt. Het geluid blijft galmen en sterft pas weg wanneer het wordt overstemd door de volgende, nog luidere donderslag.

Roerloos en met gesloten ogen ligt Ryan op zijn rug, bijna in dezelfde houding als die waarin ik hem aantrof bij onze eerste kennismaking. Ik ren naar hem toe en verwacht dat hij nu ook weer overeind zal springen, maar hij beweegt zich niet.

61

Kenna

Er klotst een golf rond Ryans enkels. Als het water zich terugtrekt, zie ik zijn benen pas goed. Ze zijn gezwollen, bont en blauw, en zijn voeten liggen in een vreemde hoek.

'Ryan!' roep ik.

Geen reactie, dus ik tik zachtjes tegen zijn wang. Die is vochtig en ijskoud. Ik knijp in zijn schouder en schud hem voorzichtig door elkaar. Hij valt slap terug op het zand. Een tel is het lichaam voor me niet van Ryan, maar van Kasim. Ik word overweldigd door duizeligheid. Ik wankel naar voren, zet een hand op het zand om mijn evenwicht te bewaren en knijp mijn ogen dicht. Wanneer ik ze open, is het Ryan weer. *Stel je niet aan, Kenna!*

Ik kijk naar links en naar rechts het strand af, maar zijn surfboard is nergens te zien. Misschien is zijn leash losgerukt en drijft zijn board ergens op zee. Hij is toch niet in dit weer gaan zwemmen? Hoe dan ook, te oordelen naar de staat van zijn benen is hij tegen de rotsen gesmeten. Ik wil hem niet verplaatsen voor het geval zijn ruggengraat beschadigd is, maar dan spoelt een andere golf tot zijn middel, dus pak ik hem onder zijn oksels en trek hem verder het strand op naar de vloedlijn, waar ik begin met reanimeren. Ik geef hem hartmassage en mond-op-mondbeademing. Zijn mond voelt koud tegen de mijne.

Het noodweer wordt steeds heviger. De donderslagen hebben

verschillende klanken. Nu eens lijkt het alsof je vlak naast een vertrekkende jumbojet staat die heel langzaam brullend opstijgt, dan recht over je hoofd langsbuldert en na het passeren een echo achterlaat. Dan weer klinken ze als een afschuwelijk ongeluk op een bouwplaats – alsof iets of iemand van grote hoogte omlaagvalt. En soms als een plotseling, oorverdovend gekraak dat vergezeld gaat van een gigantische zich langs de hemel vertakkende bliksemschicht, alsof de hele wereld uiteen wordt gereten.

Ik hoor de regen al voordat ik hem voel. Druppels spatten fel sissend op het zand, en dan krijg ik ineens een plensbui op mijn hoofd. Ondertussen dondert het bijna onophoudelijk en flitsen er verscheidene keren per seconde bliksemschichten als een soort stroboscoop.

Minuten verstrijken. *Haal adem, Ryan!* Maar hij reageert nergens op. Wankelend kom ik overeind.

Steenkoud water gutst omlaag terwijl ik terugren. Tranen biggelen over mijn wangen en vermengen zich met de regen. Sneller, steeds sneller ren ik over het pad, waarbij mijn blote voeten wegglijden op de modder. Ik ga de bocht om en bots tegen iemand op die in de tegenovergestelde richting loopt. Clemente.

'Hij is dood!' zeg ik, happend naar adem. 'Ryan.'

Clemente komt snel over zijn schrik heen. 'Laat zien.'

Over het strand hollen we terug naar zijn lichaam. Ik kijk toe als Clemente hem onderzoekt.

'Ik heb het geprobeerd,' zeg ik buiten adem. En dan begin ik weer te huilen.

Clemente slaat zijn armen om me heen. Ik huil tegen zijn schouder terwijl mijn benen het bijna begeven. Ik huil om Ryans vrouw en zijn dochtertje. En om mezelf. Inmiddels ben ik doodsbang.

'Dood?' vraagt Sky.

'Weet je het zeker?' vraagt Victor.

Jack wrijft over zijn hoofd. 'Verdomme.'

Weer op het strand rukt de wind aan ons haar en onze kleren

terwijl we om Ryans lichaam heen staan.

Jack fronst. 'Was hij aan het surfen?'

'Daar lijkt het wel op,' zeg ik. 'Of aan het zwemmen.'

Jack gebaart naar de oceaan, waar de wind het wateroppervlak opklopt tot puntige pieken als stijfgeslagen eiwit. 'Waarom zou hij nu zijn gaan surfen? Gisteren was het daar ook al kloteweer voor.'

Ryan ging vaak vroeg surfen, eerder dan de rest van ons, en gezien de spanningen van de laatste dagen is het niet echt verwonderlijk dat hij liever in zijn eentje ging. Maar Jack heeft gelijk: vanochtend valt er gewoon niet te surfen.

Nu ik langzaam over de schrik heen kom, neemt het verstandelijke deel van mijn hersenen het weer over. Alweer een sterfgeval dat op een tragisch ongeluk lijkt. Ryan moet door een golf van zijn board zijn gesmeten waarbij zijn leash is losgerukt – wat heel goed mogelijk is in golven van deze grootte, vooral als het klittenband versleten was – en vervolgens zijn verdronken voordat zijn lichaam weer aanspoelde. Zijn board kan mijlen verderop langs de kust zijn aangespoeld. Of misschien is hij gaan zwemmen en toen tegen de rotsen gesmeten.

Maar Ryan was van plan om te vertrekken, en hiermee komt het dodental op drie. Een zelfmoord, een aanval van een haai en nu een verdrinking. Tragedies die niets met elkaar te maken hebben? Of speelt hier iets anders? Ik kijk omlaag naar Ryans gezicht, alsof zijn bleke lippen me wellicht het antwoord zullen geven.

'We brengen hem naar de weide,' zegt Sky.

'Ik haal de schoppen wel,' zegt Victor en hij draaft weg.

Schoppen? Ontzet kijk ik naar Sky. 'Jullie gaan hem toch niet begraven?'

Sky's stem klinkt treurig, maar kordaat. 'Wat moeten we anders?'

'Een ambulance bellen,' zeg ik. Ik kijk Clemente aan, in de hoop hem tot rede te brengen.

'Daar is het te laat voor,' zegt hij vriendelijk.

'Of de politie...' Terwijl ik het zeg, snap ik het probleem: Ryans visum was verlopen, en zodra ze dat ontdekken, zullen ze zich gaan afvragen hoe het met de rest van ons zit. Vooral Sky kan dat risico niet nemen. Al stelt het visumprobleem natuurlijk niets voor als ik gelijk heb en een van hen hem heeft vermoord. Ook al wordt Ryans verdrinkingsdood als een ongeluk gezien, dan zal Sorrow Bay alsnog het nieuws halen, en daar zitten ze geen van allen op te wachten.

We staan op het strand in de striemende regen. Ik bestudeer hun gezichten. Is een van hen de moordenaar? Sky's blik vangt de mijne, alsof ze mijn gedachten heeft geraden. Heeft zij gezien dat Ryan zijn spullen inpakte?

De regenbui wordt nog iets heviger. Ik heb het nog nooit zo hard zien regenen. Het strand is verlaten, de meeuwen hebben beschutting gezocht.

Victor komt terug, en Clemente, Jack, Sky en hij pakken ieder een arm of been en dragen Ryan over het strand. Mikki en ik – allebei met een schop in onze hand – lopen achter hen aan. Wanneer we het bos in lopen, spoelt een grote golf zo ver het strand op dat onze voetstappen worden uitgewist en het zand nat en ongerept achterlaat. Alsof we er nooit zijn geweest.

Victor begint te fluiten en de rest doet mee. 'Sweet Jane'. Eerst denk ik dat we naar de rivier lopen, maar dan nemen ze een ander pad. De regen ruist op het bladerdak.

Sky's voet glijdt weg. Jack laat Ryans enkel vallen, die in de modder blijft liggen, en rent naar haar toe om haar te helpen. Victor trekt hem echter met een ruk naar achteren en helpt Sky zelf overeind. Jack wrijft even over zijn arm en daarna tillen ze Ryan met z'n allen weer op.

Mijn blik valt op een bekend uitziende geribbelde boomstam, en niet lang daarna zie ik de boom met de oranje vruchten waar Ryan ooit in klom. We komen op een kleine open plek, waar ze hem neerleggen. Dit moet min of meer de plek zijn waar ik Ryan voor het eerst heb gezien, liggend op de kale grond.

'Welke boom geven we hem?' vraagt Jack.

'Limoen?' vraagt Victor.

'Of perzik?' zegt Mikki. Hij was verzot op perziken.'

Ik luister naar hen, maar begrijp het niet echt. Dan zie ik de vruchten in de boom achter haar: paarse appels, zoals we onlangs nog hebben gegeten. Sorrowfruit. Mijn maag trekt zich samen wanneer ik het verband leg. *Op Sky*, zeiden ze toen ze met hun appels proostten. Ik dacht toen dat ze proostten op Sky – dus eigenlijk op Greta: hun leider. Maar ze brachten natuurlijk een toost uit op de échte Sky. Het is háár boom. Ze hebben een boom op haar graf geplant, en die voedt zich nu met haar rottende lichaam. Ik heb fruit van die boom gegeten. Ik moet kokhalzen, maar slaag erin om het geluid op een hoest te laten lijken.

Clemente ziet dat ik snap wat er aan de hand is en kijkt even heel schuldbewust.

De regen klettert op het bladerdak boven ons. Een kookaburra kijkt toe vanaf een naburige tak. Het beest ziet er nat en terneergeslagen uit terwijl de stamleden een graf graven. Om de beurt nemen ze een schop ter hand. Hun geroutineerde aanpak is angstaanjagend. Hoe vaak hebben ze dit al gedaan? Naast de appelboom staat iets wat op een pruimenboom lijkt. O, verdomme. Volgens mij ligt Elke hier ook, begraven onder de modder.

Waarom zou Ryan hiernaartoe zijn gegaan om op hen te gaan liggen? Om te rouwen? Of om zich te verkneukelen?

Zonder tranen en veel te beheerst zingt Mikki 'Sweet Jane'. Ze heeft haar ogen dichtgedaan en haar bovenlichaam deint heen en weer terwijl haar hoge stem boven het geluid van de schop uitkomt. Ik ken haar niet meer. Als het haar beurt is om te graven, blijft ze zingen.

Vol ontzetting kijk ik naar haar. Ik moet het onder ogen zien: ze is zo met deze groep verweven dat ze niet meer te redden is. Ik moet mezelf redden, anders loop ik het risico om zelf op deze eenzame plek te worden begraven. Ik zal een van de auto's stelen en ermee wegrijden.

Even later is het gat gegraven en laten ze Ryan erin zakken.

Hun gezichten worden verlicht door bliksemflitsen. Zes bedroefde vrienden die om een graf staan. Maar geen van hen laat een traan.

Victor doet een stap naar voren. 'Jij en ik konden het niet altijd even goed met elkaar vinden, maar toch hebben we leuke tijden gehad. Ik hoop dat je daar boven een paar goede golven vindt, maat.'

Jack is de volgende. 'Ryan, je was een goeie gast. Het spijt me dat ik zo vaak een drop-in bij je heb gedaan.' Zijn stem trilt.

Opnieuw valt me op dat Jack de meeste emotie van allemaal laat zien. Het is afschuwelijk dat ik Mikki moet achterlaten, maar in elk geval zal Jack op haar passen. Hij is verre van volmaakt, maar ik denk dat hij haar wel zal beschermen.

Zo te zien zijn ze hier nog wel een tijdje bezig, dus veins ik een snik. Hoofden draaien zich afkeurend om. Het is niet moeilijk om tranen op te roepen. Mijn verdriet is echt. Een intelligente man ligt koud en roerloos in een naamloos graf. Ik huil niet alleen om Ryans vrouw, maar vooral om zijn dochter, die zonder hem zal moeten opgroeien en nooit zal weten hoeveel hij van haar hield of wat er met hem is gebeurd.

Ik buig mijn hoofd, sla een hand voor mijn mond en verdwijn tussen de bomen. Zodra ik buiten zicht ben, zet ik het op een lopen, in de verwachting dat iemand me na zal roepen, maar ze hebben het zo druk met de plechtigheid dat ze niets merken.

Dit is misschien mijn enige kans om te ontsnappen. Mijn lichaam is verkleumd door de regen en mijn knieën schieten onder het rennen een paar keer op slot. Terug op de open plek kijk ik achterom. Niemand te zien, dus duik ik Jacks tent in. Waar zou hij zijn autosleutel bewaren? Zijn zwarte Quiksilver-rugzak staat in een hoek. Dat ding heeft overal zakken. Ik controleer ze een voor een en in de vijfde zak vind ik de autosleutel.

Op sommige delen van het pad reikt het water tot over mijn enkels. Spetterend ren ik door de plassen met de sleutel stevig in mijn hand geklemd om hem droog te houden. Ik wil hier zo snel mogelijk weg. Halverwege schiet me te binnen dat Jack heeft gezegd dat hij een kapotte band heeft, en ik vloek binnensmonds, maar ik heb geen tijd meer om terug te gaan en de sleutels van de andere auto's te zoeken, dus ik moet maar hopen dat de band het lang genoeg volhoudt om de doorgaande weg te bereiken.

Verdomme! Waarom heb ik mijn telefoon niet meegenomen? Die had ik in Jacks auto kunnen opladen; dan had ik om hulp kunnen bellen zodra er weer bereik is. Te laat. Hopelijk lukt het me het benzinestation te bereiken waar we op de heenweg zijn gestopt om daar hulp te halen.

Buiten adem kom ik aan bij de voertuigen en druk op het knopje van de sleutel. Het portier van Jacks auto gaat met een klik open en ik ga snel achter het stuur zitten waarbij mijn doorweekte short een soppend geluid maakt. Het is een automaat. Het is jaren geleden dat ik in een automaat heb gereden en het duurt even voordat mijn paniekerige brein zich herinnert hoe het moet. D staat voor *drive*. Nee, ik moet R voor *reverse* hebben.

Het chassis schokt op en neer wanneer ik achteruitrijd. De voorruit druipt van het water. Het kost me een paar pogingen om de ruitenwissers te vinden. Het is maar goed dat deze auto vierwielaandrijving heeft. Op het pad ligt een dikke laag modder en de kuilen staan vol water. Terwijl ik heel traag de bocht om rijd, kijk ik over mijn schouder om te zien of er iemand achter me aan komt, maar de achterruit is te beslagen om iets te kunnen zien. Met brullende motor rijd ik tegen een helling op. Banden slippen als ik weer omlaagga. Ik ga nog een bocht om, en de moed zakt me in de schoenen. De lage dam. Op de heenweg was het water hier maar een paar meter breed, maar nu staat de hele weg blank. Mijn voet aarzelt op het gaspedaal. Zal ik proberen om erdoorheen te rijden? Ik kom in de verleiding, maar dan stel ik me voor me dat ik vast kom te zitten in de auto en helemaal word meegesleurd naar de rivier.

Ik laat de motor lopen en spring uit de auto om te zien hoe diep het is. Het water is koud en modderig. Eerst komt het tot mijn enkels en dan tot mijn knieën. De stroming trekt nu al aan me.

Nog twee stappen en het water reikt tot aan mijn dijen. Hier kan ik niet doorheen rijden.

Ik haal een paar keer diep adem. Ik moet het opnieuw proberen zodra het ophoudt met regenen. Zouden de anderen de weide al hebben verlaten? Als ik opschiet, ben ik misschien eerder bij de tenten dan zij. Ik waad terug naar de auto en stap in. Het pad is smal. Ik zal drie keer moeten steken.

Met slippende wielen en zwaaiende ruitenwissers moet ik uiteindelijk ruim tien keer voorzichtig heen en weer gaan. Terug op de oorspronkelijke parkeerplek blijft de linkervoorband in een kuil in de weg hangen en is er geen beweging in de auto meer te krijgen. Ik vind de achteruitversnelling en trap het gaspedaal hard in. Het voertuig stuitert naar achteren, waardoor het handschoenenkastje openvalt en ik een stapel bankbiljetten zie liggen.

Onmiddellijk vraag ik me af of het Ryans geld is. Nee, Jack en Mikki bewaren hun contanten waarschijnlijk hier omdat dat veiliger is dan die in de tenten achter te laten. Ik buig me voorover om te kijken hoeveel het ongeveer is, en dan valt mijn oog op iets wat erachter ligt. Het is een felroze leren portemonnee. Ik zet de motor uit en pak hem. Het kan een reserve-exemplaar van Mikki zijn, maar vreemd genoeg wéét ik dat dat niet zo is. Niet haar smaak. Met trillende handen ruk ik het klittenband los. Er zitten vijf of zes bankpasjes in, maar slechts een paar dollar aan contant geld. Ik haal de pasjes eruit. Op een ervan staat een foto die me bekend voorkomt. Een knappe vrouw met rood haar. *Tanith O'Brien.*

62

Kenna

Een geluid buiten de auto laat me schrikken. Er staat iemand bij het beslagen raam aan de passagierskant. Net op tijd doe ik het handschoenenkastje weer dicht.

Het portier wordt opengerukt en Victor buigt zich naar binnen. ‘Waar ben jij mee bezig?’

De regen wordt in mijn gezicht geblazen. Ik heb twee seconden om een antwoord te verzinnen. ‘Ik ben ongesteld geworden. Ik wilde de plechtigheid niet onderbreken. Mikki heeft altijd tampons in haar auto.’

Dat is in elk geval waar. Jaren geleden is Mikki een keer onverwacht ongesteld geworden toen we mijlenver bij de dichtstbijzijnde winkel vandaan waren en ze een witte bikini aanhad. Ze was zo bang dat het nog een keer zou gebeuren dat ze daarna uit voorzorg tampons in haar auto bewaarde, in mijn auto en op alle andere plekken die je verder kunt verzinnen.

Victor fronst. ‘Waarom ben je ermee gaan rijden?’

‘De modder. Het leek alsof de auto zou wegzinken, dus heb ik hem iets naar achteren gereden.’ Ik heb geen idee of hij me gelooft of niet. ‘Kun jij even kijken of er tampons in de kofferbak liggen?’

Zwijgend doet hij het portier dicht en loopt naar de bagageruimte. Zodra hij erin kijkt, doe ik het handschoenenkastje weer open. Ik weet niet of hij op de hoogte is van de gestolen portemonnee of niet, maar zelfs dan wil ik niet dat hij weet dat ik het weet.

Alsjeblieft, laat me een paar tampons vinden. Dat zal mijn verhaal geloofwaardiger maken. En ja hoor, half verscholen zie ik een paar glanzend roze pakjes liggen. Ik pak ze, doe het handschoenenkastje dicht en stap uit, de regen in. 'Gelukkig! Ik heb er een paar gevonden. Kijk!'

'Oké.'

Zoals ik al had gehoopt, durft Victor me bijna niet aan te kijken. Hij slaat de kofferbak dicht en zegt geen woord als we teruglopen. De onweersbui is verder gedreven, maar de wind is aangetrokken. Regen klettert op ons neer terwijl we tegen de lage heuvel op lopen. De grond sopt onder onze voeten. Modder en stenen, afkomstig van de heuvel boven ons, zijn het pad op gegleden. Voorzichtig stap ik van steen naar steen.

In de modder links van me zie ik iets koningsblauws. Victor loopt voor me. Ik blijf even staan beter om te kijken. Terwijl ik met tot spleetjes geknepen ogen door de regen tuur, zie ik een bekend logo – dat met de gestileerde golf van Rip Curl. Ik ga ogenblikkelijk van het ergste uit. Ligt daar een lijk? Wanneer Victor kort achteromkijkt, loop ik snel door.

Ademhalen, Kenna. Het is vast een weggegooid – of begraven – kledingstuk dat daarna door de onweersbui langs de helling omlaag is gespoeld. Dat ding kan daar best al jarenlang liggen en niets met de Stam te maken hebben.

De anderen schuilen op een kluitje onder het zeildoek voor de regen. Ze slaan ons gade als we naar ze toe lopen.

'Hier.' Ik overhandig Jack zijn autosleutel.

Hij kijkt er verbaasd naar.

'Ik ben ongesteld geworden. Ik wist dat Mikki tampons in haar auto had.' Ik laat hun de tampons zien.

Jack en Clemente moeten ineens hoognodig iets doen. Clemente loopt naar de barbecue en Jack gaat naar zijn tent. Victor kijkt ongemakkelijk, maar blijft trouw naast Sky staan.

'Ik moest ze dringend hebben,' zeg ik. 'Het was een zootje.'

Dat wordt Victor te veel. Hij rent praktisch achter Clemente aan door de regen. Mikki zegt niets, maar ik vermoed dat ze weet dat ik lieg. Ze kent me te goed. Sky lijkt ook niet helemaal overtuigd, maar ze zegt niets, dus begeef ik me met trillende benen naar het toiletgebouwtje.

Ik wil dolgraag teruglopen over het pad om te kijken wat dat blauwe ding was, maar Sky houdt me de rest van de ochtend scherp in de gaten. De lunch is een sombere aangelegenheid. We eten staand, dicht bij elkaar op de modderige grond onder het zeildoek. De voedselvoorraad raakt op en Sky heeft boerenkool uit Ryans kleine moestuin door onze roereieren gemengd.

Jack vist de groene stukjes eruit. 'Waarom zou iemand deze rotzooi willen vreten? Dit is zo'n beetje het bitterste wat er bestaat. Ik zou nu een moord doen voor een vleespastei.'

'Biefstuk,' zegt Victor. 'Een lekkere, bloederige biefstuk.'

Jacks glimlach heeft een scherp randje. Misschien heeft hij last van zijn rug, maar die glimlach heeft echt iets lelijks. Nu ik weet dat hij over de portemonnee heeft gelogen, weet ik ook dat ik hem niet kan vertrouwen. In mijn binnenste vlamt paniek op. Over zes dagen gaat Mikki met hem trouwen.

Het is zo koud dat we allemaal een spijkerbroek en een trui dragen. Rondom onze benen waaien blaadjes en takjes. Het zeildoek boven ons hoofd klappert. De wind blaast de regen nu eens hierheen en dan weer daarheen, zodat we van alle kanten nat worden. Ik heb het gevoel dat ik tot op het bot doorweekt ben. Het enige positieve is dat het nu te nat is voor de muggen.

'In elk geval hoeven we niet af te wassen,' zegt Jack. 'Hier, moet je kijken.'

Hij zet de borden in de regen en de restjes zijn er binnen de kortste keren vanaf gespoeld.

'Ik hoop dat de wind gaat liggen,' zegt Sky. 'Misschien krijgen we dan vanmiddag nog een paar goede golven.' Ze geeft Victor een duwtje. 'Grote golven.'

Het lijkt ongevoelig om het zo snel na Ryans dood weer over

surfen te hebben. Ik spreek haar erop aan. 'Jij bent echt helemaal niet verdrietig om Ryan, hè?'

Ze knippert met haar ogen. 'Natuurlijk wel.'

'Denk eens aan zijn familie. Aan zijn dochtertje.'

Ze fronst. 'Zijn dochtertje? Heeft hij dat tegen je gezegd?'

'Ja. Ava. Ze is drie.'

'Hij heeft Victor om geld gevraagd omdat zijn zoon in de VS ziek was. Hij heeft Jack verteld dat hij terminale kanker had. Ryan was een pathologische leugenaar, Kenna.'

Ik kijk Victor aan. 'Die tattoo die je op zijn pols hebt gezet. De A van Ava.'

'Tegen mij zei hij dat het voor zijn vrouw was,' zegt Victor. 'Anna.'

'Ik heb een keer stiekem in zijn paspoort gekeken voordat hij het verstopte,' zegt Sky. 'En de volgende keer dat ik weer in Sydney was heb ik hem gegoogeld. Hij was betrokken bij handel met voorkennis. Hij kon niet terug naar Amerika, want dan was hij de bak in gedraaid.'

'Waarom hebben jullie hem dan laten toetreden?' vraag ik.

'Iemand die een stel rijke bedrijven besodemietert om twee jaar te kunnen gaan surfen? Dat is een man naar mijn hart.'

De anderen knikken.

'Bovendien kwam het ons goed uit dat hij hier bleef als wij naar Sydney gingen,' zegt Sky.

De wind tilt een surfboard op en blaast het tegen een boom. Vloekend rent Victor ernaartoe om het op te halen.

Clemente beent om het toiletgebouwtje heen. 'Hier is het beschutter,' roept hij.

We stapelen de surfboards op naast de muur en haasten ons terug onder het zeildoek.

'Dat doet me eraan denken,' zeg ik. 'Zijn er nog surfboards van Ryan weg?'

'Nee.' Clemente gebaart. 'Hij had er maar twee en die zijn er nog.'

'Dus hij was gaan zwemmen.'

'Kennelijk.'

Dat lijkt Clemente even erg te verontrusten als mij. 'Ik moet steeds aan zijn familie denken,' zegt hij. 'Wie dat ook zijn.'

'Ja, ik ook.' Ik staar naar de modder en wens opnieuw dat ik ergens anders was. Overal behalve hier.

Hij slaakt een diepe zucht. 'Soms vraag ik me af wat ik hier doe.'

Mikki kijkt hem verbaasd aan. 'Mis je je thuis?'

'Ik weet niet meer waar mijn "thuis" is, maar ik denk dat ik klaar ben om verder te trekken.'

Ik zie Mikki's stomverbaasde gezicht. *Pas op, Clemente.* Het is gevaarlijk om dat soort dingen hier hardop te zeggen. Met een schok besef ik dat Sky het ook moet hebben gehoord. Zij lijkt net zo verbaasd.

'Waar wil je dan naartoe?' vraagt Mikki.

Hij zucht. 'Geen idee.'

Vol walging kijkt Sky hem aan. 'Dus je laat ons stikken?'

Hij slaat zijn armen over elkaar. 'Ik heb nooit een belofte gedaan.'

'O, zeker wel.' Sky trekt hem mee tussen de bomen, en daar gaan ze ruzie staan maken. Ik wil dolgraag weten wat ze zeggen, maar ze worden overstemd door de regen. Met een dreigende blik kijkt Victor naar hen en beent dan naar hen toe.

Eigenlijk wil ik bij hen gaan staan, maar Clemente is een volwassen man die ongetwijfeld weet wat hij doet, dus wend ik me maar tot Mikki. 'Waar is Jack?'

'In onze tent,' zegt ze. 'Hij had last van zijn rug.'

'Er ligt een stapel bankbiljetten in zijn handschoenenkastje,' zeg ik zacht.

'Ja. Het is veiliger om dat in de auto te bewaren.'

'Het was nogal veel.'

'We hebben wat extra gepind toen we boodschappen gingen doen.'

Ik kijk haar aandachtig aan en vertel haar over de portemonnee.

Laat zij er alsjeblieft niet bij betrokken zijn.

Mikki's gezicht betrekt. 'O, verdomme. Ik dacht al dat er iets was. Hij vertelde toch dat hij zijn vriend heeft geholpen met het installeren van zonnepanelen? Maar misschien had hij te veel last van zijn rug. Soms wordt de pijn hem te veel. Maar geloof me, Jack is een goed mens.'

Ik kan niet bepalen of ze dat echt meent, maar ik ben blij dat ze er geen weet van had. Achter haar staan Clemente, Sky en Victor nog steeds ruzie te maken. 'In de weide. Daar ligt Clementes vrouw, de echte Sky, begraven, hè? En Elke?'

Mikki zucht. 'Ja.'

Haar bevestiging benadrukt alleen maar dat zij echt een van hen is geworden. 'En dat vond jij goed? Is het niet bij je opgekomen om naar de politie te gaan?'

'Wat voor zin zou dat hebben gehad? Dat zou ze niet weer tot leven hebben gewekt. Er viel niemand iets te verwijten. Wat had de politie kunnen doen?'

Ik vertel Mikki over het blauwe ding dat ik op het pad heb gezien. 'Ik wil weten wat dat is. Heb je zin om mee te gaan?'

Ze wijst naar de regen, die nog steeds met bakken naar beneden komt. 'Dat meen je toch niet? Wil je dat echt nu doen?'

'Het kan belangrijk zijn. Alsjeblieft?'

Mikki zucht. 'Nou, goed dan.'

Het pad is bezaaid met bladeren. Onze blote voeten glijden telkens uit terwijl we haastig naar de plek van de aardverschuiving lopen.

'Hier was het ergens,' zeg ik.

'Waar?'

Boven ons kraken takken terwijl ik over de modder tuur. 'Of nog iets verder.' Ik loop door en probeer me voor de geest te halen waar het was.

Mikki krimpt ineen wanneer er vlakbij een tak valt. 'Weet je zeker dat het geen bloem of een stuk afval was?'

'Ik zag het Rip Curl-logo.' Maar nu zie ik het nergens meer.'

We lopen heen en weer.

'Verdomme. Ik wéét dat het hier lag.' Heeft iemand het weggehaald?

Mikki slaat haar armen om haar lichaam. 'We worden kletsnat.'

Ik geef het op. 'Oké.'

Jack zit in hun tent. Wanneer Mikki hem aanspreekt op de portemonnee, geeft hij het onmiddellijk toe. 'Het was stom en impulsief van me. Ik heb een mannetje dat me codeïne verkoopt, maar dat spul is niet goedkoop. Als tiener stal ik vaak wanneer mijn moeder niet genoeg geld had om eten te kopen. Ik had nooit gedacht dat ik daar weer mee zou beginnen.'

Ik denk terug aan zijn eerdere ontkenning dat hij Tanith had bestolen en hoe gemakkelijk we ons door hem hebben laten inpakken. 'Van hoeveel mensen heb je gestolen?'

'Alleen bij haar, ik zweer het.' Hij glimlacht schaapachtig.

Het heeft iets kinderlijks dat hij denkt dat hij iets vreselijks kan doen en dat het hem vergeven zal worden wanneer hij zijn excuses aanbiedt.

Mikki omhelst hem. 'Ik heb geld. Zo nodig koop ik die codeïne voor je, maar laten we eerst met je arts gaan praten. Zij moet je wel helpen.'

'En die portemonnee dan?' vraag ik, stomverbaasd dat Mikki hem er zo gemakkelijk van af laat komen.

'Die sturen we hun wel op,' zegt Mikki.

'Als er een adres op staat, is dat waarschijnlijk in Canada,' zeg ik.

'We kunnen hem bij de politie inleveren zodra we weer in Sydney zijn. Dan zeggen we gewoon dat we hem hebben gevonden,' zegt Mikki.

Jacks ogen ontmoeten de mijne. Nu vraag ik me af wat hij wellicht nog meer op zijn geweten heeft.

63

Kenna

'Er staan goede golven!' roept Sky. 'Het waait minder hard.'

Ik kruip uit Mikki's tent en zie Sky, Victor en Clemente hun wetsuit aantrekken. De regen komt nog steeds met bakken omlaag.

'Jullie gaan toch niet echt in dit weer surfen?' vraag ik.

Vanochtend waren de golven gigantisch. Nu de wind ze niet meer uit vorm blaast, zijn ze vast nog hoger.

'Natuurlijk wel,' zegt Sky. 'Op dit soort omstandigheden trainen we het hele jaar.'

Als ze verdriet heeft om Ryan, dan kan ik dat niet zien. Al kan surfen haar manier van verwerken zijn.

Jack kruipt de tent uit. Hij heeft zijn wetsuit al aan. Mikki trekt de hare aan. Zo rustig heb ik de Stam nog nooit gezien. Alle leden waxen met een geconcentreerd gezicht hun surfboard. De schok van Clementes aankondiging dat hij weggaat wordt weggeduwd door hun verlangen om te gaan surfen.

'Ga je mee, Kenna?' vraagt Sky.

Ik hoor de uitdagende toon in haar stem. *Ben je vóór of tegen ons?* Dat is wat ze eigenlijk vraagt.

Mikki kijkt me veelbetekenend aan. Ik kan niet zien of zij wel of niet in deze golven wil surfen, maar de anderen koesteren al argwaan tegenover mij – vooral Victor –, dus ik moet de illusie in stand houden dat ik een van hen ben tot ik hier weg kan komen.

'Natuurlijk,' zeg ik.

'Ik heb een extra wetsuit die je kunt gebruiken,' zegt Sky.

Ik tover een glimlach op mijn gezicht. 'Ik ben Schots. Ik heb geen wetsuit nodig.'

Clemente glimlacht kort naar me en pakt zijn surfboard. Hoewel hij gespannen lijkt, weet ik niet of dat komt door de golven of door de ruzie van eerder. Een voor een draven de anderen het pad af.

'We halen jullie straks wel in,' roept Mikki.

Victor rent weer terug. 'Ik ben deze vergeten!' Hij doet zijn BRAZIL-polsbandje af en gooit het in zijn tent.

Zodra hij weer weg is, kijkt Mikki me aan. 'Je hoeft niet te surfen.'

Ik sta in tweestrijd. De laatste keer dat ik op grote golven heb gesurft was op de dag dat Kasim is gestorven, maar als Mikki het water op wil, moet ik wel mee om een oogje op haar te houden. 'Als jij gaat surfen, ga ik ook.'

Mikki friemelt aan de hals van mijn T-shirt. 'De golven scheuren dat shirt van je lijf. Trek in elk geval een *rashguard* aan.'

'Goed idee.'

Ze haalt er een uit haar tent. De zenuwen fladderen in mijn buik terwijl ik het ding over mijn hoofd trek. Ik wijs naar de loodgrijze lucht. 'In elk geval hebben we geen zonnebrand nodig.'

Op de bladeren glinsteren regendruppels. Geteisterd door het noodweer is de tere bloesem van een perzikstruik verlept en de ooit zo mooie bloemblaadjes lijken nu op gerimpelde huid. Ze ruiken bedompt en verrot. De golven klinken als donderslagen. Mijn misselijkheid wordt erger.

Harde regen valt op ons hoofd wanneer we uit het bos komen. Er is zeenevel komen opzetten en pas halverwege het strand zien we de oceaan. In de ondiepten wordt een hoopje smerig zeeschuim heen en weer geblazen. Door de nevel heen zie ik achter de branding glimpen van golven die komen opzetten en weer breken. Ik kijk even naar Mikki. Gaan we echt op die golven surfen? Ze zijn hoger dan alles waar ik ooit op heb gesurft, maar Mikki lijkt haast te hebben om het water in te gaan, dus ik heb geen keus.

Langs de kustlijn ligt naar vis stinkend zeewier als garnituur bij een opgeblazen en bijzonder dode kogelvis. *Getver.* Het oog dat ik kan zien staat wijd open, waardoor de vis een geschokte uitdrukking heeft. Zwellen die beesten na hun dood op, of was dit een laatste poging om te overleven?

Bij het naderen van de rotsen zie ik de anderen: kleine figuurtjes deinend in de mist.

Mikki wijst. 'Kijk!' Op het zand voor ons ligt een donkere vorm.

Heel even denk ik dat het weer een lichaam is, maar nadat we wat dichterbij zijn gekomen, zie ik dat het een heel kleine dolfijn is. Verdomme. Is dat beest gestrand?

Mikki begint te hollen. Ik ren met haar mee en in gedachten zie ik ons het beest al terug in het water duwen. Eenmaal bij de dolfijn trekt mijn maag zich samen. De helft van zijn kop is eraf gebeten.

Mikki wendt zich af. Ze knikt naar de kustlijn, waar het water wordt teruggezogen naar zee en vervolgens omhoog wordt gestuwd tot tunnelgolven die dan weer breken. 'Die golven slaan echt meedogenloos op de kust.'

Dat woord blijft rondzingen in mijn hoofd. Deze hele plek is eigenlijk meedogenloos. De golven, de fauna en de mensen.

We lopen zwijgend naar de rotspunt. Golven slaan stuk op de rotsen en sturen fijne waterdruppeltjes de lucht in.

Mikki maakt haar leash vast. 'Kom mee.'

Opnieuw valt me op dat onze rollen zijn omgedraaid. Ik was altijd de leider en zij de volger. Haar tijd hier heeft haar echt veranderd. Ze lijkt helemaal niet bang meer. Ik hou mijn adem in als ze over de rotsen klautert, het water in springt en daar al dobberend de aankomende golven ontwijkt. Ik ga hier niet echt het water op. Die golven zullen me kapotsmijten op de rotsen.

De muistroom aan de andere kant van het strand – zou die er

op dit moment zijn? Ik ren terug naar de rotswand, en ja, ik zie een smal kanaal zonder golven. Ik maak mijn leash vast en waad het water in. De muistroom trekt aan me met een verontrustende kracht en maait mijn benen onder me vandaan. Ik ga met mijn borst op mijn board liggen en hou me stevig vast terwijl ik de zee op word getrokken.

Ik heb het gevoel dat ik helemaal naar Nieuw-Zeeland zal worden gesleurd, maar dan zie ik een serie golven aankomen. Ze komen recht op me af. Ik duckdive en trek mijn board onder water. Zelfs onder water voel ik de kracht van de brekende golf, maar ik klamp me vast aan mijn board en kom weer boven. De regen striemt in mijn gezicht. Ik peddel hard naar de rotspunt en let goed op aankomende golven. Hier en daar rijzen hoopjes neopreen als grafstenen op uit de oceaan, maar ik heb geen idee wie wie is. In hun wetsuit lijken ze allemaal hetzelfde.

De nevel wordt dichter, tot ik nog maar een paar meter voor me kan zien. Vanuit het niets doemt een enorme golf op. Ik verstijf als een konijn dat gevangen is in het licht van koplampen. Op het laatste moment lukt het me om te duckdiven, waarna er een massa wit water op mijn rug stort die me diep onderduwt. Mijn oren ploppen.

Wanneer ik weer bovenkom, doemt er nog een reusachtige golf op uit de nevel. Ik laat mijn board los en duik onder. Dat is stom. De golf laat me rondtollen als een sok in een wasmachine. Ik worstel me naar de oppervlakte in de wetenschap dat ik slechts enkele seconden heb tot de volgende golf. Ik hap snel naar adem, en dan raakt hij me. Het enige wat ik kan doen is me tot een balletje oprollen en mijn armen beschermend om mijn hoofd slaan. Zout water dringt mijn neus binnen en ik heb geen idee meer wat boven of onder is. Op goed geluk zwem ik in de richting die volgens mij boven is. Inmiddels snak ik naar zuurstof. Te laat. Daar is de volgende golf, die me weer onderduwt.

Wanneer ik eindelijk weer bovenkom, hijs ik me op mijn board. Voordat ik goed en wel weer op adem ben arriveert de volgende golf. Ik kan hem pakken en erop surfen, of ik kan me erdoor laten verpletteren. Erop surfen lijkt de beste keus, dus ik peddel hard. Mijn board schiet naar voren en ik ga staan. Ik durf niet achterom te kijken, maar ik voel de kracht van de golf. *Niet vallen, niet vallen.* Als dat wel gebeurt, bevind ik me precies op de plek waar de golven breken en krijg ik de golven achter me tegen mijn hoofd.

Ik vang een glimp op van een figuur in een wetsuit. Afgeleid begin ik te wankelen en overcompenseer. Ik haal snel adem en sla mijn armen beschermend om mijn hoofd tegen de golf die zich op me stort. Ik zwem naar boven om nog een keer adem te halen voordat de volgende golf komt, maar zodra mijn hoofd boven water is, word ik beetgegrepen door handen die me weer onder water trekken. In eerste instantie denk ik dat die persoon – wie het ook is – me probeert te helpen, maar wanneer die handen al mijn pogingen verhinderen om naar de oppervlakte te gaan, dringt de waarheid tot me door.

Iemand probeert me te verdrinken.

Ik maai om me heen, trek aan de handen en probeer los te komen. Een klein deel van me herinnert zich dat ik kalm moet blijven om zuurstof te sparen, maar dat is onmogelijk. Net als de andere vermiste backpackers zal ik sterven op deze eenzame plek, en niemand zal ooit de waarheid weten.

Snakkend naar zuurstof zet ik alles op alles, maar de ander bevindt zich recht boven me en is daardoor in het voordeel. De drang om mijn mond open te doen wordt bijna onweerstaanbaar. Onbewust weet ik dat ik dan water zal inademen en zal sterven, maar ondertussen heeft mijn angst plaatsgemaakt voor pure paniek.

Angst is brandstof, paniek is dodelijk. In gedachten hoor ik telkens Sky's mantra, als een overslaande langspeelplaat. Ik ben niet eens meer in staat om de woorden te begrijpen, maar ze geven mijn brein iets om zich aan vast te klampen. Een nieuwe golf smijt ons naar voren in een kluwen van leashes en surfboards. Glasfiber knalt tegen mijn heup. Mijn surfboard of dat van mijn belager? Ik heb geen idee. Over een seconde of tien zal de volgende golf toeslaan. Ik krijg een idee. Met vechten schiet ik niets op. Als ik doe alsof ik dood ben, zal mijn belager zijn greep misschien zo ver laten verslappen dat de volgende golf me kan meevoeren. Mijn board zal achter me aan worden gesleurd en me vertragen, dus tast ik naar mijn leash en trek het klittenband los. Daarna hou ik me slap.

De druk in mijn longen neemt toe. Ik moet snel lucht krijgen, anders knappen ze. De handen schudden aan me, alsof ze controleren of ik echt dood ben, en dan komt de volgende golf, die me lostrekt. Ik breng mijn armen naar voren, hou mijn lichaam stijf en bodysurf over de golf. Vijf seconden, tien seconden...

Ik hef mijn hoofd op en adem heerlijke, prachtige lucht in. Ik kijk achterom en zie dat de nevel de oceaan aan het zicht onttrekt. Voor me doemt het strand op. Uitgeput zwem ik er op z'n hondjes naartoe, tot een golf me optilt en me op het droge smijt.

Duizelig en zwaar hijgend strompel ik het natte zand op. Mijn surfboard is nergens te bekennen. De regen striemt in mijn gezicht, dus ik ren naar de bomen. Takken kraken in de wind en overstemmen het geluid van een eventuele achtervolger. Ik bereik de tenten, maar ren door zonder mijn spullen te pakken. Het water op de overstroomde weg was te diep om doorheen te rijden, maar misschien kan ik erdoorheen waden of anders naar de overkant zwemmen. Het is een heel eind lopen naar de doorgaande weg, maar ik heb geen andere keus. Modder en keien zijn het pad op gegleden. Ik klauter eroverheen. Eenmaal aangekomen bij de plek waar ik het blauwe ding met het Rip Curl-logo heb gezien, kijk ik omlaag naar de linkeroever. En daar zie ik iets anders.

Clemente staat er tot zijn enkels in de modder met een schop in zijn handen. Naast hem is iets wat alleen een halfgedolven graf kan worden genoemd.

64

Kenna

Ik keer me om en ren terug over het pad. Ik heb geen doel voor ogen, ik ren alleen maar. Achter me kraken takken, maar ik kan niet horen of ik door de onweersbui of door hem word achtervolgd.

'Kenna!' roept Clemente.

Ik ren door terwijl mijn blote voeten alle kanten op glibberen. Ik kom bij een pad naar links. Omdat ik geen zin heb om andere stamleden tegen te komen, hol ik die kant op. En blijf vervolgens stokstijf staan. Een eindje verder verspert een grote kangoeroe de weg. Het beest staat op zijn achterpoten en beweegt zijn oren heen en weer alsof het in tweestrijd staat. Ik keer terug en ren een ander pad op.

'Laat het me uitleggen!' schreeuwt Clemente.

Ik ga nog harder lopen – de modder spat op rond mijn benen –, maar tevergeefs. Ik kan hem niet afschudden. Takken slaan in mijn gezicht. De bomen zwiepen heen en weer en om me heen vallen afgerukte bladeren en takjes op de grond. Ik bedek mijn hoofd als een tak me op een haar na mist.

Dit tempo kan ik niet lang meer volhouden, maar dan zie ik een opening in het struikgewas. Ik schiet erin en druk me tegen een boomstam om me te verstoppen. Mijn borstkas gaat heftig op en neer, maar ik sla mijn handen voor mijn mond om geen geluid te maken. Water plenst tussen de bladeren door op mijn schouders.

'Kenna!' roept Clemente opnieuw.

Roerloos en muisstil wacht ik af. Mijn schouders doen pijn op de plek waar de handen me onder water hebben gedrukt. Het enige wat ik nog hoor is stromend water. Volgens mij is Clemente weg. En nu? Ik durf niet terug te gaan naar de auto's, maar wat moet ik anders? De rivier! Had ik nu maar een surfboard, dan zou ik naar de overkant kunnen peddelen. Bij de tenten staan boards genoeg. Zou ik terug kunnen sluipen om er een te pakken? Dan denk ik aan de stroming die er staat. Die was vorige week behoorlijk sterk, en toen had het niet dagenlang geregend. Na deze stortregens zal de rivier nog woester zijn en vol puin zitten dat door de onweersbui van het land in het water is beland. Ik kan beter naar het pad gaan dat langs de kliftoppen leidt. Weliswaar zal ik dan kilometers moeten lopen om bij een weg te komen, maar er moet daar toch ergens een voetpad zijn? Voorzichtig stap ik achter de boom vandaan.

'Kenna!'

Van schrik maak ik bijna een sprongetje. Daar staat Clemente, op slechts een paar meter afstand. Ik hef mijn armen verdedigend op, maar hij blijft staan waar hij staat.

Hij is buiten adem. 'Ik ben hier eerder vandaag naartoe gegaan om te kijken hoe hoog het water stond. Ik maakte me zorgen om mijn auto. En onderweg zag ik een rugzak in de modder.'

Spreekt hij de waarheid? Hij klinkt oprecht, maar ik ben nog steeds op mijn hoede. Dan krijgt mijn nieuwsgierigheid de overhand. 'Van wie was die?'

'Van Elke. Het was haar kleine rugzak.'

'Wauw! Zat er nog iets in?'

'Al haar spullen. Dat is bewijs dat haar iets is overkomen. Ik wil hem naar de politie brengen. Misschien kan die er nog vingerafdrukken op vinden. Ik wilde dat ding begraven voordat iemand anders het te pakken krijgt en het misschien opnieuw zou verdwijnen. Daarom ben ik weggeglipt toen de anderen aan het surfen waren.'

Ik kijk hem aandachtig aan en twijfel nog steeds. 'Waarom heb je haar dood een halfjaar geleden niet bij de politie aangegeven?'

'Sky wilde hier geen politie hebben. Welke naam zou ze moeten opgeven bij een ondervraging? De politie heeft mijn vrouw in hun computer staan. Ze is ooit opgepakt tijdens een protest tegen klimaatverandering. Ik kon de politie er niet bij halen, want Sky had gedreigd ze te vertellen dat ik de identiteit van mijn vrouw aan haar had verkocht. Ik dacht dat Elke was doodgebeten door een haai. Wat had de politie kunnen doen?' Clemente drukt zijn hoofd tegen de stam van een boom. 'Ik heb er nu spijt van. Ik moet voortdurend aan Elkes ouders denken.'

Ik weet nog steeds niet goed of ik hem wel geloof. 'Daarnet heeft iemand geprobeerd me te verdrinken,' zeg ik, want ik weet dat hij dat niet geweest kan zijn.

'Wat?' Met een geschrokken blik doet hij een stap naar voren.

Ik stap naar achteren. Ik kan hem niet vertrouwen. Ik kan ze geen van allen vertrouwen. 'Ik moest me dood houden om het te overleven. Toen diegene me losliet, heb ik me op het strand laten aanspoelen en daarna heb ik het op een lopen gezet.'

'*Mierda!* Wie was het?'

Ik raak mijn pijnlijke schouders aan en probeer me te herinneren hoe de handen aanvoelden. Waren die groot of klein, sterk of zwak? Maar er gebeurde toen veel te veel. 'Ik weet het niet. Wat betekent het eigenlijk dat je Elkes rugzakje hebt gevonden?'

'Haar portemonnee zat er niet in, dus misschien is ze beroofd. Of heeft ze een ongeluk gehad en wilde iemand dat verdoezelen door te doen alsof ze was vertrokken.'

Een windvlaag laat de bomen bewegen en we krijgen een plens water over ons heen.

'Waarom had Ryan haar paspoort?' vraag ik.

'Geen idee. Iedereen mocht haar.' Zo te horen heeft Clemente een brok in zijn keel.

'Denk je dat Sky zich bedreigd voelde door haar?'

'Nee. Ze konden goed met elkaar opschieten.'

'En Victor?'

Hij slaat zijn armen om zijn lichaam en wrijft over zijn biceppsen. 'De nacht voor Elkes verdwijning is Sky met haar naar bed geweest, dus dat heb ik me altijd wel afgevraagd.'

'Allemachtig.' Mijn hoofd tolt. Ik heb gezien hoe Victor reageerde nadat Sky met Jack naar bed was geweest. 'Denk je dat Victor jaloers is geworden?'

Clemente werpt me een mistroostige blik toe. 'Ik weet het niet. Misschien.'

'Maar jullie twee lijken zulke goede vrienden.'

'Dat zijn we ook.' Clemente haalt zijn vingers door zijn natte haar.

Verdomme. Stel dat Clemente gelijk heeft en Victor uit jaloezie mensen vermoordt? Dan loopt Jack het risico zijn volgende slachtoffer te worden.

'En Jack is verslaafd aan codeïne,' zeg ik.

Clemente kijkt me schuldbewust aan. Dat wist hij allang. 'Jack zou zoiets nooit...'

'O nee? En als hij nou pijn had en het geld nodig had? Ryan had ook geld nodig.' Met tegenzin overweeg ik de mogelijkheid dat Mikki de dader is. 'Misschien heeft Elke geprobeerd om Jack te versieren en vond Mikki dat niet leuk.' Ik zeg het alleen om rekening te houden met alle mogelijkheden. Maar eigenlijk geloof ik het niet. Voor zover ik weet is Mikki niet eens zo verliefd op Jack.

'En ik?' vraagt Clemente.

'Wil je echt dat ik daarover ga speculeren?'

'Waarom niet?'

Ik denk aan wat Sky me over zijn vrouw heeft verteld en dwing mezelf om het te zeggen. 'Jij zou een monster kunnen zijn. Misschien laat je vrouwen verliefd op je worden om daarna... ik weet het niet... Nou, misschien word je bang wanneer ze te veel van je gaan houden. Of misschien vermoord je ze voor de kick. Of hou je zoveel van ze dat het je te veel wordt. Of je houdt van ze, en als ze dan bij je weg willen...'

Clemente staat onbeweeglijk en zwijgend voor me.

Ik adem beverig in. 'Of jullie zitten allemaal in het complot. Misschien hebben jullie Elke én jouw vrouw opgeofferd voor het welzijn van de Stam. Om hun geld of hun identiteit te bemachtigen, of omdat zij weg wilden gaan.'

Clemente steekt een arm naar me uit, maar vanwege de duistere blik in zijn ogen zorg ik dat ik buiten zijn bereik blijf.

Er trekt een vreemde uitdrukking over zijn gezicht. 'Het is heel verstandig dat je bang voor me bent.'

Ik ga nog wat verder achteruit.

Clemente kijkt me recht aan. 'Ik heb Elke niet vermoord, maar mijn vrouw wel.'

65

Kenna

Ik word overspoeld door een ijskoude golf. Ik doe mijn mond open, maar er komt geen geluid uit. Na alles blijkt hij de dader te zijn? Ik zou op de vlucht moeten slaan, maar mijn benen weigeren dienst, en bovendien is het nu toch al te laat.

'Ze had kanker op drie plekken.' Clementes stem klinkt zo zacht dat ik hem nauwelijks boven de storm uit kan verstaan. 'Ze zeiden dat het onbehandelbaar was, dat er te veel uitzaaiingen waren. Ze had hoogstens nog een jaar te leven.' Zijn donkere haar plakt tegen zijn hoofd. 'Een van haar vriendinnen was een jaar eerder aan kanker gestorven. Mijn vrouw heeft haar helpen verplegen en nadat die vriendin was overleden, zei mijn vrouw tegen me: *Als mij zoiets overkomt, moet je een einde aan mijn leven maken voordat de pijn te erg wordt. Als ik dood moet, dan op het hoogtepunt.*' Zijn stem hapert. 'Ze wilde niet dat de anderen het zouden weten. Ze wilde hun medelijden niet.'

Daar kan ik me iets bij voorstellen. Bij de Stam draait alles om kracht, vitaliteit en onoverwinnelijkheid, maar dit was iets waar niemand iets tegen kon uitrichten.

'Dus ging het leven verder,' zegt Clemente. 'Maar ze kreeg last van de symptomen. Ze had nog nooit van haar leven drugs gebruikt, maar toen ging ze cannabis roken. Ze hoopte dat het de pijn zou verminderen.'

'En deed het dat?'

'Nee, volgens mij niet. Ze raakte er alleen depri van. Ik was blij toen Greta onze voeding ging bepalen en zei dat we moesten stoppen met drugs, alcohol en alle soorten van junkfood. Ik hoopte dat het zou helpen bij Sky's strijd tegen kanker.' Clemente bijt op zijn lip. 'Maar ze viel steeds meer af en ze werd... hoe noem je dat... misselijk. Ze bleef wel surfen, maar ze raakte sneller vermoeid. Op een ochtend toen we met z'n allen waren gaan surfen, ging zij wat eerder het water uit. Na een poosje ging ik kijken of alles goed met haar was en toen zag ik dat ze zich had verhangen aan die ene boom.'

Ik krimp inwendig ineen als ik me die gruwelijke ontdekking probeer voor te stellen.

'Ze had een strop gemaakt van de leash van haar surfboard, maar daar zat te veel rek in. De esky lag op zijn kant onder haar. Die moet zijn omgevallen toen ze zich probeerde te verhangen. Haar voeten stonden erop. Ze leefde nog.'

Ik hou mijn adem in, bang voor wat er komen gaat.

'*Help me*, zei ze.'

Mijn vingers krommen zich in mijn handpalmen. Ik vrees voor de afloop van dit verhaal.

'Ik rende naar haar toe om haar naar beneden te halen. *Nee*, zei ze. Haar voeten waren aan het...' Met zijn handen maakt hij een fietsgebaar en daarna knijpt hij zijn ogen dicht alsof hij het beeld in zijn hoofd niet kan verdragen. 'Ze probeerde de koelkast weg te trappen, maar die was te zwaar. Ze wilde dat ik hem zou verplaatsen.'

Hij zwijgt even om zich te herpakken. Ik voel hoe pijnlijk het voor hem is om dit onder woorden te brengen.

'Ik kon niet anders. Ik móést haar wensen respecteren. Zij vroeg het, dus ik deed het. Ik heb het ding verplaatst. Daarna heb ik mijn handen tegen mijn oren gedrukt en ben ik weggerend.'

De wind huilt door de bladeren.

'Toen ik weer terugkwam, hadden de anderen haar al losgemaakt van de boom en was ze dood.'

Ik haal een paar keer diep adem terwijl ik probeer alles tot me door te laten dringen. 'En toen hebben jullie haar op dezelfde plek begraven als Ryan?'

'Ja.' Clemente kijkt me aan en wacht op mijn reactie.

'En de anderen? Elke en Ryan?' Als hij nu opbiecht dat hij hen ook heeft gedood, weet ik niet wat ik moet doen.

'Nee.'

Ik laat mijn adem ontsnappen.

Clementes stem breekt. 'Alleen haar. Vind je dat soms niet genoeg?'

Het water klettert op ons hoofd en onze schouders. Klappertandend sla ik mijn armen om mijn borstkas. 'Als ik me in die situatie bevond en iemand mij zoiets vroeg, weet ik niet of ik dat wel zou kunnen.'

'Ja, dat kun je. Geloof me, wanneer het om een geliefde gaat, dan kun je dat.'

De bomen achter hem zijn donkere heen en weer zwiepende silhouetten. De duisternis is vroeg ingevallen en het dikke wolkendek onttrekt de maan aan het zicht.

Clemente haalt een hand door zijn haar. 'Ik ben me altijd blijven afvragen of ik toen het juiste heb gedaan. Misschien had ik een behandeling voor haar moeten regelen. Zodat ze langer was blijven leven. Misschien zou er een wondermiddel zijn ontdekt. Misschien hadden de artsen het bij het verkeerde eind.'

Hij leunt tegen een boomstam en lijkt een gebroken man. Ik pak zijn vingers en knijp erin. Ze zijn ijskoud, net als de mijne.

'Tijdens de laatste dagen van haar leven stonden er zulke mooie golven.' Zijn stem klinkt rauw. 'Daar ben ik dankbaar voor. Haar vroegste herinneringen waren herinneringen aan de oceaan, en haar laatste ook.'

Ik knijp harder in zijn vingers. Hij zakt ineen tegen de boom.

'En nu?' vraag ik.

Hij haalt even diep adem. 'We moeten terug naar de tenten.'

'Een van hen heeft geprobeerd om me te verdrinken.'

Clemente draait zijn hand om en verstrengelt zijn vingers met de mijne. 'Ik zal je geen moment alleen laten. En waar moeten we anders naartoe?'

Hij heeft gelijk. We hebben een schuilplaats nodig, dus rest ons niets anders dan terug te gaan naar de open plek. Met hem aan mijn zijde voel ik me veiliger.

Hij gebaart naar de donker wordende hemel. 'We moeten nu gaan, anders verdwalen we hopeloos.'

We rennen tussen de bomen door, struikelend over boomwortels en twijgjes.

'Wacht,' zeg ik hijgend. 'Wat doen we met Elkes rugzak?'

'Dat regel ik morgenochtend wel,' zegt Clemente.

Buiten adem bereiken we de kampeerplek. Er worden hoofden uit tenten gestoken: Mikki, Jack, Victor en Sky, die hun gezicht beschermen tegen de regen.

'Waar zijn jullie geweest?' vraagt Mikki scherp.

'Iemand heeft geprobeerd om Kenna te verdrinken,' zegt Clemente.

Ik krimp ineen. Ik had het niet zo recht voor z'n raap willen zeggen. Clemente komt dichter bij me staan en ik voel zijn lichaamswarmte tegen mijn heup.

'O mijn god!' roept Mikki.

'Weet je het zeker?' vraagt Jack.

Ik trek de hals van mijn rashguard opzij om mijn schouder te laten zien. In het gedempte licht van zijn zaklamp zijn rode handafdrukken zichtbaar.

Ik bestudeer hun gezichten terwijl ik vertel wat er is gebeurd. Een van hen wéét wat er is gebeurd. Die arme Mikki is helemaal van slag. Ze kijkt van de een naar de ander en vraagt zich, net als ik, af wie van hen het was. Jack slaat beschermend een arm om haar heen en kijkt van Sky naar Victor.

Sky's wang is gezwollen en ze heeft een wond onder haar oog.

'Wat is er met je wang gebeurd?' vraag ik.

'Ik kreeg een *wipe-out* en toen is mijn board ertegenaan gekomen,' zegt Sky.

Ik kijk haar aandachtig aan. Is dit gebeurd toen ze met mij vocht?

'De golven waren heel sterk vandaag,' zegt ze. 'Victors leash is geknapt.'

'Jack is een teennagel kwijtgeraakt en ik heb een klap tegen mijn scheenbeen gekregen.' Mikki tilt haar been op en laat me een blauwe plek zien. 'Kijk!'

Even komt er een afschuwelijk idee bij me op, maar zij kan het natuurlijk niet zijn geweest. Ze is mijn beste vriendin. Nee. Van de hele groep lijkt Sky het waarschijnlijkst. Ik heb gezien hoe beschermend ze is als het om de Stam gaat.

'Ga je tent weer in,' zeg ik tegen Mikki. 'Je wordt kletsnat.'

'Dat ben ik al,' zegt ze. 'Wat ga jij nu doen? Iemand wilde je verdrinken!'

Clemente onderbreekt haar. 'Ik blijf bij haar.'

Mikki's ogen worden groot. Ze grijpt mijn arm beet. 'Kan ik je even spreken?'

Ze leidt me naar de achterkant van haar tent. 'Stel je voor dat hij het heeft gedaan?' bijt ze me toe.

'Geen paniek,' fluister ik. 'Hij was al in het bos toen ik wegvluchtte van het strand, dus hij kan het niet zijn geweest.'

Haar lange zwarte haar plakt tegen de zijkant van haar gezicht. 'Wie was het dan?'

Ik doe mijn mond open om mijn verdenking over Sky met haar te delen, maar dan bedenk ik me. Ik weet niet meer aan welke kant Mikki staat. 'Geen idee.'

'Je mag je wel tussen Jack en mij in proppen, of anders kan Jack bij Clemente in de tent gaan slapen. Dat vindt hij vast niet erg.'

'Ik vertrouw hem.' Ik heb het nog niet gezegd of de twijfel slaat toe. Clemente heeft niet geprobeerd me te verdrinken, maar wat de andere sterfgevallen aangaat... Ik heb tijd en ruimte nodig om alles wat hij me heeft verteld te laten bezinken.

'Goed,' zegt Mikki, duidelijk nog steeds twijfelend. 'Ik zal je slaapzak weer in jouw tent leggen.'

Samen lopen we terug naar de anderen.

'Er liggen nog wat restjes op de barbecue,' zegt Sky.

'Bedankt,' zeg ik, en zij gaan allemaal hun tent weer in.

Het is te donker om te zien wat ze voor ons hebben overgelaten, maar ik denk bonen, rijst en eieren. Ik eet snel en heb het zo koud dat mijn hele lichaam rilt. Ik pak mijn slaapzak. Clemente ritst zijn tent open en ik ga naar binnen. Hij haast zich achter me aan en ritst de tent weer dicht.

Het canvas fladdert alsof de tent wil wegvliegen. Het is hier pikdonker. De kou wint het van mijn preutsheid. Ik trek mijn rashguard en mijn short uit met vingers die stijf zijn van de kou. Mijn bikinitopje is doorweekt, dus dat doe ik ook uit.

Geritsel. Clemente trekt zijn kleren ook uit en onze ellebogen raken elkaar in de krappe ruimte.

'Wil je een droog T-shirt?' vraag hij. 'Hier.'

Ik tast rond in het donker tot ik zacht katoen voel. 'Dank je.' Ik trek het over mijn hoofd.

'Geef me je natte kleren maar.'

'Ik laat me in mijn slaapzak glijden. Mijn vingers zijn ijskoud. Ik bal ze tot vuisten en blaas erop.

'Heb je het nog steeds koud? Kom maar.' Een tel later voegt hij eraan toe: 'Als je wilt, tenminste.'

Eigenlijk vraagt hij of ik anders over hem ben gaan denken door alles wat hij me heeft verteld. Ik heb het nog allemaal niet verwerkt, maar tast toch naar hem in het donker, waarop hij zijn armen om me heen slaat.

De regen roffelt op het canvas – een kalmerend geluid nu ik warm en droog ben. Clemente streelt mijn haar en de tederheid waarmee hij dat doet treft me als een stomp in mijn maag. De schok van alle gebeurtenissen slaat nu echt toe. Ik ben nog nooit zo dicht bij de dood geweest als vanmiddag.

'Volgens mij was het Sky,' fluister ik. 'Ik denk dat zij me wilde verdrinken.'

‘We gaan morgen wel met haar praten,’ fluistert Clemente. ‘En dan eisen we de waarheid.’

Zijn zachte T-shirt tegen mijn gezicht en zijn vertrouwde muskusgeur zorgen ervoor dat ik breek. Ineens huil ik weer – diepe snikken die mijn lichaam laten schokken. Clemente houdt me stevig vast.

‘Sorry,’ mompel ik met mijn mond tegen zijn schouder. ‘Druk ik je plat?’ Ik maak me van hem los.

Clemente trekt me weer tegen zijn borstkas. ‘Heb je wel gezien hóé groot mijn schouder is?’

Mijn lach vermengt zich met mijn snikken. Omdat ik geen hand voor ogen kan zien, wordt mijn tastzin scherper. Hij streelt mijn rug en laat zijn vlakke hand langs de ronding van mijn schouderbladen gaan. Ik adem zijn geur in en bedenk hoe gevaarlijk ons bestaan hier is. Het leven is kort, tijd is kostbaar. In het donker vindt mijn mond de zijne.

Het gaat nog harder regenen, en de kikkers laten een krakend refrein horen. Het klinkt vals en uit de maat, alsof het zatlappen in een pub zijn.

66

Kenna

Met een schok word ik wakker en ik weet alles weer. Handen op mijn schouders die me proberen te verdrinken. Ryan dood. Dan voel ik het warme lichaam dat tegen mijn rug gekruld ligt.

'Hoi,' fluistert Clemente.

Hij slaat een arm om mijn zij en trekt me naar zich toe. De wind huilt nog steeds. Het canvas boven ons flappert, waardoor er waterdruppels op ons vallen.

Ik draai me naar hem om. 'Hé, je haar is nat.'

Hij drukt zijn handpalm tegen het canvas boven zijn hoofd. 'Lekt.'

Dat verbaast me niets. De storm heeft de tent de hele nacht gegeseld. 'Heb jij nog wat kunnen slapen?'

'Ja.' Clementes intens grijze ogen houden mijn blik vast. En glijden vervolgens naar mijn lippen.

Geritsel buiten doet me verstijven. Clemente gaat rechtop zitten en trekt zijn kleren aan. Ik heb totaal geen zin om naar buiten te gaan. Ik wil hier blijven, warm en veilig. Ik kan niet goed nadenken.

Clemente ritst het muskietengaas open. 'Nergens zonder mij naartoe gaan.'

Ik kruip achter hem aan naar buiten, gekleed in zijn T-shirt en in mijn slipje. Mikki en Jack zijn al op. Sky en Victor zijn nergens te zien. Mikki werpt me een bezorgde glimlach toe. Te oordelen naar de wallen onder hun ogen hebben Jack en zij ook niet veel geslapen. Clemente blijft voor mijn tent wachten terwijl ik een short pak, en daarna kruipen we allemaal bij elkaar onder het zeildoek en eten we overrijpe bananen terwijl het om ons heen pijpenstelen regent.

De vogels zijn stil, alsof ze protesteren tegen de storm, al bestaat de kans dat ik ze niet kan horen door de harde wind. De lucht is zo vochtig dat mijn kleren alweer doorweekt lijken. Ik zou het koud moeten hebben, ware het niet dat Clemente mijn hand heeft gepakt en de zijne warmte uitstraalt.

De rits van de tent van Sky en Victor gaat open. Clemente grijpt mijn hand steviger vast.

Sky komt haar tent uit en wrijft in haar ogen. 'Hebben jullie Victor gezien?'

'Nee,' zegt Clemente. 'Is hij gaan surfen?'

Want op een dag als vandaag is dat de enige logische reden om vroeg op te staan.

'Ik kijk wel even of een van zijn boards ontbreekt.' Jack loopt snel naar de zijkant van het toiletgebouwtje. 'Ja, zijn gele board is weg.'

'Ik ga naar het strand,' zegt Sky.

'Wacht,' zegt Clemente. 'Laten we met z'n allen gaan. We moeten bij elkaar blijven.' Hij laat mijn hand los en brengt zijn hand naar de rits van zijn lichtgewicht regenjas. 'Neem jij deze maar, Kenna.'

'Nee, dank je. Dat hoeft niet.' Ineens leer ik een heel andere kant van hem kennen.

Hij pakt mijn hand weer. Met gebogen hoofd vanwege de regen haasten we ons achter Sky aan. Op het pad ligt een dikke laag modder en de geur van rottende planten vult mijn neusgaten.

Zodra we het bos uit zijn, blaast de wind ons om de oren. De nevel is opgetrokken en ik haal even diep adem als ik zie hoe hoog de golven zijn.

'Hier kan Victor toch niet in zijn gaan surfen?' zegt Jack. 'Hoe had hij door de branding moeten peddelen?'

De anderen kijken net zo bezorgd. Onze ogen beschermend tegen de regen speuren we de oceaan af op zoek naar een klein figuurtje, maar we zien hem nergens. Sky loopt op een sukkeldrafje langs de waterkant. Het natte zand voelt korrelig aan onder onze voeten. Voor ons heeft hier al iemand gelopen en diens voetafdrukken vullen zich met zeewater, bedekt met een vieze laag zeeschuim.

Sky versnelt haar pas. En dan zie ik het: een donkere vorm op het strand. *Nee!*

Victor ligt op zijn rug, vlak bij de plek waar we Ryan gisteren hebben gevonden. Zijn kapotte leash ligt opgekruld op het zand. Zijn surfboard is nergens te bekennen.

Bij hem aangekomen laat Sky zich op haar knieën vallen.

Clemente duwt haar opzij. 'Laat mij maar.'

Wanneer Clemente tegen beter weten in aan de slag gaat, komt alles me onwerkelijk voor. Minuten verstrijken. Clemente komt overeind en schudt zijn hoofd. Sky staart naar Victors levenloze gedaante, terwijl de rest er in een verbluft stilzwijgen bij staat.

Sky kijkt ons aan, haar gezicht vol ontzetting. En schuldbesef. Alle keren dat ze hem plaagde omdat hij bang was... Ongetwijfeld verwijt ze zichzelf dat hij het water op is gegaan. Ik weet hoe dat voelt. Ze huilt nog niet. Het is nog niet tot haar doorgedrongen. De tranen komen later.

Ik laat mijn blik naar links en naar rechts over het strand gaan, op zoek naar Victors surfboard. Geknapte leashes zijn niet ongewoon als je op grote golven surft, maar ik voel achterdocht de kop opsteken en te oordelen naar de blikken die Clemente en Jack wisselen, geldt dat ook voor hen. Alweer een 'ongeluk'. Dit is een gevaarlijke plek, vooral nu, met golven van twee keer manshoogte. Maar zijn deze jongste tragedies het werk van de natuur of van een van ons? Het enige wat ik zeker weet is dat iemand heeft geprobeerd me te verdrinken.

Sky slaakt een zachte kreet en pakt Victors pols: zijn BRAZIL-bandje. Ze drukt haar handen tegen haar gezicht en laat haar hoofd zakken. Haar schouders schokken. 'Dat deed hij altijd af bij het surfen,' zegt ze met een vreemd verstikt stemmetje. 'Hij was bang dat hij het zou kwijtraken.' Ze drukt haar hand tegen haar mond.

Terwijl Mikki en Jack haar proberen te troosten, staar ik naar het bandje. Zoals Sky al zei, droeg hij dat nooit in het water. Dus waarom vandaag wel? Heeft hij het omgedaan bij wijze van talisman, zoals Sky lijkt te denken, of heeft iemand hem gewekt tijdens zijn slaap, hem vermoord en vervolgens hiernaartoe gesleept? Clemente kijkt er ook naar. Mijn ogen ontmoeten de zijne. Denkt hij wat ik denk?

Hij gebaart naar de oceaan. 'Niemand kan in deze omstandigheden door de branding peddelen. Waarom zou hij dat hebben geprobeerd?'

Jack knikt. 'Ja, je hebt vandaag een jetski nodig om verderop in de baai te komen. Hé… daar ligt zijn surfboard.' Hij rent over het strand naar het board, dat in de ondiepten op en neer deint. Hij loopt ermee terug terwijl hij het als een ongewenst geschenk voor zich houdt.

Ik klappertand. We rillen allemaal.

'We moeten terug,' zegt Clemente.

Sky loopt een eindje met ons mee, maar rent dan terug naar Victor. Even later voegt ze zich weer bij ons en zie ik dat het BRAZIL-bandje nu om haar pols zit. Ze loopt zwijgend door met haar gezicht naar de regen, die ondertussen afneemt.

Terug op de open plek snijdt Clemente de laatste appels doormidden en deelt die uit. 'We hebben suiker nodig om van de schrik te bekomen.'

Als ik erin bijt, stel ik me de bomen met sorrowfruit voor, bewegend in de wind. Ik heb het gevoel dat ik mijn adem inhoud tot er weer iets zal gebeuren. Op dit moment verdenk ik ze allemaal, zelfs Sky. Clemente geeft haar een stuk appel aan, maar ze staart er enkel naar alsof ze niet weet wat ze ermee moet doen.

Vijf verdrietige vrienden schuilen voor de regen. Ik kijk van het ene gezicht naar het andere. Jack eet zijn appel een tikje te voldaan. Clemente lijkt iets te beheerst, terwijl Sky's ontzetting zo extreem is dat het overdreven lijkt. Ik twijfel zelfs over Mikki, die een vreemde lege blik in haar ogen heeft.

Jack pakt de appel voorzichtig uit Sky's hand en brengt hem naar haar mond. 'Eet op.'

De intimiteit ervan is verontrustend. Hij laat er geen gras over groeien en dringt zich meteen na Victors dood aan haar op, maar Mikki lijkt het niet in de gaten te hebben. Of misschien kan het haar niets schelen.

'We moeten de politie inschakelen,' zegt Clemente. 'Zodra het niet meer regent.'

In mijn binnenste slaat de paniek toe bij het besef dat we hier gevangenzitten. Tot het water gezakt is, kunnen we niemand laten komen.

'Hij is verdronken,' zegt Jack. 'Wat kan de politie dan nog doen? Wil je echt dat die hier gaat rondneuzen? Denk eens na, man. Er liggen hier drie lichamen onder de grond en ieder van ons is een potentiële verdachte omdat we die samen hebben begraven.'

Gisteren, in Mikki's tent, leek Jack kinderlijk, maar nu lijkt hij dat allesbehalve. Hij neemt de leiding op een manier die ik nog niet eerder heb gezien.

Sky neemt geen deel aan de discussie. Ze is helemaal in shock door de gebeurtenissen. Als ze toneelspeelt, is het een acteerprestatie vanjewelste. Ze legt haar appel op de barbecue en loopt het bos in.

'Waar ga je heen?' roep ik haar na, maar ze geeft geen antwoord.

Achter het toiletgebouwtje klinkt een klap.

'Wat was dat?' vraagt Jack.

'De surfboards,' zegt Clemente.

We hollen ernaartoe om te kijken. Het bovenste board van de

stapel is op de grond geblazen. Het is dat van Clemente. De leash wikkelt zich om mijn enkel wanneer hij hem opraapt.

'Verdomme!' zeg ik, me afvragend waarom ik het niet eerder heb gezien. 'Victor is een goofy-footer. De rest van ons is allemaal linksbenig.'

Ze staren me aan alsof ik gek ben.

'Maar toen we hem op het strand vonden, zat zijn leash om zijn rechterbeen,' zeg ik.

Jack fronst. 'Echt waar?'

'Weet je het zeker?' vraagt Mikki.

'Kenna heeft gelijk,' zegt Clemente. 'Ik herinner het me nu ook.'

Er valt een stilte terwijl tot hen doordringt wat dit betekent: iemand heeft Victors leash ná zijn dood om zijn been gedaan.

En er is maar één reden om dat te doen.

67

Kenna

Even is alleen het water te horen dat aan alle kanten naar beneden klettert.

'Sky!' roep ik, want zij moet dit ook horen, maar er komt geen reactie – ze is al buiten gehoorsafstand.

Ik wend me weer tot de anderen. 'Kan iemand een onschuldige reden bedenken waarom Victors leash om zijn verkeerde been zat?'

Dat kunnen ze niet. Want die is er niet.

Ik heb weleens gehoord dat goede surfers af en toe van positie veranderen en dan surfen met hun andere been naar voren – Mikki en ik hebben dat ook een keertje geprobeerd –, maar dat doe je alleen bij lage golven. Op een dag als vandaag zou je dat nooit van je leven doen.

Ondertussen is de sfeer paniekerig geworden. Clemente blijft naast me staan, maar Mikki heeft wat afstand genomen van Jack. Ik probeer haar blik te vangen. Verdenkt ze hem soms?

Jack kijkt naar Clemente, wat op zich een logische eerste keus is, omdat Victor een grote kerel is – was – die vroeger aan vechtsporten deed, dus zijn moordenaar moet behoorlijk sterk zijn.

'Clemente was de hele nacht bij mij,' zeg ik tegen Jack. 'Als hij de tent uit was gegaan, zou ik het hebben gehoord.'

Maar terwijl ik het zeg, begin ik zelf te twijfelen. Kan Clemente naar buiten zijn geglipt, Victor naar het strand hebben gelokt en hem daar hebben verdronken en daarna de tent weer zachtjes binnen zijn gegaan? Dan was hij natuurlijk kletsnat geworden, maar hij had zich kunnen omkleden. Ik was zo moe dat ik erdoorheen had kunnen slapen.

De adem stokt in mijn keel. *Vanochtend was zijn haar nat.*

Nee. Ik vertrouw hem. Ik richt mijn aandacht weer op Jack en denk aan zijn slaande ruzie met Victor van drie dagen geleden. Sindsdien leek Jack voortdurend op zijn hoede voor Victor, maar hij kan een moment hebben afgewacht om hem ergens alleen te treffen, zodat hij wraak kon nemen. Ik denk aan Jacks manier van doen in het water: het ene moment agressieve uitbarstingen, het volgende moment sierlijke bochten. Hij heeft duidelijk problemen, en ik heb zelf meegemaakt hoe goed hij kan liegen.

Jack ziet me naar hem kijken en hij haast zich weg om iets uit zijn tent te halen. 'Ik heb gisteravond een slaappil genomen. Zie je?' Hij steekt een foliestrip omhoog, alsof dat iets bewijst.

Het is onmogelijk dat Mikki iemand van Victors postuur heeft overweldigd.

En Sky? Ik heb gezien hoe geslepen ze is. Bovendien is ze sterk. Het zou heel simpel voor haar zijn geweest om na afloop stiekem naar haar lege tent te gaan en droge kleren aan te trekken.

Met een klap valt er achter me een tak op de grond en ik maak een sprongetje van schrik. Het struikgewas is constant in beweging, de bomen en struiken zwiepen heen en weer. Ik verwacht telkens dat er iemand tussen vandaan zal stormen, maar er komt niemand. Wij zijn de enigen. We moeten het onder ogen zien: er is geen gezichtsloze onbekende om hier de schuld van te geven. Een van ons heeft Victor vermoord.

'Ryans dood kan een ongeluk zijn geweest, net als die van Elke,' zeg ik. 'Maar in dit geval bestaat er geen enkele twijfel. We moeten naar de politie.'

Jacks gezichtsuitdrukking verandert. 'Een lichaam verbergen is een misdrijf. We hadden een pact gesloten.'

Hij wil echt koste wat kost de politie erbuiten houden. Ja, ze hadden een pact, maar het is te ver gegaan. Dat vindt Clemente duidelijk ook, maar Mikki lijkt te twijfelen.

'Ik ga achter Sky aan,' zei Jack. 'Blijven jullie maar hier.'

'Wees voorzichtig,' roep ik.

'Niet weggaan, oké?' Jack loopt op een sukkeldrafje weg.

De spanning vermindert nu we nog maar met z'n drieën zijn. Clemente zet koffie en ik strooi ontbijtgranen in kommen – die zullen we droog moeten opeten, want de melk is op.

Ik steek Mikki een kom toe.

Ze duwt hem weg. 'Ik hoef niet.'

Haar onderlip trilt, en ik sla een arm om haar heen. Ik weet hoe goed Victor en zij het met elkaar konden vinden. Ze is natuurlijk van streek, maar ze doet haar best om dapper te zijn.

Jack snelt over het pad naar ons toe. 'Ze is gesprongen!' schreeuwt hij. 'Sky is van dat kutklif gesprongen!'

68

Kenna

Snakkend naar adem komt Jack bij ons staan. ‘O god!’ Hij slaat zijn handen om zijn hoofd. ‘Allejezus nog aan toe.’

Geschrokken kijk ik hem aan.

‘Is ze op de rotsen terechtgekomen?’ vraagt Clemente.

‘Dat kon ik niet zien,’ zegt Jack hijgend. ‘We moeten naar beneden om te kijken of ze nog leeft...’

Hoofdschuddend zegt Clemente: ‘Het is onmogelijk om...’

Maar Jack rent al naar het pad dat naar het strand leidt. Net als Clemente en ik hem willen volgen, horen we Mikki een gesmoorde kreet slaken en we blijven doodstil staan. Ik draai me om en zie haar met een mes op me afkomen. Ik heb geen tijd om weg te rennen, ik kan alleen mijn handen beschermend omhoogbrengen. Clemente holt naar me toe, maar hij is te langzaam; ze is al bij me.

Het is een afschuwelijk gezicht: mijn beste vriendin met een mes in haar hand waarvan de glimmende punt op mij gericht is.

‘Help me!’ hijgt ze.

En dan besef ik dat ze het mes niet op mij richt, maar op zichzelf, de punt gericht op de tattoo op haar pols.

Ik hervind mijn stem. ‘Hou op! Wat doe je?’

‘Haal het van me af,’ gilt ze.

Ik grijp de hand waarmee ze het mes vasthoudt, maar ze weigert het los te laten. Een stuk verderop is Jack stokstijf blijven staan, maar Clemente schiet me te hulp.

'Hij heeft het gedaan!' fluistert Mikki, die doodsbenauwd in Jacks richting kijkt. 'Hij heeft Victor vermoord.'

Clemente is de eerste die reageert. 'Ik regel dit wel,' roept hij naar Jack. 'Ga jij maar naar het strand.'

Jack gaat er als een haas vandoor.

Mikki staat te beven. Nog een keer kijkt ze met grote ogen naar Jacks verdwijnende rug. 'Hij zei dat hij me zou vermoorden als ik het aan iemand vertelde.'

'Wat?' Ik moet nog bekomen van de manier waarop ze met dat mes op me afkwam. Ik heb nooit geweten dat mijn beste vriendin zo'n goede actrice was.

'Doe even rustig,' zegt Clemente. 'Heeft Jack Victor vermoord?'

'Ja,' zegt Mikki. 'Ik heb het gezien.'

Clemente en ik kijken elkaar vol afschuw aan.

Mikki slaat haar armen om zichzelf heen. 'En nu ben ik bang dat hij Sky ook heeft vermoord.'

'Hè?' Het is te veel om allemaal te bevatten.

'Even terug naar Victor,' zegt Clemente. 'Wat heb je precies gezien?'

'Ik hoorde vannacht een geluid naast de tent.' Mikki struikelt bijna over haar woorden in haar haast om alles te vertellen. 'Ik keek naar buiten en zag Jack en Victor vechten in de modder. Victor had zijn handen om Jacks hals geslagen.'

Ik herinner me hoe ziedend Victor gisterochtend had gekeken.

'Ik haastte me de tent uit om Jack te helpen en ik denk dat Victor daarvan schrok, want hij verloor zijn grip. Jack draaide hem om en trok zijn nek naar één kant. Het kraakte en toen bleef Victor doodstil liggen. Toen zei Jack: *We moeten het op een ongeluk laten lijken*.' Mikki's blik schiet van ons naar het pad waarover Jack is verdwenen.

Ik kijk ook om er zeker van te zijn dat Jack echt weg is.

Mikki gaat verder: 'Hij heeft Victors gele board gepakt, de leash eraf gesneden en het ding om Victors enkel gebonden en hem toen naar het strand gesleept. Ik moest achter hem aan komen met het board.'

Clemente slaakt een diepe zucht. 'Jee. Maar waarom waren ze aan het vechten?'

'Om Sky,' zeg ik. 'Het is maar een vermoeden.'

'Ja, waarschijnlijk wel.' Mikki huivert. 'Dat hij zijn vriend zo makkelijk kon doden! Maar zo is hij ook in het water. Zodra hij op een surfplank staat is het alsof hij iemand anders wordt.'

'Ja,' zegt ik. 'Dat is mij ook opgevallen.'

'En ik geloof niet dat Sky is gesprongen. Volgens mij heeft hij haar geduwd.'

Ik staar haar aan. 'Maar waarom dan?'

'Ik denk dat ze hem doorhad. Dat ze had geraden dat hij Victor had vermoord. Misschien heeft ze hem daarvan beschuldigd en heeft hij haar toen uitgeschakeld.' Mikki grijpt mijn pols vast. 'Kom op! We moeten hier weg.'

Ik doe nog mijn best om alles te bevatten. 'Het klif. Denk je dat Sky...' Nog voor ik uitgesproken ben, herinner ik me de hoogte.

Mikki schudt haar hoofd. Net als Clemente.

Ik vind het een onverdraaglijk idee dat Jack zoiets zou doen, een paar dagen nadat hij met haar naar bed is geweest. En nu vraag ik me nog iets af. 'Hoe zit het met Ryan? Zou Jack hem ook van het klif hebben geduwd? Want zijn verwondingen...'

Uit Clementes gezichtsuitdrukking leid ik af dat hij dat heel goed voor mogelijk houdt. Ik heb immers die stapel geld in Jacks auto gevonden en me toen afgevraagd of die van Ryan was. En stel dat Jack Ryan heeft vermoord om zijn geld? Heeft hij dat dan ook bij Elke gedaan? Om zijn codeïneverslaving te bekostigen? Alle puzzelstukjes vallen op een afschuwelijke manier op hun plek.

'En ik?' vraag ik. 'Heeft Jack geprobeerd mij te verdrinken?' Maar waarom? Opnieuw ligt het antwoord voor de hand. Ik stelde vreselijk veel vragen. Ik had het geld in zijn auto gevonden en wist dat hij een dief was. Hij moet bang zijn geweest dat het slechts een kwestie van tijd was voor ik de rest zou begrijpen.

'Fuck!' roept Clemente.

Mikki's gezicht vertrekt. 'Het spijt me echt ontzettend.'

Ik probeer me te herpakken. 'Het is jouw schuld niet.'

Weer trekt ze aan mijn arm. 'We moeten maken dat we hier wegkomen.'

Ze heeft gelijk. Jack kan elk moment terugkomen. 'Maar de weg is overstroomd,' zeg ik. 'We kunnen nergens naartoe.'

Clemente heft zijn gezicht op naar de hemel. 'Het regent niet meer zo hard. We kunnen hem misschien oversteken met eb. Het is een risico, maar...'

'Wanneer is het eb?' vraag ik.

Nadenkend fronst hij zijn voorhoofd. 'Daarstraks, toen we Victor vonden, ging het tij net af, dus dan is het laagwater...'

'Ongeveer nu,' zei Mikki.

'Pak wat je pakken kunt!' zegt Clemente, en we rennen naar onze tenten.

Ik prop zo veel mogelijk in mijn rugzak en ben nog steeds bezig om alles te verwerken. Ik herinner me hoe goed Jack vanochtend de rol speelde van geschrokken en bedroefde vriend. Hij had me helemaal overtuigd.

Clemente staat voor mijn tent op me te wachten. 'Ik heb zijn autosleutel gepakt, zodat hij ons niet kan volgen. Wat denk jij?'

Ik zie hoe schuldig hij kijkt. 'Ja, dat risico kunnen we niet nemen.' Als het waterpeil weer is gezakt, kan Jack naar de weg lopen en een sleepwagen bellen of een huurauto laten komen. Dat geeft ons tijd om te ontsnappen.

'We moeten Victors sleutels ook meenemen,' zegt Mikki.

'Ik heb ernaar gezocht, maar ik kon ze niet vinden,' zegt Clemente.

Mikki vloekt. 'Snel. Laten we gaan voordat hij terugkomt.'

We haasten ons door de modder. Mikki en Clemente hebben een surfboard onder elke arm en ik heb tassen in beide handen. De bomen langs het pad buigen zo ver door in de wind dat ik zeker weet dat ze uit de grond gerukt zullen worden, maar bij elke windvlaag die weer gaat liggen veren ze terug en geselen ze ons.

We proppen alles in de kofferbak van Clementes auto en ik spring naast Mikki op de achterbank. Met slippende banden rijdt Clemente achteruit.

Mikki drukt haar handen tegen haar gezicht. 'Ik wist niet of ik het je wel moest vertellen. Hij is mijn verloofde. Wás mijn verloofde.' Ze begint zacht te huilen.

Ik doe mijn gordel af en ga op de middelste plek zitten, zodat ik haar dicht tegen me aan kan drukken. 'Hou vol. We gaan hier weg.' Ik heb haar al eens zo vastgehouden, toen ze zich had afgemeld voor een surfwedstrijd omdat de golven te hoog waren.

Takken schrapen langs de achterkant van de auto als Clemente het pad op draait. Water gutst over de voorruit, zelfs al heeft hij de ruitenwissers in de hoge stand staan.

Ik kijk door de achterruit en zie een bewegende gestalte. 'Shit! Daar komt Jack!'

Clemente trapt het gaspedaal hard in en de banden slippen.

Te voet is Jack sneller dan wij, en hij verschijnt naast de rechterkant van de auto. Hij slaat op het raampje aan de bestuurderskant. 'Stop!'

Mikki kermt van angst. De weg ligt bezaaid met takken. Clemente slalomt om de grootste heen en rijdt hotsend over de rest.

Jack rukt het portier aan de passagierskant open. Shit! Modder spat over me heen als ik me vooroverbuig om het weer dicht te doen. Jack grijpt echter mijn pols beet en trekt me naar voren. Ik dreig naar buiten te vallen.

Mikki gilt en pakt mijn andere arm. Zo trekken ze me heen en weer.

Jacks knappe gezicht is vertrokken tot een boze grimas, waardoor hij nauwelijks herkenbaar is. 'Wat doen jullie in godsnaam?' schreeuwt hij.

'Sneller!' zeg ik tegen Clemente.

De auto schiet naar voren, glibberend over de modder. Ik ruk mijn arm los, grijp de hendel van het portier en trek dat dicht.

Clemente drukt op een knopje en ik hoor de klik van de centrale vergrendeling.

Jack rent nog steeds naast ons. 'Stop, verdomme!'

Mikki jammert zacht. Ik trek haar dichter tegen me aan en druk mijn handen tegen haar oren. Hoe zou het zijn om te weten dat je al die tijd een relatie – en seks – hebt gehad met een moordenaar?

Voor ons komt de dam in zicht. Clemente vloekt. 'Ik weet niet of ik snel of langzaam moet rijden.'

'Ik zou het ook niet weten,' zeg ik. 'Pas op! We aquaplanen!'

Clemente mindert al vaart.

Jack bonst op de zijkant van de auto. 'Stoppen, klootzakken!'

'Je moet het zeggen als het te diep wordt,' zegt Clemente.

'Goed.' Ik kijk nerveus toe terwijl het water rondom de auto stijgt.

Jack raakt wat achterop en het water reikt tot boven zijn knieën.

'Het komt tot boven de wielen,' zeg ik.

'*Mierda!* Moet ik doorgaan?'

'Ja,' zeg ik na een blik op Mikki.

Dan zakt het water en zijn we erdoorheen.

'Zo, hé!' zegt Clemente. 'We hebben het gehaald.'

Als ik me omdraai, zie ik Jack met over elkaar geslagen armen in het water achter de auto staan. Ik word overspoeld door opluchting. Binnenkort zijn we terug in de bewoonde wereld.

'Shit,' zeg ik. 'We zijn Elkes rugzak vergeten.'

Clemente vloekt. 'Daar is het nu te laat voor.'

Mijn hart bonst. 'Zodra we weer bereik hebben moeten we de politie bellen.'

Clemente en Mikki zwijgen.

'Als je dat wilt,' zegt Clemente dan.

Ik staar naar hem. 'Wil jij dat dan niet?'

Hij rijdt om een kuil heen. 'Ik zeg het niet graag, maar Mikki vertelde toch dat Victor en Jack aan het vechten waren? Al zouden ze kunnen bewijzen dat Jack Victor heeft gedood, dan kan hij alsnog aanvoeren dat het zelfverdediging was.'

Mikki zit te knikken.

'En wat betreft de andere sterfgevallen, ik zou niet weten hoe we iets moeten bewijzen. Er waren geen getuigen bij.'

Ontzet besef ik dat hij gelijk heeft. De kans dat er vingerafdrukken van Elkes rugzak gehaald konden worden is aldoor maar klein geweest.

Dan valt me iets in en ik draai me naar Mikki toe. 'Jouw verblijfsvergunning verloopt bijna. En nu je bruiloft niet doorgaat...'

'Ja,' zegt ze. 'Ik moet het land uit.'

'Ga met me mee naar huis,' zeg ik tegen haar.

'Oké,' zegt ze met een iel stemmetje.

Dat is precies wat ik de hele tijd al wilde, maar ze ziet er zo verslagen uit dat ik zielsmedelijden met haar heb. Mijn vlucht naar huis is pas over veertien dagen, maar ik heb een open ticket. We kunnen het best zo snel mogelijk vertrekken, voordat Jack ons vindt. Ik buig me voorover en geef Clemente mijn telefoon. 'Kun je deze aan de oplader leggen? Dan kan ik vluchten opzoeken. Ik zal kijken of er stoelen vrij zijn voor vanavond.'

Met een snelle blik over zijn schouder zegt hij: 'Drie stoelen.'

Mijn adem stokt. 'Wat? Wil je met ons...'

'Als jij het goedvindt,' voegt hij eraan toe.

Ik word bevangen door een duizeligheid die even alle andere emoties overstemt. 'Ik vind het goed.'

Hij steekt zijn hand naar achteren en geeft een kneepje in mijn vingers. Ik weet niet hoe dit verdergaat, maar ik zal elke dag nemen zoals hij komt.

Het bos wordt dunner, en rechts van ons is de rivier nu tussen de bomen te zien, modderig bruin en hoog van het overstromingswater.

Ineens schiet me iets te binnen. 'Het appartement in Bondi, dat is toch van jou?'

Clemente aarzelt. 'Officieel leeft mijn vrouw nog en staat het nog op haar naam.'

'En jij kunt niet...'

'Denk eens goed na,' zegt hij.

Hij heeft gelijk. Om het op te eisen zal hij aangifte moeten doen van haar vermissing en dan zullen er allerlei vragen worden gesteld. In het ergste geval kan hem moord ten laste worden gelegd.

Clemente rijdt de snelweg op en we passeren een bord: SYDNEY 300 KM.

Ik draai mijn hoofd om en zie het nationale park door de achterruit verdwijnen. Het is bespottelijk hoe ontroerend die aanblik is, terwijl ik al dagenlang mijn best doe om daar weg te komen. Maar ik weet dat ik nooit meer op zulke golven zal surfen.

69

Sky

Ik heet Greta Nilsson en ik heb hoogtevrees.

Ik sta boven op het klif. Vanaf deze hoogte lijken de golven veel kleiner. Het nationale park strekt zich aan weerskanten uit zo ver het oog reikt, en ik zie de lappendeken van groentinten deinen en bewegen, alsof die leeft. Ergens onder het bladerdak gaan de tenten schuil.

Waarom voel ik me zo? Alsof ik een ballon ben en iemand een gaatje in me heeft geprikt, zodat alle lucht sissend naar buiten stroomt; binnenkort zal er niets meer over zijn. Ik heb nooit beseft dat ik Victor zo graag mocht.

Zijn BRAZIL-bandje heeft me het laatste zetje gegeven. Ik laat mijn vingers er nu langs gaan. Dat smoezelige siliconenbandje was een aandenken aan zijn moederland en had een sentimentele waarde voor hem. Victor ging er nooit mee surfen uit angst het te verliezen. Maar vandaag heeft hij het omgehouden, als een amulet. Nou, het heeft hem niet veel geluk gebracht. De regen stroomt over mijn gezicht als de tranen die ik niet kan oproepen.

Gekraak van twijgjes trekt mijn aandacht – maar het is de wind. Clemente en Jack vroegen zich af waarom Victor in zulke slechte omstandigheden is gaan surfen. Ik voelde dat ze mij de schuld gaven, en gelijk hadden ze. Dit is allemaal mijn schuld. Al die keren dat ik Victor heb opgehitst omdat hij bang was…

Onze therapiesessies waren net zo goed voor mij als voor hem. Ik ben opgegroeid met een gewelddadige vader en heb mezelf heel lang de rol van slachtoffer aangemeten. Mijn zeggenschap over Victor – en over de rest van de Stam – gaf me een macht zoals ik nog nooit had gehad en stelde me in staat om een andere rol voor mezelf te kiezen.

De anderen weten niets van het ultimatum dat ik Victor gisteravond heb gesteld. Het strakke gevoel in mijn borstkas neemt toe terwijl ik de recente gebeurtenissen de revue laat passeren.

Iemand heeft geprobeerd me te verdrinken, zei Kenna tegen ons tijdens de stortregen. En ik wist meteen dat Victor het had gedaan, want hij had mij ook een keer zo vastgegrepen, maar toen heb ik hem een knietje in zijn ballen kunnen geven en ben ik half stikkend naar het strand gezwommen. Sindsdien heb ik heel veel met hem geoefend om te voorkomen dat zoiets nog eens zou gebeuren. Maar ik heb duidelijk gefaald.

'Jij was het, hè?' fluisterde ik tegen hem zodra we in onze tent waren.

Hij gaf het meteen toe. 'Ik schaam me dood.' Zijn gesmoorde snikken klonken heel hard in het donker.

'Als Kenna was doodgegaan, had ik het mezelf nooit vergeven,' zei ik tegen hem. 'En Elke? Was jij dat ook?'

Hij bezwoer me van niet. Ik had hem die vraag al heel vaak gesteld, maar hij moest het toch zeker wel zijn geweest?

'Ik dacht dat je langzaam beter werd,' zei ik tegen hem.

'Dat is ook zo!' zei hij stellig.

'Bewijs het maar!'

Mijn woorden echoën door mijn hoofd. Ik weet wat me te doen staat. Victor heeft zijn grootste angst het hoofd geboden en nu moet ik hetzelfde doen. Ik kijk omlaag naar de golven heel ver onder me en zet me schrap voor wat komen gaat.

De anderen weten niets van mijn hoogtevrees. De afgelopen jaren ben ik steeds hoger op deze kliffen geklommen voordat ik eraf sprong. Af en toe was ik zo bang dat ik moest overgeven, maar dat gevoel heb ik verwelkomd. Angst is brandstof, dat is echt zo.

Dit klif is zo hoog dat ik niet zeker weet of je eraf kunt springen. Als je niet weet wat je doet, of de situatie verkeerd inschat zou de impact je zeker doden. Maar elke keer dat ik in Sydney ben en een internetverbinding heb, bekijk ik het kampioenschap klifduiken en verdiep ik me in de technieken, die ik vervolgens uitprobeer.

Nu plaats ik allebei mijn handen op het houten hek, dat kraakt onder mijn gewicht, en klim eroverheen. Misselijkheid wervelt omhoog door mijn keel. *Angst is brandstof.*

De enige die ik over mijn angst heb verteld was Elke. Zij had ook hoogtevrees. Soms is die het gevolg van een traumatische gebeurtenis in het verleden, maar genetische aanleg en de omgeving kunnen ook een rol spelen. Elke en ik zaten vaak hier om erover te praten. Blootstellingstherapie op z'n best.

Toen Elke verdween, dacht ik eerst dat ze was gesprongen – althans, tot we beseften dat haar kleine rugzak ook weg was.

Ik schuifel naar voren, tot mijn tenen over de rand steken. Kiezelstenen vallen omlaag. Ik dwing mezelf om te kijken hoe ze neerkomen. Sommige stuiteren tegen de rotswand, andere spatten uiteen. Een kiezel die mazzel heeft belandt in de oceaan. Duizeligheid overspoelt me en ik grijp de bovenkant van het hek vast om niet te vallen.

Weer een geluid verderop op het pad – een knappend takje. Er komt iemand aan! Ik moet dit snel doen, voordat ze me proberen tegen te houden. Maar mijn vingers willen het hek niet loslaten.

Kom op, concentreer je! Bij de landing zal ik een snelheid van tachtig kilometer per uur hebben. De botsing zal gigantisch zijn, alsof je op beton knalt. Maar ik weet wat ik moet doen: mijn tenen iets aantrekken en mijn lichaam aanspannen op het moment dat ik het water raak.

Ik maak mijn vingers los van de reling. Mijn ademhaling heb ik onder controle, maar mijn hart niet. Dat gaat als een bezetene tekeer, hoe ik ook mijn best doe om het tot bedaren te brengen. Ik werp nog een blik op de oceaan.

En stap het luchtledige in.

70

Kenna
Twee dagen later

Clemente en ik logeren in een schattig pensionnetje in Cornwall, inclusief krakende vloerplanken, tocht rond de ramen, wit beddengoed afgezet met kant, en uitzicht op zee. Het is vlak bij het huis van mijn ouders. Morgen zal ik Clemente aan hen voorstellen, maar nu zijn we voor de allereerste keer met z'n tweetjes, achter een gesloten deur.

Clemente kijkt me aan vanaf de andere kant van de kamer, blootsvoets en gekleed in een spijkerbroek en een Billabong-hoody. Aan zijn gezicht te zien, is hij even zenuwachtig als ik. Vanaf onze eerste ontmoeting was er iets tussen ons, een onverklaarbare aantrekkingskracht die toeneemt naarmate ik meer tijd met hem doorbreng. Het voelt alsof dit moment al veel eerder had moeten plaatsvinden, maar nu het eindelijk is aangebroken lijkt het alsof we er geen gebruik van durven te maken.

Dan verschijnt er een glimlach op zijn gezicht. 'Kom eens hier.'

Ik stap naar voren en laat me door hem omhelzen. Hij legt zijn handen om mijn gezicht en kust me.

Voor het eerst in tijden voel ik me opgewonden bij wat er in het verschiet ligt, al betwijfel ik of ik ooit weer de Kenna zal worden van voor mijn bezoek aan de Baai. Tijdens de lange vlucht terug naar het VK hebben we plannen gemaakt. Clemente wil een opleiding tot ambulanceverpleegkundige gaan volgen; ik ga mijn boeltje pakken in Londen en hier in Cornwall opnieuw beginnen als sporttherapeut. Mikki wil weer in de winkel van haar ouders gaan werken als surfinstructeur.

Na een ongemakkelijk moment op de luchthaven, toen Mikki leek te denken dat Clemente zijn eigen weg zou gaan – en zou doorreizen naar Bristol om zijn broer op te zoeken of zo –, heeft Clemente een auto gehuurd (omdat de mijne in Zuid-Londen stond en die van Mikki op de oprit van haar ouders) en ons hiernaartoe gereden. Zodra hij Mikki had afgezet, draaide hij zich naar mij toe. Wilde ik bij hem blijven? Natuurlijk wilde ik dat. Mijn ouders konden wachten.

Nu omvatten zijn handpalmen mijn slapen en bedekken mijn oren, zodat ik helemaal opga in het moment en me uitsluitend bewust ben van de druk van zijn mond op de mijne.

Omdat ik heel graag meer van zijn huid wil voelen, trek ik zijn hoody en T-shirt uit. Hij drukt me ruggelings tegen zich aan en ik voel zijn warme hardheid door zijn spijkerbroek heen. Ik trek aan de tailleband. 'Trek uit.'

Clemente pakt mijn hand vast. 'Rustig aan,' zegt hij, en hij kust me nog een tijdje, teder en zacht, langs mijn kaak en mijn keel.

Sky zei dat hij barsten in zijn fundering heeft, maar geldt dat niet voor ons allemaal? Ondanks alles wat hij heeft meegemaakt, staat hij nog fier overeind. Hij heeft een superdikke buitenkant en er zal heel wat nodig zijn om die zachter te maken – tot nu toe heb ik slechts hier en daar een glimp opgevangen van wat eronder schuilgaat –, maar dat maakt deel uit van de aantrekkingskracht en ik kan niet wachten om hem beter te leren kennen.

Hij maakt zich van me los. 'We moeten een keer op date gaan. Laat me je mee uit eten nemen.'

'Ik heb veertien dagen moeten wachten om alleen met jou te zijn in een kamer die op slot kan.'

Een glimlach onderdrukkend zegt hij: 'We kennen elkaar nauwelijks.'

Ik denk aan alles wat we hebben doorstaan: het wantrouwen

en de beschuldigingen, gevolgd door de ene na de andere crisis. Zoals men zegt: elke tegenslag die je overleeft, maakt je sterker, en in ons geval gaat dat zeker op. 'Nee. Volgens mij ken ik jou behoorlijk goed.'

'O ja? Wat vind ik dan het lekkerst?'

'Geen idee. Maar dat is slechts een detail. Het is onbelangrijk.'

Hij leunt met zijn rug tegen de muur. 'IJs. En jij?'

De aanblik van zijn borstkas leidt me af en het duurt even voor ik antwoord geef. 'Chocola.'

'Aha, dat wist ik niet. Wat vind je het minst lekker?'

'Boerenkool.' Ik zeg het zonder erbij na te denken, maar mijn stem sterft weg, omdat ik aan Ryan moet denken, die het verbouwde.

'Zelf heb ik een hekel aan garnalen. Het is heel gek voor een Spanjaard om een hekel aan garnalen te hebben, maar toch is het zo.' Clemente huivert even.

Geamuseerd doe ik een stap naar hem toe. 'Hoezo?'

'Ik weet het niet. Ze zijn te zacht.'

'Hou je niet van zachte dingen?' Ik geef een duwtje tegen de gladde olijfkleurige huid van zijn biceps. 'Omdat jij niet zacht bent?'

'Misschien wel.'

Met mijn vingertoppen verken ik zijn borstkas en schouders. Ik laat ze van zijn borstspieren naar zijn buikspieren gaan en dan langs zijn zij naar zijn onderrug.

'Wat doe je?' vraagt hij.

'Ik voel of je ergens zacht bent.'

Zijn ogen glinsteren van pret. 'Geloof me, op dit moment is niets zacht.'

We kijken elkaar aan.

'Je boft dat ik zoveel zelfbeheersing heb,' fluistert hij.

'Ik vind het heerlijk dat je zoveel zelfbeheersing hebt. Dat is sexy.'

En het zal nog sexyer zijn om die te breken.

71

Mikki

Je hebt vast weleens gehoord van eenkennige katten en honden – het antisociale huisdier dat aan iedereen een hekel heeft, behalve aan zijn baasje. Nou, mensen kunnen precies zo zijn. Sommige mensen hebben massa's vrienden, andere hebben een bijzondere vriend of vriendin. Ik ben het tweede type. Ik heb het liefst één bijzondere vriendin en ik wil het liefst dat dat voor haar ook geldt. Ik ben heel slecht in delen.

Op Kenna's eerste dag op de lagere school klommen we in het klimrek op de speelplaats. Kenna was onverschrokken en brutaal, en ik had nog nooit iemand zoals zij ontmoet. Ik hunkerde ernaar om net zo dapper te worden. Een paar andere meisjes kwamen vragen of ze mee mochten doen, maar ik wilde haar helemaal voor mezelf.

'Kenna vindt jullie niet leuk,' zei ik tegen hen. 'Ze vindt alleen mij leuk.'

Dat vertelden ze aan elkaar door, en al snel liet iedereen ons met rust.

De week voordat Kenna elf werd nam ze uitnodigingen voor haar verjaardagspartijtje mee naar school. Het was kwetsend dat ze haar verjaardag wilde vieren met twintig anderen, alsof ik niet genoeg voor haar was. Ik verspreidde het gerucht dat ze hen alleen had gevraagd omdat het moest van haar ouders, en er kwam niemand op haar feestje. Kenna was van streek, maar bekende wel dat het haar moeders idee was geweest om al die kinderen te vragen.

'Maak je geen zorgen,' zei ik tegen haar. 'Je hebt mij.'

Ze was maandenlang verliefd op een ongelooflijk irritante jongen die Toby Wines heette. Ik zei tegen hem dat ze hem niet leuk vond, maar hij bleef bij haar rondhangen. Toen we naar de steengroeve gingen, volgde hij Kenna helemaal naar de top. Ik klom achter hem aan, de schalie zo scherp als scheermessen onder mijn blote voeten. Toby stond wankelend op de rand. Ik mocht dan bang zijn, maar hij was doodsbenauwd. Aan zijn gezicht zag ik dat hij de sprong nooit zou wagen, dus heb ik hem geholpen door de schalie een zetje te geven. Die tuimelde rond zijn enkels, en daar ging hij.

In onze puberteit had Kenna een reeks vriendjes. 'Hij is doodsaai,' zei ik dan tegen haar. Of: 'Hij flirt echt met iedereen.' En het werd nooit serieus. Ik had zelf ook een paar vriendjes, maar die konden zich nooit meten met Kenna. Haar onverschrokkenheid sloeg over op mij en bij haar was ik een ander mens – moediger en sterker.

Toen we twintig waren, werden Kenna en ik huisgenoten. Op dat moment had ze een relatie met een sukkel die Connor heette, die ze tijdens het surfen had ontmoet, en al snel trok hij bij ons in. Toen hij me de keel uithing, zei ik tegen haar dat hij had geprobeerd mij te versieren en trapte ze hem eruit.

Ons leven was heerlijk, tot ze Kasim leerde kennen. 'Hij is mijn soulmate,' zei ze tegen me.

Ze deed haar best om mij overal bij te betrekken, me mee te vragen als ze ergens naartoe gingen, maar het was niet fijn om het vijfde wiel aan de wagen te zijn. De dingen die ze altijd met mij had gedeeld, deelde ze ineens met hem en dat trok ik niet. Ik wilde gewoon dat hij zou verdwijnen. En op een goede dag gebeurde dat ook.

72

Kenna

Een afschuwelijk gerinkel wekt me ruw uit mijn slaap. Omdat ik hem veertien dagen niet heb gehoord, duurt het even voordat ik mijn ringtone herken. Ik tast naar mijn telefoon. 'Hallo?'

'Er zijn golven.' Mikki's stem. 'Ik heb de webcams gecontroleerd en ze zijn redelijk hoog en regelmatig. Zie ik je over tien minuten?'

Het voelt alsof het midden in de nacht is, maar het licht dat langs de onderkant van de verduisteringsgordijnen schijnt, vertelt een ander verhaal. Kutjetlag. Naast me ligt Clemente met zijn ogen open en vouwen van het kussen in zijn gezicht. Ik ben nog verdwaasd door de activiteiten van de vorige avond en eigenlijk wil ik op dat moment alleen lekker dicht tegen hem aan kruipen.

Maar ik wil ook geen nee zeggen tegen Mikki. Tijdens mijn relatie met Kasim heb ik haar te vaak afgewimpeld om meer tijd met hem door te brengen. Ik zal nooit vergeten hoe ze bij de Baai instortte en heeft zitten huilen omdat ik naar Londen was verhuisd. Pas op dat moment besefte ik hoe belangrijk onze vriendschap voor haar was. Maar die is ook heel belangrijk voor mij, en ik heb me voorgenomen om voortaan een betere vriendin te zijn.

'Fantastisch.' Ik doe mijn best om me te concentreren. 'Clemente en ik zijn in het Little Abberton Guesthouse. We hebben koffie nodig, en iets te eten.'

'Regel ik,' zegt Mikki.

'We moeten zeker wetsuits hebben?'

'Ja. Jij kunt mijn reserve gebruiken en ik zal ook een board voor je meenemen.'

'Dank je.' Al mijn boards staan nog in de garage van mijn ouders. Ik hoop dat Clementes wetsuit dik genoeg is voor hier, in dit jaargetijde. Ik voel mijn opwinding toenemen. 'Waar gaan we surfen?'

Mikki aarzelt even. 'De golven zijn te hoog voor Sandy Point. De dichtstbijzijnde plek die er goed uitziet, is Archer's Cove.'

Er gaat een rilling van schrik door me heen. Dat is het strand waar Kasim is gestorven. Ik kijk even naar Clemente, die naar me glimlacht. Ik kan dit. 'Geweldig,' zeg ik.

Ik bekijk mijn Instagram terwijl Clemente zich in zijn wetsuit wringt. Ik ben nog steeds bezig met het nalopen van alle berichten en aankondigingen van de afgelopen veertien dagen. Wanneer mijn oog valt op een berichtverzoek van iemand die ik niet volg, klik ik erop om het te accepteren.

Hopelijk heb ik de juiste Kenna te pakken! Ik weet niet wanneer je dit zult lezen, maar we wilden alleen even sorry zeggen omdat we zo plotseling zijn verdwenen. Niks persoonlijks, maar de sfeer daar beviel ons niet. We zijn halsoverkop vertrokken terwijl jij sliep. Bedank die Spaanse kerel alsjeblieft voor zijn hulp met onze tent. Tanith.

Clemente ziet mijn gezicht. 'Wat is er?'

'Niks,' zeg ik. Ik voel me afschuwelijk omdat ik hem heb verdacht.

Als we de trap af lopen kijkt Clemente peinzend. 'Ik moet telkens aan Elkes ouders denken. Ik kan proberen om contact met ze op te nemen om ze te vertellen dat ik met haar heb gesurft en zeggen dat ik denk dat ze is verdronken. Om te zorgen dat ze het kunnen...' Hij zoekt naar het juiste woord.

'Afsluiten?' suggereer ik.

'Ja. Het is beter dat ze denken dat ze een ongeluk heeft gehad terwijl ze de sport beoefende waar ze van hield dan dat ze zich iets ergers in hun hoofd halen.'

Ik denk aan de manier waarop Elkes moeder me vastgreep: als een verdrinkende vrouw die zich vastklampt aan een boomstam in een snelstromende rivier. 'Dat is een geweldig idee.'

Mikki staat al buiten. Ze leunt tegen haar auto, met een reservewetsuit en een tas met afhaaleten. Ze draait haar pols naar ons toe. Haar mot is nu fel turquoise.

'Wauw!' zeg ik. 'Een vlinder!'

'Ja, ik heb gisteravond een zaak gevonden die tot laat open was.'

'Wacht even,' zeg ik. 'Hoor je je tattoo niet droog te houden?'

Mikki rolt met haar ogen. 'Alsof dat zou lukken!'

Ik spring in haar auto en het voelt weer net als vroeger, alleen is het beter dan toen, want nu is Clemente erbij. Zij rijdt, terwijl wij eten.

De golven komen in zicht, hoger dan ik had verwacht. 'Shit,' zeg ik ademloos.

Clemente knijpt in mijn vingers, en ik knijp terug en put kracht uit zijn kalmte. Tegen de tijd dat Mikki het parkeerterrein op rijdt, heb ik mezelf weer in de hand.

We waxen ons board en lopen in een sukkeldrafje over het zand.

'Zet je schrap,' zegt Mikki als een golf het strand op rolt.

Ik hap naar adem wanneer het ijskoude water zich rond mijn enkels windt.

'Mierda!' roept Clemente uit.

Mikki port hem in zijn ribben. 'Watje.'

Eindelijk heb ik een vriend die ze mag. Bij hem voelt ze zich op haar gemak, iets wat bij Kasim nooit het geval was.

73

Mikki

Als surffotograaf moest Kasim regelmatig wegduiken voor surfboards. Waarom niet een keertje extra? De eerste keer dat ik probeerde hem te overvaren, dook hij onder me door. De tweede keer raakte ik alleen zijn oor. Driemaal was scheepsrecht – ik knalde met mijn board tegen zijn hoofd en hij zonk als een baksteen.

Ik had niet voorzien hoe verdrietig Kenna zou zijn. Ik had verwacht dat alles weer zou worden zoals het was voordat ze hem had ontmoet, maar ze zonderde zich af, keerde het surfen de rug toe en verhuisde naar Londen.

Zonder haar was Cornwall niet hetzelfde. Ik besloot een nieuwe start te maken en vroeg een reis-en-werkvisum aan voor Australië. Elke logeerde in hetzelfde hostel voor backpackers en we konden meteen goed met elkaar opschieten. Ik was dolblij dat ik een nieuwe hartsvriendin had. Ze was een enthousiaste, onbevreesde surfer en deed me ontzettend aan Kenna denken.

We leerden Jack en Clemente kennen in de bar onder het hostel. Elke probeerde Clemente te versieren, dus toen Jack hetzelfde deed bij mij, ging ik erop in. Ze namen ons mee naar de Baai, en we konden ons geluk niet op.

Maar Elke trok steeds meer met Clemente op en ze nodigde hem telkens uit om met ons mee te gaan, zodat we nooit meer met z'n tweetjes waren. Op een ochtend vroeg ik of ze wilde gaan zwemmen: alleen zij en ik. Maar ze had geen zin – ze wilde uitslapen met Clemente.

'Maar ik zie je bijna nooit meer,' protesteerde ik.

Knorrig stemde ze toe om mee te gaan.

'Jij hebt een probleem,' zei ze toen het licht over de horizon kroop. 'Ik kan hier niet tegen. Je bent te...' Ze zocht naar het juiste woord. 'Bezitterig. Neem wat afstand.'

Het was niet mijn bedoeling om haar te vermoorden. Ik voelde me gewoon ontzettend gekwetst.

Nadat ik haar lichaam de mui in had gesleept, ontdekte ik dat Ryan me had gezien vanaf het klif en dat hij haar kleine rugzak en haar paspoort had verstopt voordat ik ze kon pakken. Hij stelde een overeenkomst voor. Zijn spaargeld was bijna op. Ik moest hem elke maand betalen, anders zou hij de anderen vertellen wat hij had gezien. Aanvankelijk vroeg hij niet veel, dus stemde ik toe.

Na Elkes verdwijning wilde Clemente een zoekteam laten komen. Gelukkig kon hij door de storm niemand bereiken. Ik had niet verwacht dat haar lichaam weer zou aanspoelen, maar de haaien hadden haar flink toegetakeld en geen van de anderen vermoedde iets.

Ik bleef maar over Elkes woorden piekeren. Sky hielp me al om over mijn angsten heen te komen, dus vertelde ik haar dat ik minder bezitterig en minder introvert wilde worden.

Ondertussen werd Ryan een probleem. Hij vroeg telkens meer geld. Ik voelde dat er een moment zou komen waarop ik niet langer bereid was te betalen.

Het was heel gek toen Kenna opeens voor mijn neus stond. Het was me net zo'n beetje gelukt om van haar los te komen – om haar bijna te vergeten, op wat sporadische telefoontjes na –, maar daar stond ze, in de verwachting dat alles precies hetzelfde zou zijn als vroeger. Toen ik zag hoe Clemente naar haar keek, besefte ik dat er een nog groter gevaar dreigde. Als die twee iets met elkaar kregen, zou ik haar opnieuw kwijtraken. Ik had een zwak voor Clemente – net als ik verborg hij zijn emoties en hij stelde nooit ongemakkelijke vragen –, maar ik kon hem niet tussen Kenna en mij laten komen. Tegenover haar liet ik doorschemeren dat hij gevaarlijk was, maar dat leek haar niet af te schrikken.

Op een dag vroeg Ryan om drieduizend dollar. Dat was te veel.

'Ik heb Elkes paspoort,' bracht hij me in herinnering. 'Dat bewijst dat ze het land nooit heeft verlaten. Als je niet betaalt, stuur ik het naar de politie, samen met jouw naam.'

Ryan wilde natuurlijk ook niet dat de politie naar de Baai zou komen, maar hij kende mijn adres in Sydney en ik kon het risico niet nemen. Ik gaf hem driehonderd dollar, alles wat ik nog had tot ik weer geld zou gaan trekken, en volgde hem naar het klif. Een harde duw was genoeg.

74

Kenna

Ik had nooit gedacht dat ik ooit nog bij Archer's Cove zou surfen, vooral niet in golven van deze hoogte, maar ik voel me er klaar voor. Misschien hebben Sky's methoden toch vrucht afgeworpen. Ik bijt op mijn lip. Van alle sterfgevallen is dat van haar het moeilijkst te aanvaarden. Ze was zo levenslustig dat het gewoon onmogelijk lijkt dat ze er niet meer is.

Achter de branding is al een kleine menigte: ruim tien shortboarders met ernstige gezichten, een paar oudere kerels op een longboard en een hoogzwangere vrouw op een bodyboard. We peddelen naar ze toe.

Al snel zitten we op ons board terwijl het koude water van Cornwall om ons middel klotst.

'Hé, even over dat appartement op Muscat Street,' zegt Mikki. 'Ik heb ze gisteravond gebeld en we kunnen het vanmiddag bezichtigen.'

'Te gek,' zeg ik. We zijn de halve vlucht bezig geweest huurwoningen in de buurt te zoeken, maar er was niet veel beschikbaar.

Weer vang ik een glimp op van Mikki's tattoo, die onder de mouw van haar wetsuit uit piept. Toepasselijker kan niet. Ze heeft stukken meer zelfvertrouwen, zowel in het water als erbuiten. Sorrow Bay heeft haar echt veranderd. Mij ook, in slechts tien dagen, niet alleen door me te verzoenen met de dood van Kasim, maar ook door mijn hartstocht voor surfen in ere te herstellen, waardoor ik het gevaar weer kan verwelkomen en mijn vriendschap met Mikki is verdiept. Ik zal mijn tijd in Sorrow en de mensen die ik er heb ontmoet nooit vergeten. Voor mijn gevoel surfen Ryan, Victor en Sky vrolijk verder, sterk en bruinverbrand, racend over de golven.

En wat Jack betreft… Ik vind het afschuwelijk dat hij daar nog steeds is.

Clemente pakt mijn board en trekt me wat naar voren, tot ik naast hem ben. 'Alles goed met je?'

'Sky en Ryan,' zeg ik. 'Geloof jij echt dat Jack ze heeft geduwd? Sky vond het zo erg van Victor. Denk je niet dat ze kan zijn gesprongen? En dat Ryan is gevallen toen hij zijn blik probeerde te pakken?'

Clementes kaak verstrakt. 'We weten alleen zeker dat hij Victor heeft vermoord.'

'En hoe zit het met mij? Denk je dat Jack heeft geprobeerd me te verdrinken?'

Clementes blik betrekt en ik herinner me weer hoe goed ze bevriend waren. 'Ik doe mijn best om er niet aan te denken.'

Mikki is vlakbij en slaat ons aandachtig gade. 'Ik doe ook mijn best om er niet aan te denken. En hou nou op met wauwelen, anders krijgen jullie geen golf.'

Precies op dat moment doemt er eentje op, die ik pak. Ik weet een paar bochten te maken voordat hij plotseling breekt en me voorover in het ijskoude water smijt. Het was helemaal mijn bedoeling niet om weer verslingerd te raken aan surfen, maar ach, er zijn ergere dingen om verslaafd aan te zijn.

Ik peddel terug naar Mikki en Clemente. 'Die golf nam me te grazen.'

Lachend zegt Clemente: 'Ik zag het.'

Ik lach ook. Ik wil geen partner die doet of ik van suiker ben. Ik wil er een die me overeind helpt als ik val en tegen me zegt dat ik het nog eens moet proberen. Clemente remt me niet af, zoals

Kasim deed. Hij doet precies het tegenovergestelde: hij stimuleert me om harder mijn best te doen.

Met een zorgelijke blik kijkt Mikki van Clemente naar mij. En dat kan ik begrijpen. Zij had haar twijfels over hem – vooral over de zelfmoord van zijn vrouw (terecht, naar is gebleken, al is het niet aan mij om haar dat te vertellen) – en ze wil niet dat ik gekwetst word.

Niks aan de hand, wil ik tegen haar zeggen. *We kunnen hem vertrouwen. Het wordt allemaal fantastisch.*

Maar haar blik dwaalt naar de horizon en ze staart een paar lange seconden naar de donkere lijnen die zich daar vormen, alsof ze een besluit probeert te nemen. Eindelijk wendt ze zich tot Clemente en op een vreemde hoge toon zegt ze tegen hem: 'Het is maar dat je het weet, maar hierbij waarschuw ik je...'

Op mijn arm ontstaat kippenvel. Die toon bevalt me totaal niet. Het doet me denken aan de manier waarop ze zong tijdens Ryans begrafenis: heldere hoge noten die boven de storm uit klonken. *Mikki, hou op. Je maakt me bang.*

Maar ze is nog niet klaar. Ze kijkt Clemente strak aan. 'Je kunt maar beter goed voor haar zijn.' Die woorden gaan vergezeld van een vreemd lachje. 'Anders vermoord ik je.'

75

Mikki

Ik mocht Victor heel graag. Tot een paar uur voordat hij stierf.

Iemand had geprobeerd om Kenna te verdrinken in de branding, en zo te horen was dat bijna gelukt. Ik lag in mijn tent, waar mijn slaapzak aan mijn benen plakte, volkomen in shock.

Toen deed Jack een schokkende mededeling. 'Ik denk dat het Victor was,' fluisterde hij. 'Vorig jaar heeft hij dat ook bij mij gedaan. Zijn leash was geknapt en hij was zijn board kwijt. Ik peddelde naar hem toe en toen draaide hij door en greep hij me beet. Ik moest hem verdomme van me af slaan.'

Hoe langer ik erover nadacht, hoe waarschijnlijker het me voorkwam. Tenslotte was Victors leash eerder geknapt. Die dag zou iedereen die zonder board overgeleverd was aan de golven in paniek raken. In mijn binnenste kolkte woede. De neerkletterende regen op het canvas was even luid en snel als mijn hartslag.

Uiteindelijk moet ik zijn ingedommeld, want ik werd gewekt door een geluid buiten de tent dat niet bij de storm leek te horen.

'Jack.' Ik klopte op de plek naast me, maar hij was er niet.

Ik kroop naar buiten. IJskoude regen doordrenkte me en maakte me onmiddellijk klaarwakker. In het halflicht zag ik Jack en Victor worstelen in de modder. De natte grond onder mijn voeten maakte een zompend geluid toen ik me in het strijdgewoel stortte. Ik nam Victor in een wurggreep, de modder onder mijn knieën koud en slijmerig.

Victor haalde zijn hand van Jacks keel en probeerde mijn arm weg te trekken. Hij draaide en kronkelde, en we vielen zijwaarts in de smurrie, maar ik liet niet los. Victor gaf me al maanden jiujitsulessen en hij was een goede leraar. Jack, nog altijd met een rood aangelopen gezicht en happend naar adem, hield hem in bedwang. We waren een prima team, Jack en ik.

Ik kneep harder.

'Wat doe je?' fluisterde Jack. 'Mikki, hou op! Je vermoordt hem nog!'

Maar hij had mijn Kenna bijna verdronken. Ik kneep zo hard als ik kon.

Er verscheen een blik van ontzetting in Victors ogen. Elke keer dat we samen sparden was hij idioot voorzichtig met me, duidelijk omdat hij me een klein, teer meisje vond en doodsbang was dat hij me pijn zou doen. Ik kon wel raden wat er op dat moment door hem heen ging: Ik dacht dat die kleine Mikki een konijntje was. Maar ze is een kat.

Ik liet pas los toen hij zich niet meer bewoog.

'O, godver...' Jack drukte zijn handen tegen zijn gezicht. 'Je hebt hem vermoord!'

'Jij begon,' bracht ik hem in herinnering.

'Ik ging alleen naar buiten om te pissen,' zei Jack. 'Hij kwam uit het niets en viel me aan!'

Ik was koel en kalm alsof ik in de branding was, en bedacht wat mijn volgende zet moest zijn. Dit moest op een ongeluk lijken. We moesten hem naar het strand slepen en het eruit laten zien alsof hij was gaan surfen. Ik liep naar de barbecue om een mes te pakken. Jack kromp ineen toen hij het zag, alsof hij bang was dat ik het tegen hem zou gebruiken. Ik deed alsof ik het niet had gemerkt.

'Pak zijn grootste board,' zei ik. 'Goed, hou nu de leash strak.'

De leash van Victors board was spiksplinternieuw. Ik zag de blik die Jack me toewierp toen ik hem doorsneed. Hij vroeg zich af of ik Elke en Ryan had omgebracht. Ik was dankbaar dat hij het niet vroeg, net zoals ik nooit vroeg waar zijn plotselinge financiële meevallers vandaan kwamen.

Jack sleepte Victors lichaam over het pad en ik volgde met Victors board. De golven waren donderende marineblauwe bergen. We duwden Victor kopje-onder in het ondiepe deel om de ergste modder van hem af te spoelen – de regen zou de rest laten verdwijnen – en legden zijn lichaam en board toen op het strand. Haastig bond ik de kapotte leash om zijn enkel – de verkeerde. Daarvoor kan ik mezelf nog steeds voor mijn kop slaan.

Jack keek peinzend toen we terugliepen naar de open plek.

In onze tent fluisterde hij: 'Sorry, maar ik kan niet met je trouwen.'

Daar ging mijn kans op een verblijfsvergunning in Australië, maar tegen die tijd hadden Kenna en Clemente al aangekondigd dat ze de Baai wilden verlaten.

's Ochtends, toen Kenna besefte dat Victors leash om zijn verkeerde been zat, wist ik dat ze algauw ook vraagtekens bij de andere sterfgevallen zou zetten. Ik moest iemand hebben die ik de schuld in de schoenen kon schuiven.

In eerste instantie leek Sky een goede kandidaat. Vanaf het moment dat zij met Jack naar bed was gegaan, had Kenna een bloedhekel aan haar gehad. Ze had niet beseft dat hun vrijpartij mijn idee was geweest, een stap in mijn programma om mezelf te verbeteren, om te testen of ik hem kon delen. Maar ik had er geen vertrouwen in dat Jack me zou steunen en zijn mond zou houden over wat we hadden gedaan. Toen hij verkondigde dat Sky van het klif was gesprongen, zag ik mijn kans schoon om voorgoed van hem af te komen en paste mijn plan aan. En dat heeft goed uitgepakt, want daardoor ben ik weer terug in Cornwall, met Kenna.

Al had ik niet voorzien dat Clemente bij ons in zou trekken. Ik weet niet goed of ik het wel zo leuk vind dat hij er is. Maar ik heb Kenna nog nooit zo gelukkig gezien. En ik gun haar dat geluk van harte. Maar of ik haar kan delen? De tijd zal het leren.

76

Sky

Bondi Beach is drukker dan ooit. Ik vraag me af waar Kenna, Mikki en Clemente nu zijn. Aan de andere kant van de wereld waarschijnlijk.

De laagstaande zon schijnt in mijn ogen. In de verte surft iemand bij een golf omhoog en werpt een nevel van druppeltjes in de lucht. Als ik zijn brede schouders zie, afgetekend tegen de goudkleurige achtergrond, denk ik heel even dat het Victor is. Maar dat is natuurlijk niet zo. Het verbaast me nog steeds hoe erg ik hem mis. Hoe heeft dat gevoel me zo kunnen besluipen?

De ene na de andere golf dendert langs, allemaal met verscheidene surfers erop. De door de cycloon veroorzaakte deining is hier aangekomen en er staan golven van twee tot tweeënhalve meter. Omstandigheden die me normaliter nerveus zouden maken, maar sinds ik van het klif ben gesprongen voel ik me onoverwinnelijk. Weliswaar heb ik mijn enkel verzwikt en mijn ribben gekneusd toen ik het water raakte, zodat ik een paar dagen niet kon surfen, maar het was het meer dan waard. Die herinnering zal me nog maanden energie geven. Het moeilijkste was om na afloop met een zere borstkas en enkel in de enorme golfslag terug te zwemmen naar de kust. Jack stond met een panisch gezicht op het strand op me te wachten. Ik was stomverbaasd toen ik hoorde dat de anderen waren weggereden. Ik wist dat Clemente van plan was om te vertrekken, maar om er nou zonder afscheid te nemen tussenuit te knijpen met Mikki en Kenna? De harteloosheid daarvan raakte me diep. Ik weet niet wat ik zonder Jack zou hebben gedaan. Ik zie hem naar een golf peddelen, waarbij zijn sterke onderarmen door het water snijden. En ik krimp ineen als ik hem een drop-in bij iemand zie doen.

Jack is deze week een goede vriend voor me geweest. Hij heeft me geholpen om Victors lichaam naar de weide te slepen, waar we hem samen hebben begraven. Niet alleen deden mijn ribben daarna ontzettend pijn, ook begon de schok van wat er was gebeurd tot me door te dringen, dus toen hij me, eenmaal terug bij de tenten, zijn laatste codeïnepil aanbood, leek dat een ongelooflijk romantisch gebaar. Toen hij me naar zijn tent bracht, protesteerde ik niet. En sindsdien verlies ik me elke nacht in zijn warme lichaam.

Niet meer dan een knap gezicht. Dat dacht ik toen ik Jack voor het eerst ontmoette. Ik zag wel hoe hij naar me keek, maar de halve reden dat hij mij wilde was dat ik hem niet wilde. Hij was niet gewend aan vrouwen die immuun voor hem zijn, en hoewel ik het leuk vond dat zo'n traditioneel knappe vent mij wilde, vond ik hem toch niet mijn type.

Ik begin van gedachten te veranderen.

'Ik geloof niet in relaties,' zo heb ik hem gisteren nog gewaarschuwd, precies zoals ik Victor lang geleden had gewaarschuwd. Ik heb gezien welke pijn – zowel lichamelijk als geestelijk – mijn vader mijn moeder heeft aangedaan, waardoor zij alcoholist is geworden, en bovendien ga ik er prat op dat ik sterk genoeg ben om niemand nodig te hebben.

'Geen probleem,' zei Jack.

Hoewel de stamleden deden alsof ze onze regel van samen alles delen onderschreven, wist ik dat ze daar moeite mee hadden. Mensen zijn nou eenmaal van nature egoïstisch. Wanneer ze iets leuks of moois zien, willen ze dat voor zichzelf houden, en dat geldt ook voor partners. Jack was de enige die het niet erg leek te vinden.

Victor wist dat mijn vader me heeft mishandeld. Dat heb ik

hem op een zwak moment verteld en ik heb er altijd spijt van gehad, want hij probeerde me erover te laten praten, terwijl ik het juist wilde vergeten. Jack is heel anders; hij vindt het niet erg om alles oppervlakkig te houden en ik ben niet van plan om hem ook maar iets over mijn verleden te vertellen.

Gisteren heb ik een mes meegenomen naar bed.

Jack deinsde terug toen hij het zag. 'Wat heeft dat verdomme te betekenen?'

'Rustig maar,' zei ik. 'Het is een experiment. Jij hebt last van je rug, toch? Laten we eens zien wat er gebeurt als ik je een ander soort pijn bezorg. Misschien leidt dat je af van je rugpijn.'

Het volgende halfuur leek het te werken, of het nou door het mes kwam of door wat ik met mijn mond deed.

Onlangs stond hij te flirten met een stel – hopelijk rijke – backpackers. We moeten snel nieuwe stamleden vinden, want Northy en Deano zullen volgende maand weer geld willen zien.

Dit weekend werk ik in de nachtclub waar Mikki vroeger werkte. Het is een verschil van dag en nacht met mijn werk in Zweden. Daar had ik een smetteloos kantoor en verdiende ik een goed salaris, maar dankzij mijn karakterloze, lamlendige patiënten en mijn mannelijke collega's, die tegen me hebben samengespannen, ben ik ontslagen. Nog altijd hoor ik hun stemmen in mijn hoofd: *Het ontbreekt haar aan empathisch vermogen, ze is niet geschikt voor dit werk, ze vormt een gevaar voor iedereen in haar directe omgeving...*

Telkens wanneer ik aan hen denk, voel ik woede in mijn buik opvlammen, maar uiteindelijk was het maar beter zo. Als ik in Zweden was gebleven, had ik de Baai nooit ontdekt.

Er komt een golf naar me toe. Ik trek mijn enkelbrace goed, ga plat op mijn board liggen en begin te peddelen. Ik krimp even ineen als ik de pijn in mijn ribben voel – misschien zijn ze wel gebroken in plaats van gekneusd –, maar een handjevol andere surfers peddelt inmiddels ook naar de golf. Verdomme! Ik denk aan de brekende golven van Sorrow Bay waar niemand op surft. Ik popel echt om terug te gaan.

Sommige mensen zeggen dat die baai vervloekt is, en ergens snap ik dat wel. Er hangt daar beslist een onheilspellende energie. Het bos lijkt je in te sluiten en je gevangen te houden in zijn koude, donkere schaduw. De kliffen en de golven kunnen soms op een rare manier boosaardig lijken. Maar wilde plekken trekken wilde mensen aan. Victor, Ryan en Elke kenden de risico's. Ik kies ervoor te geloven dat hun dood slechts een tragisch ongeluk was.

Trouwens, zelfs áls er een vloek op rust, is die plek het alsnog waard. Waar kan ik anders zo'n verlaten baai met zulke fantastische golven vinden?

Dankwoord

Opnieuw dank aan mijn geweldige literair agent Kate Burke voor haar fantastische redactionele adviezen, het bijschaven van het verhaal en haar niet-aflatende steun en bemoediging in de afgelopen twee jaar. Ik mag me gelukkig prijzen dat zij mijn literair agent is. Dank aan mijn televisie/filmrechten-agent Julian Friedmann voor zijn deskundigheid en enthousiasme bij het verkopen van mijn werk. Dank aan James Pusey en Hanna Murrell van de afdeling Buitenlandse Rechten voor het verkopen van mijn debuutroman *Huiver* in zoveel verschillende landen, en dank aan de rest van het team bij Blake Friedmann.

Dank aan mijn geweldige redactrices: Jennifer Doyle van Headline UK, Danielle Dieterich van Penguin Putnam in de VS en Rebecca Saunders van Hachette Australia voor hun geweldige redactionele hulp, nauwgezette aandacht voor elk detail en hun eindeloze geduld. Alle drie zijn ze een genot om mee samen te werken. Ik ben jullie erg dankbaar voor alle tijd en moeite die jullie in dit boek hebben gestoken. Ook enorm veel dank aan Alara Delfosse, Joe Yule, Rebecca Bader, Chris Keith-Wright en de rest van het team van Headline, net als aan de teams van Putnam en Hachette Australia.

Heel veel dank aan alle schrijvers die deze roman hebben gelezen en citaten hebben aangedragen voor dit boek en voor *Huiver*.

Dank aan alle boekbloggers en recensenten die mijn werk hebben gerecenseerd. Ik was helemaal ondersteboven door al het enthousiasme voor *Huiver* en ik ben jullie ontzettend dankbaar voor jullie steun.

Dank aan Sue Cunningham, de eerste lezer van dit boek en al mijn andere projecten, voor je goede raad, je morele ondersteuning en omdat je altijd voor me klaarstaat. Dank aan de vele schrijvende vrienden en vriendinnen die me hebben geholpen, gesteund en aangemoedigd, zoals Anna Downes, Lucy Clarke, Sarah Pearse, Roz Nay, May Cobb, Samantha M Bailey, Kyle Perry, Emma Haughton, Sharyn Swanepoel, Amy McCulloch, Gabriel Dylan, Kirsty Eagar, Ann Gosslin, JA Andrews, Rebecca Papin, Jessica Payne, Tobie Carter, Kelly Malacko, Terry Holman, David Thomas en nog heel veel anderen.

Dank aan het Brissie-schrijverscollectief omdat ze me hebben verwelkomd in hun club, zoals Poppy Gee, Grant Ison, Rahnia Collins en Ray See.

Dank aan mijn zoons Lucas en Daniel. En aan hun vader, omdat hij een geweldige vader en een behulpzame co-ouder is. Aan Jon: bedankt voor alles. Aan al mijn vrienden en vriendinnen voor hun niet-aflatende morele steun tijdens twee moeilijke jaren, onder anderen Jodie, Anita, Celine, Mandy, Anne en Mick.

Dank aan de gemeente Gold Coast en hun bibliotheekpersoneel voor hun fantastische bibliotheeksysteem. Elke keer dat ik het filiaal in Coolangatta bezoek word ik door het vriendelijke personeel hartelijk verwelkomd.

Aan alle surfers, waar ook ter wereld.

En aan mijn lezers. Ontzettend bedankt dat jullie dit boek hebben gekozen. Ik hoop dat jullie ervan hebben genoten.